Sara B. Larson • Schwert und Glut

DIE AUTORIN

SARA B. LARSON kann sich nicht erinnern, einmal *keine* Bücher geschrieben zu haben – auch wenn sie heute einen Computer benutzt statt ihr *Little-Mermaid*-Notizbuch. Sara lebt mit ihrem Mann und ihren drei Kindern in Utah. Sie schreibt, wenn alle anderen ein Nickerchen machen, oder gleich nachts, wenn alles stundenlang ruhig ist. Ihr Mann behauptet, sie verdiene ein Diplom in »der Kunst des Multitaskings«. Gelegentlich sucht sie Zuflucht in einem Schaumbad mit einem guten Buch und ein paar Weingummis.

Von der Autorin sind außerdem bei cbt erschienen:

Schwert und Rose (30945, Band 1)

Sara B. Larson

SCHWERT UND GLUT

Aus dem Englischen
von Antoinette Gittinger

cbt

Dieses Buch ist auch als E-Book erhältlich.

FSC
www.fsc.org
MIX
Papier aus verantwortungsvollen Quellen
FSC® C083411

Verlagsgruppe Random House FSC® N001967

1. Auflage 2016
Deutsche Erstausgabe September 2016

Die amerikanische Originalausgabe erschien
unter dem Titel »Ignite« bei Scholastic Press,
an imprint of Scholastic Inc., New York.

Aus dem Englischen von Antoinette Gittinger
Lektorat: Catherine Beck
Umschlaggestaltung und -illustration:
© Isabelle Hirtz, Inkcraft
he · Herstellung: sto
Satz: Uhl + Massopust, Aalen
Druck und Bindung: CPI books GmbH, Leck
ISBN: 978-3-570-31087-8
Printed in Germany

www.cbt-buecher.de

Für Brad, Gavin und Kynlee.
Ihr seid die Funken,
die den Wunsch in mir entzünden,
mein Bestes zu geben.
Ich hoffe, ihr werdet nie vergessen,
wie sehr ich euch alle liebe.

Eins

DIE HITZE IM Korridor war erdrückend, obwohl es weit nach Mitternacht war. Am frühen Abend war ein Unwetter aufgekommen, dessen klebriger Dunst noch anhielt und meine Haut mit einer feuchten Schicht überzog. Hier, vor König Damians Gemächern, konnte ich die feuchten Blätter und den Morast des Dschungels nicht riechen, aber ich kannte diesen üppigen Duft zur Genüge, um ihn heraufbeschwören zu können. Ich hatte erst die halbe Nachtschicht hinter mir und war bereits müde. Ich musste mich zwingen, wach zu bleiben, und ging auf und ab.

Seit Damians Krönung vor einem knappen Monat hatte es keine einzige Bedrohung mehr gegeben, aber Deron, der Hauptmann der königlichen Wache, wollte hinsichtlich Damians Leben kein Risiko eingehen, und ich konnte ihm nur zustimmen. Vor allem, wenn ich daran dachte, wie schwer wir alle gekämpft hatten – und wie viel wir verloren hatten –, um König Hektor, Damians Vater, Einhalt zu gebieten und Damian auf den Thron zu setzen. Mein Bruder, Rylans Bruder, fast die Hälfte der Wache und zahlreiche andere waren umgekommen im Kampf um die Befreiung von Antion aus dem verheerenden

Schraubstock, in dem Hektor und sein schwarzer Magier Iker das Königreich fast mein Leben lang gehalten hatten.

Während ich im Korridor auf und ab ging, um meine müden Glieder wieder zu beleben, spürte ich einen hämmernden Schmerz in einer Gesichtshälfte und am Hals. Im Lauf des vergangenen Monats hatten die Narbenschmerzen nachgelassen, waren aber immer noch da. Eine ständige Erinnerung an den Kampf, den ich gegen Iker ausgetragen hatte.

Auch Damian hatte gekämpft und so viel verloren. Er und ich, wir ähnelten uns in mehrerer Hinsicht – wir hatten beide zum Selbstschutz Rollen spielen und erleben müssen, wie unsere Familien ausgelöscht wurden. Ich hatte beobachtet, wie meine Eltern und mein Bruder durch unsere Feinde getötet worden waren, aber Damian … Er war gezwungen gewesen, seinen eigenen Vater zu töten, um sein Volk zu beschützen. Seine Narben waren nach außen hin unsichtbar, würden aber nie wirklich verheilen.

Die brennende Fackel in der Halterung über Damians Tür flackerte plötzlich, als hätte sie ein Windhauch gestreift. Doch ich spürte nichts. Meine Hand fuhr zu meinem Schwertgriff. Als ich in die Dunkelheit zu meiner Rechten spähte, sah ich lediglich einen leeren Korridor.

Erneut ging ich an Damians Tür vorbei und lenkte die Gedanken auf meinen König, wie ich es häufig tat. Obwohl ich mich entschieden und Damian davon überzeugt hatte, dass ich keinerlei Gefühle für ihn hegte, war dies eine weitere verborgene Wunde, die ich mit mir herumtrug. Dass ich in Wahrheit nicht nur Gefühle für ihn hegte, sondern immer noch in ihn verliebt war, durfte er nie erfahren. Ich würde alles Erdenkliche tun, um für die Sicherheit unseres neuen Königs zu sorgen, und ihn beim Wiederaufbau seines Königreichs unterstützen. Er sollte ein idealer Herrscher werden. Es war das Richtige, auch wenn es bedeutete, ihm Schmerz zuzufügen.

Dieser Einsatz für seine Sicherheit und sein Wohlergehen war der Grund, weshalb ich mich im Gegensatz zu einigen anderen Wachen, gewöhnlich den neuen, nie darüber beklagte, Nachtschichten zu übernehmen. Ich hatte mich immer noch nicht daran gewöhnt, ihre Gesichter zu sehen und ihre Stimmen zu hören, statt die meiner Freunde Jude, Kai und Antonio und so vieler anderer.

»Alexa.« Eine vertraute Stimme nannte mich bei meinem richtigen Namen und ich zuckte zusammen. Ich wandte mich um und entdeckte Deron, der aus der anderen Richtung auf mich zukam. Vielleicht würde ich mich eines Tages daran gewöhnen, dass mich der Hauptmann der Garde Alexa und nicht mehr Alex nannte, wie er es jahrelang getan hatte, als er mich noch für einen Jungen hielt.

»Deron, was ist los?«, fragte ich, als er näher kam. Seine eigene brennende Fackel vertrieb einige der Schatten.

»Am Tor steht ein Mann und verlangt Eintritt in den Palast. Er behauptet, aus Dansii zu kommen und als Läufer zu fungieren, der uns warnen wolle, dass König Armando eine Abordnung entsandt habe, die in ein bis zwei Tagen hier sein werde.«

»Eine *Abordnung*?«, erwiderte ich fassungslos. »Hat Dansii je zuvor eine Abordnung geschickt?«

»Nein. Nicht einmal einen politischen Gesandten, soviel ich weiß.«

Mir lief es kalt den Rücken hinunter. »Warum dann jetzt?«

»Er behauptet, sie kämen, um die Krönung des neuen Königs zu feiern.«

Als sein Blick meinem begegnete, sah ich den Widerschein meiner eigenen Nervosität in seinen dunklen Augen. In rascher Folge sah ich eine Reihe unterschiedlicher Szenarien vor mir – Gründe, warum der König von Dansii, Hektors Bruder, jetzt eine Delegation sandte. Jedes war schlimmer als das andere.

»Während sie hier sind, sollten wir die Wachen und Leibwachen verstärken«, schlug ich vor. »Wie auch immer, wir können Dansii nicht trauen. Und wir müssen den König informieren.«

»Aus diesem Grund bin ich hier.«

»Worüber informieren?«

Blitzschnell drehte ich mich um und sah, wie Damian seine Tür öffnete. Er trug lediglich eine Hose, seine Haare standen wirr ab, und sein Kinn war mit Bartstoppeln übersät. Mein Herz schlug zum Zerspringen und ich krampfte die Finger um meinen Schwertgriff. Doch er beachtete mich nicht, sondern warf dem Hauptmann seiner Wache einen fragenden Blick zu.

»Wir wollten Euch nicht wecken, Herr.« Deron neigte den Kopf.

»Das habt ihr auch nicht. Ich konnte nicht schlafen.« Damians Stimme klang hart. Nach wie vor schenkte er mir keinen Blick. »Nun, sag mir, was los ist.«

»Euer Onkel, König Armando, hat offensichtlich eine Abordnung entsandt, die in Kürze hier eintreffen wird. Ein Läufer wurde vorausgeschickt, um uns von ihrem Kommen zu unterrichten.« Deron trug dies mit unbewegter Stimme vor, zeigte keinerlei Reaktion auf diese Neuigkeit.

Damian hob eine Augenbraue. Schnell huschte sein Blick zu

mir, schweifte aber schnell wieder ab. Es war nur der Bruchteil eines Augenblicks und doch wühlte mich dieser kurze Kontakt auf. Ich hatte den ganzen Tag über neben ihm gestanden und ihn bewacht, doch aus irgendeinem Grund – vermutlich dem, dass er halb nackt war – kam es mir zu intim vor, mitten in der Nacht nur wenige Schritte von ihm entfernt zu sein. Im schwachen Licht wirkten seine strahlend blauen Augen umschattet. Obwohl ich meine Augen weiterhin auf sein Gesicht heftete und den Blick nicht zu seiner Brust oder noch weiter nach unten schweifen ließ, konnte ich seinen Gesichtsausdruck nicht erkennen.

»*Alexa*«, sagte Deron mit einem Anflug von Gereiztheit, so als wiederhole er sich.

Als ich den Blick vom König ab- und Deron zuwandte, straffte ich die Schultern.

Er bedachte mich mit einem scharfen, forschenden Blick. »Bist du immer noch der Meinung, dass wir die Wachen und die Leibgarde während der Anwesenheit der Delegation aus Dansii verstärken sollten?«

»Ja«, erwiderte ich. Mein Herz schlug wie wild, aber ich hoffte, dass meine Miene neutral wirkte. »Ja, das bin ich.«

»Und woher sollen wir die zusätzliche Hilfe nehmen? Die Armee ist bereits unterbesetzt«, gab Damian zu bedenken.

Kurz nach seiner Krönung hatte Damian die Waisenknaben aus dem Zwangs-Armeedienst entlassen. Viele blieben, da sie nicht wussten, wohin sie gehen sollten. Dennoch trat eine beträchtliche Anzahl von ihnen aus der Armee aus und kehrte in ihre verwüsteten Dörfer und Häuser zurück, um die Schrecken des Kriegs – und Hektors Schreckensherrschaft – hinter sich zu lassen. Sogar Nolan, Damians ehemaliger »Betreuer«, hatte sich entschieden, den Palast zu verlassen. Es war richtig gewesen, dass Damian ihnen die Wahl gelassen hatte, aber die Folge war, dass Antion eine viel kleinere Armee hatte.

Ich antwortete, ohne dabei den König anzusehen, und konnte daher nicht feststellen, ob er mich beobachtete oder nicht. Vielmehr starrte ich einfach an ihm vorbei. »Da ja kein Angriff aus Blevon zu befürchten ist, könnten wir einige der Soldaten, die für die Patrouille der Außenmauern bestimmt sind, in die Stadt beordern und die Stadtpatrouillen in den Palast kommen lassen.«

»Aber das würde Wochen dauern und die Dansii können jeden Augenblick hier eintreffen«, wandte Deron ein.

»In Tubatse besteht keine Angriffsgefahr mehr und diese Soldaten helfen mit vollem Einsatz beim Wiederaufbau«, sagte ich. »Wenn wir von jeder Staffel in der Stadt nur einen einzigen Mann rekrutieren würden, könnten wir die Zahl der Wachhabenden verdoppeln, ohne dadurch den Wiederaufbau erheblich zu beeinträchtigen.«

Damian nickte und ließ dabei Deron nicht aus den Augen. »Bist du sicher, dass es nötig ist? Ich möchte keine Verzögerung bei dem Wohnungsbauprojekt verursachen.«

»Wenn jede Gruppe auf einen Mann verzichten müsste, würde das keine allzu große Verzögerung bedeuten. Eure Sicherheit ist von höchster Dringlichkeit – viel wichtiger als die Fertigstellung der neuen Häuser«, erwiderte Deron.

»Meine Sicherheit ist nicht gefährdet. Dafür habe ich ja euch, nicht wahr?« Damian hob eine Augenbraue. Bevor einer von uns antworten konnte, sprach er weiter. »Die Frauen und ihre Babys brauchen Wohnraum. Sie können nicht ewig in Zelten leben.«

Mich schauderte, als ich an das Gebäude dachte, das einst der Mittelpunkt so vieler Gräueltaten gewesen war. Damians allererste Handlung als König hatte darin bestanden, die Frauen und Babys aus dem Bruthaus zu holen und dieses abreißen zu lassen. Das war ihm noch wichtiger, als die Jungen aus ihrem unfreiwilligen Dienst in der Armee zu entlassen. Ich erinnerte mich noch an die Nacht, in der es aufgrund eines gezielten Angriffs durch Eljins und Damians Zauberei eingestürzt war. Einige hatten gejubelt, doch andere standen nur in der einbrechenden Dämmerung da und schluchzten.

In einem Teil des Hofs war dann, so weit wie möglich entfernt vom früheren Bruthaus, eine kleine Zeltstadt errichtet worden, in der man die Frauen und Mädchen unterbrachte. Der harte Boden war immer noch besser als die albtraumhafte Bruchbude, in der sie so viele Jahre hatten wohnen müssen, aber es war keine Dauerlösung. Vor allem nicht für die schwangeren Frauen oder diejenigen, die Neugeborene hatten, die ihnen nicht weggenommen worden waren. Ein weiteres Projekt, das Damian geplant hatte, war der Versuch, Mütter wieder mit ihren Kindern zusammenzuführen, die man ihnen nach dem Stillen weggenommen und in ein Waisenhaus gesteckt hatte, bis sie alt genug waren, um in die Armee einzutreten oder ihren Platz im Bruthaus einzunehmen. Es war ein ergreifender und in manchen Fällen nutzloser Vorgang. Die Wunden, die König Hektors Regentschaft hinterlassen hatte, waren tief, und viele waren noch weit offen, mit wenig Hoffnung auf Heilung.

»Ich weiß, Ihr macht Euch Sorgen um diese Frauen, und das zu Recht. Aber wenn Eure Sicherheit bedroht ist, hat das Vorrang«, meinte Deron.

»Wir wissen nicht, ob irgendwelche Gefahr lauert«, wandte Damian ein. »Und es widerstrebt mir, etwas zu tun, das mein Volk argwöhnen lässt, mir liege mehr an meinem Wohlergehen als an seinem.«

»Herr, ich verstehe Eure Sorge«, begann ich stockend, wobei ich immer noch auf die Wand hinter Damians bloßer Schulter starrte, »aber es wäre unklug anzunehmen, dass es sich hierbei um eine freundliche Delegation handelt. König Armando hatte einst Iker zu Eurem Vater geschickt. Was ist, wenn wieder ein schwarzer Zauberer sie begleitet?«

Er erstarrte, als ich ihn mit *Herr* anredete, denn er hasste es, wenn ich ihn nicht bei seinem Namen nannte. Aber ich hatte meinen Entschluss gefasst – ich hatte ihm vorgegaukelt, ich liebe ihn nicht mehr, vertraue ihm nicht. Ich hatte es zu seinem Besten getan und zum Wohle des Königreichs. Doch obwohl ich wusste, dass ich die richtige Entscheidung getroffen hatte, war es für mich nicht einfacher, mit den Folgen fertigzuwerden. Die einzige Möglichkeit, meine selbst auferlegte Qual auszuhalten, bestand darin, eine Art Barriere zu errichten. »Wenn es einen Zauberer irgendwelcher Art geben sollte, werde ich es wissen, ebenso Eljin«, sagte Damian. Seine Stimme entsprach der eisigen Kälte seiner Miene. »Aber wir können nicht davon ausgehen, dass ihre Absichten böswillig sind. Immerhin ist Armando mein Onkel.«

Hoffte Damian, dass sein Onkel gute Absichten gegenüber Antion hegte, auch wenn er es gewesen war, der den schwarzen Zauberer Iker zu seinem eigenen Bruder, Damians Vater, geschickt hatte?

»Und wenn sie uns angreifen?«

Jetzt sah Damian mir direkt in die Augen. Die Härte seines Blicks ließ mich erschaudern. Die steinerne Maske auf Damians attraktivem Gesicht war meine Schuld, und auch der Schmerz, den seine blauen Augen verrieten.

Es zerriss mich innerlich, dass all die Liebe und Leidenschaft, die ich einst in ihm erweckt hatte, wie weggewischt waren. Stattdessen zeigte er wieder dieselbe Fassade, die er jahrelang zur Schau getragen hatte, um sich vor den Machenschaften seines Vaters zu schützen.

»Dann werden wir gegen sie kämpfen – genauso, wie wir Iker bekämpft haben«, bemerkte Damian schließlich.

»Alexa war kaum in der Lage, Iker zu schlagen«, bemerkte Deron mit sanfter Stimme. Aber auch wenn er es noch so freundlich sagte, linderte es den Schmerz seiner Worte kaum. Ich widerstand dem Bedürfnis, meine narbenübersäte Wange zu berühren, als mich die Erinnerungen an diesen grauenhaften Tag zu überrollen drohten. »Was ist, wenn es dieses Mal nicht nur ein schwarzer Zauberer ist?«

Als Damians Blick zu meiner Wange glitt und dann zurück zu meinen Augen, verkrampfte sich etwas in mir. »Schwarze Zauberer sind selten«, sagte er nach einer Weile. »Ich glaube nicht, dass sie einen dabeihaben.«

Deron schüttelte den Kopf. »Tut mir leid, Herr, aber wir müssen vom Schlimmsten ausgehen. Und dann versuchen, uns darauf vorzubereiten. Wir können nicht riskieren, Euer Leben zu gefährden.«

Bei Derons Worten krallten sich meine Finger um meinen Schwertgriff. »Ich werde nicht zulassen, dass man Euch etwas antut«, sprudelte ich hervor, bevor ich meine Worte zurückhalten konnte.

Damian verkrampfte sich, seine Augen weiteten sich unmerklich – ein winziger Riss in seiner Fassade. Ich zwang mich, den Blick vom König abzuwenden und auf den Boden zu starren, damit er nicht alles sah, was ich den gesamten letzten Monat zu unterdrücken versucht hatte.

»Wir haben den Mann schon allzu lange warten lassen«, sagte Deron plötzlich, bevor Damian antworten konnte. »Wir müssen ihn in den Palast führen. Die weiteren Details unseres Vorgehens können wir morgen früh besprechen.«

Wieder folgte eine lange Pause, bevor Damian das Wort ergriff. »Gut, aber ich würde gern eine Lösung von dir hören, die das Wohnungsbauprojekt nicht beeinträchtigt.« Damian blieb noch einen Moment stehen, doch als ich ihn nicht wieder ansah, machte er auf dem Absatz kehrt, stolzierte in seine Gemächer und warf die Tür hinter sich ins Schloss.

Ich zuckte zusammen, rührte mich aber nicht von der Stelle und wartete auf Derons Befehle.

»Bleib hier und führ deine Schicht zu Ende. Ich kümmere mich um den Läufer.« Deron wandte sich ab, blieb dann aber stehen. »Alexa…«, sagte er zögerlich. »Bist du… und der König…«

Er verstummte und mein Magen verkrampfte sich. Das Letzte, was ich brauchte oder wollte, war, dass Deron versuchte, mit mir über die Situation mit Damian zu reden. Jetzt, da alle wussten, dass ich ein Mädchen war, behandelten mich die meisten anderen Männer der Leibgarde anders – sie schienen anzunehmen, dass ich plötzlich schwächer wäre als vorher, obwohl *ich* mich nicht verändert hatte. Ich war immer noch dieselbe – dieselbe Soldatin, die ich immer gewesen war. Aber niemand sonst, außer Rylan, der es schon immer gewusst hatte, sah es so.

Und Damian.

»Du solltest den Läufer besser nicht länger warten lassen«, sagte ich kurz angebunden und stand aufrecht da. Ich hoffte, dass mein Blick deutlich meinen Wunsch zum Ausdruck brachte, das Thema zu beenden.

Er musterte mich prüfend und nickte. »In Ordnung. Dann bis morgen.« Er machte wieder kehrt und dieses Mal blieb er nicht stehen.

Als er außer Sicht war, musste ich dem Drang widerstehen, mich an die Wand zu lehnen; meine Beine fühlten sich seltsam schwach an und mein Herz raste. Doch ich straffte die Schultern und nahm eine stramme Haltung an. Ich war eine Wache – das war meine Pflicht. Ich würde nicht dabei entdeckt werden, dass ich die Arbeit leicht nahm und zuließ, dass mich etwas oder jemand überrumpelte. Mein Leben war dem Schutz meines Königs gewidmet.

Aber Damians Gesichtsausdruck ging mir nicht aus dem Sinn, der Schmerz, den er so gekonnt vor allen verbergen konnte – vor allen, nur nicht vor mir. Ich war diejenige, die ihn am besten kannte, ihn aber auch am schlimmsten verletzt hatte.

Vielleicht war *ich* diejenige, vor der er am meisten Schutz benötigte?

Zwei

DAS BERNSTEINFARBENE LICHT des Sonnenaufgangs sickerte genau in dem Augenblick durch die Fenster am Ende des Korridors, als ich befürchtete, die Augen nicht länger offen halten zu können. Schon längst ging ich nicht mehr auf und ab, sondern stand reglos vor Damians Tür und starrte hinaus in den Dschungel, der allmählich hinter den Palastmauern sichtbar wurde.

Ich war erschöpft – wegen des Schlafmangels, wegen des langen Herumstehens, vor Sorge und weil ich versuchte, mir die Gedanken an den König zu verbieten. Trotzdem schwelgte ich unwillkürlich in Erinnerungen, je weiter die Nacht voranschritt. Ein Gesichtsausdruck von ihm hatte sich mir für immer ins Gedächtnis eingebrannt: Wie er mich angesehen hat, als er mich zum ersten Mal nach dem Kampf aufsuchte, bei dem Ikers Zauberfeuer meine eine Gesichtshälfte zerstört und ich ihn schließlich doch noch bezwungen hatte. Als er mir gestanden hatte, dass er mich brauche … dass er mich liebe. Als er seine Lippen zum letzten Mal auf meine gedrückt hatte, bevor ich die Hoffnung in seinem Blick zerstört und durch Schmerz ersetzt hatte.

Energisch schüttelte ich den Kopf und versuchte, die Bilder, die Worte und die Erinnerungen zu verscheuchen. Zu vergessen, dass Damian für mich verloren war. Anderen Menschen gegenüber verhielt er sich freundlich und fürsorglich. Er war der Mann, der er immer gewesen war, den er aber viele Jahre lang hatte verbergen müssen. Aber wenn es um mich ging …

Weiter unten im Korridor wurde eine Tür geöffnet und riss mich aus meinen Gedanken. Rylan tauchte auf, Mateo im Schlepptau. Nach Judes Tod teilten sie ein Zimmer miteinander. Tief in meinem Inneren quälten mich Schuldgefühle, wie immer, wenn ich Rylan mit Mateo sah. Es war meine Schuld, dass Rylans Bruder umgekommen und Jude nicht mehr die Wache an seiner Seite war. Als ich ihnen entgegenblickte, sie ihre Schwertscheiden umschnallten und sich für einen neuen Tag der Wache über unseren neuen König rüsteten, verdrängte ich meine Schuldgefühle. Jude hatte beschlossen, sich zu opfern, um mich dabei zu unterstützen, Antion zu retten. Sein Tod hatte mir die Möglichkeit geboten, an Iker heranzukommen und ihn zu vernichten.

»Raue Nacht?«, erkundigte sich Rylan, als er näher kam. Seine Augen wanderten über mein Gesicht, verweilten einen kurzen Moment bei meinen Narben.

»Ja.« Es hatte keinen Sinn zu lügen, er kannte mich nur allzu gut. »Deron wird dich sicherlich informieren. Ich werde mir schnell ein bisschen Schlaf gönnen.«

»Alexa, was ist geschehen?«

»Wie gesagt, Deron wird dir alles berichten. Ich bin zu müde.«

Ich wandte mich ab, steuerte schnell mein Gemach an, das

neben dem von Damian lag, so wie es immer gewesen war. Außer Deron war ich die Einzige, die keinen Zimmergenossen hatte. Was daran lag, dass jeder wusste, dass ich ein Mädchen war. Zumindest hatte es einen Vorteil, von allen verhätschelt zu werden – Ungestörtheit.

Ich hörte Schritte hinter mir, aber ich achtete nicht darauf und öffnete meine Tür. Ich trat ein, war aber nicht schnell genug, die Tür zu schließen. Rylan hatte mich bereits eingeholt und streckte die Hand aus, um die Tür aufzuhalten.

»Alexa, bitte, sag mir, was los ist.«

Ich blickte in seine sanften braunen Augen und entdeckte nichts als Besorgnis. »Eine Delegation aus Dansii ist auf dem Weg hierher, und wir wissen nicht, warum«, antwortete ich schließlich.

Rylan schaute verblüfft drein. »Woher wissen wir das?«

»Mitten in der Nacht traf ein Läufer ein, um ihre Ankunft zu verkünden.«

»Komm, Ry, lass sie schlafen. Sie war die ganze Nacht auf«, rief Mateo vom anderen Ende des Korridors.

Rylan rührte sich nicht von der Stelle, studierte weiterhin mein Gesicht. »Gibt es noch etwas?«

»Was meinst du damit?«, wich ich aus. So, wie er mich anstarrte, verspürte ich das Verlangen, mich herauszuwinden, mich abzuwenden. Doch ich zwang mich, das Kinn vorzurecken und seinem Blick standzuhalten.

Rylan hob die Hand, doch als ich zusammenzuckte, erstarrte er. Nach einer kleinen Weile ließ er sie schließlich herabsinken. »Mateo hat recht. Ich sollte dir deinen Schlaf gönnen.« Er trat einen Schritt zurück.

Ich streckte die Hand nach der Tür aus, bereit, sie ihm vor der Nase zuzuschlagen.

Doch dann zögerte er erneut und blickte mir direkt in die Augen. »Solltest du je Lust haben, über etwas zu reden … du weißt, ich bin für dich da. Okay?«

Ich nickte knapp. »Ich weiß.«

Etwas blitzte in seinem Blick auf, aber bevor ich es enträtseln konnte, nickte er ebenfalls und blickte zur Seite. »In Ordnung, schlaf gut. Alles wird gut.«

Ich sah ihm nach, als er sich entfernte. Jetzt, da ich wirklich allein war, gab ich meiner Erschöpfung nach. Als ich mein Gemach betrat, löste ich meine Schwertscheide und ließ sie zu Boden fallen. Ohne mich meiner Uniform oder der Stiefel zu entledigen, rollte ich mich auf meinem Bett zusammen. Obwohl ich ausgelaugt war, fürchtete sich ein Teil von mir, einzuschlafen, denn meine Albträume wurden immer schlimmer. Im Schlaf suchten mich alle möglichen grauenhaften Ungeheuer heim. Aber schließlich übermannte mich der Schlaf und mir fielen die Augen zu.

Ein Pochen an der Tür ließ mich hochschrecken. Ich setzte mich auf und unterdrückte einen Aufschrei, umklammerte mein feuchtes Hemd direkt über dem Herzen. Schweiß überzog meine Haut. Meine Hände zitterten und mein Puls raste. Iker suchte mich heim. Sein Zauberfeuer verfolgte mich in meinen Träumen und die Flammen verschlangen mich immer wieder von Neuem. Jedes Mal, wenn ich ihn mit dem Schwert durchbohrte, war es verkohlt statt blutig, sobald ich es wieder herauszog. Auch wenn ich ihm noch so viele Hiebe versetzte, er starb einfach nicht. Seine Augen glühten, waren erfüllt vom Feuer der Dämonen, deren Macht er ausgeübt hatte. Und er verhöhnte mich, konnte gar nicht genug davon bekommen.

Erneut pochte jemand laut an meine Tür, und ich beeilte mich, aufzustehen und meine Schwertscheide umzuschnallen. »Ich komme«, rief ich.

Als ich den Raum durchquerte, spürte ich auf meiner Wange und am Hals eine Spur von Schmerz, einen Nachhall des Feuers, das die Narben verursacht hatte. Ich hielt kurz inne, bevor ich nach dem Türknauf griff, und hob stattdessen die Hand, um die zerstörte Haut auf meiner Wange zu berühren – eine Geste, die mir zur Gewohnheit geworden war. Meine Verunstaltung erinnerte mich ständig an meinen Erfolg, aber auch an meine Verluste.

Als ich endlich die Tür aufriss, stand Deron davor und blickte mich entschuldigend an. »Tut mir leid, dich zu wecken, aber wir benötigen unbedingt jede verfügbare Wache. Die Delegation wurde bereits erspäht, sie nähert sich gerade Tubatse. Innerhalb einer Stunde wird sie hier eintreffen.«

Mein Herz verkrampfte sich. Sie waren also bereits in der Hauptstadt angelangt, genau unterhalb des Palasts? »Schon in Ordnung. Ich habe sowieso nicht gut geschlafen.« Ich schloss die Tür hinter mir und folgte meinem Hauptmann den Korridor entlang. Dem Licht nach zu schließen, das durch das Fenster hereinströmte, schien es später Morgen zu sein. Ich spürte eine Erschöpfung, die tief in meinen Muskeln und Knochen saß. »Wissen wir schon, wie viele es sind? Und wer sie begleitet?«

Deron sah mich durchdringend an. »Machst du dir Gedanken über Zauberer? König Damian hat Eljin gebeten, sie auszukundschaften und zu prüfen, ob er welche erfühlen kann, noch bevor sie hier eingetroffen sind. Da sie aber mit Pferden kommen, wird es schwierig sein, nah genug an sie heranzukommen.«

Ich nickte. Eljin hatte uns alle in Erstaunen versetzt, als er nach der Krönung angeboten hatte, hierzubleiben statt mit seinem Vater, General Tinso, nach Blevon zurückzukehren. Er ging den meisten Palastbediensteten auf die Nerven, aber ich war sehr erleichtert über seine Anwesenheit, ebenso wie Damian, Rylan und all jene, die wussten, wer er wirklich war – und was er bewirken konnte. Er und Tanoori, die ebenfalls im Palast geblieben war, hatten sich sogar angefreundet. Im Lauf des vergangenen Monats hatte ich beobachtet, wie sie miteinander spazieren gingen und sich unterhielten, aber ich hatte bis jetzt noch keine Gelegenheit gefunden, Tanoori über ihre Freundschaft auszuhorchen. Sie war mit ihrer Aufgabe beschäftigt, die Frauen, die aus dem Bruthaus ausquartiert worden waren, zu überwachen und Damians Initiative, wenn möglich die Mütter wieder mit ihren Babys zusammenzuführen, voranzutreiben. Und meine Zeit war mit meinen Pflichten ausgefüllt.

»Wo ist der König?«, erkundigte ich mich, als wir die Treppe zum Erdgeschoss des Palasts hinuntereilten.

»Er befindet sich im großen Thronsaal und erwartet die Delegation. Der Läufer aus Dansii leistet ihm dort Gesellschaft, ebenso die übrige Leibwache.«

Ich überlegte, warum die Dansii bereits hier waren. Der Läufer hatte gesagt, sie lägen ein bis zwei Tage zurück. Es machte mich unruhig, dass wir keine Zeit gehabt hatten, vor ihrer Ankunft die Zahl der Wachen zu verstärken. Unsere einzige Hoffnung bestand darin, dass sie keinen schwarzen Zauberer im Gefolge hatten. Ich traute mir noch nicht zu, einen weiteren Zauberer zu besiegen, besonders nach nur wenigen Stunden unruhigen Schlafs, in denen es mir trotz aller Anstrengungen nicht gelungen war, Iker zu besiegen.

Obwohl wir uns sehr beeilten, schien es mir viel zu lange zu dauern, bis wir zum König gelangten. Ich wusste nicht, warum, aber eine innere Stimme flüsterte mir zu, dass ich an seiner Seite sein müsste, wenn die Delegation eintraf. Neben Damian zu stehen, war eine der härtesten Herausforderungen für mich, aber genau dort gehörte ich hin, denn hier brauchte er mich.

Schließlich waren wir im richtigen Flur angelangt, und ich beobachtete ungeduldig, wie Deron eine der schweren Türen öffnete. Ich folgte ihm in den riesigen Saal, in dem einen Monat zuvor Damians Krönung stattgefunden hatte.

Der König von Antion saß auf dem Thron und trug als Zeichen seiner Königswürde Krone und Kette. Als ich durch den Saal auf ihn zuging, um an seiner Seite zu sein, ließ er mich nicht aus den Augen. Seine Miene war undurchdringlich. Der Saal war in goldenes Sonnenlicht getaucht, genau wie an dem Tag, als er sein Volk aufforderte, sich vor mir zu verneigen. Unsere Blicke trafen sich und verweilten einen Augenblick lang. Dann wandte er seine Aufmerksamkeit einem unbekannten Mann in einer langen weißen Tunika und einer schlichten braunen Hose zu, die ihm bis zu den Knöcheln reichte. Der Mann stand unterhalb des Throns auf der linken Seite. Auch er sah mir entgegen.

Die Miene des Fremden war eindeutig: Unglauben kräuselte seine Lippen. Er hatte rotes Haar und seine mit Sommersprossen übersäte Nase erinnerte mich an Asher, aber damit waren die Ähnlichkeiten auch schon erschöpft. Asher war hochgewachsen und stark und lächelte gern, aber dieser Mann war klein und drahtig, und seine schmalen Lippen neigten sich an den Mundwinkeln nach unten. Sein Haar war spärlich, und er kniff die Augen zusammen, während er mich stillschweigend musterte. Sein Blick wanderte von meiner Brust zu meinen Narben. Ich schaute weg und wieder hin zu meinem König, als ich vor dem Thron stehen blieb, wo er aufrecht stand, um uns zu begrüßen. Eine Mischung aus Entrüstung und Scham drehte mir den Magen um. Es war mir immer noch unangenehm, wenn jemand unverblümt meine Narben anstarrte.

»Herr.« Ich drückte die Faust gegen die Schulter und verneigte mich tief vor Damian.

»Du kannst dich wieder aufrichten«, sagte er. Seine Stimme klang leicht angespannt.

Ich straffte die Schultern und schritt die Stufen hinauf, um meinen Platz zu seiner Rechten einzunehmen. Rylan rückte für mich zur Seite. Alle wussten, dass der König mich direkt neben sich haben wollte, wenn ich im Dienst war. Aber nur sehr wenige kannten *alle* Gründe dafür.

Deron stand am Treppenende und rückte geschickt dem Läufer aus Dansii näher. Die übrigen Wachen rahmten den König ein, vier auf jeder Seite. Rylan, ich und die zwei neuen Wachen – Julian und Oliver – standen rechts von ihm, Asher, Mateo, Jerrod und Leon, ebenfalls eine neue Wache, links. Ihr Anblick erinnerte mich daran, dass ich nicht die einzige Wache war, die

Narben von König Hektors Herrschaft davongetragen hatte. Deron, Asher, Mateo und Jerrod, alle hatten rote Striemen im Gesicht – ihre Bestrafung dafür, dass sie »zuließen«, dass Eljin den Prinzen entführte, obwohl keiner von ihnen Dienst gehabt hatte. Aber keiner war so entstellt wie ich nach meinem Kampf mit Iker. Aus irgendeinem Grund schienen die Menschen sie wegen ihrer Spuren im Gesicht mehr zu respektieren. Ich war die Einzige, die angestarrt und über die getuschelt wurde, und ich wusste nie, ob es an den gestreiften, silberfarbenen Narben lag, die sich auf einer Gesichtshälfte über Wange, Kinn und Hals zogen, oder an der Tatsache, dass ich ein Mädchen war. Oder an beidem.

»Ich hoffe, du konntest dich gut erholen«, ergriff Damian schließlich das Wort.

Den Bruchteil einer Sekunde vermutete ich, dass er zu mir sprach, aber der Läufer von Dansii antwortete dem König, bevor ich es tun konnte.

»Die Unterkunft war nicht schlecht«, erwiderte der Mann in unserer Sprache, doch sein Akzent verriet, dass er aus Dansii stammte. Dieser war viel stärker als der von Asher, der bereits als Junge nach Antion gekommen war. »Obwohl es mir misshagte, nach meiner langen Nachtreise so früh geweckt zu werden.«

»Ich entschuldige mich für die Unannehmlichkeit. Doch wir wurden informiert, dass die Abordnung in Kürze hier eintreffen würde, und wir nahmen an, du wärst bei ihrer überraschend frühzeitigen Ankunft gern anwesend.« Damians Stimme klang betont neutral, aber ich konnte sein Unbehagen an seiner steifen Haltung erkennen, während er auf den Mann herunterblickte.

»Sie sind wohl schneller vorangekommen als vorgesehen«,

murmelte dieser. Sein Blick glitt aus irgendeinem Grund zu mir und dann wieder zurück zum König. Es missfiel mir, wie er mich ansah. Die Ungläubigkeit in seinem Blick war jetzt einem berechnenden Glanz gewichen, was mich verunsicherte.

»Offensichtlich«, bemerkte Damian.

Eine lange Weile herrschte drückendes Schweigen. Dann ergriff der Läufer erneut das Wort. »Die Abordnung legt den Weg zu Pferd zurück, deshalb habe ich wohl die Zeit, in der sie hier eintreffen würde, falsch eingeschätzt.«

»Ich hoffe, du hast die Straßen in gutem Zustand vorgefunden.«

Damian klang jetzt leicht gelangweilt, aber ich war mir ziemlich sicher, dass dies Täuschung war.

»Sie waren in annehmbarem Zustand – besonders für ein Dschungel-Königreich. Allerdings könnten sie etwas Ausbesserung gebrauchen, aber sie waren passierbar, was wohl anerkennenswert ist. Dasselbe gilt jedoch nicht für einige der Dörfer, durch die wir gekommen sind.«

Damians Finger verkrallten sich in die Lehnen seines Throns, doch ansonsten zeigte er kein äußeres Zeichen des Missbehagens.

»Nun, wie du gesagt hast, leisten wir annehmbare Arbeit. Für ein *Dschungel*-Königreich.« Er schwieg, ließ den Sarkasmus seiner Worte wirken. »Und insbesondere in Anbetracht des Tributs, den der Krieg unserem Land und unserem Volk abverlangte.«

»Ah ja. Der Krieg, der jetzt vorbei ist. Und wenn ich richtig gehört habe, dank dir.« Erneut huschte der Blick des Läufers zu mir und dann wieder zurück zum König.

Aus dem Augenwinkel blickte ich auf Damian hinunter. Er schien angespannt zu sein, doch seine Miene wirkte leicht amüsiert, als sei dieser Mann nichts weiter als ein Plagegeist. »Wie lautete noch mal dein Name?«

»Felton, Eure Majestät.« Er verneigte sich knapp.

Bevor Damian noch etwas sagen konnte, wurden am anderen Ende der langen Halle die Türen geöffnet. Einer der Wachposten betrat den Raum. Er grüßte Damian und verkündete dann laut: »Die Abordnung aus Dansii ist eingetroffen und bittet um die Erlaubnis, vor Damian, den König von Antion, treten zu dürfen.«

Unwillkürlich wanderte meine Hand zu meinem Schwertgriff. Noch hatten wir keine Nachricht von Eljin erhalten, also würden wir nicht wissen, ob sie Zauberer dabeihatten – nicht jedenfalls, bis sie nah genug waren, damit Damian selbst es spüren konnte.

Damian bewegte sich, als wollte er sich erheben, änderte dann aber offensichtlich seine Meinung und lehnte sich wieder auf dem Thron zurück.

»Lasst sie herein«, befahl er.

Ich spürte, wie Rylan neben mir erstarrte, als wir uns für den oder das, was durch die Tür kommen würde, rüsteten.

Und dann wurde die Tür nah bei Damian aufgeschoben und Eljin stürmte herein.

Drei

ELJIN STÜRMTE IN den Saal, ohne irgendjemanden zu grüßen oder sich zu verneigen. Im Laufschritt eilte er die Stufen hinauf, beugte sich zu Damian hinunter und flüsterte ihm etwas ins Ohr. Gern hätte ich gewusst, was er sagte, aber ich hielt den Blick auf den hinteren Teil des Saals gerichtet, wo die ersten vier Männer aus Dansii hereinstolzierten. Alle waren gleich gekleidet, auf eine Art, wie ich es nie zuvor gesehen hatte. Getrockneter Matsch überzog ihre Stiefel. Unter den langen weißen Tuniken waren ihre losen schwarzen Hosen zu sehen, die bis zur Mitte der Waden reichten. Über ihrer Tunika trugen sie ärmellose Übermäntel aus einem rauen Stoff in leuchtendem Lila. Um den Hals und den Kopf hatten sie ein Tuch in der Farbe sonnendurchglühten Sands geschlungen, und an ihrer Seite hingen gefährlich aussehende Krummschwerter. Diese Kleidung war nicht dafür gedacht, die Hitze des Dschungels zu überstehen – es war die Kleidung von Männern aus den Wüsten von Dansii, wo nicht Unwetter, Hitze und tödliche Raubtiere der Feind waren, sondern Wind, Sonne und bitterkalte Nächte.

Mit pochendem Herzen blickte ich auf Damian hinunter und

versuchte, seine Reaktion zu erahnen. Eljin sah kurz zu mir herüber, bevor er sich den Bewohnern von Dansii zuwandte. Der Blick, den er mir zuwarf, enthielt eine Warnung, sodass ich ein mulmiges Gefühl hatte. Ich spannte die Muskeln und rüstete mich für das, was auf uns zukommen mochte.

Die vier Männer betraten im selben Schritttempo den Saal. Auf halbem Weg zum Thron machten sie halt und stellten sich paarweise einander gegenüber. Stillschweigend beobachteten wir, wie ein weiterer Mann durch die Tür kam. Er hatte keine Waffen und trug ein Gewand, das religiös anmutete. Huldigten sie in Dansii Zauberern? Ich hatte keine Ahnung. Sein schwarzes Gewand mit der weißen Überweste reichte bis zum Boden und um die Taille war eine rote Schärpe gebunden. Langsam ging er auf die vier bewaffneten Männer zu. Sein Gesichtsausdruck war gelassen, als er den Blick auf den König heftete. Kurz bevor er seine Männer erreichte, blieb er stehen.

»König Damian von Antion, ich habe die große Ehre, Euch Lady Vera von Dansii vorzustellen. Sie kommt, um Euch König Armandos Beileid zum Tod Eures Vaters sowie seine Glückwünsche zu Eurer Thronbesteigung und die guten Wünsche des Landes Dansii für ein dauerhaftes Bündnis zu übermitteln.« Die Stimme des Mannes drang durch den Saal und er verneigte sich tief vor dem König.

Ich musste darum kämpfen, eine neutrale Miene zu zeigen und meine Verwirrung zu verbergen. Eine Lady? All dies diente dazu, eine Dame vorzustellen? Mit fragendem Blick wandte ich mich an Eljin, doch er starrte immer noch geradeaus. Seine Miene war ausdruckslos.

Felton zappelte herum. Ich blickte auf ihn hinunter und beobachtete, wie er den König erwartungsvoll musterte, ein Grinsen im Gesicht. Was war hier los? Was entging mir?

Rylan neben mir holte plötzlich tief Luft, und ich schaute unwillkürlich hoch, als die schönste Frau, die ich je gesehen hatte, in den Raum schwebte. Ihr Gang war betörend – jedenfalls war es nicht etwas so Banales wie *gehen*. Und es war auch nicht marschieren oder schreiten, was ich gewöhnlich tat. Damian nahm auf seinem Thron Haltung an, gab nicht länger vor, desinteressiert zu sein. Ein plötzlicher Schmerz, glühend und unerwünscht, durchfuhr mich.

Lady Vera trug ein dunkelblaues Kleid, das über den Boden streifte, als sie auf uns zuging, und ihre alabasterfarbene Haut gut zur Geltung brachte. Sie war genauso bleich wie Asher und Felton, erinnerte aber an eine Statue aus Elfenbein. Alles an ihr war so vollkommen, dass ein Bildhauer nur davon träumen konnte, ein solches Kunstwerk zu gestalten. Sie ging an dem Mann vorbei, der sie angekündigt hatte, und er folgte ihr bis zum Thron. Die vier bewaffneten Männer schlossen sich ihr ebenfalls an. Sie war deutlich kleiner als die Männer hinter ihr, was sie aber durch ihre starke Präsenz mehr als wettmachte. Ihre Augen waren auf den König gerichtet, und ihre Mundwinkel kräuselten sich leicht nach oben, als sie entdeckte, wie verzückt er sie betrachtete. Als sie näher kam, sah ich, dass ihre Haare mahagonifarben glänzten. Sie hatte weder auf der Nase noch auf den Wangen auch nur eine einzige Sommersprosse. Ihre Augen waren von einem so seltsamen Hellgrün, dass ich von meinem Standort aus die Farbe ihrer Iris sehen konnte.

»Willkommen in Antion, Lady Vera.« Als sie anmutig neben

Felton und Deron stehen blieb, beschloss Damian, sich doch zu erheben.

»Danke, Majestät.« Der Hofknicks, bei dem sich ihr Rock bauschte, brachte ihr beeindruckendes Dekolleté sowie den großen Rubinanhänger über ihrem Ausschnitt zur Geltung.

Mein Herz klopfte zum Zerspringen. Ich warf Damian einen Blick zu, hoffte, er würde sich von ihrer Schönheit nicht dermaßen blenden lassen, dass er darüber zu erspüren vergaß, ob sie eine Zauberin war. Ich wusste immer noch nicht genau, wie es funktionierte – musste er sich konzentrieren, um es herauszufinden? Oder fühlte er es, *wusste* es einfach? Oder war es Eljin gelungen, so nah zu kommen, dass er es bereits wusste? Keiner von ihnen schien sich Sorgen zu machen, als König Damian ihr den Kopf zuneigte und mit einer Geste zu verstehen gab, dass sie sich erheben könne. Als sie sich aufrichtete und erneut lächelte, dieses Mal etwas weniger zurückhaltend, war ich keineswegs beruhigt. König Armando hatte einst Iker zu seinem Bruder gesandt. Warum schickte er jetzt Lady Vera? Was für ein Spiel trieb er?

»Habt Ihr eine Nachricht von meinem Onkel?«, fragte Damian, als er wieder auf seinem Thron Platz nahm.

Ich entspannte mich ein wenig. Ich hatte nämlich irgendwie befürchtet, er könnte zu ihr hinuntergehen und auf der Stelle einen Heiratsantrag machen. Alle anderen Wachen starrten sie mit offenen Mündern an. Es wunderte mich, dass ein hübsches Gesicht sie so leicht aus der Fassung brachte. Also straffte ich die Schultern, stand noch aufrechter da und umklammerte meinen Schwertgriff – für alle Fälle.

»Ja, habe ich. Aber ich bin müde von der Reise. Würde es

Euch etwas ausmachen, wenn ich darum bitten würde, dass man mir in meinem Gemach ein Bad einlässt, damit ich mich frisch machen kann, bevor wir uns ausführlich unterhalten? Ich hoffe, Felton war zeitig genug hier, um Euch über unser Kommen zu informieren, damit Ihr unsere Gemächer vorbereiten konntet?« Auch wenn sie lächelte, klang ihre Stimme hart wie Stahl. Ein Nein würde sie nicht akzeptieren.

Ich fand nicht, dass sie ein Bad und Zeit verdiente, um sich für was auch immer vorzubereiten – auch wenn sie lediglich eine Botschaft des Königs und keine Drohung überbrachte. Wir mussten den Inhalt der Botschaft *sofort* erfahren. Wir mussten wissen, weshalb sie hier war.

»Natürlich«, erwiderte Damian. »Lasst Euch alle Zeit der Welt.« Er gab den Wachen ein Zeichen.

Ich musste die Zähne zusammenbeißen, damit meine Miene nicht verriet, wie entsetzt ich war. Was war denn mit den Männern los? Vor allem Damian sollte doch wissen, dass man jemandem aus Dansii nicht blindlings vertrauen konnte – auch dann nicht, wenn es anscheinend nur eine harmlose schöne Frau war.

»Herr, darf ich …«, versuchte ich zu protestieren, aber Damian hob die Hand und gebot mir damit Schweigen. Zum ersten Mal sah Lady Vera mich an und ihr Blick ließ mir das Blut in den Adern gefrieren. Sie lächelte unentwegt, aber als sie mir in die Augen sah und dann nach links schaute – auf meine Narben –, ließ mich ihre Selbstgefälligkeit zu Eis erstarren.

Ich war nicht bereit, den Blick abzuwenden, und starrte kalt auf sie hinunter, bis sie aufgab und sich wieder Damian zuwandte. Sie mochte zwar alle Männer in ihren Bann gezogen haben, mich jedoch nicht. Und ich würde nicht zulassen, dass sie weniger als drei Meter Abstand zu Damian hielt – natürlich nur, weil ich mich um seine Sicherheit sorgte. Es hatte nichts damit zu tun, dass er sie von seinem Thron aus immer noch anstarrte. Sein Gesichtsausdruck war abschätzend. Und bewundernd.

Der Schmerz kehrte in mein Herz zurück.

»Doch ich würde gern wissen, mit wem ich die Ehre habe. In welchem Verhältnis steht Ihr zu meinem Onkel?«, richtete Damian das Wort an Lady Vera.

»Selbstverständlich, Herr. Wie dumm von mir, mich nicht richtig vorzustellen. Ich bin Lady Vera Montklief. Mein Vater ist der Herzog von Montklief und der vertrauenswürdigste Berater und Freund Eures Onkels.« Sie vollführte erneut einen Knicks, ließ Damian aber nicht aus den Augen. War ich denn die Einzige, die hinter ihrem koketten Gehabe den berechnenden Blick erkannte?

»Interessant, dass er seine Tochter sandte, um eine Botschaft von meinem Onkel zu überbringen und nicht jemand …«

»Männlicheren?«, ergänzte Vera und kräuselte amüsiert die Mundwinkel. »Mein Vater und König Armando machten sich Gedanken darüber, dass Ihr, nachdem die Dinge mit Iker eine solch katastrophale Wende genommen hatten, einen männlichen Gast aus Dansii nicht gerade mit Begeisterung empfangen würdet. Wir waren alle bestürzt, als wir von den ruchlosen Taten erfuhren, an denen Hektor und Iker beteiligt waren. König Armando und mein Vater hatten gehofft, dass Ihr geneigter wäret, ihre Botschaft zu empfangen, wenn sie von einer weniger bedrohlichen Quelle überbracht würde.«

»Wie zum Beispiel von einer so schönen jungen Frau wie Euch«, bemerkte Damian und nickte leicht.

Auch wenn seine Worte der Wahrheit entsprachen, versetzte es mir einen Stich, dass er sie als schön bezeichnete.

Lady Vera neigte den Kopf, ein zartes Lächeln umspielte ihre Mundwinkel. Ihre leuchtend grünen Augen funkelten im Sonnenlicht. »Genau, Herr. Vielen Dank.«

Ich glaubte ihr kein Wort – konnte nicht glauben, dass Armando keine Ahnung gehabt hatte, was Hektor, sein eigener Bruder, und Iker, der Mann, den Armando seinem Bruder als engsten Berater entsandt hatte, in den letzten fünfzehn Jahren im Schilde geführt hatten. Die beiden Königreiche waren Verbündete gewesen, seit Hektor und Armando gemeinsam in Antion eingedrungen, den vorherigen Monarchen vom Thron gestoßen und alle getötet hatten, um dann Hektor auf den Thron zu setzen. Und Verbündete, ganz zu schweigen von Brüdern, waren gewöhnlich sehr wohl im Bilde, was bei dem anderen vor sich ging.

Aber Damian lächelte Vera an und entspannte sich ein wenig.

»Verzeiht, Majestät«, rief eine Bedienstete, die auf der Seite des Saals nahe einer offenen Tür stand, »wenn die Lady mir folgen will, geleite ich sie zu ihrem Gemach.«

Die Bedienstete hielt den Kopf gesenkt, während sie darauf wartete, dass Lady Vera ihr folgte.

»Danke, Majestät. Ich freue mich darauf, mit Euch zu reden, sobald ich mich von meiner Reise erholt habe.« Durch ihre dichten Wimpern blickte sie zum König hoch. »Vielleicht beim Abendessen?«

Damian schritt die Stufen hinunter, ergriff ihre Hand und

hob sie an die Lippen. Der Schmerz flammte erneut auf – ein scharfer, stechender Stich in meine Eingeweide –, als er sanft mit den Lippen die weiße Haut ihrer Finger berührte. Eine Haut, die nicht der Sonne, dem Wind, dem Regen und dem Schwertkampf ausgesetzt und davon abgenutzt worden war. »Ich würde mich freuen, wenn Ihr mir beim Abendessen Gesellschaft leistet. Ich werde Euch in Eurem Gemach abholen lassen.«

»Danke, Herr.« Sie machte erneut einen Knicks und er ließ ihre Hand los.

Als Lady Vera sich der Bediensteten zuwandte, die auf sie wartete, wurden die Türen am anderen Ende des Saals erneut aufgeschoben. Ein Mann in Uniform stürmte herein und verneigte sich hastig vor dem König.

»Majestät, eine kleine Schwadron ist aus Blevon eingetroffen und bittet Euch um eine Audienz«, erklärte er, als er sich wieder aufrichtete. »Mein Hauptmann lässt Euch fragen, ob wir ihnen den Eintritt gewähren oder sie festnehmen sollen.«

Ich konnte Damians Gesicht nicht sehen, um zu ermessen, ob er überrascht war oder nicht. Er stand nämlich unterhalb von mir, Lady Vera zugewandt. Niemand hatte mir gegenüber etwas von einem eventuellen Besuch der Blevoneser Armee erwähnt. Ich fragte mich, ob General Tinso mit von der Partie war. Die Vorstellung erfüllte mich mit überraschender Erleichterung und Aufregung. Sicherlich würde er Damian darauf hinweisen, dass Lady Vera, auch wenn sie »eine schöne junge Frau« war, sehr wohl eine Gefahr darstellen konnte. Ich war nicht so schön wie sie, aber ich war eine junge Frau. Und wenn ich in den Palast von König Armando entsandt würde, um eine Botschaft zu überbringen, wäre es besser, er würde mich als die größte Gefahr ansehen, mit der er je in Berührung gekommen war.

Ich konnte nur hoffen, dass Lady Vera nicht so gefährlich war wie ich.

»Ja, du kannst deinem Hauptmann sagen, dass er sie hereinbringen soll«, erwiderte Damian dem Boten. »Ich werde sie hier empfangen.«

Der Soldat presste die Faust gegen die Brust, verneigte sich, machte auf dem Absatz kehrt und eilte auf demselben Weg zurück, auf dem er gekommen war.

»Lady Vera, Ihr könnt Euch zurückziehen«, sagte Damian an sie gewandt. »Ich sehe Euch beim Abendessen.«

»Ja, Herr, und ich freue mich darauf.« Lady Vera knickste noch einmal. Als sie sich dieses Mal anschickte, den Saal zu verlassen, hielt sie niemand auf. Ihre Männer folgten ihr, auch der Mann in der langen Robe und Felton, der Läufer. Mir war nicht entgangen, dass sie den Mann in Schwarz nicht vorgestellt hatte. War das Absicht gewesen? Wer war er?

Erst als sie alle den Saal verlassen hatten, wandte sich Damian wieder uns zu. Seine kühle Miene überraschte mich.

»Deron, ich wünsche, dass Lady Vera rund um die Uhr bewacht wird und mir jede Bewegung, jedes Wort gemeldet werden. Alexa, du und Rylan, ihr werdet heute Abend beim Essen Wache neben mir halten.«

Ich spürte Erleichterung, als ich erkannte, dass er nicht völlig den Verstand verloren hatte. Er hatte wieder ein Spiel gespielt; ich hätte es wissen müssen. Verlegenheit erfasste mich, weil ich seiner Farce genauso bereitwillig Glauben geschenkt hatte wie

Lady Vera. Ich kannte Damian – ich wusste, dass er sich nicht durch Schönheit blenden ließ. Seit Jahren versuchten atemberaubende Frauen, seine Aufmerksamkeit zu erregen, doch er erhörte keine von ihnen. Noch vor wenigen Wochen hatte er behauptet, *mich* zu lieben, eine der unansehnlichsten Frauen, die er kannte.

Genau in diesem Augenblick sah er mich an, als errate er meine Gedanken und wisse, welchen Kampf ich von dem Augenblick an, in dem Lady Vera den Saal betrat, mit mir auszufechten hatte. Sein Blick verfing sich einen endlosen Augenblick lang in meinem, und ich verlor mich fast in seinen strahlend blauen Augen. Doch plötzlich wurden die Türen geöffnet und schlugen gegen die Wände, sodass ich zusammenzuckte.

»König Damian, die Soldaten aus Blevon.« Derselbe Mann verneigte sich erneut vor dem König und trat zur Seite, als eine Reihe Blevoneser Soldaten einmarschierte. Damian zog sich über die Stufen zum Thron zurück. Ich beobachtete die Soldaten aufmerksam und hoffte, General Tinso zu entdecken. Aber als alle eingetreten waren, musste ich feststellen, dass er nicht dabei war.

Es waren zehn Männer. Als sie auf den König zugingen, musterte ich ihre Gesichter. Alle starrten geradeaus. Ihre Miene war neutral, verriet keinerlei Gefühl. Ich warf einen Blick auf Eljin, um zu sehen, ob er als Zeichen des Erkennens und des Willkommens lächelte. Es war schwierig, angesichts seiner Maske etwas zu erkennen, aber ich hatte den Eindruck, dass er die Stirn furchte. Als er ihnen entgegenblickte, wirkte seine Miene finster.

Die zehn Männer teilten sich in zwei Reihen zu jeweils fünf

Mann auf und blieben dann stehen. Ein hochgewachsener Mann, dessen Haar so lang war, dass er es im Nacken zusammengebunden hatte, trat vor.

»König Damian aus Antion, wir überbringen Euch eine Botschaft aus Blevon.« Er sprach unsere Sprache, wenn auch mit starkem Akzent.

»Ihr seid hier herzlich willkommen und ich vernehme gern Eure Botschaft«, erwiderte Damian neben mir, ebenfalls in unserer Sprache, obwohl ich wusste, dass er die Sprache der Blevoneser beherrschte.

Als der Mann zu unserem König aufblickte, rann es mir eiskalt über den Rücken. Seine Augen hatten einen seltsamen Ausdruck und wirkten leer. Irgendetwas stimmte hier nicht. Ich verkrampfte mich, wusste nicht, was auf uns zukam.

»Ihr habt zu einem hohen Preis Frieden zwischen unseren beiden Ländern gestiftet«, sprach der Mann mit derselben erschreckend emotionslosen Stimme.

»Der Preis war zwar hoch, aber das Ergebnis wert, hoffe ich«, erklärte Damian etwas vorsichtiger.

Erneut schaute ich zu Eljin hinüber. Er starrte mich direkt an, schüttelte unmerklich den Kopf und warf mir einen warnenden Blick zu.

»Wenn Ihr glaubt, das Ergebnis sei Frieden, dann irrt Ihr Euch«, konterte der Mann, und mein Kopf schnellte nach vorn.

Als der Mann zu Damian hochstarrte, wirkten seine Augen nach wie vor ausdruckslos und leer. Doch er nahm eine andere Haltung an, spannte sich leicht, und das Blut gefror mir in den Adern. Ich begann, mein Schwert aus der Scheide zu ziehen, aber es war zu spät.

»Für Euch und Euer Königreich wird es niemals Frieden geben.« Er zog sein Schwert und holte so schnell aus, dass Deron, der einen Moment zu spät nach seinem Schwert gegriffen hatte, ihn nicht mehr abwehren konnte. Die Klinge drang durch Derons Bizeps, als er nach hinten auswich, um nicht durchbohrt zu werden. »Das Blut Eures Volks wird den Dschungelboden rot färben!«

Vier

PLÖTZLICH RANNTEN ALLE zehn Soldaten aus Blevon mit erhobenen Schwertern auf uns zu. Der Schock, von unseren eigenen Verbündeten in Damians Thronsaal angegriffen zu werden, verwandelte sich schnell in Wut. Verschwommen hörte ich, wie Eljin Damian zurief, er solle sich nicht vom Thron rühren, als ich, gefolgt von den übrigen Wachen, mit gezücktem Schwert über die Brüstung vor mir sprang. Während ich auf dem Boden landete, durchschnitt ich damit die Luft. Die Klinge drang in die Schulter des Soldaten ein, der unter mir gestanden hatte. Sein Schwert fiel ihm aus der Hand und landete klirrend auf dem Boden. Da er keine Gefahr mehr darstellte, ließ ich ihn hinter mir und preschte auf den Mann zu, der Derons Arm aufgeschlitzt hatte und erneut auf ihn zustürmte. Um mich herum herrschte Kampfgetümmel. Die übrigen Wachen und die Wachtposten, die sonst vor den Türen postiert waren, kämpften, um unseren König zu schützen.

»Hey«, brüllte ich, sodass der Blevoneser Soldat, der Deron bedrängte, stehen blieb und mich ansah. Genau diesen winzigen Augenblick der Ablenkung benötigte ich. Ich wirbelte herum und schwang mein Schwert mit voller Wucht. Er konnte kaum sein eigenes rechtzeitig hochheben, um meinen Schlag abzuwehren, und unsere Klingen prallten aufeinander. Deron brachte sich in Sicherheit und umfasste den blutenden Arm, seinen Schwertarm.

Der Mann griff mich jetzt an. Neben mir entdeckte ich Eljin, der gegen zwei Männer kämpfte, doch es gelang ihnen nicht, ihn zu treffen. Ich konnte die Zauberkraft spüren, die Eljin heraufbeschwor, um ihre Schwerthiebe zu stoppen.

Der Soldat, der Deron angegriffen hatte, war stark, aber nicht so geschickt, wie ich erwartet hatte. Nur aufgrund der Überraschung war es ihm gelungen, Deron einen Schwerthieb zu verpassen. Er stürzte sich auf mich, doch ich konnte ihm mühelos ausweichen und seinem Schwert entgehen. Er war nicht schnell genug und ließ seinen Rücken ungeschützt, sodass ich meinen Arm herumschwingen und mein Schwert zwischen seine Rippen treiben konnte, tief in die Lunge hinein.

»Das ist für Deron«, brummte ich, als ich mein Schwert wieder aus ihm herauszog.

Er fiel auf die Knie und blickte mit diesen schrecklich leeren Augen zu mir auf. Doch während ich beobachtete, wie das Leben aus ihm wich, verschwand diese eigenartige Leere. Er blinzelte, und als er mich erneut anblickte, zeigte seine Miene Angst und Schmerz, und die Augen waren voller Tränen. Er sagte etwas auf Blevonesisch – es hörte sich an wie eine Bitte, aber ich konnte ihn nicht verstehen. Er versuchte es noch einmal, aber seine Stimme brach, als Blut seine Lungen und seine Mundhöhle füllte. Mir drehte sich der Magen und ich musste hart schlucken.

Schließlich verdrehte er die Augen und stürzte zu Boden. Er war tot.

»Alexa!« Damians Schrei ließ mich erstarren. Ich wandte mich gerade rechtzeitig um, als ein Schwert auf mich zielte. Ich warf mich zu Boden, entging nur knapp der scharfen Klinge. Der Blevoneser Soldat rückte vor und holte erneut aus. Ich schwang mich zur Seite und die stählerne Klinge landete klirrend auf dem Steinboden des Thronsaals.

Schnell umklammerte ich mein Schwert, rollte zurück auf die Schulterblätter und schnellte dann vorwärts, landete hurtig auf den Füßen, das Schwert in der Luft und bereit, aber der Soldat bewegte sich nicht von der Stelle, sein Gesicht war purpurrot angelaufen. Sein Schwert lag am Boden. Um seine Kehle herum fasste er ins Leere, als würden ihn unsichtbare Hände erdrosseln …

Mit einem Blitz der Erkenntnis wirbelte ich zu meinem König herum. Damian stand jetzt vor seinem Thron, seine Augen blitzten, und er streckte die Hand aus. Ich hatte zu schnell vergessen, dass unser König in Wirklichkeit keineswegs hilflos war. Er war nicht nur ein gewandter Schwertkämpfer, sondern auch ein Zauberer.

Neben mir schlug ein Körper auf. Ich wandte mich um und sah den Mann auf der Erde, ohnmächtig oder tot.

Als ich mich nach Damian umwandte, hob und senkte sich seine Brust, und sein Blick ruhte auf mir. Er ließ die Hand wieder zur Seite fallen, aber unsere Blicke hielten einander fest. Als jemand mich am Arm berührte, zuckte ich zusammen und drehte mich herum, um mein Schwert zu heben. Doch es war nur Mateo, der die Hände hob.

»Hey, ich bin's.« Er trat einen Schritt zurück. »Wollte mich nur davon überzeugen, dass mit dir alles in Ordnung ist.«

»Mir geht's gut«, schnarrte ich. »Jedenfalls ging es mir gut.« Ich hob die Stimme, in der Hoffnung, dass Damian mich hörte. Auch wenn das Ergebnis dasselbe gewesen war, hatte ich seine Hilfe nicht benötigt. Das Königreich war sich immer noch im Unklaren, wie es zu Zauberern stand, zumal der neue König einer war. Mir gefiel nicht, dass er seine Fähigkeiten unnötig zur Schau stellte. Das Vertrauen des Volks zu ihm war schwach und zerbrechlich, und ich befürchtete, ein falscher Zug von ihm würde es schnell zerstören.

»Tut mir leid.« Mateo hob erneut die Hände und wich zurück. Ich blickte mich um und entdeckte, dass alle zehn Blevoneser Männer reglos am Boden lagen. Die Mitglieder der Wache waren über sie gebeugt, die Schwerter blutgetränkt, sie rangen nach Luft. Eljin stand mir am nächsten und starrte auf den Mann, den ich vor Damians überflüssiger »Rettung« getötet hatte.

»Was hat er gesagt?«, fragte ich ungeduldig und erinnerte mich an die Art, wie sich die Augen des Mannes kurz vor seinem Tod aufgehellt hatten, und an die Worte, die er gesprochen hatte. »Hast du ihn gehört – was bedeutete es?«

»Er sagte: ›Ich wollte es nicht, ich war es nicht‹«, erklärte Eljin ruhig und senkte sein blutiges Schwert.

»Sind sie alle tot?« Damians Stimme direkt hinter mir ließ mich zusammenzucken. Ich wirbelte herum und sah, dass der König auf den Mann zu meinen Füßen starrte. Seine Miene war undurchdringlich.

»Ja, Herr, alle«, erwiderte Rylan zu meiner Linken.

Mein Ärger über Damians Einschreiten löste sich in Nichts auf, als das, was gerade geschehen war, in mein Bewusstsein drang. Ich war erschüttert. »Warum wollten sie Euch angreifen?«, flüsterte ich. »Wir haben doch angeblich Frieden mit Blevon.«

»Etwas stimmte nicht.« Auch Eljin starrte auf den Mann, den ich besiegt hatte. »Als sie hereinmarschierten, habe ich keinerlei Zauberei gespürt, aber das war kein gewöhnlicher Angriff. Als dieser Mann im Sterben lag… schien es fast so, als *bedauere* er, uns angegriffen zu haben.«

»Natürlich bedauerte er es, denn er lag ja im *Sterben*«, konterte Jerrod ein paar Meter weit entfernt, das Gesicht hochrot und das Schwert voller Blut.

Mit blassem Gesicht warf Damian Eljin einen scharfen Blick zu. »Was schlägst du vor?«

»Ich weiß nicht, Herr.« Eljin schüttelte den Kopf. »Aber ich glaube, wir haben gerade unschuldige Männer getötet.«

»Aber sie haben versucht, uns zu töten«, protestierte Asher. »Schaut euch nur Derons Arm an. Wenn er sich nicht so schnell bewegt hätte, würde er jetzt tot auf dem Boden liegen, so wie die anderen.«

Eljin schwieg.

»Wir haben uns und unseren König vor einer Gruppe von Männern geschützt, die vorhatten, uns zu töten«, meldete sich Deron zu Wort. »Von jetzt an hat kein Bewohner von Blevon mehr Zutritt zum Palast, sofern er nicht beweisen kann, dass er gegenüber unserem Volk und unserem König nichts Böses im Schilde führt.«

»So viel zum Friedensvertrag«, murmelte Leon, eine der neueren Wachen.

»Der Friedensvertrag gilt noch immer. Und wir wollen nicht

damit anfangen, die Bewohner von Blevon wegen dieses Vorfalls vor den Kopf zu stoßen«, erklärte Damian endlich barsch. »Ich weiß nicht, was hier geschehen ist, aber ich stimme Eljin zu. Irgendetwas stimmte mit diesen Männern nicht.«

Ich war einer Meinung mit Damian und Eljin, aber auch mit Deron. Wir konnten es nicht riskieren, dass Damian verwundet – oder getötet – wurde, falls noch jemand aus Blevon mit einer Botschaft kam und diese dann mit dem Schwert überbrachte. Ich konnte das Bild des Mannes, der zu mir hochstarrte und dessen Miene sich dann plötzlich veränderte – von ausdruckslos zu gefühlvoll –, nicht aus meinem Kopf verbannen. Angst. Verzweiflung. Verwirrung. So leer sein Blick gewesen war, so seelenlos er erschienen war: Kurz vor seinem Tod hatte er wie ein völlig anderer Mensch ausgesehen. Einer, der eindeutig eine Seele hatte – und der behauptet hatte, er hätte nicht gegen uns kämpfen wollen.

Warum nur war er hergekommen und hatte uns angegriffen?

»Wir müssen Hilfe holen. Die Leichen müssen weggeschafft und das Chaos beseitigt werden«, befahl Deron.

»Und du musst unbedingt deinen Arm behandeln lassen«, unterbrach ich ihn. »Mateo, mach dich auf die Suche nach Lisbet. Sie soll sofort kommen. Asher, reiß ein Stück von deiner Tunika ab. Wir müssen die Blutung stillen.«

Asher murrte. »Warum gerade meine?«

»Ich würde es tun, aber ich kann mich nicht entblößen«, wies ich ihn mit einem flammenden Blick zurecht. »Halt jetzt den Mund und hilf ihm, bevor er vom Blutverlust in Ohnmacht fällt.«

Ohne weitere Worte zu verlieren, beugte sich Asher vor und riss einen langen Streifen von seiner Tunika ab.

»Majestät, vielleicht solltet Ihr in Eure Gemächer zurückkehren und ...« Was immer Rylan auch hatte vorschlagen wollen, er wurde unterbrochen, als erneut die Türen geöffnet wurden und General Ferraun, den Damian zum Oberbefehlshaber seiner gesamten Armee ernannt hatte, hereinmarschierte.

Er erstarrte und machte große Augen, als er das Gemetzel und uns sowie den König inmitten eines Meers von Leichen und Blut sah. »Was ist hier *geschehen*?«

Damian seufzte. »Ich weiß es wirklich nicht – noch nicht.«

General Ferraun hob die Augenbrauen, doch er schwieg.

»General, ist es etwas Wichtiges oder kann es warten?«

»Ich bedauere sehr, Herr, aber es kann nicht warten.«

Sein grimmiger Gesichtsausdruck ließ mich erschauern. Was kam jetzt?

»Ein Grenzdorf wurde angegriffen.«

»Angegriffen?«, wiederholte Damian. »Wo? Wie?«

General Ferraun warf dem König einen entschuldigenden Blick zu. »Es war an der nordwestlichen Ecke von Antion, an der Blevoneser Grenze. Ein schwarzer Zauberer tötete die Männer und sogar ein paar Frauen.«

»Ein schwarzer Zauberer?«, warf Eljin ein. »Bist du sicher?«

»Er tötete sie mit dem verfluchten Feuer, das Iker entfacht hatte«, erklärte General Ferraun.

Damian starrte ihn entsetzt an. »Wo sind die Waisen? Sie müssen hierhergebracht werden, damit sie ein Dach über dem Kopf und etwas zu essen haben.«

»Herr, da ist noch etwas«, fuhr General Ferraun fort und zog eine Grimasse.

»Noch etwas?«

»Der Zauberer handelte nicht allein, sondern führte eine Gruppe Soldaten an.« Der General machte eine kurze Pause. »Blevoneser Soldaten.«

Fünf

»WIE GESAGT, SO viel zum Vertrag«, wiederholte Leon.

»Wenn du deinen Mund nicht hältst, werde ich ihn dir für immer verschließen«, drohte Asher zu meiner Überraschung.

Damian hatte bisher geschwiegen, alles Blut war aus seinem Gesicht gewichen. Innerhalb weniger Augenblicke schien er um ein Jahr gealtert zu sein.

»Herr?«, mischte sich General Ferraun ein.

Damian schüttelte leicht den Kopf, als versuche er, seine Gedanken zu ordnen. »Wir müssen sofort eine Ratsversammlung einberufen, um zu beraten, was wir tun sollen. General, wir treffen uns in dreißig Minuten in der Bibliothek. Bitte bringt alle mit, die Zeuge dieses Massakers geworden sind oder davon berichtet haben.«

General Ferraun salutierte. »Ja, Majestät.« Er machte auf dem Absatz kehrt, um den Saal zu verlassen.

»Asher, geh mit Leon und Oliver, und sorg dafür, dass dieser Saal aufgeräumt wird. Mateo, du suchst Lisbet auf. Sie soll auf der Stelle herkommen und sich um Derons Arm kümmern.« Damian fuhr fort, in Windeseile seine Befehle zu erteilen.

»Deron, setz dich oder leg dich nieder, bevor du das Bewusstsein verlierst.« Dann wandte er sich Eljin, Rylan und mir zu. Ich hatte noch mein Schwert umgeschnallt, das Blut des Mannes, den ich getötet hatte, klebte noch an der Klinge. »Und ihr drei folgt mir bitte in die Bibliothek.«

»Um Euch zu bewachen oder zu beraten?«, wollte Eljin wissen.

»Möglicherweise beides«, erwiderte Damian.

Rylan ließ den Blick zu mir wandern, dann zurück zum König. »Herr, ich weiß, dass Ihr Alexas Meinung und ihre Erfahrung sehr schätzt, aber sie war die ganze Nacht auf, hat kaum ein Auge zugetan ...«

Damian fiel Rylan ins Wort. »O ja, entschuldige, dass ich es vergessen habe.« Endlich sah er mir direkt in die Augen, doch sein Blick war zurückhaltend. »Dann nehme ich Rylan und Eljin mit und du kannst dich zurückziehen und erholen.«

»Herr, mir geht's gut, ich werde Euch begleiten.«

Damian hielt kurz inne, als überlege er. Dann schüttelte er den Kopf. »Nein, du brauchst Schlaf. Ich benötige deine Dienste jedoch heute Abend beim Essen. Wenn du wieder wach bist, wird dich jemand auf den laufenden Stand der Dinge bringen.«

»Herr, ich ...«, wollte ich widersprechen, aber sein durchdringender Blick brachte mich zum Schweigen.

»Alexa, das war alles. Du kannst jetzt gehen.«

Ich schluckte meine wütende Erwiderung hinunter, da mir nur allzu bewusst war, dass alle Augen auf uns gerichtet waren. Zuerst hatte er bei einem Kampf eingegriffen und mich dadurch vor den anderen Wachen schwach erscheinen lassen. Und jetzt schickte er mich tatsächlich in mein Gemach. Ich hob mein blutiges Schwert und verneigte mich leicht zum Gruße. »Wie Eure Majestät wünschen«, sagte ich durch zusammengepresste Zähne. Dann steuerte ich auf die Tür zu, setzte meine Schritte vorsichtig, um die toten Soldaten und Blutlachen auf dem einst fleckenlosen Boden zu umgehen. Ich brauchte keinen *Schlaf*, ich musste Damian helfen – ihn vor weiterer Gefahr bewahren, herausfinden, was im Gange war.

Ich wollte gerade die Tür öffnen, als jemand sie von der anderen Seite heftig nach innen schob, sodass ich um ein Haar dagegengeprallt wäre. Gerade noch rechtzeitig machte ich einen Satz nach hinten. Tanoori schickte sich an, in den Saal zu stürmen, blieb jedoch stehen, als sie mich erkannte. Direkt hinter ihr kam Lisbet. Sie nickte mir zu und eilte an Tanoori vorbei. Als Lisbet die Soldaten entdeckte, die auf dem Boden verstreut lagen, zögerte sie und holte tief Luft.

»Jax, du bleibst im Korridor«, rief sie über die Schulter. Und ich entdeckte hinter Tanoori Damians Halbbruder, der sich direkt vor der Tür befand. Er hatte die Augen, die so strahlend blau waren wie die seines Bruders, weit aufgerissen. Sein Gesicht war unter dem olivfarbenen Teint, den er von Lisbet geerbt hatte, blass geworden.

»Was ist geschehen?«, keuchte Tanoori.

»Wir wurden angegriffen.«

Sie blickte an mir vorbei. Als sie Eljin entdeckte, eilte sie wortlos auf ihn zu. Ich konnte nicht hören, was sie zu ihm sagte, und sah lediglich, wie er grimmig den Kopf schüttelte.

Ich kehrte dem Saal den Rücken und schloss die Tür hinter mir, um das Blutbad vor Jax zu verbergen, der immer noch wie erstarrt an derselben Stelle stand. Vor Entsetzen, Angst oder

Faszination – ich war mir nicht ganz sicher. Vielleicht traf alles zu.

»Komm, Jax. Man hat uns weggeschickt, lass uns gehen.« Ich verstaute mein Schwert in der Scheide, obwohl ich wusste, dass ich sie nachher würde reinigen müssen. Doch so hatte ich eine Hand frei, sodass ich sie nach ihm ausstrecken konnte – für alle Fälle.

Er war einen Moment lang unschlüssig, überlegte wohl, ob dies zu kindisch wäre. Aber schließlich zuckte er die Schultern und umfasste meine Hand mit erstaunlich festem Griff.

»Warum schicken sie uns weg?«

»Manchmal ist es nötig, dass wir bleiben, und manchmal ist es besser, wenn wir irgendwo anders hingehen.«

»Weil ich *zu jung* bin«, bemerkte er in einem Singsang, der mich fast laut auflachen ließ, auch wenn die augenblickliche Lage alles andere als lustig war. »Aber warum haben sie *dich* weggeschickt?«, fuhr er fort. »Du bist die beste Kämpferin, die Damian, ich meine, der König, zur Verfügung hat!«

»Nun, wir können nicht alle dieselbe Aufgabe erledigen. Und wir müssen Befehlen gehorchen.« Ich führte ihn zurück in Lisbets Gemächer, auf dem Stockwerk unter dem von Damian, wo sie und Jax jetzt wohnten. Eine erhebliche Verbesserung im Vergleich zu dem winzigen, düsteren Raum, in dem sie während Hektors und Ikers Herrschaft jahrelang im alten Palastflügel versteckt gewesen waren.

Als wir durch den Flur zur Treppe gingen, bog eine kleine Gruppe von Mädchen um die Ecke und steuerte auf uns zu. Sie trugen die leuchtenden Farben, die am Hof so beliebt waren. Es waren zwei größere Mädchen, vermutlich in meinem Alter, und ein jüngeres, das sich so aufrecht wie möglich hielt und versuchte, älter auszusehen, als es war. Das Mädchen, das die Gruppe anführte, zog seinen Fächer heraus und öffnete ihn, als es uns sah. Sie benutzte ihn, um Nase und Mund zu bedecken, und die anderen taten es ihr nach. Die Erste würdigte mich und Jax keines Blickes und hob das Kinn, als sie den Flur entlangstolzierte. Aber die anderen beiden sahen mich unverblümt an. Auch wenn ihre Lippen bedeckt waren, konnte ich ihre Worte hören, als sie näher kamen.

Das Mädchen, das etwas jünger aussah als ihre Begleiterinnen, flüsterte laut, die Augen weit aufgerissen: »Das ist das Mädchen, das gekämpft hat …«

»Pst.« Die andere schnitt ihr das Wort ab. Sie hatte den Blick voll kalter Überheblichkeit auf meine Narben gerichtet. »Mutter meint, es sei vulgär für ein Mädchen, über solche Dinge zu *reden*, geschweige denn, sie zu *tun*. Es ziemt sich nicht, Dinge zu tun, die Männern vorbehalten sind.«

»Oh. In Ordnung.« Das jüngere Mädchen machte große Augen und war vollkommen fasziniert.

Ich straffte die Schultern, verstärkte den Griff um Jax' Hand und beschleunigte meinen Schritt, sodass der Junge gezwungen war, im Laufschritt an den Mädchen vorbeizurennen.

Während wir zur Treppe eilten, folgte uns ihr Gekicher.

»Worüber haben die geredet? Was bedeutet ›vulgär‹?«, wollte Jax wissen, als wir um die Kurve gebogen waren und sie hinter uns gelassen hatten. »Haben sie über dich geredet?«

»Kümmere dich nicht um sie«, erwiderte ich. »Sie wissen nicht, worüber sie reden.«

Jax schwieg einen Augenblick lang. Dann sagte er: »Nun, ich

finde, es ist dumm von ihnen, so etwas zu sagen. Sie sollten dir dankbar sein, dass du sie gerettet hast.«

Schließlich lockerte ich meinen Griff um seine Hand und wurde etwas langsamer. »Wäre das nicht schön?«, murmelte ich und schüttelte den Kopf. Er hatte recht, ich sollte keinen Gedanken an sie verschwenden.

»Was also hat Dam… – ich meine, der König – dir befohlen?«, fragte Jax, der die Mädchen bereits vergessen hatte, neugierig. »Wirst du jemanden befragen? Oder gehst du zu einem Sparring im Ring?« Jax sah mir gern dabei zu. Ich hatte ihm versprochen, ihn im Schwertkampf zu unterweisen, aber bisher hatten wir lediglich zwei kurze Lektionen geschafft.

»Nein, nicht heute.«

»Aber worum geht's dann?«, drängte er.

Als wir die Treppe zum ersten Stockwerk hochgingen, wo sich Lisbets und Jax' Gemächer befanden, seufzte ich. »Ich habe den Befehl erhalten, ein Nickerchen zu machen.«

Jax blieb ruckartig stehen, hätte mir fast den Arm ausgekugelt. Er starrte zu mir hoch, den Mund vor Erstaunen aufgerissen. »Du hast den Befehl erhalten, ein *Nickerchen* zu machen?«, wiederholte er.

Als ich nickte, fing er schallend an zu lachen.

»So, das reicht jetzt.« Ich zerrte ihn die restlichen Stufen hoch und den Flur hinunter, bis wir vor seiner Tür standen. »Deine Mutter wird sicherlich bald hier sein. Sie muss aber erst Deron versorgen.«

»Ich weiß«, erwiderte Jax, als ich die Tür öffnete und er langsam dahinter verschwand. Plötzlich klang er ernüchtert.

»He, Jax«, rief ich. »Ist alles in Ordnung?«

»Ja, schon«, murmelte er wenig überzeugend.

»Du weißt, du kannst mit mir über alles reden, ja?«

Er überlegte und wandte sich mir erneut zu. »Es ist nur ... Mama und Damian ... ich meine, der König ...«

»Jax, ich denke, es ist in Ordnung, wenn du ihn Damian nennst, er ist ja dein Bruder.«

»Halbbruder.«

Ich hob eine Augenbraue.

»Jedenfalls«, fuhr er fort, »sind sie beide Zauberer. Sie können beide Magie einsetzen und so viele wunderbare Dinge bewirken. Ich habe beobachtet, wie Damian mit Eljin bei Nacht gezaubert hat und ...«

»Und?«, hakte ich nach, als er verstummte.

»Nun, ich kann nichts. Ich habe es versucht, aber nichts geschieht.«

Er sah so niedergeschlagen aus, dass ich seine Sorgen ernst nehmen musste. Ich spazierte also in sein Gemach und schloss die Tür hinter mir. Dann kniete ich mich vor ihn hin. »Ich bin keine Zauberin, aber ich glaube, ich kann ein paar recht erstaunliche Dinge tun.«

Er riss die Augen auf. »Ja. Du bist die beste Kämpferin, die ich je gesehen habe. Und du bist ein *Mädchen.*« Er sagte es so, als könne er kaum glauben, dass diese beiden Dinge vereinbar seien – ein Gefühl, das viele andere Menschen im Palast und in Antion zu teilen schienen. Ich fragte mich, wie es wäre, wenn mehr Menschen den Spitznamen meines Vaters für mich kennen würden – *zhànshì nánwū,* was »Meisterkämpfer« und »Zauberer« bedeutete. Wären sie dann mehr oder weniger begeistert, dass ein Mädchen den König bewachte?

»Nun«, fuhr ich fort und verscheuchte die Gedanken, »wenn du regelmäßig mit mir trainierst, bringe ich dir bei, wie du zum besten Schwertkämpfer wirst. Auch wenn du vielleicht kein Zauberer bist, bedeutet das nicht, dass du nicht deine eigenen Talente besitzt. Auch du kannst auf deine Weise Erstaunliches tun.«

Jax starrte mich an. Seine Miene verriet grenzenloses Vertrauen. »Du wirst mich weiterhin unterweisen?«

»Ich habe es dir doch versprochen.«

»Aber du bist die ganze Zeit so beschäftigt.«

Ich zog eine Grimasse. »Ich weiß, und es tut mir leid. Aber ich sag dir was: Ich werde mich anstrengen, mehr Zeit zu finden, dich im Schwertkampf zu unterrichten, okay?«

»Versprochen?«

Er blickte mich mit diesen unglaublich blauen Augen an – Damians Augen – und mir wurde eng in der Brust. »Ich verspreche es.«

Er nickte, dann streckte er plötzlich die Arme aus und schlang sie impulsiv um mich. Doch bevor ich seine Umarmung erwidern konnte, hatte er sich schon wieder zurückgezogen. Mit einem zufriedenen Lächeln trat er einen Schritt zurück und plusterte sich leicht auf. »Du solltest jetzt besser das Nickerchen machen, damit du keine Probleme bekommst.«

Ich schüttelte den Kopf und verdrehte die Augen. »Danke, dass du mich erinnerst.«

Als ich die Tür hinter mir schloss und mich zu meinem Zimmer begab, musste ich gegen eine Gefühlsaufwallung kämpfen. Für so viele Menschen stellte ich eine Erinnerung an Schmerz und Verlust, Tod und Leiden dar. Meine Narben erschreckten jene, die mich nicht kannten – und einige, die mich kannten. Aber Jax schienen sie nichts auszumachen. Für ihn war ich einfach das Mädchen, das Antion gerettet hatte, das geholfen hatte, seinen Bruder auf den Thron zu bringen, und ich war die beste Kämpferin, die er kannte.

Ich war entschlossen, mein Versprechen ihm gegenüber zu halten, auch wenn dies bedeutete, dass ich weniger vom König befohlene Nickerchen halten konnte.

Sechs

ICH HATTE ZWAR den Befehl erhalten, mich auszuruhen, doch das bedeutete keineswegs, dass ich mich in mein Gemach zurückziehen und so tun konnte, als sei alles in Ordnung. Damian war in Gefahr. Antion wurde erneut angegriffen. Alle Zeichen deuteten auf Blevon, doch das ergab keinen Sinn. Nicht, nachdem König Osgand und General Tinso sich so eifrig bemüht und so viel riskiert hatten, um Frieden herzustellen. Geschah es auf Eigeninitiative der Blevoneser Armee, unabhängig von ihrem König? Aber wenn ja, warum?

Obwohl ich erschöpft war, brannte mein Körper darauf, *irgendetwas* zu tun.

Ich machte es mir auf meinem Bett bequem, aber mir gingen alle möglichen Gedanken durch den Kopf. Nachdem ich die Augen geschlossen hatte, atmete ich tief und ganz langsam. Ein und aus. Ein und aus.

Als ich sie wieder öffnete, war ich nicht mehr in meinem Gemach im Palast, sondern stand draußen vor meinem ehemaligen Haus. Der Dschungel bildete einen dicken grünen Wall um die kleine Lichtung, auf der ein hochgewachsener Mann stand, ein Schwert in der Hand, die haselnussbraunen Augen aufmerksam auf mich gerichtet. Als ich ihn erblickte, wusste ich sofort, dass ich träumte.

»Noch einmal, Alexa. Du musst deine Beweglichkeit zu deinem Vorteil nutzen.« Die Stimme meines Vaters verursachte mir Herzschmerzen – auch wenn ein Teil meines Bewusstseins erkannte, dass dies nicht real war. Lediglich eine Erinnerung, die durch die durchlässigen Grenzen des Schlafs dringt.

Irgendwie war ich im Traum in meinem Körper und gleichzeitig fähig, mich selbst zu sehen. Ich war erst sieben oder acht Jahre alt. Mein üppiges dunkles Haar fiel mir gerade über den Rücken und ich blickte mit großen Augen entschlossen zu meinem Vater auf. Sie hatten dieselbe haselnussbraune Farbe wie seine.

Ich spürte das Gewicht des Schwerts, das ich in der Hand hielt. Es war viel zu groß für mich, aber ich ließ mich nicht abhalten. Ich knurrte und schwang es durch die Luft. Ich hatte immer länger als mein Zwillingsbruder Marcel geübt, war wild entschlossen, eine bessere Kämpferin zu werden als er. Häufig war ich von mir aus stundenlang im Freien geblieben, selbst nachdem mein Vater das Training beendet hatte, und versuchte, noch schneller und stärker zu sein, ja, all das zu sein, was mein Vater in mir sah.

Im Traum beobachtete er mich eindringlich. »Nein! Stopp. Du warst auf der linken Seite ungedeckt.« Er kam auf mich zu. Beim Anblick seiner schnellen, anmutigen Bewegungen, während er mir zeigte, was ich tun musste, hätte ich am liebsten losgeheult. Oh, wie sehr ich ihn vermisste.

»Wenn du gegen den Feind kämpfst, hat er dir gegenüber vielleicht viele Vorteile. Du musst also *schnell* sein – so.« Er schwang das Schwert, wirbelte es herum, zerschnitt zischend die Luft, als bewege es sich so schnell, dass es seinen eigenen Wind schuf. Die jüngere Alexa in meinem Traum ahmte ihn nach, und bald schwangen sie ihre Schwerter im Gleichklang, Seite an Seite.

»Sie wird nie so gut sein wie ich.« Als ich Marcels Stimme hörte, wurde der Schmerz in meinem Herzen noch größer, verwandelte sich in heftiges Bedauern. Er schlenderte mit der ganzen Selbstsicherheit, zu der ein Achtjähriger fähig war, heran und grinste mich selbstbewusst an.

»Alexa, stimmt das?« Papa hielt inne und blickte mich an.

»Nein. Ich werde dich eines Tages schlagen und dann musst du eine Woche lang meine Pflichten erfüllen.«

Als Marcel lachte und wieder im Nebel der Erinnerungen untertauchte, umklammerte ich meinen Schwertgriff. Ich hätte am liebsten gerufen, er solle zurückkommen, damit ich ihn sehen und hören könnte. Aber er war verschwunden. Und auch Papa löste sich jetzt in nichts auf. Etwas zog mich weg, obwohl ich mir nichts sehnlicher wünschte, als hierzubleiben und an den Schattengestalten meiner Familie festzuhalten.

»Alexa.« Mein Vater streckte die Arme nach mir aus. Aus irgendeinem Grund hatte er kein Schwert mehr. Sein Blick war aufmerksam auf mich gerichtet; er wirkte so *real.* »Du *wirst* ihn irgendwann schlagen. Wirst uns alle schlagen. Du wirst schneller sein als alle. Aber der Feind wird nicht immer mit einem Schwert angreifen. Sei stark, meine Tochter. Benutze deine Stärke, deinen Verstand und dein Herz.«

Als ich mich selber wieder erkannte, sah ich aus wie heute – mit einem vernarbten Gesicht und in der Uniform der königlichen Leibwache. Auch wenn ich mich noch so bemühte, konnte ich seine ausgestreckten Finger nicht berühren. Er verschwand in einem Dunstwirbel, der seine Beine hochkroch und sich nach und nach auf seinen gesamten Körper legte.

»Ich glaube, du hast die Stärke, *alles* zu überwinden, mein schönes Mädchen.« Als er mir ein letztes Mal in die Augen sah, war seine Stimme nur noch ein Flüstern. »Meine *zhànshì nánwū*.«

Und dann war er verschwunden, und ich war allein, inmitten eines Meers sich windenden grauen Nebels, endlos und furchteinflößend.

Mit einem Ruck schreckte ich hoch. Mein Herz klopfte zum Zerspringen und meine Wangen waren tränennass. Tief erschüttert durch den Traum schwang ich die Beine aus dem Bett und stand auf. An Schlafen war nicht mehr zu denken. Egal, was der König befohlen hatte, ich würde jetzt zum Übungsring gehen.

Als ich durch die Flure eilte, herrschte im Palast stickige Luft von der Feuchtigkeit eines Nachmittagsgewitters. Ich stürmte ins Freie, ungeachtet des Regens, der auf mich niederprasselte.

Ich absolvierte meine Übungen allein, kämpfte gegen eine Horde fiktiver Feinde und versuchte, den Gedanken an den Blevoneser Soldaten, den ich heute getötet hatte, zu verdrängen. Aber immer wieder kehrten meine Gedanken zu der erschreckenden Leere in den Augen dieses Soldaten zurück, die bis kurz vor seinem Tod angehalten hatte. War es eine Art Bann? Wenn dem so war, hätte es Eljin herausgefunden, aber er schien genauso verwirrt zu sein wie wir alle.

Ich stieß und stach zu, wirbelte blitzschnell herum und

zwang mich, an etwas anderes zu denken, an irgendetwas. Aber die Alternative war nicht viel besser – die Erinnerung an Vera, wie sie durch ihre nach oben gerichteten Wimpern zu Damian hochblickte und ihn anlächelte. Erneut erfasste mich Wut, aber dieses Mal aus einem anderen Grund. Auch wenn meine Hände rau und gerötet statt lilienweiß waren, waren es immerhin die Hände, die das Leben zahlloser Menschen gerettet hatten. Nicht nur vor den Soldaten heute, sondern vor Iker. Die Narben, die mich verunstalteten, waren der Beweis für den Kampf, den ich ausgetragen – und gewonnen hatte. Während der Regen sintflutartig auf mich niederströmte, ließ ich es ausnahmsweise ein Mal nicht zu, dass ich an die Menschen dachte, deren Leben ich *nicht* hatte retten können. Ich hatte Damian gerettet. Ich hatte uns alle gerettet.

Und obwohl ich keine Ahnung hatte, woher die neueste Bedrohung kam und was sie bewirkte, war ich entschlossen, Damian erneut zu retten. So oft es nötig war, damit er heil und gesund blieb. Ich dachte an die Worte meines Vaters in meinem Traum – dass der Feind nicht immer mit dem Schwert angreift – und das Unbehagen in mir wurde noch intensiver.

Als ich mein Sparring beendete, brannten meine Muskeln, und meine Hände schmerzten vom krampfhaften Umklammern des feuchten Griffs des Übungsschwerts, aber mein Kopf war viel klarer. Die schweren Wolken über dem Dschungel fingen an, sich aufzulösen. Der Regen war jetzt nur noch ein dunstiger Sprühnebel, der meine Haut mit Feuchtigkeit überzog, mich aber nicht mehr durchnässte.

Auf dem Rückweg zum Palast quietschten meine Stiefel durch den Morast. Ich hatte mich immer noch nicht an den

Anblick des leeren Geländes gewöhnt, wo einst das Bruthaus gestanden hatte, bevor Damian es kurz nach seiner Thronbesteigung hatte niederreißen lassen. Jetzt war nur noch ein Schutthaufen übrig, der nach und nach abgetragen wurde. Wäre die Armee nicht so unterbesetzt gewesen, wäre es schneller gegangen. Und angesichts der neuerlichen Bedrohung sah es nicht danach aus, als würde alles in nächster Zeit erledigt werden.

Ich eilte in mein Gemach, um in trockene Kleidung zu schlüpfen, bevor ich mich zur Ratsversammlung begab. Sie sollten nicht merken, dass ich draußen beim Sparring gewesen war, statt zu schlafen.

Nachdem ich eine saubere, trockene Uniform angezogen und mein feuchtes Haar zu einem kurzen Zopf geflochten hatte, schnallte ich mein Schwert um und steuerte auf die Bibliothek zu. Ich nahm an, dass meine feuchten Haare einem Bad zugeschrieben wurden.

Ich wollte gerade an die Tür der Bibliothek klopfen, als sie geöffnet wurde und Eljin heraustrat. Die Tür fiel hinter ihm ins Schloss.

»Alexa.« Eljin blickte erstaunt über seine Maske, als er mich erblickte. »Ich wollte dich gerade wecken.«

»Ist inzwischen noch etwas geschehen?«

»Nein, Gott sei Dank nicht.« Er gab mir mit einer Handbewegung zu verstehen, dass ich ihm etwas weiter den Flur entlang folgen sollte. Als wir fast einen Meter von der Tür entfernt waren, blieb er stehen und sah mich an. »Ich verstehe, dass du deinen Schlaf brauchst, aber wir brauchen dich da drinnen.« Er schwieg, als versuche er, seine Gedanken zu sammeln. »Ich kenne unser Land und ich kenne unsere Armee – wir haben keine schwarzen Zauberer. Derjenige, der diese Angriffe inszeniert, stammt nicht aus Blevon. Das kann ich garantieren. Und wenn ein schurkischer Zauberer auftauchen würde, bekäme er bestimmt keine Macht- oder Kontrollposition.«

»Aber wie sicher kannst du dir sein? Ein schwarzer Zauberer hat meine Eltern mit der Blevoneser Armee getötet. Während des Kriegs gab es viele Angriffe seitens schwarzer Zauberer.«

»Genau aus diesem Grund wollte ich dich aufsuchen. Ich erinnere mich, dass du das gesagt hast, als wir im Schloss meines Vaters waren, und mein Vater und ich hielten es für unmöglich.« Eljin betrachtete mich aufmerksam.

»Willst du damit sagen, dass ich lüge? Oder dass ich nicht verstehe, was damals wirklich passiert ist?«

»Nein – natürlich nicht. Aufgrund dessen, was ich über ihren Tod weiß, stimme ich voll zu, dass deine Eltern durch einen schwarzen Zauberer ums Leben kamen. Ich zweifle keine Sekunde an der Wahrheit deiner Behauptung. Doch ich weiß hundertprozentig, dass kein General oder Hauptmann aus Blevon es einem schwarzen Zauberer erlauben würde, mit ihm zu arbeiten oder unter seinem Kommando zu stehen.«

»Wie erklärst du dir dann diese Angriffe? Und wie kannst du so sicher sein? Wenn du mit einem schwarzen Zauberer an deiner Seite kämpfst, garantiert dir dies praktisch den Sieg. Wer könnte dem widerstehen, wenn einer seine Hilfe anbieten würde? Wie kannst du beweisen, dass es unmöglich ist?«

»Ich kann nicht garantieren, dass es *unmöglich* ist, denn ich glaube, alles ist möglich. Aber du musst mir vertrauen. Ich *kann* dir versprechen, dass weder ein General noch ein Hauptmann das Angebot des schwarzen Zauberers annehmen würde. Nicht in Blevon.«

»Wenn die Möglichkeit eines weiteren Kriegs mit deinem Königreich drohen sollte, musst du eine Möglichkeit finden, deine Behauptung zu beweisen. Sonst wird das Volk von Antion deine Worte nicht als wahr anerkennen – nicht, wenn die Menschen durch die Hand eines schwarzen Zauberers sterben, der einen Teil der Blevoneser Armee anführt.«

Eljin starrte mich einen endlosen Augenblick lang an. »Dann werde ich den Beweis finden müssen. Aber ich kann dir leider nicht sagen, warum ich so sicher bin. Tut mir leid.«

Ich dachte stillschweigend darüber nach. Was für ein Geheimnis mochte er wohl bewahren, und warum war er nicht bereit, es preiszugeben, wenn die einzige Alternative Krieg war? »Warum willst du mich dann darüber befragen?«

»Ich möchte gern die Einzelheiten dessen, was sich abgespielt hat, erfahren, auch wenn ich verstehe, dass es dir nicht leichtfallen wird, darüber zu reden. Aber es ist sehr wichtig, dass du dich an jedes Detail der Geschehnisse an jenem Tag erinnerst. Was du gesehen, was du gehört, gerochen und gefühlt hast – alles.«

Mir drehte sich der Magen, als meine Erinnerung nur widerwillig die Bilder meiner Eltern hervorholte, die vernichtet und verbrannt vor mir auf der Erde lagen. »Ich erinnere mich, wie auf dem Wachturm das Horn geblasen wurde, um uns zu warnen, dass der Feind gesichtet worden war«, begann ich.

»Nicht hier«, gebot mir Eljin Einhalt. »Alle sollen hören, was du zu sagen hast.«

»Glaubst du, dass die beiden Angriffe zusammenhängen?«

Eljin starrte mich an, machte dann auf dem Absatz kehrt, ohne etwas zu sagen, und kehrte zur Tür zurück. Ich seufzte und folgte ihm. Kurz bevor er nach dem Türknauf griff, blieb er stehen und sagte leise: »Ich glaube es. Aber es gibt noch so viele offene Fragen …« Er verstummte und schüttelte den Kopf.

Oh, wie ich offene Fragen hasste.

Wortlos öffnete er die Tür und verkündete: »Ich glaube, Alexa kann uns helfen, etwas Licht in die Angelegenheit zu bringen.«

Die offenbar recht hitzige Unterhaltung verstummte plötzlich und alle Köpfe wandten sich uns zu. Oder eher mir.

Ich holte tief Luft und betrat die Ratsversammlung.

Sieben

»Ich dachte, ich hätte dir befohlen, dich auszuruhen«, sagte Damian barsch, als ich den Raum betrat, Eljin im Schlepptau.

»Herr, wir brauchen ihre Meinung«, erklärte Eljin.

»Ich konnte sowieso nicht schlafen«, erwiderte ich ehrlich.

Die Bibliothek war mit einem massiven Schreibtisch ausgestattet, hinter dem Damian Platz genommen hatte. Vor ihm waren zwei Stuhlreihen in einem Halbkreis aufgestellt. An den Wänden standen Regale mit Büchern aller Größen und Themen, die unserem Volk bekannt waren. Während König Hektors Regentschaft war dies hier ein staubiger, selten besuchter Raum gewesen. Aber kurz nach seiner Krönung hatte Damian die Bibliothek entstauben und in ein provisorisches Arbeitszimmer umgestalten lassen, in dem er viel Zeit verbrachte.

Die Stühle waren alle besetzt, also begab ich mich zur Seite des Schreibtisches und stand da, halb dem König und halb der Versammlung zugewandt. Auch General Ferraun war anwesend sowie einige Männer, die ich nicht kannte, die aber die Uniform der Antioneser Armee trugen. Eine Frau, die aussah, als habe sie geweint, saß neben einem der Männer. Rylan und die Wachen, die sich im Raum befanden, saßen hinter ihnen. Eljin stellte sich hinter Damians linke Schulter.

»Ich halte es für wichtig, dass uns Alexa berichtet, was ihren Eltern bei einem Angriff zustieß, der diesem sehr ähnelte«, sagte Eljin. »Es wird helfen, die Ähnlichkeiten zwischen den Angriffen aufzuzeigen, zu prüfen, ob vielleicht ein Zusammenhang zwischen ihnen besteht.«

»Aber das war doch schon vor Jahren, während des Kriegs«, wandte Rylan ein.

»Wenn meine Theorie stimmt, hatten diese Angriffe nichts mit dem Krieg zu tun – zumindest nicht direkt. Blevon war nicht dafür verantwortlich, würde ich sagen.« Eljin kreuzte die Arme über der Brust.

»Was meinst du? Welche Theorie?« Damian wandte sich um und blickte Eljin an.

Eljin ignorierte ihn. »Alexa, fang an.«

Damian nickte knapp, und ich begann, das Entsetzen zu schildern, das wir empfunden hatten, als wir das Horn gehört hatten, das uns vor dem Herannahen des Feinds warnte. Die Erinnerungen an jenen Tag drohten, mich zu überwältigen, als ich die Details wiederaufleben ließ, die ich jahrelang verdrängt hatte. Die Angst in Mamas Gesicht, als sie Marcel und mich beschworen hatte, uns im Schutz des Dschungels, der sich hinter unserem Haus erstreckte, zu verbergen. Die Strenge in Papas Stimme, als er uns gezwungen hatte, zu versprechen, im Dschungel zu bleiben und nicht zu kämpfen. Wir hatten gehorcht, aber durch das dichte Blätterwerk, hinter dem wir kauerten, beobachtet, was passierte. Wir sahen Papas entschlossene Haltung, als er gegen die Blevoneser Soldaten kämpfte. Er war nicht aufzuhalten und hielt die Armee fast im Alleingang davon ab, ins Dorf einzumarschieren – bis der Zauberer angeritten kam und unverfroren von seinem dunklen Pferd stieg. Er zog nicht einmal sein Schwert, sondern hob lediglich die Hand. Voller Entsetzen beobachtete ich, wie zuerst mein Vater und dann meine Mutter von seinem verfluchten Feuer verschlungen wurden. Verkohlt und tot lagen sie vor mir auf der Erde.

Eljin war mitfühlend, aber entschlossen, als er mich nach Details fragte. Was hatte die Armee getragen? Waren die Uniformen der Soldaten neu oder zerfleddert? Wie sahen sie aus?

Ich konnte mich nicht genau erinnern, es war einfach zu traumatisch gewesen. Aber ich erinnerte mich gut an den Zauberer: Er war hochgewachsen, blass und Furcht erregend.

»Er hatte also einen blassen Teint, keinen olivfarbenen wie wir?«, drängte Eljin und deutete auf mich, Damian und sich selbst – wir stammten alle aus Blevon.

Ich erinnerte mich, dass der Zauberer mit aufgeblähtem Mantel über den Leichen meiner Eltern thronte, und erschauderte. »Er sah nicht aus wie wir; er war sehr blass. Sein Haar war grau durchzogen, früher war es aber sicher hellbraun.« Als ich mich zwang, an den Mann zu denken, den ich jahrelang zu vergessen versucht hatte, dämmerte mir etwas. »Er sah tatsächlich Iker sehr ähnlich.«

Damian wirkte ernst, während er mir zuhörte. Mir war klar, dass er von allen Anwesenden am besten wusste, wie schwer das alles für mich war. Aber er blickte mir nicht in die Augen, sondern starrte auf seinen Schreibtisch, meine Schulter oder Eljin.

»Er stammt also nicht aus Blevon«, bemerkte Eljin. »Vielleicht kam er auch aus Dansii?«

»Er kam definitiv nicht aus Blevon«, stimmte ich zu.

»Was gar nichts sagt, denn Blevon hätte ja einen schwarzen Zauberer aus einem anderen Land anheuern können, wenn es das gewollt hätte«, betonte General Ferraun. »Das ist alles sehr interessant, aber ich verstehe nicht, was du zu beweisen versuchst.«

»Eine Armee aus Blevon – eine *echte* Armee aus Blevon – würde nie und nimmer einen schwarzen Zauberer anheuern«, sagte Eljin.

»Worauf willst du hinaus?« Der General klang ungeduldig. »Spuck es endlich aus.«

Eljin warf ihm einen durchdringenden Blick zu. »Ich glaube nicht, dass diese Angriffe von Blevon ausgehen.«

Es folgte ein Moment des überraschten Schweigens, dann brach der General in Lachen aus. »O nein, wirklich nicht? Obwohl der Angriff auf das Dorf und der Angriff auf den König von der Blevoneser Armee ausgingen? Das ist wirklich unglaublich, vor allem von einem Zauberer aus Blevon. Natürlich willst du dein Land in Schutz nehmen, aber das bedeutet nicht …«

»Wie wagst du es, mir so etwas zu unterstellen?«, schnarrte Eljin kalt und fiel ihm ins Wort. Ich überlegte, was sich General Ferraun dabei gedacht hatte, einen Zauberer zu hänseln. »Ich nehme nicht mein Land in Schutz, ich stelle lediglich Tatsachen fest.«

»Welchen Beweis haben wir für deine Loyalität uns gegenüber, außer König Damians Glauben an dich? Du hast ihn entführt und dabei zwei seiner besten Männer getötet.« General Ferraun hatte sich inzwischen erhoben.

»Und warum solltet wir *dir* trauen? Du hast jahrelang an den Grenzen des Kriegs gekämpft – dort, wo es viele Angriffe seitens schwarzer Zauberer gab, die fälschlicherweise Blevon zugeschrieben wurden«, konterte Eljin.

»Ich habe jahrelang mein Leben und das meiner Männer aufs Spiel gesetzt, um dieses Königreich zu beschützen, du arroganter kleiner …«

»Ihr beide hört jetzt sofort auf!« Damian sprang hoch und streckte den Arm aus, um Eljin davon abzuhalten, auf den General zuzustürmen. »General, es reicht jetzt. Nicht Eljin hat jene Männer getötet, sondern mein Vater. Und Eljin entführte mich *auf meine Bitte hin* als Teil meines Plans, meinen Vater vom Thron zu stürzen, und Ihr wisst das.«

General Ferraun schien etwas sagen zu wollen, doch er klappte den Mund zu.

»Und, Eljin, ich vertraue dem General, und das ist alles, was du darüber wissen musst. Ich will nun deine Erklärungen hören. Sag uns den Grund, weshalb du garantierst, dass die Blevoneser Armeen niemals einen schwarzen Zauberer anheuern würden.«

Eljins Augen über der Maske waren fest auf Damian gerichtet. »Das kann ich nicht in Anwesenheit dieser Männer.«

»Eljin, du weißt, ich vertraue dir. Aber vielleicht hast du keine andere Wahl, wenn du mir dabei helfen willst, einen weiteren Krieg mit deinem Königreich zu vermeiden«, sagte Damian.

Ihre Blicke verfingen sich ineinander und sie fochten eine Art stillen Kampf aus.

»Welches Geheimnis verbirgt Blevon vor uns? Was es auch

sein mag, es macht mich nicht gerade geneigt, dir und deinem Volk zu vertrauen«, mischte sich General Ferraun ein.

»Ich glaube nicht, dass Blevon hinter diesen Angriffen steckt – während des Kriegs oder später.« Eljin wandte sich schließlich ab und blickte wieder in den Raum.

»Wenn nicht Blevon, wer dann?«, rief plötzlich die Frau aus und deutete mit einem zitterigen Finger auf Eljin. »Wer tötete meinen Mann? Ich sah sie – sah deine Armee, die hinter dem Zauberer einherschritt.«

»Die Männer, die du gesehen hast – sahen sie so aus wie ich oder wie dein König?« Eljin beugte sich vor und legte die Hände auf die Kante von Damians Schreibtisch.

»Sie sahen aus wie Mörder, so sahen sie aus. Alle! Sie kamen unter der Vorspiegelung eines Waffenstillstands, um uns zu töten.« Sie begann zu wimmern, ihre Worte wurden unverständlich.

»War sonst noch jemand anwesend, der die Männer beschreiben könnte?«, fragte Eljin, der ihren Ausbruch ignorierte.

Es klopfte an die Tür und ein Bediensteter trat ein und verneigte sich vor dem König.

»Was gibt's?«, fragte Damian knapp.

»Herr, in Kürze wird das Essen serviert. Ich wurde entsandt, um Euch zu unterrichten, dass Lady Vera verlangt, dass ihr Vorkoster in die Küche gelassen wird, damit er ihre Mahlzeit kosten kann, bevor diese aufgetragen wird. Lediglich als Vorsorge.«

Damian kniff sich in den Nasenrücken und schloss kurz die Augen. »Ja, natürlich. Das ist in Ordnung. Zeig ihm den Weg.« Er machte eine Geste und der Bedienstete verneigte sich noch einmal und zog sich dann zurück. »Ich befürchte, wir müssen die Sitzung beenden. General Ferraun, bitte seht Euch um, ob Ihr noch weitere Zeugen aus diesem Dorf finden könnt. Und kümmert Euch bitte darum, dass für die Waisen und Witwen gesorgt wird.«

»Ja, Majestät.« General Ferraun erhob sich und verneigte sich vor dem König.

»Ich würde auch gern alles über die Blevoneser Soldaten, die heute hierhergekommen sind, erfahren. Aus welcher Richtung kamen sie? Unterhielten sie sich mit irgendjemandem und was haben sie gesagt? Alles. Es ist ziemlich verdächtig, dass der Angriff unmittelbar nach dem Eintreffen der Dansii im Palast stattfand.«

»Natürlich, Majestät. Ich habe bereits einige meiner besten Männer mit dieser Aufgabe betraut.«

»Sehr gut. Wenn Ihr etwas Wichtiges entdeckt, dann erstattet mir heute Nacht Bericht.«

»Wünscht Ihr nach wie vor meine Anwesenheit beim Abendessen?«

»Ja, danke, General.«

Der General verneigte sich erneut und wandte sich zum Gehen. Seine Männer und die Frau folgten ihm. Sie warf Eljin einen letzten Blick zu. Ihre Miene zeigte unverkennbar Abscheu. Wenn das Volk von Antion genauso empfand wie diese Frau, ließ dies für unseren Friedensvertrag oder unser Bündnis nichts Gutes ahnen.

»Eljin«, sagte Damian, an seinen Freund gewandt, »du solltest dringend eine Möglichkeit finden, deine Behauptungen zu untermauern. Ich glaube nicht, dass Blevon hinter dem heutigen Angriff oder dem seinerzeit auf das Dorf steckt, aber die Beweise sind ziemlich erdrückend, zumal der Angriff direkt nach der Ankunft der Dansii kam. Ich muss wissen, wer mein Feind ist, und zwar bald.«

Ich überlegte, ob sein Verdacht, genau wie meiner, den Dansii und Lady Vera galt, die angeblich gekommen war, um eine friedliche Botschaft seines Onkels zu überbringen – des Mannes, der uns Iker beschert hatte.

»Ich werde alles tun, um die Wahrheit herauszufinden. Ich weiß, mein Land ist unschuldig. Wir haben viel geopfert, um diesen Frieden zwischen uns zu besiegeln. Niemand wäre so töricht, völlig unnötig noch mehr Leiden und Tod über unser Volk zu bringen.«

Damian musterte ihn stillschweigend. »Ich hoffe, du hast recht.«

Eljin reckte das Kinn vor. »Habe ich.«

Acht

ALS ICH IN den Saal eilte, in dem das Abendessen aufgetragen wurde, war Vera noch nicht eingetroffen. Damian hob die Augenbraue als Reaktion auf mein Zuspätkommen, verkniff sich aber eine Bemerkung, während ich den Saal durchquerte und auf ihn zuging. Er saß am oberen Ende des Tisches. Ich nahm meinen Platz einige Zentimeter hinter ihm ein. Mein Herzschlag ging unregelmäßig, als ich meinen Schwertgriff umfasste und stillschweigend auf die Ankunft unseres Gasts wartete.

Rylan stand auf der anderen Seite von Damian. Als ich zu ihm hinüberschaute, sah ich, dass er mich beobachtete.

Alles in Ordnung?, hauchte er.

Ich zuckte die Schultern und wandte mich dem Tisch zu. Wie konnte alles in Ordnung sein? Ein Grenzdorf war erneut von einem schwarzen Zauberer ins Visier genommen und der König in seinem eigenen Palast angegriffen worden, und mich hatte man, nachdem ich in den letzten zwei Tagen kaum ein Auge zugetan hatte, dazu gezwungen, einen der schrecklichsten Tage meines Lebens wiederaufleben zu lassen. Die Liste ließ sich noch weiter fortführen. Mit jedem Pulsschlag spürte ich einen scharfen, hämmernden Schmerz im Kopf.

Ich war zu spät zum Abendessen gekommen, weil ich kurz in der Küche vorbeigeschaut hatte, um den »Vorkoster« zu treffen. Mir gefiel die Vorstellung nicht, dass Lady Vera vermutlich die ganze Strecke hierher mit einem Vorkoster zurückgelegt hatte. Es schien ziemlich unnütz zu sein, einen Mann mit dieser Funktion mit sich durch den Dschungel zu schleifen – es sei denn, man rechnete damit, vergiftet zu werden. Oder wollte jemandem eine wichtige Position verschaffen, um einen von uns vergiften zu können – einschließlich des Königs.

Ich weiß nicht, was ich erwartet hatte, als ich in die Küche marschierte – vielleicht, einen Fremden zu entdecken, der gerade seine Suppe löffelte –, aber auf den ersten Blick konnte ich ihn nicht entdecken. Der Koch musste den Vorkoster erst für mich ausfindig machen. Der Mann war von mittlerer Größe. Er hatte hängende Schultern und den Blick gesenkt. Seine Haare und sein Bart wiesen denselben dunklen Mahagoniton auf wie Veras Haare. Einzelheiten seines Gesichts konnte ich nicht erkennen, da er in einer dunklen Ecke der weitläufigen Küche kauerte, als fürchte er sich vor seinem eigenen Schatten.

»Hier seid Ihr also?«, rief ich.

Er zuckte zusammen und sah nicht zu mir hoch.

»Seid Ihr Veras Vorkoster?«

Er nickte und schluckte so schwer, dass sein Adamsapfel auf und ab hüpfte. Er hob leicht den Kopf, doch sein Blick erstarrte, als er mein Schwert sah.

»Warum versteckt Ihr Euch in der Ecke?«

»Ich versuchte einfach, nicht im Weg zu stehen.« Er sprach leise, mit starkem Akzent.

»Habt Ihr einen Namen?«

»Rafe«, erwiderte er und blickte wieder zu Boden.

Ich gab mich geschlagen. Er war nicht bewaffnet, wirkte völlig harmlos. Doch ich wusste besser als jeder andere, dass das Aussehen täuschen konnte. Er verneigte sich vor mir und drückte sich wieder gegen die Wand, als ein Bediensteter mit einem Tablett mit vier köstlich duftenden Brotlaiben vorbeieilte. Ich seufzte und wandte mich ab. »Behalt ihn im Auge«, flüsterte ich einer der Wachen an der Tür zu und deutete mit dem Kopf in seine Richtung.

Als Damian auf seinem Stuhl hin und her rutschte und sein angespannter Körper offensichtlich Ungeduld verriet, wurde meine Aufmerksamkeit erneut auf den Speisesaal gelenkt. Heute Abend waren viele Gäste zum Essen versammelt. Gewöhnlich zog Damian es vor, allein zu speisen oder in Gesellschaft seiner engsten Berater, einer sehr kleinen Gruppe. Heute Abend hatte er jedoch offensichtlich beschlossen, seinen Kreis zu erweitern. Ich fragte mich, ob er dies Vera oder sich selbst zuliebe tat.

Vier weitere Männer und fünf Frauen saßen am Tisch. Einer davon war General Ferraun; er hatte kurz nach mir den Saal betreten.

Zwei der beiden anderen Männer gehörten zum königlichen Hofstaat – Herzog Tussieux und Baron Durand. Letzteren kannte ich nur vom Sehen.

Die Gemahlin von Herzog Tussieux saß neben ihm, ebenso die Gattin von Baron Durand. Ich erkannte zwei der Mädchen, denen ich vorhin zusammen mit Jax im Flur begegnet war. Meine Finger umklammerten meinen Schwertgriff noch fester, doch ansonsten ließ ich mir nicht anmerken, dass ich nicht gerade erfreut war, sie hier beim Abendessen zu sehen.

Die drei unverheirateten Töchter der königlichen Hofgesellschaft blickten schüchtern zu Damian hin, während sie darauf warteten, bedient zu werden. Offensichtlich waren sie begeistert, zum Essen mit dem König eingeladen worden zu sein. Es war eine seltene Ehre – und eine, da war ich mir sehr sicher, die Damian nach seiner Thronbesteigung noch keiner Dame vom Hofstaat hatte zuteilwerden lassen. Erneut fragte ich mich, was er damit bezweckte. Nach seiner Krönung hatte der halbe Hofstaat den Palast verlassen, weil seine Mitglieder es nach Hektors Tod vorzogen, in ihre Häuser und zu ihren Ländereien zurückzukehren. Damians Vater hatte den Adel gezwungen, im Palast zu residieren, sich seinen Launen und Wünschen nach einem Fest oder einem üppigen Mahl zu beugen. Damian hatte ihnen die Wahl gelassen, zu bleiben oder nach Hause heimzukehren. Es war mir nicht entgangen, dass die meisten Mitglieder des Hofstaats, die geblieben waren, unverheiratete Töchter hatten. Als ich mich zwang, den Blick vom Tisch abzuwenden und auf die Tür zu richten, um Veras Ankunft nicht zu verpassen, spürte ich ein seltsames Kribbeln in der Magengegend.

Hätte ich Damian damals, als er mich das erste Mal nach meinen Verbrennungen besuchte, gestanden, dass ich ihn immer noch liebte … wenn ich also mein Gewissen ignoriert und meinem Herzen gefolgt wäre – wie wäre dieses Mahl dann verlaufen? Würde ich neben ihm sitzen, in einer Robe, die alles, was Vera besaß, an Pracht übertraf, und mit einem Ring am Finger, der mich als die Verlobte des Königs auswies?

Ein Kichern am Tisch erregte meine Aufmerksamkeit. Zwei junge Mädchen am Tischende flüsterten miteinander. Die eine, die ihre jüngere Schwester im Flur ermahnt hatte, still zu sein, ließ den Blick zu mir wandern – genauer gesagt, zu meinen Narben – und schaute dann schnell wieder weg, als sie bemerkte, dass ich sie beobachtete. Ich biss die Zähne zusammen und zwang mich, eine neutrale Miene aufzusetzen. Es war erstaunlich, wie schnell sich die Dankbarkeit der Hofgesellschaft gewandelt hatte. In den ersten Tagen nach der Krönung wurde ich mit Dankbarkeitsbekundungen überschüttet. Doch schon bald sahen mir viele nicht mehr in die Augen, hörten auf, sich zu bedanken, und flüsterten hinter vorgehaltener Hand.

Ich sah, dass das dritte Mädchen mich ebenfalls anschaute, doch ihr Blick ruhte auf meiner Hose, während sie mit ihrer Freundin flüsterte.

Genau deshalb war meine Fantasie lediglich ein sinnloser Traum. Ich würde nie neben dem König sitzen, weder als seine Verlobte noch als seine Königin, und noch nicht einmal als seine Freundin. Ich war seine narbenübersäte Leibwache und die würde ich auch bleiben.

Damian erhob sich plötzlich, sein Stuhl rutschte nach hinten, und ich beobachtete aufmerksam, wie Vera in den Raum schwebte, begleitet von zwei ihrer Wachen und dem Mann in dem schwarz-weißen Gewand. Falls dies überhaupt möglich war, sah sie noch atemberaubender aus als bei ihrem ersten Auftritt. Sie trug jetzt eine elfenbeinfarbene Robe mit dunkelblauer Stickerei an den Ärmeln und am Saum. Ihr Haar war eine Fülle von üppigen rotbraunen Locken, die sie aufgesteckt trug, sodass die anmutige Linie ihrer Schultern und ihres Halses gut zur Geltung kam. Im Vergleich dazu war ich mir meiner Hässlichkeit nur allzu bewusst, vor allem, nachdem ich mich gerade Tagträumen darüber hingegeben hatte, was zwischen Damian und mir sein könnte.

»Lady Vera.« Damians tiefe Stimme hallte durch den Raum. »Ich hoffe, Ihr konntet ruhen und Euch von der Reise erholen.«

»Das Gemach, das Ihr mir zugewiesen habt, ist tatsächlich sehr hübsch«, bemerkte sie, als sie auf den einzigen leeren Stuhl am Tischende gegenüber Damian zuschwebte. Es war ein Ehrenplatz, bedeutete aber auch, dass sie weit entfernt vom König saß. Sie hob eine Augenbraue, schwieg aber, als eine ihrer Wachen den Stuhl für sie zurechtrückte. Der andere Mann legte ihr, nachdem sie Platz genommen hatte, die Serviette über den Schoß. Auch Damian setzte sich wieder.

Die Bediensteten trugen jetzt den ersten Gang auf, einen Obstsalat, angemacht mit Limette und Honig. Damian lehnte sich auf seinem Stuhl zurück und nahm eine entspannte Haltung ein. Doch als er sich seinem Essen widmete, spürte ich, wie angespannt er in Wirklichkeit war.

Vera blickte zu dem Mann in dem schwarz-weißen Gewand auf. Zwischen ihnen schien eine Art stillschweigende Kommunikation stattzufinden. Nachdem er ihr kurz zugenickt hatte, griff sie nach der Gabel und nahm vorsichtig einen Bissen von dem Obstsalat.

»Ich war nicht auf eine so große Gesellschaft gefasst«, sagte sie nach dem zweiten Bissen. Sie schenkte Damian ein strahlendes Lächeln, dann wanderte ihr Blick an ihm vorbei zu Rylan und verweilte dort einen kurzen Augenblick. Ohne den Kopf zu bewegen, sah ich flüchtig zu ihm hin und bemerkte, dass seine Haltung entspannt war. Seine Mundwinkel wölbten sich leicht nach oben, als ob er sich das Lächeln verkneifen müsse. Als Vera sich wieder Damian zuwandte, löste sich die Anspannung seiner Schultern, und ich fragte mich, welchen Gesichtsausdruck er haben mochte. Da ich hinter ihm stand, konnte ich es nicht sehen. Ihre Schönheit schien ihre Wirkung auf die Männer nicht zu verfehlen und ich musste meine aufkommende Frustration unterdrücken.

»Seit Eurer Ankunft herrscht Aufregung im Palast«, erwiderte Damian schließlich. »So viele Mitglieder des Hofstaats hatten mich ersucht, am Abendessen mit Euch teilnehmen zu dürfen, aber ich musste die meisten abweisen. Heute sind lediglich meine engsten Berater sowie ihre Gäste vom königlichen Hofstaat anwesend. Sie wollten sich davon überzeugen, ob Ihr in Wirklichkeit so schön seid, wie jene berichtet hatten, die Eure Ankunft miterlebten.«

»Und? Findet Ihr mich so schön, wie Euch berichtet wurde?« Ihre Frage richtete sich eigentlich an die Tischgesellschaft, aber sie ließ Damian nicht aus den Augen.

Damian richtete sich in seinem Stuhl auf und beugte sich zu Vera.

»Obwohl ich Euch schon einmal gesehen hatte, redete ich mir ein, dass Ihr unmöglich so schön sein könntet, wie ich Euch in Erinnerung hatte. Aber Euer Anblick beweist mir das Gegenteil. Ihr seid wahrhaftig noch entzückender.« Er griff nach seinem Weinbecher, hob ihn und prostete ihr zu. Die anderen Gäste am Tisch griffen ebenfalls hastig nach ihren Gläsern und schlossen sich dem spontanen Trinkspruch an. Die jungen Frauen, die über mich gekichert hatten, waren jetzt ernst, während sie zusammen mit den anderen auf Veras Schönheit tranken.

»Ich habe gehört, dass sich gestern nach meiner Ankunft ein … *unglücklicher* Vorfall ereignete.« Lady Veras Stimme klang völlig harmlos, aber ich erstarrte und fragte mich, wie sie von dem Angriff erfahren hatte – es sei denn, sie hatte die Finger mit im Spiel. Vermutlich hatte sich die Nachricht im gesamten Palast verbreitet, obwohl ich gehofft hatte, dass die Bediensteten gegenüber Bewohnern aus Dansii verschwiegen sein würden.

»Nichts, worüber Ihr Euch Sorgen machen müsst. Es war ein kleiner Zwischenfall, der schnell behoben war.« Damian machte eine wegwerfende Handbewegung. »Wie alle Bedrohungen meiner Person und meines Landes.«

»Es muss sehr beruhigend sein, dass Ihr so viel Vertrauen in Eure Sicherheit und die Eures Volkes habt.« Erneut klang Lady Veras Stimme völlig arglos, aber innerlich erschauerte ich, denn ich hörte in ihren Worten eine versteckte Drohung.

Damian reagierte nicht sofort, sondern nahm einen Bissen Obst. Als er damit fertig war, wechselte er das Thema.

»Würde es Euch etwas ausmachen, mir jetzt die Botschaft zu überbringen?«

»Lasst uns zuerst dieses köstliche Mahl mit unseren eifrigen Zuhörern genießen. ›Zuerst das Vergnügen, dann das Geschäft‹, heißt doch das Sprichwort.« Lady Vera lächelte den König geziert an.

»Gut, dann widmen wir uns zuerst dem Mahl«, stimmte Damian zu.

Ich musste mich zwingen, an die Wand zu starren, statt auf Vera.

Nachdem die ersten Platten abgeräumt waren, trugen die

Bediensteten die Hauptspeise auf. Es war ein Fischgericht mit einem kunstvoll darauf verteilten Mangopüree und frischen Kräutern. Der Duft war verführerisch, aber mir war der Appetit vergangen, als ich Damian zuhörte, wie er Lady Vera Komplimente über ihre Robe machte. Als sie sich mit der Gabel ein Stück Fisch nahm, wanderte ihr Blick zu mir. Ihre selbstgefällige Miene weckte in mir den Wunsch, ihren Teller zu ergreifen und in ihren Schoß fallen zu lassen.

Als die Tür geöffnet wurde und ein Bediensteter hereinstürmte, erstarrten alle, einschließlich Lady Vera, die gerade die Gabel zum Mund führte.

»Halt!«, brüllte er. »Nicht essen! *Gift!* Der Fisch ist vergiftet.«

Neun

JEMAND RANG NACH Luft und eine der jüngeren Frauen spuckte ihr Essen aus. Aber mein Blick wanderte sofort zu Damian, der bereits die Gabel zum Mund geführt hatte. Bevor ich nachdenken konnte, stürzte ich mich auf ihn, griff nach seinem Handgelenk und schlug ihm die Gabel aus der Hand, sodass die Gemahlin von Herzog Tussieux mit schuppenförmigen Fischteilen und leuchtendem Orangenmangopüree bespritzt wurde. Sie kreischte und wich zurück, aber es war mir egal. Mich beherrschte nur ein Gedanke: Hatte er bereits von dem Fisch gegessen oder nicht?

Damian starrte mich mit großen Augen an. Seine Hand schwebte jetzt in der Luft, meine Finger umklammerten noch immer sein Handgelenk. Unsere Gesichter waren nur noch wenige Zentimeter voneinander entfernt. Mir war bang ums Herz vor Angst – und plötzlich bemerkte ich auch, wie nah wir uns waren.

»Nein, nicht der des Königs«, erwiderte der Bedienstete. Ich wich zurück und ließ sein Handgelenk los. »Es war *Lady Veras* Vorkoster. Das Gift wirkt nicht sofort – er ist gerade zusammengebrochen.«

Ich wirbelte herum und sah, wie Lady Vera die Gabel fallen ließ. Ihr Teint war fahler als gewöhnlich. »Meins? Jemand hat *mein* Essen vergiftet?«

»Habt Ihr schon von dem Fisch gegessen?«, fragte ich, als ihre Wache sich vorbeugte und den beanstandeten Fischteller zur Seite schob.

»Nein«, antwortete sie und presste eine zitternde Hand an die Brust. »Nein, noch nicht.« Ihre Stimme zitterte. »Ist… er tot?« Sie blickte zu dem Diener hoch, der die Warnung überbracht hatte, und er schüttelte den Kopf.

Ich dachte an den armen Mann in der Küche. Offensichtlich hatte Rafe mit seinen Befürchtungen recht gehabt – auch wenn ich es nicht wirklich glauben konnte.

»Ich weiß nicht, Mylady. Als er zusammenbrach, wurde ich hierhergeschickt, um Euch zu warnen. Er hatte den Fisch vor mindestens zehn Minuten gekostet, sodass er als ungefährlich erachtet wurde.«

»Rylan, hol Lisbet und bitte sie, den Vorkoster sofort zu behandeln.«

Damian erhob sich. »Ich erwarte, dass der Palast durchsucht und das Küchenpersonal befragt wird. Es ist inakzeptabel, dass ein hochgeschätzter Gast so kurz vor einer Tragödie stand.« Seine Stimme klang scharf. »Lady Vera, ich entschuldige mich vielmals wegen dieses schrecklichen Vorfalls.«

»Ich hatte nicht angenommen, dass mein Besuch so unwillkommen wäre.« Ihre Stimme zitterte noch immer. Als Damian weiterhin seine Befehle erteilte, bemerkte ich, dass sie einen flüchtigen Blick mit dem Mann in Schwarz-Weiß wechselte. Es ging so schnell, dass er mir fast entgangen wäre. In diesem

Augenblick war der entsetzte Ausdruck von ihrem Gesicht verschwunden, aber als sie sich erneut Damian zuwandte, wirkten die Angst in ihren Augen und das Zittern ihrer Hände echt. War ich so eifersüchtig auf sie, dass ich mir Dinge einbildete – oder war hier etwas im Gange, das wir übersahen?

»Wenn ich mich bitte in meine Gemächer zurückziehen darf, Majestät, der Abend war nämlich sehr aufregend. Vielleicht wäre es besser, ich würde Euch meine Botschaft unter vier Augen und zu einem passenderen Zeitpunkt überbringen.« Lady Vera erhob sich, als Damian nickte.

»Ja, natürlich. Ich entschuldige mich noch einmal. Meine Wachen werden nicht eher ruhen, bis sie den Schuldigen gefunden haben.«

Damian verbeugte sich vor Lady Vera und sie versank in einen tiefen Hofknicks.

»Danke, Majestät. Es würde mir widerstreben, mir vorzustellen, dass Ihr etwas damit zu tun haben könntet, König Damian.« Lady Veras Worte waren honigsüß, aber ich bemerkte die eiskalte Drohung in ihrer Stimme.

Damian neben mir erstarrte. »Mylady, ich kann Euch versichern, dass *ich* nichts damit zu tun hatte.« Seine Stimme klang kalt. »Ich hoffe, dass Ihr eine angenehme Nachtruhe habt. Morgen früh lasse ich nach Euch schicken, damit Ihr mir Eure Botschaft übermitteln könnt. Ich werde auch veranlassen, dass Euch der Koch ein neues Mahl zubereitet und persönlich in Eure Gemächer bringt, damit gewährleistet ist, dass das Essen nicht vergiftet ist. Unsere Heilerin wird Euch informieren, sobald wir erfahren, wie es Eurem Vorkoster geht.«

Lady Vera stand aufrecht da und lächelte Damian traurig

an. »Danke für Eure Sorge. In den letzten Wochen hatte ich ihn auf der Reise lieb gewonnen. Der arme Mann.« Mit einem Kopfnicken gab Lady Vera ihren Wachen ein Zeichen. »Dann bis morgen früh.« Sie wandte sich um und verließ mit rauschenden Röcken den Raum. Nachdem sie gegangen war, ließ Damian leicht die Schultern hängen.

»Ich entschuldige mich, dass ich dieses Mahl beenden muss, aber ich bitte alle Gäste, sich in ihre Gemächer zurückzuziehen.« Damian ließ den Blick über die Gäste am Tisch schweifen. Mit erstarrten Mienen hatten sie das Ganze beobachtet; die älteren Gäste mit entsetzten Mienen, zwei der jüngeren Mädchen voller Neugier. Die dritte war so leichenblass, dass ich befürchtete, sie könne ohnmächtig werden. Nach Damians Verabschiedung beeilten sich alle, sich zu erheben. Sie verneigten sich und knicksten, wie es die Etikette verlangte, und zogen sich dann zurück. Die Gemahlin von Herzog Tussieux versuchte immer noch, mit der Serviette die Mangoflecken von ihrem Kleid zu entfernen, als sie ihrem Gatten folgte.

»General Ferraun, auf ein Wort, bevor Ihr Euch zurückzieht«, bat Damian, als sich der General ebenfalls zum Gehen erhob.

»Natürlich, Majestät.« Er war ein hochgewachsener, breitschultriger Mann mit grau durchzogenem Haar und stahlgrauen Augen. In den vergangenen Jahren war General Ferraun an der Kriegsfront entlang der Grenze zwischen Antion und Blevon stationiert gewesen. Aber Damian hatte ihn kurz nach seiner Thronbesteigung in den Palast beordert. Er war erst vor Kurzem eingetroffen, und ich wusste immer noch nicht viel über den General, mit Ausnahme dessen, was ich heute nach dem Angriff von ihm gesehen und gehört hatte. Doch Damian vertraute ihm offensichtlich.

»Wenn wir allein sind, könnt Ihr auf die Förmlichkeiten verzichten.« Damian lehnte sich schwerfällig auf seinem Stuhl zurück. »Denn dazu besteht für einen Mann, der mich lehrte, wie man ein Schwert schwingt, als ich noch kaum fähig war, es mit zwei Händen hochzuhalten, keine Notwendigkeit.«

Ich betrachtete den General mit neu erwachtem Interesse. Er war also derjenige, der Damian das Kämpfen beigebracht hatte?

»Herr, Ihr seid jetzt der König. Und ich werde Euch als solchen ansprechen – sei es in Anwesenheit des Volkes von Antion oder allein in Euren Gemächern. Ein König bleibt ein König.« General Ferrauns Gesichtsausdruck war eine interessante Mischung aus Besorgnis und Strenge.

Damian seufzte. Unwillkürlich wandte ich ihm den Blick zu. Er wirkte abgespannt und schien erschöpft zu sein.

»Und wir sind nicht wirklich allein«, fuhr der General fort.

Ich blickte ihn an und bemerkte, dass er mich beobachtete.

Damian schaute ebenfalls hoch, sah sich in dem inzwischen leeren Saal um, bis sein Blick auf mir verweilte. Ich stand einige Meter von ihm entfernt. Unsere Blicke trafen sich flüchtig, bevor er sich wieder dem General zuwandte. »Oh, Ihr meint Alexa. Ihr könnt ungeniert vor ihr sprechen. Es gibt niemanden im Palast, dem ich mehr vertraue als ihr.«

Bei Damians Worten schlug mein Herz schneller. Empfand er trotz seines kühlen Verhaltens in letzter Zeit und trotz meiner eigenen schroffen Worte ihm gegenüber immer noch so für mich?

General Ferrauns Miene war undurchdringlich, als er mich

im Licht der unzähligen flackernden Kerzen, die man für das Dinner angezündet hatte, betrachtete. »Ich verstehe«, war alles, was er äußerte.

Ich überlegte, was genau General Ferraun wohl dachte. Seine ostentative Musterung ging mir durch Mark und Bein. Zuvor hatte er seine Aufmerksamkeit meistens auf Eljin gerichtet, aber da sie jetzt gezielt mir galt, musste ich bewusst eine stramme Haltung einnehmen und durfte mich nicht vor ihm ducken. Damian hatte einen wahrlich einschüchternden Mann als Oberbefehlshaber seiner Armeen ausgesucht.

»Ich habe keine Vorstellung, wer versucht haben könnte, Lady Vera zu vergiften«, sagte Damian und lenkte meine Aufmerksamkeit wieder auf das dringlichste Problem. »Und ich habe nie von einem Gift gehört, das so viel später wirkte, als es bei diesem angeblich der Fall war. Wollt Ihr Euch bitte persönlich darum kümmern und mir dann Bericht erstatten?«

»Natürlich, Herr. Sobald ich etwas ausfindig mache, werde ich Euch berichten. Und ich hoffe, dass wir uns morgen treffen werden, um unsere frühere Diskussion fortzusetzen.«

Damian nickte. »Ja, natürlich. Ich glaube, direkt nach dem Frühstück habe ich Zeit. Vorausgesetzt, dass es bis dahin kein weiteres Opfer eines Giftanschlags gibt.«

General Ferraun nickte grimmig, dann salutierte er vor Damian und machte auf dem Absatz kehrt, um sich zurückzuziehen. Doch zuvor warf er mir einen letzten verstohlenen Blick zu.

Nachdem sich der General entfernt und sich die Tür hinter ihm geschlossen hatte, vergrub Damian den Kopf in den Händen. Ich blickte auf sein dunkles Haar hinunter, denn mir war deutlich bewusst, dass wir jetzt völlig allein waren. Es war das erste Mal, nachdem er mich nach meiner Verwundung besucht und mir seine Liebe gestanden hatte.

In den Wochen nach seiner Krönung hatte er mich freundlich behandelt, mich aufgesucht und versucht, unter vier Augen mit mir zu sprechen. Aber ich hatte ihn immer wieder zurückgewiesen, obwohl es mir genauso wehtat wie ihm, wenn nicht noch mehr. Doch in den letzten Wochen hatte er sich von mir zurückgezogen und verhielt sich mir gegenüber wieder kühl. Ich war mir immer noch nicht sicher, was schlimmer war: ihn immer wieder zurückweisen zu müssen oder zu ertragen, dass er mich mit eisiger Gleichgültigkeit behandelte.

Ich wartete ab, zwang meine Hände, sich nicht zu rühren, auch wenn ich ihm gern das Haar aus der Stirn gestrichen, sein Gesicht umfasst und ihm in die Augen geschaut hätte, bis alles andere um uns verschwunden wäre. Die hoffnungslosen Träume und Wünsche, die ich gewöhnlich in die dunklen Nischen meines Verstands verdrängen konnte – nur nicht in der Stille der Nacht –, tauchten auf und erweckten tiefe Sehnsucht in mir.

»Sie ist sehr schön, nicht wahr?« Seine Frage unterbrach meine Gedanken.

Hitze wallte in mir auf. Ich träumte gerade davon, wie ich ihn berührte, und *er* dachte an Lady Vera.

»Ja, Majestät.« Meine Stimme war kaum hörbar, als ich die Worte hervorpresste. Verlegen räusperte ich mich und hoffte, er nahm an, ich hätte mich verschluckt und klinge deshalb so seltsam.

Damian musterte mich durchdringend. »Glaubst du, sie ist gekommen, um mein Interesse zu erwecken?«

Die Intensität seiner funkelnden Augen war fast mehr, als ich ertragen konnte. Warum stellte er mir eine solche Frage? Als ich nicht sofort reagierte, hob er eine Augenbraue. »Ich weiß nicht, welchen Zweck sie verfolgt, Herr«, erwiderte ich. Einst hatten er und ich unsere dunkelsten Geheimnisse miteinander geteilt. Nun herrschte zwischen uns eine Kluft, die mich sogar daran hinderte, ihm die Wahrheit über meine Bedenken zu offenbaren. Diese Kluft hatte ich verursacht. »Noch nicht. Doch das scheint zumindest eine ihrer Bestrebungen zu sein.«

»Ja ... so ist es. Und wie wäre es, wenn Ihr eine adlige Dame aus Dansii an Eurer Seite hättet? Das würde das Bündnis zwischen unseren beiden Königreichen stärken, nicht wahr?« Er ließ mich nicht aus den Augen, sein Blick war fast wild, als er mich anstarrte. Seine Fragen trafen mich wie Schläge. Ich konnte nicht genau feststellen, ob der Schmerz von meinem Herzen, meinem Leib oder meinem Kopf ausging. Bei dem Gedanken, dass er eine andere Frau heiraten könnte, insbesondere Lady Vera, tat mir alles weh. Aber ich war ja diejenige, die ihm genau das geraten hatte.

Ich bemühte mich, meine Stimme im Zaum zu halten, und erwiderte: »Majestät, ich würde Euren Entschluss respektieren und wissen, dass Ihr Euch für das entschieden hättet, was für Euch und das Land von Antion das Beste wäre.«

»Alex, wage es nicht, mir das anzutun.« Damian stand auf, um mir gegenüberzustehen, und schob seinen Stuhl so heftig zurück, dass er umfiel. Ich zuckte zusammen, rührte mich aber nicht von der Stelle. Als er auf mich zukam, verhieß sein Gesichtsausdruck nichts Gutes. Schließlich trennten uns nur noch wenige Zentimeter. Eine Hälfte von mir sehnte sich danach, mich ihm in die Arme zu werfen, die andere befahl mir, zurückzuweichen und Abstand zwischen uns zu schaffen. Doch ich wich nicht von der Stelle. Mein Herz schlug zum Zerspringen, nahm mir den Atem.

»Herr, wolltet Ihr nicht, dass ich Euch zustimme?«

»Alex, es reicht! Hör auf, meine Titel aufzuzählen. Hör auf, dich zu benehmen, als seist du nichts anderes als meine Leibwache.« Seine Augen blitzten vor Wut, er hatte die Hände zu Fäusten geballt.

»Aber … ich *bin* ja nicht mehr als Eure Leibwache.«

»Wir wissen beide, dass das eine Lüge ist.«

Auch wenn meine Beine und mein Körper noch so zitterten, wich ich keinen Zentimeter zurück. »Nein, ist es nicht«, konterte ich, konnte aber die Traurigkeit in meiner Stimme nicht verbergen. »Ihr habt mich gefragt, ob ich Lady Vera für schön halte, und ich will Euch nicht anlügen. Sie ist atemberaubend. Aber seid vorsichtig. Ich glaube nicht, dass wir ihr vertrauen können … noch nicht«, fügte ich hinzu, nur für den Fall, dass er sie heiraten wollte. Die Vorstellung, ihn zu bewachen und zu wissen, dass er sie nachts aufsuchen würde, war mehr, als ich ertragen konnte. Wenn er Vera zu seiner Gemahlin wählte, würde ich meinen Dienst quittieren – Versprechen hin, Versprechen her. Aber ich musste es ihm ja nicht auf die Nase binden.

Ein Muskel in Damians Wange zuckte, und er schloss die Augen, als ob er einen inneren Kampf ausfechte. »Das erste Mal, dass wir seit … zu langer Zeit … allein sind, und ich mache es kaputt, indem ich mit dir streite.«

Er öffnete die Augen, und der Zorn war durch einen so tiefen Schmerz und eine solche Sehnsucht verdrängt worden, dass mein Herz wehtat. Und dabei konnte ich nichts anderes tun, als still zu stehen und die Hände nicht zu bewegen. Alles in mir drängte danach, ihn zu berühren, und ich benötigte all meine Willenskraft, um zu widerstehen.

»Wenn du nicht so schnell reagiert hättest, hätte ich heute sterben können.« Er trat noch einen Schritt auf mich zu, war jetzt so nah, dass sich unsere Körper fast berührten.

»Es war stärker als ich«, sagte ich etwas atemlos. Ich wusste, ich hätte zurückweichen und Abstand zwischen uns schaffen sollen. *Tu es jetzt,* befahl ich mir, *jetzt.*

Aber ich ... konnte ... mich nicht rühren.

Langsam ... zögerlich ... hob er die Hand, hielt kurz inne, die Hand in der Luft, die leicht zitterte. Meine Augen brannten, und ich kniff sie zusammen, damit er meine wahren Gefühle nicht erkennen konnte. Stille beherrschte alles – keine Worte, kein Laut und keine Berührung ...

Und dann berührten seine Finger schließlich meine Wange, so behutsam, dass ich erschauerte. Mir stockte der Atem. Das Verlangen, das ich einen Monat lang verleugnet hatte, erfasste mich und ließ meinen Körper erbeben. Ich wünschte mir nichts sehnlicher, als mein Gesicht in seine Hand zu schmiegen, wünschte mir, dass er mich in die Arme nehme und ...

Mit einem erstickten Laut trat ich schnell zwei Schritte zurück. Ich stolperte über ein Stuhlbein hinter mir und wäre fast gefallen. Damian stürzte vor, streckte die Hand aus, um mir zu helfen, doch ich entzog mich seinem Griff und stolperte noch weiter von ihm weg.

»Ich kann nicht«, sagte ich tonlos. »Damian, bitte ...«

Als ich seinen Namen aussprach, erstarrte er, hielt die Hand immer noch ausgestreckt.

Ich blickte ihn an, atmete immer noch schwer.

»Hast du die geringste Ahnung, wie mir zumute ist?«, fragte er leise. »Dich den ganzen Tag neben mir stehen zu haben, nachts außerhalb meiner Gemächer, und dich behandeln zu müssen wie jede andere Wache? So zu tun, als sei ich dein König und sonst nichts?« Damian trug die Königskrone und das königliche Gewand, aber als er mich anblickte, sah ich lediglich tiefen Schmerz.

»Ja«, flüsterte ich. »Ich weiß, wie es ist, etwas vortäuschen zu müssen. Ich weiß, wie ich mich fühle, so zu tun, als ... Aber es spielt keine Rolle«, beendete ich meinen Satz. »Noch ein paar weitere Mahlzeiten mit Lady Vera, und ihre Schönheit wird alle Gefühle, die Ihr nach wie vor für mich zu empfinden glaubt, auslöschen.«

»Alex, du kannst doch nicht ...«

Die Tür hinter uns wurde aufgeschoben und schnitt Damian das Wort ab ... Ich wirbelte herum und sah, wie Rylan den Raum betrat, dicht gefolgt von Eljin.

»Majestät«, sagte Rylan. Er hob leicht die Augenbraue, als er mich ansah, ließ dann den Blick zurück zum König wandern. »Lisbet bittet Euch, sofort zu kommen.«

»Geht es um den Vorkoster?« Damians Stimme klang sehr ruhig; mühelos war er wieder in die Rolle des Königs geschlüpft. Mein Puls raste immer noch, und ich hoffte, dass ich nicht so alarmiert und unruhig wirkte, wie ich mich fühlte.

»Ja«, erwiderte Eljin und ging an Rylan vorbei. »Nun, zum Teil ...«

»Der Vorkoster ist gestorben«, sagte Rylan. »Er war tot, noch bevor er am Boden aufschlug.«

Damian furchte die Stirn, als er diese Nachricht vernommen hatte, und seine Miene verfinsterte sich. »Warum will Lisbet mich sehen?«

»Weil sie den Raum, in den man ihn gebracht hatte, verließ, um herauszufinden, was Lady Veras Wunsch zufolge mit der Leiche des Vorkosters geschehen solle«, meinte Eljin, »und als sie zurückkehrte, war die Leiche verschwunden.«

»Verschwunden?«, fragte ich und lenkte die Aufmerksamkeit aller drei Männer auf mich. »Wie konnte eine Leiche einfach verschwinden?«

»Das ist erst der Anfang.« Rylans Miene wirkte grimmig. »Nicht nur die Leiche des Vorkosters ist verschwunden, sondern auch Jax.«

»Jax?«, wiederholte Damian ungläubig. »Bestimmt ist er irgendwo im Palast und treibt irgendwelchen Schabernack.«

Eljin schüttelte den Kopf. »Als man Lisbet die Leiche des Vorkosters gebracht hat, war er noch bei ihr. Sie bat ihn, im Flur zu warten, aber als sie herauskam, war er verschwunden. Sie hat sich nicht viel dabei gedacht, bis die Leiche ebenfalls verschwunden war. Wir haben überall gesucht, aber Jax war nicht zu finden.«

Alles Blut wich aus Damians Gesicht. »Vielleicht versteckt er sich.« Er warf mir einen Blick zu, und ich wusste, wir dachten beide an dasselbe – an die Geheimgänge, die nur wenige kannten und die Jax vor vielen Monaten genutzt hatte, um Damian einen »Brief« zu überbringen, als er meine Loyalität geprüft hatte.

»Wir haben überall nachgesehen«, sagte Eljin, und ich erinnerte mich, dass auch er über die Geheimgänge Bescheid wusste. »Tut mir leid, aber wir konnten weder die Leiche noch Jax finden.«

Zehn

IM PALAST HERRSCHTE Aufruhr, da jeder, der verfügbar war, nach dem Jungen suchte. Damian machte sich mehr Sorgen um seinen Halbbruder als um die vermisste Leiche. Allerdings hatte Lady Vera eine Nachricht gesandt, dass sie außerordentlich bestürzt über das Verschwinden der Leiche ihres Vorkosters sei, und meinte, das sei ein weiterer Beweis, dass ein Komplott gegen sie im Gange sei. Sie glaubte, der Täter habe es getan, damit wir nicht herausfinden könnten, welche Art Gift verwendet worden sei. Sie verlangte, dass sich ihre Wachen an der Suche beteiligen durften.

Deron, dessen Arm jetzt dank Lisbet wieder geheilt war, hatte gute zehn Minuten mit Damian gestritten, stimmte aber schließlich zu, die Wachen aus Dansii außerhalb des Palasts suchen zu lassen, da es leichter war, sie dort im Auge zu behalten. Er schien ihnen auch nicht mehr zu trauen, als ich es tat.

Ich durchsuchte die älteren Palastflügel, ja sogar den Hof, und hoffte verzweifelt, Jax verstecke sich irgendwo oder treibe irgendein Spiel. Aber als Mitternacht vorbei war und der Morgen immer mehr nahte, wurde allmählich klar, dass er sich nicht im Palast oder auf dem Gelände aufhielt. Die Erschöpfung drückte mich nieder wie ein Gewicht, aber ich zwang mich, weiterhin die Augen aufzuhalten, zu hoffen und zu beten, dass er irgendwo in einer dunklen Ecke zusammengerollt schlief, völlig ahnungslos, welchen Wirbel er verursacht hatte.

In der Ferne hörte man Donnergrollen, als ein Gewitter auf den Palast zutrieb. Über dem Dschungeldach hing ein Vollmond, riesig und fahl. Ich verfolgte meine Schritte durch die alten Flügel zurück. In der einen Hand hielt ich eine Fackel, um die Dunkelheit, die der Mond nicht erhellte, zu bannen, in der anderen mein Schwert – für alle Fälle. Ich öffnete Tür für Tür, durchsuchte jeden leeren Raum.

Als die Tür hinter mir krachend aufging, kauerte ich gerade auf dem Boden und sah unter ein Bett. Ich schnellte hoch und hob das Schwert. Doch als ich entdeckte, wer es war, ließ ich es wieder sinken.

»Entschuldige, ich wollte dich nicht erschrecken.« Rylan trat ein. Auch er hielt eine Fackel in einer Hand und hob die andere. »Eljin hat mich nach dir geschickt.«

»Warum? Was ist los?« Ich holte tief Luft, machte mich auf das Schlimmste gefasst.

»Eine Auslöseforderung für Jax ist eingetroffen. Der König hat die Suche im Palast abgeblasen, denn Jax ist nicht hier. Er wurde entführt.«

Meine Beine gaben nach, und ich ließ mich auf das Bett fallen, unter dem ich nach dem Jungen gesucht hatte. Heute Nachmittag war ich noch mit ihm zusammen gewesen, hatte ihm versprochen, ihn im Schwertkampf zu unterweisen. Wenn ich es nur schon früher getan hätte, wenn er sich besser hätte verteidigen können. Hätte man ihn dennoch entführt oder hätte er sich wehren und folglich retten können?

»Wir müssen ihnen hinterher, sie können noch nicht weit sein«, brach es aus mir heraus. »Wenn wir die Wachen in Patrouillen aufteilen ...«

»Nein«, schnitt mir Rylan das Wort ab. »Er wurde bereits vor Stunden entführt und es ist mitten in der Nacht. Damian hat ein paar Mitglieder der Wache beauftragt, außerhalb des Palasts und in Tubatse zu suchen, aber wir müssen bis zum Tagesanbruch warten, wenn sie keinen Erfolg hatten. Bei Tag können wir nach Hinweisen suchen.« Rylan trat an meine Seite. Behutsam nahm er mir die brennende Fackel aus der Hand, befestigte sie in einer Halterung an der Wand mir gegenüber und verstaute dann seine eigene in einer zweiten Halterung.

»Aber wenn es regnet, werden alle Spuren verwischt.« Ich konnte nicht glauben, dass Jax direkt vor unserer Nase aus dem Palast entführt worden war. »Ich muss ihm hinterher. Ich bin die beste Kämpferin, die Damian hat. Ich kann nicht fassen, dass er mich nicht beauftragt hat.«

Rylan nahm mir das Schwert aus der Hand. »Alexa, du bist mehr als erschöpft und brauchst dringend Schlaf.« Er legte das Schwert auf den Boden und setzte sich neben mich. Die Matratze neigte sich unter seinem Gewicht, sodass ich an ihn gedrängt wurde, aber ich besaß nicht mehr die Kraft, mich dagegenzustemmen. Im letzten Monat war er immer um mich gewesen, hatte mich stillschweigend unterstützt, war aber nie mehr auf die Gefühle zu sprechen gekommen, die er mir vor der Krönung gestanden hatte.

»Wie konnten wir das geschehen lassen? Wie kommt es, dass

niemand bemerkt hat, dass er entführt wurde?« Meine Stimme war angespannt, klang fast hysterisch, und ich war wütend, weil sich meine Augen mit Tränen füllten.

Rylan legte den Arm um mich und bettete meinen Kopf an seine Schulter. Die Gefühle, die ich den ganzen Tag unterdrückt hatte, drängten an die Oberfläche, und ich konnte mein Schluchzen nicht zurückhalten. Er hielt mich fest, während ich mir die Seele aus dem Leib weinte. »Ich will ihn nicht verlieren. Ich kann nicht zulassen, dass noch ein Mensch, den ich liebe, stirbt.«

Rylan erstarrte, aber er schwieg. Er hielt mich einfach fest, während ich schluchzte. Erschöpfung, Angst, Verwirrung und Verzweiflung und noch viel mehr quälten mich nach den Vorkommnissen der letzten vierundzwanzig Stunden.

Als meine Tränen endlich versiegten und ich mich wieder unter Kontrolle hatte, löste ich mich von Rylan, und er ließ mich sofort los. Ich wischte mir die Tränen von den Wangen.

»Heute Nacht kannst du nichts mehr tun«, erklärte Rylan sanft. »Wenn du nicht bald Schlaf bekommst, wirst du völlig nutzlos sein.«

»Ich konnte doch nicht zu Bett gehen, ohne zu wissen, wo er steckte.«

Er nickte traurig, seine Miene wirkte grimmig. »Ich weiß.« Rylan erhob sich und griff nach meiner Hand. »Komm, ich bringe dich zu deinem Gemach und verspreche dir, dass wir gleich bei Tagesanbruch weitersuchen werden … wenn ihn die anderen Wachen, die außerhalb des Palasts nach ihm suchen, nicht schon gefunden haben.« Ich legte meine Hand in seine und ließ mich hochziehen. Er bückte sich, hob mein Schwert auf und schnallte es mir um.

»Ich bin kein Kind mehr«, protestierte ich.

»Glaub mir, das weiß ich. Aber du brichst jeden Augenblick vor Erschöpfung zusammen, und das Letzte, was wir brauchen können, ist, dass du in dein Schwert fällst.«

Die Hand auf meinem Kreuz, schob Rylan mich zur Tür. Normalerweise hätte ich mich ihm entzogen oder ihm befohlen, es sein zu lassen, aber ich war einfach zu müde. Auch wenn ich es ungern zugab, er hatte durchaus recht – ich fühlte mich, als würde ich jeden Augenblick zusammenbrechen. Vom vielen Weinen war mir schwindlig, was ich spürte, als ich mich jetzt wieder in Bewegung setzte.

Er geleitete mich zum neueren Flügel des Palasts und zu der Treppe, die uns zu unseren Gemächern führte. Nachdem ich eine Zeit lang geschwiegen hatte, fragte ich schließlich: »Was steht in der Auslöseforderung?«

»Sie war auf Blevonesisch verfasst.«

»*Blevonesisch*? Bist du sicher?«

»Ja.« Als wir die Treppe hinaufstiegen, ergriff Rylan meinen Arm. Allmählich ärgerte es mich, dass er mich behandelte, als sei ich hilflos, aber ich unterdrückte meinen Ärger und ließ zu, dass er mich weiterhin stützte. »König Damian hat sie nicht laut vorgelesen. Er sagte lediglich, dass es sich um eine Auslöseforderung handle und dass er die Suche im Palast abblase, sodass wir uns auf unsere Suche außerhalb des Palasts konzentrieren könnten.«

»Ich fasse es nicht. Warum sollte jemand aus Blevon so etwas tun, nachdem Damian gerade den Frieden wiederhergestellt hat?«

»Vielleicht sind nicht alle in Blevon so glücklich über den Friedensvertrag wie *König* Damian und die Übrigen von uns.«

»Aber es ergibt keinen Sinn« – ich ignorierte seinen Hinweis darauf, dass ich Damians Titel nicht benutzt hatte –, »Jax ist zur Hälfte Blevoneser und nicht ihr Feind.«

»Der König ist ebenfalls zur Hälfte Blevoneser und es scheint ihnen nichts auszumachen.« Er schwieg kurz. »Schau, ich will es auch nicht glauben. Aber was für eine andere Erklärung gibt es? Alle Hinweise deuten auf sie.«

»Es könnten Dansii sein, die es Blevon anhängen.«

»Dansii? Aber warum? Mutmaßlich sind sie doch ebenfalls unsere Verbündeten, vergiss das nicht.«

Ich schüttelte den Kopf, doch bevor ich antworten konnte, blieb ich mit der Spitze meines Stiefels an der obersten Stufe hängen und stolperte. Rylans Griff um meinen Arm wurde fester, aber ich hatte mich bereits wieder gefangen und ging weiter.

»Bist du …?«

»Alles in Ordnung.« Da ich es nicht mehr ertragen konnte, mich so hilflos zu fühlen, entwand ich meinen Arm seinem Griff. Ärger erfasste mich – Ärger und schreckliches Bedauern. Dass ich nicht bei ihm gewesen war, dass ich Jax nicht beschützt hatte. Ich presste meine Handballen gegen die Schläfen und versuchte, den Druck, der sich in meinem Schädel aufbaute, zu verdrängen.

Aber wenn ich bei Jax gewesen wäre, hätte ich den König nicht beschützen können. Und nach dem heutigen Angriff benötigte er mich mehr denn je an seiner Seite.

»Versprich mir, dass du jetzt sofort schlafen gehst«, drängte Rylan und trat einen Schritt zurück. Sein Gesicht war im flackernden Licht der Fackel nicht erkennbar. »Heute Nacht kannst du nichts mehr tun.«

Ich biss die Zähne zusammen, denn ich hatte mehr als unfreundliche Äußerungen auf der Zunge, aber ich wusste, Rylan verdiente meinen Ärger nicht. Er versuchte nur zu helfen, weil er sich Sorgen um mich machte.

»Alexa, bitte, unternimm nichts, bevor du dich nicht ausgeschlafen hast. Draußen sind Wachen, die Ausschau nach ihm halten. Und wenn sie nicht erfolgreich waren, werde ich dich morgen früh als Erstes aufsuchen. Und wir werden herausfinden, was geschehen ist, und ihn zurückholen.« Rylans Stimme klang fest, sein Blick war flehend. »Ich verspreche es.«

Auch wenn ich noch so gern hinaus in die Dunkelheit gestürmt wäre, um bei der Suche nach Jax zu helfen, wusste ich, dass Rylan recht hatte. Mit einem Seufzer gab ich nach und nickte. »Gut, kurz nach Sonnenaufgang, okay?«

»Ich verspreche es«, wiederholte er.

Als ich vor meiner Tür stand und sie öffnete, war Rylan immer noch hinter mir und beobachtete mich. Bevor ich hineinging, blickte ich über die Schulter. Er stand ein paar Meter von mir entfernt. Er konnte seinen Gesichtsausdruck nicht schnell genug verbergen und der bekümmerte Ausdruck seiner Augen traf mich zutiefst.

»Danke, dass du mich über Jax informiert hast«, sagte ich.

Rylan hob das Kinn. »Das war doch selbstverständlich«, erwiderte er.

Einen Augenblick lang sahen wir uns schweigend an. Die Besorgnis in seinem Blick veränderte sich, verwandelte sich in etwas, das noch düsterer, mächtiger war. In dem Raum zwischen uns baute sich plötzlich eine seltsame Spannung auf, sodass mir eng ums Herz wurde. Erneut wurde ich daran erinnert, wie anders mein Leben verlaufen wäre, wenn ich Damians wahres Wesen nicht entdeckt hätte – wenn ich mich nicht in den Mann verliebt hätte, der jetzt unser König war. Rylan machte einen zögerlichen Schritt auf mich zu.

»Gute Nacht, Rylan«, sagte ich knapp. Er erstarrte, schluckte schwer, ballte die Hand zur Faust und öffnete sie wieder.

»Gute Nacht, Alexa«, erwiderte er schließlich.

Ohne abzuwarten, schloss ich die Tür und lehnte die Stirn dagegen. Der Druck in meinem Kopf hatte sich in einen scharfen, stechenden Schmerz verwandelt. Ich würde lügen, wenn ich leugnen würde, dass sich ein Teil von mir immer noch zu Rylan hingezogen fühlte. Doch ich konnte diesen Weg ja nicht einschlagen – oder? Nicht jetzt, da er meine echten Gefühle kannte und wusste, dass er immer an zweiter Stelle hinter dem einzigen Mann kommen würde, der mein Herz wirklich erobert hatte.

Obwohl ich so müde war wie noch nie in meinem Leben, kamen meine Gedanken nicht zur Ruhe. Ich riss mich zusammen und sah mich in meinem leeren Raum um. Ich musste die Gedanken an Damian und Rylan verdrängen. Ich hatte keine Zeit, mir über den einen oder anderen den Kopf zu zerbrechen, sondern musste mich auf das vordringlichste Problem konzentrieren.

So vieles ergab keinen Sinn. Die Angriffe auf Blevon, Lady Vera, der Tod ihres Vorkosters, das Verschwinden der Leiche und jetzt noch Jax' Entführung. Ich hasste offene Fragen, und in diesem Fall war ich nicht einmal sicher, ob ich die *richtigen* Fragen stellte. Ich dachte über die Andeutung nach, die ich Rylan gegenüber gemacht hatte – dass die Dansii es Blevon hatten anhängen wollen. Das war doch möglich, oder? Seit König Armando Iker zu uns gesandt hatte, wussten wir, dass sie schwarze Zauberer hatten. Und Eljin war felsenfest davon überzeugt, dass Blevon keine hatte. Aber warum sollten die Dansii wünschen, dass wir erneut mit Blevon Krieg führten?

Ich stolperte auf mein Bett zu. Vielleicht konnte ich morgen früh, nachdem ich geschlafen hatte, in all dem einen Sinn erkennen. Ich konnte die Augen nicht mehr offen halten und bettete den Kopf aufs Kissen. Ich merkte gar nicht, dass ich mein Schwert nicht abgeschnallt hatte, bis die harte Schwertscheide mir in die Hüfte schnitt. Aber ich gab mir dennoch nicht die Mühe, sie abzuschnallen. Die Erschöpfung war so übermächtig, dass ich das Gefühl hatte, irgendeine unsichtbare Kraft drücke mich aufs Bett. Selbst wenn ich gewollt hätte, hätte ich mich nicht mehr rühren können, denn der Schlaf übermannte mich bereits.

Doch dann teilte sich plötzlich die Wand und Damian trat heraus. Er trug nur seine Unterkleider und eine locker sitzende Tunika.

Ich kniff die Augen zusammen und riss sie wieder auf, nicht sicher, ob ich wach war. Und wenn ich tatsächlich wach war, war Damian in meinem Gemach wohl eine Halluzination. Dann begann er zu reden. Die Anspannung in seiner Stimme ließ mich erkennen, dass dies kein Traum war. Wenn ich geträumt hätte, hätte ich nicht folgende Worte vernommen: »Es tut mir leid, dich zu stören, da du deinen Schlaf so dringend benötigst, aber wir müssen reden.« Er trat auf mich zu. »Ich glaube, jemand will Blevon die Entführung von Jax anhängen.«

Elf

IRGENDWIE ZWANG ICH mich, mich im Bett aufzurichten, obwohl mein Körper protestierte. »Ihr glaubt, Blevon …«

»Schläfst du auf deinem Schwert?«, fiel mir Damian ins Wort und riss die Augen weit auf, als er entdeckte, dass ich auf meiner Schwertscheide lag.

»Habt Ihr einen mir unbekannten Geheimgang benutzt, um Euch in mein *Gemach* zu schleichen?«, konterte ich.

Es folgte ein kurzes, unangenehmes Schweigen. Dann sagte ich: »Ich war zu müde, um es abzuschnallen …«

»Ich wollte nicht, dass du denkst, ich würde ihn je benutzen, um dich auszuspionieren …«

Wir begannen beide im selben Augenblick zu sprechen, fielen einander ins Wort. Erneut folgte peinliches Schweigen.

»*Habt* Ihr ihn je dazu benutzt, mich auszuspionieren?«, fragte ich schließlich und wich seinem Blick aus. Es war derselbe Raum, den Marcel und ich bis zu seinem Tod geteilt hatten. Damian hatte beschlossen, nach der Krönung seine alten Gemächer zu behalten. War er jemals bei Nacht hier hereingeschlichen, um mich zu beobachten? Ich konnte mir nicht vorstellen, dass er so etwas tat, aber …

»Nie.« Seine Stimme klang heftig. »Alex, ich verspreche es. Wenn du möchtest, kann ich dir zeigen, wie er funktioniert. Du kannst ihn jederzeit benutzen – bei Tag und bei Nacht –, wenn du mich je brauchen solltest.«

»Euch brauchen? Wozu?« Noch bevor ich darüber nachdenken konnte, wie meine Worte aufgefasst werden könnten, waren sie hervorgesprudelt.

Damian hob eine Augenbraue. In der Dunkelheit waren seine Augen nicht zu erkennen. »Um etwas unter vier Augen zu besprechen, wie zum Beispiel heute Abend. Aber wenn dir noch andere Gründe einfallen …«

Meine Wangen glühten, und meine Nerven waren angespannt, da Damian nur wenige Meter von mir entfernt stand, barfuß, die muskulöse Brust durch den V-Ausschnitt seiner Tunika entblößt, das dunkle Haar zerzaust. Nach wie vor lastete die Erschöpfung auf mir, sodass sich mein Körper wie ein seltsames Schlachtfeld anfühlte. Als ich schließlich zu ihm aufblickte, drehte sich alles um mich … oder vielleicht war *ich* diejenige, die zur Seite taumelte, obwohl ich immer noch ruhig dasaß, denn plötzlich eilte Damian auf mich zu und umfasste meine Schultern. Als ich in seine tiefblauen Augen blickte, hörte das Schwindelgefühl auf.

Oh, wie ich diese Augen liebte.

»Wie lange bist du schon auf den Beinen?« Seine Finger berührten meine Schultern. Ich musste all meine Willenskraft aufbringen, um nicht meinen Kopf an seine Brust zu schmiegen.

»Wenn man das Nickerchen nicht mitzählt … eine ganze Weile. Zwei Tage? Vielleicht auch drei?«

Sein Duft war so, wie ich ihn in Erinnerung hatte. Das dezente Aroma seiner Seife und der noch dezentere Geruch seiner Haut – der Geruch, den nur er, *Damian*, hatte. Ich wollte in seinen Armen liegen, das Gesicht an seinem, wollte ihn einatmen.

Das Mondlicht wurde von den Gewitterwolken verdeckt, die jetzt mit einem Regenguss herantrieben. Er prasselte gegen mein Fenster und die Palastmauern. In der Dunkelheit waren Damians Augen umschattet; sein Gesicht war meinem ganz nah. Zu nah. Ruckartig wich ich zurück.

»Warum seid Ihr hier?«

Er ließ meine Schultern los und nahm strammere Haltung an. »Ich konnte nicht schlafen. Mach dir keine Sorgen, du hast mir deine Gefühle für mich deutlich zu erkennen gegeben, aber ich … ich hatte das Bedürfnis, mit dir über meinen Verdacht zu sprechen. Über die Auslöseforderung für Jax und den Angriff heute. Über all das. Ich … ich wollte einfach nur mir dir reden.« Er verstummte und mein Herz schlug wie wild. »Doch es scheint jetzt nicht der beste Zeitpunkt zu sein.«

Ich hoffte, dass er nicht den Ausdruck meiner Gefühle in meinem Gesicht erkannte. Als ich antwortete, versuchte ich, meine Stimme fest und distanziert klingen zu lassen. »Nun, es *ist* mitten in der Nacht … aber das scheint ja Eure Lieblingszeit zu sein, um mit mir zu reden.« Sobald ich die Worte ausgesprochen hatte, bedauerte ich, auf die Vergangenheit angespielt zu haben.

»Ja, das wird wohl so sein«, sagte er mit gepresster, beherrschter Stimme. »Du musst dich unbedingt erholen. Wir können morgen früh miteinander reden.«

»Warum habt Ihr nicht bis morgen früh damit gewartet? Ihr habt diesen Geheimgang so lange für Euch behalten.« Ich riss die Augen auf, um wach zu bleiben. Es war auf meine Erschöpfung zurückzuführen, gegen die ich ankämpfte, dass ich alle Mühe hatte, wach zu bleiben, dabei war mir Damian so nahe. In meinem Schlafgemach. Allein.

»Warum enthüllt Ihr es gerade jetzt?«

»Ich mache mir Sorgen wegen dieser Delegation aus Dansii. Ich glaube nicht, dass alle von ihnen das sind, was sie vorgeben. Manchmal …« Er schüttelte den Kopf. Nach kurzem Schweigen fuhr er fort: »Gerade jetzt weiß ich nicht, wem ich vertrauen kann. Doch trotz allem vertraue ich *dir* nach wie vor.« Damian kreuzte die Arme vor der Brust, als er auf mich herunterblickte. Sein Gesicht zeigte einen besorgten Ausdruck, der sehr dem ähnelte, den Rylan vorher gezeigt hatte. »Aber ich muss warten. Du brauchst Schlaf. Wir können morgen reden.«

»Wir können jetzt reden. Mir geht's gut. Seht nur!« Ich schwang die Beine über die Bettkante und stand auf. Das Blut strömte durch meinen Körper, hinauf oder hinunter oder irgendwo anders hin. Für einen kurzen Augenblick wurde es schwarz um mich.

Damian hielt mich an den Oberarmen fest. Musste ich gestützt werden? Ich war mir ziemlich sicher, dass ich aufrecht dastand, auch wenn sich meine Beine seltsam anfühlten und der Raum unter mir zu schwanken schien. Sterne blitzten auf, als meine Sehkraft zurückkehrte und ich entdeckte, wie er auf mich herunterblickte. Seine heißen Finger brannten durch mein Hemd, und sein Körper, der nur wenige Zentimeter von mir entfernt war, war eine verlockende Aufforderung. Während ich dastand, senkte er die Lider.

Mein Blick verharrte auf seinen Lippen und mein Herz hämmerte in der Brust. Der Schmerz in meinem Kopf, die Erschöpfung, die Ängste und Sorgen lösten sich auf, als mein Blick auf seinen Mund fiel. Ohne zu denken oder mein Handeln infrage zu stellen, hob ich ihm das Gesicht entgegen. Das war es, was ich wollte – *er* war, was ich wollte. Er war der Mann, den ich *brauchte*. Es war dumm von mir gewesen, ihn abzuweisen. *Er* war dumm gewesen, mir zu glauben. Glaubte er allen Ernstes, ich könnte so ohne Weiteres aufhören, ihn zu lieben? Als er mich jetzt ansah, verrieten seine Augen so deutlich seine Sehnsucht und sein Verlangen nach mir, dass ich wusste, dass er nicht meine Narben sah, weder die äußeren noch die inneren, sondern nur *mich*, Alexa.

»Du musst schlafen gehen«, sagte er unvermittelt mit schroffer Stimme und schob mich sanft, aber bestimmt zur Seite, sodass meine Kniekehlen die Bettkante berührten. Meine Beine gaben nach und ich landete unsanft auf dem Bett. »Aber dieses Mal nimmst du zuerst dein Schwert ab.«

»Damian … habe ich … war es falsch zu …« Ich schien nicht die richtigen Worte zu finden, als mir heiß vor Verlegenheit wurde. Ich hatte ihm meinen Mund entgegengehoben, wollte geküsst werden. Und er hatte mich *zurückgewiesen*?

»Du fühlst dich nicht wohl. Ich möchte nicht, dass du morgen irgendetwas bedauerst, vor allem, seit ich deine wahren Gefühle kenne, wenn du nicht gerade ohnmächtig vor Erschöpfung bist. Alexa, geh schlafen. Ich werde morgen eine Möglichkeit finden, allein mit dir zu reden.« Damian sah mich noch einen Moment lang an, seine Miene war in der Dunkelheit nicht zu entziffern. Dann wandte er sich ab. Ich beobachtete ihn mit klammem Gefühl, als er sich die Wand entlangtastete, bis er eine Art Schnappriegel oder Hebel fand und die Wand sich erneut öffnete. Im Nu war er durch die Öffnung geschlüpft und verschwunden.

Am nächsten Morgen erwachte ich steif. Mein Kopf tat immer noch weh. Das fahle graue Licht der Vormorgendämmerung kämpfte sich durch die dichte Wolkendecke. Die Ereignisse des Vorabends erschienen mir wie eine Kombination aus Traum und Albtraum. Als ich den Blick zu Boden gleiten ließ, entdeckte ich mein Schwert, das noch immer in der Scheide steckte. Ich hatte es schließlich abgeschnallt und neben das Bett fallen lassen, bevor ich mich auf meinen Laken zusammengerollt hatte und fast sofort in einen von Albträumen gequälten Schlaf gefallen war.

Dieses Mal war es nicht Iker, der mich verfolgte. Dieses Mal stand Damian weit oberhalb von mir auf einer massiven Marmortreppe und starrte mit Hass in den Augen zu mir herunter. Seine Stimme klang wie Donnerhall, sodass der Boden unter mir bebte, aber ich konnte nicht verstehen, was er sagte. Unermüdlich bemühte ich mich, zu ihm hochzuklettern. Aber egal, wie viele Stufen ich hinaufkletterte, ich kam ihm nie näher. Plötzlich tauchte Vera neben mir auf. Als er die Hand nach ihr ausstreckte, schwebte sie die Stufen hinauf, ohne sie zu berühren, bis sie neben ihm stand. Als sie einander an den Händen hielten, durchlief mich ein durchdringender körperlicher Schmerz.

Plötzlich fielen die Stufen auseinander, teilten sich in der Mitte und zerfielen dann in Stücke. Damian und Vera thronten immer noch über mir, wurden von einer unsichtbaren Macht gehalten, die die Luft mit Dunkelheit erfüllte. Ich versuchte, mich an etwas festzuhalten, irgendetwas, aber meine Finger rutschten ab, und ich fiel kopfüber, bis ich flach auf dem Rücken auf dem Boden landete, der karg und verbrannt war.

Rylan stand neben mir. Aber statt mir aufzuhelfen, blickte er zu Damian und Vera hoch, den Blick voller Verehrung. Ich wollte gern die Hand nach ihm ausstrecken, war aber unfähig, mich zu rühren. Dieses Mal ergriff Vera das Wort. Auf ihren Befehl hin entbrannte um uns herum Feuer, züngelte nach Rylan und mir. Und doch ließ er den Blick nicht von ihr, rührte sich nicht von der Stelle, schaute sie voll seliger Arglosigkeit an. Als die Flammen näher kamen, schrie ich aus Leibeskräften. Und dann wachte ich ruckartig in meinem Bett in meinem Schlafgemach auf.

Als ich mich beeilte, mich zu waschen und in eine saubere Uniform zu schlüpfen, war ich noch ganz von diesem schrecklichen Albtraum erfüllt. *Es ist nur ein Traum,* versuchte ich, mir einzureden. Aber ich war wild entschlossen, sobald wie möglich herauszufinden, weshalb Vera hier war. Nachdem ich Jax sicher heimgebracht hatte – er hatte absoluten Vorrang. Bei dem Gedanken an den armen kleinen Jungen, der allein und verängstigt war, tat mir das Herz weh. Ich wollte hinausstürmen, um sofort nach ihm zu suchen, aber zuerst musste ich herausfinden, was Damian wusste – was in der Auslöseforderung stand, ob sie uns irgendwelche Hinweise gab.

Als ich meine Schwertscheide umschnallte und die Tür öffnete, spürte ich erneut meine Kopfschmerzen. Einen Augenblick lang erwog ich, zu versuchen, den Geheimgang zu finden, entschied mich aber schnell dagegen. Jax brauchte mich, und es half ihm nicht, wenn ich herausfand, wie ich unbemerkt zu den Gemächern des Königs gelangen konnte.

Als ich den Raum verließ, entdeckte ich Asher, der noch halb zu schlafen schien, vor Damians Tür.

»Wer soll dich ablösen?«, fragte ich.

»Leon«, erwiderte er und war jetzt hellwach. »Er wird sicher jeden Augenblick hier sein.« Asher schwieg. »Solltest du nicht noch schlafen? Ich habe gehört …«

»Es geht mir gut«, unterbrach ich ihn. »Der Schlaf reicht für den Augenblick.«

Er zuckte die Schultern. »Wie du willst.«

»Etwas Neues von Jax?«

»Bis jetzt ist noch niemand wach, also gehe ich davon aus, dass es nichts Neues gibt.«

Ich seufzte. »Sollte Leon nicht in den nächsten Minuten hier auftauchen, dann weck ihn auf. Ich werde mit dem König reden.«

Asher salutierte spöttisch. »Ja, Ma'am. Habt ihr *Privates* zu besprechen?«

»Asher, auch wenn ich müde bin, ich könnte dich immer noch mühelos bezwingen. Stell meine Geduld nicht auf die Probe.« Ich wandte mich um und riss die Tür zu Damians äußerem Gemach auf.

»Das würde ich nicht im Traum wagen«, sagte Asher hinter mir. »Alexa.«

Die Tür fiel ins Schloss und ich ignorierte ihn.

Nachdem ich tief durchgeatmet hatte, betrat ich den Raum, in dem ich in den Monaten zuvor auf einem Feldbett geschlafen hatte. In dieser Zeit hatte ich erfahren, dass Damian nicht der war, für den ich ihn gehalten hatte, sondern jahrelang kaschiert hatte, wer er wirklich war. Genau wie ich.

Als ich an seine Tür klopfte, erhielt ich keine Antwort. Ich stieß sie langsam auf und spähte hinein. Damian stand am Fenster, die Arme vor der Brust verschränkt.

»Majestät …«, begann ich, verstummte aber, als er zu mir herumwirbelte.

»Alex«, rief er erleichtert. »Was tust du hier – brauchst du etwas?«

»Herr, ich habe geklopft«, erwiderte ich kraftlos und deutete auf die Tür.

»Ich war in Gedanken versunken. Tut mir leid, dass ich dich nicht gehört habe.« Damian kam ein paar Schritte auf mich zu, war so nah, dass ich die dunklen Ringe unter seinen Augen sehen konnte. »Und bitte … könntest du, wenn wir allein sind … einfach meinen Namen sagen? Ich würde ihn gern hören, vor allem von dir.«

Seine Worte hüllten mich ein wie eine Liebkosung. »Habt Ihr überhaupt nicht geschlafen?«, erkundigte ich mich unvermittelt.

»Sehe ich so schlecht aus?« Er hob eine Augenbraue.

Ich öffnete den Mund und schloss ihn wieder, wusste nicht, was ich sagen sollte. Selbst mit den dunklen Ringen sah er keinesfalls *schlecht* aus. Er sah so gut aus wie immer, ja, so gut, dass mich sein Anblick schmerzte, mir einen Stich versetzte.

»Ich muss immer an Jax da draußen denken ... irgendwo. Und die Auslöseforderung«, fuhr er fort und fuhr sich mit der Hand durchs Haar. Er schien zu versuchen, es zu glätten, dabei zerzauste er es noch mehr. »Warum bist du gekommen?«

Ich zwang mich, den Blick von seinem Haar abzuwenden, und konzentrierte mich stattdessen auf sein Kinn. Das Kinn war harmlos. Ich wollte nicht mit den Händen durch sein Kinn fahren. »Ich bin hier, um zu erfahren, worüber Ihr gestern Abend mit mir reden wolltet.«

»Ah ja. Was so dringend war, dass ich deinen Zorn riskierte, indem ich allein in deinem Gemach auftauchte?« Damian trat an seinen massiven Schreibtisch und griff nach einer Pergamentrolle. »Ich wollte mit dir darüber reden.« Er hielt mir die Rolle hin.

Ich musste den Raum durchqueren, um das Pergament von ihm entgegenzunehmen. Erinnerungen an die Woche, die ich im Bett verbracht hatte – seinem Bett –, während ich mich von dem Kampf gegen Iker erholte, kehrten zurück. Das war der Raum, in dem ich zum ersten Mal mein jetzt entstelltes Gesicht erblickt hatte, und in dem mich Damian aufgesucht und mir seine Liebe gestanden hatte – trotz meiner Narben.

Ich räusperte mich, verdrängte die Erinnerung und blickte auf das Schreiben vor mir. Die Handschrift war eng, und das Ganze sah so aus, als sei es in Eile geschrieben worden. »Ich kann kein Blevonesisch.«

»Ich glaube nicht, dass die Person, die das geschrieben hat, aus Blevon stammt. Auch wenn die Sprache grammatikalisch korrekt ist, sind einige Wendungen seltsam – richtig überholt. Als ob derjenige die Sprache aus einem Buch oder von einer älteren Person gelernt hätte.« Damian nahm den Brief wieder an sich und starrte darauf, als könne er ihm Antworten liefern.

»Wie wollt Ihr wissen, ob es ein ›Er‹ ist?«, fragte ich und dachte an Vera. »Eine Frau könnte dahinterstecken.«

»Natürlich. Ich finde nur, die Handschrift lässt eher auf einen Mann schließen.« Er blickte zu mir hoch und dann schnell zum Fenster hinaus.

Endloses Schweigen lastete auf uns. Mein Instinkt hieß mich, zu ihm zu gehen, ihn in die Arme zu nehmen und zu trösten. Doch ich stand stocksteif da, kämpfte gegen mich und die Gefühle an, die ich ein für alle Mal verdrängen musste.

»Ich wünschte, ich könnte ihn suchen«, erklärte Damian leise. »Ich fühle mich hier in meinem Palast wie gefangen. Auf meinem Thron. Ich bin ein König, und doch habe ich mich noch nie machtloser gefühlt, etwas zu *tun*.«

Trotz meiner guten Absichten ging ich ein paar Schritte auf ihn zu und legte zögerlich die Hand auf seinen Arm. »Ihr seid keineswegs machtlos. Ihr habt die gesamte Armee von Antion sowie Eure Leibwache und all jene hinter Euch, denen Ihr und Jax wichtig seid.«

»Eine Armee, die bereits ohne die Bedrohung eines neuerlichen Kriegs sehr reduziert ist.« Damian legte seine Hand auf meine und hielt mich fest. Er ließ den Blick auf unseren verschlungenen Fingern ruhen, seine Miene zeigte unverhohlen Schmerz und Verzweiflung. »Man erwartet von mir, dass ich Antion stabilisiere und heile. Stattdessen habe ich das Gefühl, als würde das Land auseinandergerissen. Und dabei bin ich erst seit einem Monat König.« Er lachte, ein bitterer, freudloser Klang.

»Damian, Ihr tut Euer Möglichstes. Antion ist auf dem Weg

der Heilung – dank Euch. Und ich verspreche, dass ich alles in meiner Macht Stehende tun werde, Jax gesund zurückzubringen.«

Damian blickte hoch; unsere Blicke trafen sich und ließen einander nicht mehr los. Ich wusste, ich hätte zurückweichen sollen. Ich *wusste* es – so, wie ich es gestern Abend gewusst hatte. Doch etwas in mir war im Begriff, ins Wanken zu geraten. Die Stärke, die ich im vergangenen Monat aufgebracht hatte, verließ mich, und ich konnte mich nicht überwinden, es zu tun. Als er sich leicht vorbeugte, zögernd, stand ich reglos da, und mein Herz schlug zum Zerspringen.

Er hielt kurz inne, bevor er mich küsste. »Alexa«, murmelte er, und seine Lippen streiften meine im Gleichklang mit meinem Namen. »Ich … ich brauche …«

Und dann konnte er nichts mehr sagen, da es mir nicht länger gelang, mich zurückzuhalten. Ich hob das Gesicht, sodass sich unsere Lippen trafen. Er ließ meine Hand los, um den Arm um mich zu legen, und zog mich an sich. Mein Herz setzte einen Moment lang aus, bevor es mit einem heftigen Ruck wieder zu schlagen begann. Ich presste mich gegen ihn, verschmolz mit seinem Körper, als seine Lippen mich küssten, fordernd, verzweifelt und voll des Verlangens, das wir beide über Wochen verleugnet hatten. Täglich hatte ich neben ihm gestanden und mich gezwungen, meine Gefühle zu unterdrücken, aber jetzt … *jetzt* war ich endlich wieder ganz – in seinen Armen, seine Lippen auf meinen. Zum ersten Mal seit der Zeit vor dem Kampf mit Iker schlug mein Herz ohne Schmerz.

Er spielte mit meinen Haaren, drehte meinen Kopf zu sich. Seine Lippen öffneten sich, und als er seine Zunge in meinen

Mund gleiten ließ, verließ mich jede Stärke. Ich klammerte mich an seinen Rücken und rang nach Luft.

Aber in einem kleinen Winkel meines Verstands, der noch funktionierte, meldete sich die Wirklichkeit und forderte meine Aufmerksamkeit. Ich hatte es ihm schon einmal gesagt und es hatte mich fast zerstört.

Jetzt musste ich es aufgrund meiner Schwäche erneut tun. Ich konnte mich nicht der Illusion hingeben, dass sich irgendetwas geändert hatte. Ich eignete mich noch immer nicht dazu, seine Königin zu sein. Und es gab nach wie vor keine Zukunft für uns, auch wenn sich das noch so richtig anfühlte. Ich musste gehen, gleich jetzt, bevor ich es nicht mehr konnte. Ich musste mich auf die Suche nach Jax machen.

»Halt«, keuchte ich und zerrte an seinen Schultern. Damian erstarrte, ließ mich aber nicht los. Bis ich ihn wieder zurückstieß, dieses Mal härter. »Halt«, wiederholte ich lauter. »Wir dürfen das nicht tun.«

Er ließ die Arme sinken und wich zwei Schritte zurück. Seine Augen waren umschattet und seine Brust hob und senkte sich. »Warum? Warum *müssen* wir aufhören?«

»Nichts hat sich geändert«, erwiderte ich. Mein Mund brannte von seinen Bartstoppeln und mein Blut pulsierte durch meine Adern.

»Was meinst du denn?«, fragte er vorsichtig.

»Was ich Euch zuvor gesagt habe, gilt immer noch.«

»Welcher Teil … als du mir gesagt hast, ich sei ein guter König? Oder beziehst du dich auf den Tag, an dem ich dir meine Liebe gestand und du mir erwidert hast, du könntest mir nicht vertrauen und wolltest mich nicht?«

Ich zuckte zusammen, als hätte ich eine Ohrfeige erhalten. Die Wärme in seinem Blick war wie weggewischt, war jetzt kalter Wut gewichen. Ich musste die Zähne zusammenbeißen, um die Tränen zurückzuhalten, die an die Oberfläche drängten. Er durfte mich nicht in Tränen aufgelöst sehen. Ich durfte ihm nicht zeigen, wie weh es mir tat, ihm, mir … uns dies anzutun. Wenn er doch nur wüsste, dass ich ihn so sehr liebte und nur deshalb das wollte, was für ihn und Antion das Beste wäre.

»Wie ich es sehe, können beide Aussagen nicht stimmen. Du kannst mich unmöglich für einen guten König halten, wenn du mich immer noch nicht für vertrauenswürdig hältst, oder?«

Ich blinzelte heftig. »Ich finde, dass wir im Augenblick mit vielen Bedrohungen fertigwerden müssen, und ich hätte Euch nicht davon ablenken dürfen.«

»Mich *ablenken*?« Damian lachte wieder freudlos. »War es das – eine Ablenkung?«

»Herr.« Ich musste seinen Blick meiden. »Wenn Ihr ehrlich glaubt, dass Blevon irgendwie hereingelegt wird, dann müssen wir die wahre Bedrohung ermitteln, bevor jemand leidet … oder getötet wird.«

Es herrschte eine lange Pause. Dann sagte er: »Ja, du hast recht. Natürlich.«

Ich blickte zu ihm hoch und stellte fest, dass die bittere Wut in seinem Gesicht jetzt verschwunden war – als ich ihn an Jax' Gefahr erinnerte. Seine Miene war jetzt grimmig und resigniert. Er wandte sich von mir ab, hielt die Schultern gestrafft. »Keine weiteren *Ablenkungen*«, stieß er hervor. »Von nun an konzentrieren wir uns nur noch auf die zu bewältigenden Probleme.«

Ich stand da und beobachtete hilflos, wie er sich wieder in sich zurückzog. *Es ist das Beste,* redete ich mir im Stillen ein. Aber mein Mantra war angesichts des stechenden Schmerzes, der mich erneut quälte, wirkungslos.

»Wir müssen so bald wie möglich Jax' Spur aufnehmen, sofern diese nicht bereits aufgeweicht ist«, sagte ich. Ich wollte unbedingt weg, nachdem ich so töricht gewesen war, das Undenkbare geschehen zu lassen. Ich hatte ihn geküsst. Ich hatte ihm vorgegaukelt, dass ich meine Meinung geändert hätte. Und jetzt, nachdem bereits so vieles schiefgelaufen war, fügte ich ihm erneut Schmerz zu. Scham trieb mir die Röte in die Wangen.

»Sie werden ihn herbringen – sofern wir ihren Bitten nachgeben.« Damian wandte sich immer noch nicht um, um mir ins Gesicht zu sehen.

»Wirklich?«

»Die Erpresser schreiben, dass sie den Jungen zurückbringen werden, wenn ihre Forderungen innerhalb der nächsten drei Tage erfüllt werden.«

Als er schwieg, fragte ich stockend: »Was wollen sie denn?«

Damian drehte sich endlich um und blickte mich an. Seine Miene war ausdruckslos. Aber als sich sein Blick in meinen versenkte, war der Schmerz nicht zu übersehen. »Sie wollen dich.«

Zwölf

ALS RYLAN UND ich die Palastmauer hinter uns ließen, wimmelte es im Dschungel um uns herum von Leben. Die Morgensonne brannte mir bereits heiß ins Gesicht und von der drückenden Feuchtigkeit rann mir der Schweiß den Rücken hinunter. Insekten schwirrten umher, und ich schlug um mich, während ich den Boden absuchte.

»Blick nach unten und halte Ausschau nach irgendwelchen Zeichen der Entführung«, wies ich Rylan an.

»Ich weiß, wie man Fährten liest.« Rylan hob eine Augenbraue. »*Sofern* nach dem Gewitter gestern Abend noch eine Spur übrig geblieben ist.«

Ich seufzte, war nicht bereit, die Hoffnung aufzugeben. Ich musste Jax finden und zurückbringen, sonst müsste Damian die Wahl zwischen seinem Halbbruder und mir treffen. Ich hatte drei Tage zur Verfügung. Drei Tage, in denen ich es schaffen müsste, denn sonst würde Jax sterben.

»Du nimmst jetzt jenen Weg und ich diesen hier.« Ich verdrängte die beunruhigenden Ängste, konnte es mir nicht leisten, mich davon verunsichern und ablenken zu lassen. Ich musste mich konzentrieren, musste ihn finden.

»Ich weiß nicht, ob es eine gute Idee ist, wenn wir uns aufteilen«, widersprach Rylan. »Lass uns im Augenblick zusammenbleiben.«

Ich zuckte die Schultern, war aber insgeheim froh. Ich hasste es, allein durch den Dschungel zu gehen. Auch wenn es wirkungsvoller gewesen wäre, wenn wir uns aufgeteilt hätten, fühlte ich mich mit ihm an meiner Seite wohler.

Das Unbehagen vom gestrigen Abend klang noch zwischen uns nach, als wir schweigsam das Palastgelände abschritten und nach Spuren von Jax' Entführung suchten. Ich untersuchte jedes Blatt, jeden Zweig und jedes Felsstück nach einer Spur. Die Begegnung mit Damian war mir noch lebhaft in Erinnerung, und es kostete mich große Selbstbeherrschung zu vergessen, wie sein Mund meinen berührt hatte. Kurz nachdem mir Damian die Bedingungen der Auslöseforderung vorgelesen hatte, war General Ferraun gekommen, um über den Angriff auf die Dörfer und den vermissten Vorkoster zu sprechen. Ich hatte mich entschuldigt und zurückgezogen, musste unbedingt weg, etwas *unternehmen*.

Rylan wartete in der Halle auf mich. Er hatte sein Versprechen mir gegenüber gehalten, dass wir uns am Morgen als Erstes auf die Suche begeben würden. Er unterließ es, eine Bemerkung darüber zu machen, dass ich ganz allein in Damians Gemächern gewesen war. Er fragte lediglich, ob ich bereit sei für die Suche nach Jax, und wir machten uns auf den Weg.

Wir bogen um die erste Hälfte der Mauer, ohne Erfolg. Doch dann blieb ich ruckartig stehen.

»Was ist los? Hast du was gefunden?« Rylan eilte zu mir zurück und ich deutete auf den Boden.

»Da, siehst du?«

Er blinzelte, da ihn die Sonne blendete. »Den abgebrochenen Zweig?« Nachdem er sich ansah, was ich entdeckt hatte, klang er nur mäßig aufgeregt. Am Dschungelrand hing ein dünner Ast von einem Baum, der größtenteils abgebrochen war, aber nicht ganz, sondern noch in Höhe eines Männerarms am Baum hing. Behutsam ging ich darauf zu und suchte den Boden ab.

»Diese Pflanzen sehen aus, als ob sie niedergetrampelt worden wären, aber ich kann keine Stiefelspuren finden.« Ich deutete nach unten, unter den Zweig, wo der Boden leicht zertrampelt aussah, als seien viele Menschen darüber gegangen, sodass der Boden flach getreten war.

»Lass uns ein Stück weitergehen, vielleicht finden wir noch etwas anderes.«

»Wenn wir etwas finden, sollten wir Dam… – ich meine, dem König – Bericht erstatten«, gemahnte mich Rylan.

»Wenn wir sicher sind, dass wir tatsächlich etwas gefunden haben, können wir Bericht erstatten. Noch bin ich nicht überzeugt.« Behutsam arbeitete ich mich im Dschungel voran, bewegte mich schmerzhaft langsam, ließ den Blick auf der Suche nach Anzeichen für einen Kampf oder sonstigen Spuren auf dem Boden und an den Bäumen, den Büschen, Pflanzen und Blumen schweifen.

Nach etwa einem halben Meter entdeckte ich den Teil eines Fußabdrucks, der wegen der Feuchtigkeit verschwommen war. Aber es gab keinen Zweifel, dass hier ein Profil tief in den Morast gedrückt worden war. Hier herrschte dichter Pflanzenwuchs, sodass die Spur durch den Regen nicht total verwischt war.

»Dort.« Ich zeigte Rylan, was ich meinte. »Gehörte wohl einem der Entführer. Wer sonst würde in der Nähe des Palasts durch den Dschungel marschieren?«

»Und schau, hier ist ein kleinerer Abdruck.« Rylan ging an dem halben Fußabdruck vorbei. Ich folgte ihm und bemerkte eine kleinere Fußspur in dem feuchten Boden. Diese Spur passte genau zur Schuhgröße eines Jungen.

»Wir haben Glück. Sie haben nicht darauf geachtet, dass sie Fußspuren hinterlassen.« Ich straffte die Schultern, mein Magen verkrampfte sich vor Sorge um Damians Bruder.

»Es war dunkel und sie hatten es eilig. Vielleicht rechneten sie damit, dass der Regen das Übrige besorgen würde.« Rylan blickte zu dem dichten Baumdach hoch, das das Sonnenlicht aussperrte und Schatten über ihn warf.

»Sie haben nicht berücksichtigt, dass die Bäume den Regen mildern könnten, sodass Spuren zurückbleiben würden.«

»Oder sie machen sich nichts daraus, verfolgt zu werden.«

Rylan betrachtete mich stillschweigend. Im Schatten konnte ich seine Augen nicht erkennen.

»Lass uns dem König Bericht erstatten.« Ich machte auf dem Absatz kehrt und eilte den Weg zurück, den wir gekommen waren. Mein Herz raste.

»Und was dann?«, fragte Rylan hinter mir.

»Dann verfolgen wir sie und bringen Jax zurück.«

Rylan und ich kehrten zum Palast zurück und eilten zu Damians Arbeitszimmer in der Bibliothek seiner Mutter, wo er vor unserem Aufbruch ein Treffen mit General Ferraun und einigen der anderen hochrangigen Offiziere abgehalten hatte.

»Und was wollen wir tun, wenn wir Jax' Entführer finden?«, fragte Rylan, als wir den Flur entlanggingen. Sonnenlicht strömte durch die Fenster, sodass alle paar Meter Lichtquadrate entstanden, die die hellen Steine unter unseren Füßen praktisch zum Glühen brachten. Die Hitze war fast unerträglich, sogar im Inneren des Palasts, und ich spürte, wie die Haare an meinen Schläfen und im Nacken feucht wurden und sich kringelten.

»Wir werden sie auskundschaften, erfahren, mit wem wir es zu tun haben, und dann entscheiden. Aber ich werde Damian keine Wahl treffen lassen.«

»Was meinst du damit – welche Wahl hat er?«

Ich schwieg. Rylan griff nach meinem Arm, zwang mich anzuhalten.

»Alex, von was für einer Wahl sprichst du?«

Ich blickte in seine warmen braunen Augen, die Sorge verrieten, und schürzte die Lippen. »Es ist nicht wichtig. Wir werden nicht zulassen, dass sie uns Vorschriften machen. Deshalb müssen wir Jax finden – damit wir die Kontrolle wiedergewinnen und sie aufhalten können.«

»Was verschweigst du mir? Was wollen sie denn?«

Rylans Griff um meinen Arm wurde stärker. »Alexa, sag's mir.«

»*Mich*, okay?« Ich entzog ihm meinen Arm. »Sie wollen, dass Damian mich im Austausch gegen Jax übergibt.«

Rylans Augen weiteten sich vor Entsetzen. »*Dich*? Wirklich dich?«

Ich nickte.

»Aber … warum?«

»Das haben sie nicht gesagt.« Ich wandte mich um und ging weiter den Flur hinunter, mitten durch die wirbelnden Staubpartikel, die in den Sonnenstrahlen erkennbar waren.

»Wird er es tun?«, hörte ich Rylans Stimme.

Ich blieb kurz stehen und ging dann weiter. »Ich weiß nicht, was er tun wird«, sagte ich so leise, dass ich mir nicht sicher war, ob Rylan mich überhaupt hören konnte. Als Damian es mir heute Morgen erklärt hatte, hatte ich dieselbe Frage gestellt, ohne jedoch eine Antwort zu erhalten. Er hatte mich einfach mit eiserner Miene angestarrt. Und dann hatte der General den Raum betreten.

Als wir bei der Bibliothek angelangt waren, war die Tür verschlossen. Ich klopfte einmal energisch, doch niemand reagierte. Nach einem kurzen Moment klopfte ich erneut. Als immer noch keine Reaktion erfolgte, öffnete ich behutsam die Tür. Die Vorhänge waren zugezogen; der Raum war dunkel und leer.

»Er ist nicht hier.« Ich schloss die Tür und wandte mich zu Rylan um. Besorgt blickte er auf mich herunter. Ich seufzte und verschränkte die Arme über der Brust. »Was? Ich weiß, dass du etwas sagen willst, also spuck's aus.«

Rylan verlagerte sein Gewicht und wandte den Blick von mir. »Es ist nur … spiel nicht die Märtyrerin, ja?«

»Wovon sprichst du denn?«

»Der Grund, aus dem du diese Leute finden willst – ist doch wohl nicht, dass du dich selbst ausliefern willst, oder?« Rylan redete weiter, ohne meine Antwort abzuwarten, sprach sehr hastig. »Denn ich weiß, dass dir immer noch viel an ihm liegt, auch wenn du so tust, als sei dies nicht der Fall. Und vielleicht bist du der Meinung, dass es edel wäre, ihm dabei zu helfen, seinen Bruder zurückzubekommen. Aber er braucht dich auch. Diese Leute wollen dich hier weg haben, damit der König verletzlich ist.«

Als Rylan schwieg, hob und senkte sich seine Brust in schnellem Rhythmus. Ich stand da und wusste nicht, was ich sagen sollte. Schließlich schüttelte ich den Kopf. »Ich werde mich nicht selbst ausliefern«, war alles, was ich erwiderte.

Seine unausgesprochenen Worte hingen zwischen uns. Aber nach kurzem Schweigen nickte er. »Gut.«

»Aber wir müssen Damian – den König – finden, damit wir die Erlaubnis erhalten, nach Jax zu suchen und ihn zurückzubringen, sodass er nicht gezwungen ist, eine Wahl zu treffen. In Ordnung?«

Rylan nickte erneut. »In Ordnung.«

Wir gingen den Weg zurück, den wir gekommen waren, und eilten die Treppe hinauf, um Damian in seinen Gemächern aufzusuchen. Der Palast war sehr weiträumig und der König konnte weiß Gott wo sein. Da es aber auf die Mittagszeit zuging, hoffte ich, dass er vielleicht wieder in seinen Gemächern war, um allein zu sein, wie er es häufig vor einer Mahlzeit tat.

Als wir auf halber Höhe der Treppe waren, bog Deron um die Ecke und kam uns entgegen.

»Ah, da seid ihr ja. Glück gehabt?« Der Hauptmann der königlichen Leibwache kam schnell zu uns herunter und ließ den Blick zwischen uns hin und her wandern.

»Ja, tatsächlich«, erwiderte ich. »Wir müssen den König finden und um Erlaubnis bitten, dem zu folgen, was wir für Spuren der Entführer halten.«

»Wohin haben sie sich gewandt?«, fragte Deron.

»Nach Norden«, sagte Rylan, ohne zu zögern.

»Nach Dansii?« Deron kniff die Augen zusammen.

»Wenn sie weiter nach Norden gezogen sind, ja, dann nach Dansii.«

Ich war sicherlich nicht die Einzige, die über die Auslöseforderung, die eingetroffen und auf Blevonesisch geschrieben war, nachdachte. »Weißt du denn, wo König Damian sich aufhält?«, erkundigte ich mich. »Wir müssen sie so bald wie möglich verfolgen. Sie haben bereits einen großen Vorsprung und ich will die Spur nicht aus den Augen verlieren.«

»Lady Vera hat darum gebeten, im Palast herumgeführt zu werden, damit sie sich ohne Zuhörer unterhalten können.« Deron klang etwas verstimmt.

»Du hast ihm doch bestimmt eine Wache an die Seite gestellt, nicht wahr?« Plötzlich hatte ich einen Knoten im Hals.

»Nein. Sie erklärte dem König, sie müssten allein sein. Es wurde uns befohlen, Abstand zu halten.«

Bei mir läuteten sämtliche Alarmglocken. Ich machte auf dem Absatz kehrt und rannte wieder die Treppe hinunter, ohne meinen Hauptmann um Erlaubnis zu bitten oder noch weiter abzuwarten.

Ich stürmte durch den Palast, hinaus aus der ersten Tür, die ich finden konnte. Als ich von der Sonne geblendet wurde, mussten sich meine Augen erst an die Helligkeit gewöhnen. Ich hob eine Hand und ließ schnell den Blick umherschweifen. Hinter mir hörte ich Rylan, beachtete ihn aber nicht, sondern suchte weiter nach Damian und Lady Vera. Ich wusste nicht, was sie versuchte, aber ich traute ihr nicht über den Weg. Niemand hätte es gewagt, den König darum zu bitten, mit ihm allein zu sein – schon gar nicht jemand aus einem Königreich, das höchstwahrscheinlich unser Feind war. Warum hatte Damian *ihrer* Bitte nachgegeben?

»Irgendwelche Zeichen von ihm?«, fragte Rylan, der mich jetzt eingeholt hatte.

»Nein.« Ich hörte die Verzweiflung in meiner Stimme. »Du gehst in diese Richtung und ich in die andere, in Ordnung?« Ich deutete nach links und er nickte. Dieses Mal mussten wir uns aufteilen, konnten keine Zeit vergeuden, indem wir zusammenklebten. Wie lange schon waren sie allein? Ich erinnerte mich an den kurzen berechnenden Blick, den sie gestern beim Abendessen mit dem Mann in dem schwarz-weißen Gewand gewechselt hatte, und hatte einen gallenbitteren Geschmack im Mund.

Ich lief los. Die erbarmungslose Sonne prallte auf mich nieder, war erdrückend heiß. Ich rannte an dem leeren Übungsplatz vorbei, steuerte das Gelände an, auf dem das inzwischen abgerissene Bruthaus gestanden hatte, und die Zeltstadt, in der es von Frauen, den ehemaligen Gefangenen des Bruthauses, wimmelte. Einige wuschen Wäsche in riesigen Kübeln, andere bereiteten über einer Feuerstelle Essen zu. Ein paar Frauen standen zusammen, hielten beschützend Babys auf dem Arm und lächelten einander an, während sie sich unterhielten. Schwarzer Rauch stieg träge zum Himmel hoch. Eine der Frauen hob den Arm in meine Richtung. Ich blieb kurz stehen und kniff die Augen zusammen. Sie reichte das Baby, das sie im Arm hielt, einem Mädchen neben sich und kam dann auf mich zu. Als sie näher kam, erkannte ich Tanoori. Sie sah jetzt gesünder aus, war nicht mehr nur Haut und Knochen; auch ihr Gesicht war voller geworden. In ihrem sauberen Kleid und mit dem im Nacken zu einem Knoten zusammengesteckten Haar sah sie recht hübsch aus. Es war schwer, sich vorzustellen, dass diese Frau vor einigen Monaten Damian angegriffen hatte, dass sie das Mädchen war, das ich noch aus unserem Dorf kannte.

»Alex, was ist los?« Tanooris Blick verweilte kurz auf meinen Narben, kehrte aber schnell zu meinen Augen zurück.

»Hast du den König gesehen?«

Tanoori nickte. »Vor ungefähr zehn Minuten kam er hier vorbei, er hat die Richtung zu den alten Gärten genommen.« Sie zeigte an mir vorbei, wo die Ruinen des Bruthauses in den älteren Palastflügel übergingen. Dort hatte es einst einen großen Garten mit gewundenen Pfaden gegeben, umgeben von dichten Büschen. Seit ich im Palast war, kannte ich nur ein Gewirr aus Unkraut, wild wachsenden Büschen, die höher als ein Mann waren, und platt gedrückten Blumen. Aber ich hatte Geschichten gehört, wie wunderbar dieser Garten zu Lebzeiten von Damians Mutter gewesen war.

Ich wandte mich ab, um weiterzugehen, aber Tanoori berührte mich am Arm. »Hast du Eljin gesehen?«, fragte sie mich.

»Nein, nicht mehr seit gestern Abend. Warum?« Ich hatte keine Zeit, mich mit ihr zu unterhalten, wollte sie aber auch nicht allzu schroff abweisen.

»Wir wollten uns zum Essen treffen, er wollte ein Picknick mitbringen. Aber er ist nicht gekommen. Es sieht ihm gar nicht ähnlich, es vergessen zu haben.« Sie mied meinen Blick und Röte überzog ihre Wangen.

Wenn ich Zeit gehabt hätte, hätte ich sie über ihr Verhältnis zu Eljin ausgefragt, aber ich musste den König finden, bevor es zu spät war.

»Tut mir leid, aber ich habe ihn nicht gesehen. Aber falls ich ihm begegne, werde ich ihn daran erinnern, zu dir zu kommen.«

Tanoori nickte und trat einen Schritt zurück. »Tut mir leid, dass ich dich aufgehalten habe«, sagte sie. Ich winkte ihr zu, als ich mich umwandte und auf die ehemaligen Gärten zulief. Als sie darum gebeten hatte, im Palast zu bleiben, hatte Damian ihr den Posten der Aufseherin über die umquartierten Frauen und Babys anvertraut. Sie hatte die Aufgabe, dafür zu sorgen, dass sie Essen und Kleidung erhielten und betreut wurden, und sie erfüllte ihre Aufgabe erstaunlich gut.

»Viel Glück!«, rief sie mir nach, als ich auf die überwachsenen Gärten zurannte. Welches Interesse könnte Lady Vera an dieser Umgebung haben? Das Palastgelände war nicht reizvoll, zum Großteil karg. Wenn es gerodet wurde, dann nur, um funktional genutzt zu werden – für kleine Armeebaracken im Fall der Bedrohung, jetzt für Frauen und Babys, für die Übungsringe und Ställe und kleine Versorgungsgebäude. Ich lief über die überwucherten Wege, blickte nach links und nach rechts. Mir war schmerzhaft bewusst, wie leicht sie es hätten, sich zu verbergen, wenn sie nicht gefunden werden wollten. Wenn sie meinem König etwas angetan hatten …

Und dann hörte ich ihre Stimme, ein leises, verführerisches Lachen. Ich blieb stehen und versuchte herauszufinden, aus welcher Richtung die Stimme kam. Die Steinpfade waren von Unkraut überwuchert und auf beiden Seiten erhoben sich dichte, wild wachsende Büsche. Immer noch blühten Blumen in Karmesinrot, in sattem Lila, grellem Pink, in leuchtendem Orange und weiteren Farbtönen. Kletterpflanzen und Unkraut wanden sich um die Pflanzen und erstickten sie. Es gab niemanden, der den Garten pflegte, sodass er seine frühere Pracht zurückgewinnen könnte. Trotz der Mauern versuchte der Dschungel, Anspruch darauf zu erheben.

Als ich das Lachen erneut hörte, ein samtiger, kehliger Laut zu meiner Linken, wirbelte ich herum und ging in dieser Richtung weiter, bemühte mich aber, lautlos zu sein. Die Wege wanden und kreuzten sich fast wie in einem Labyrinth. Je weiter ich vordrang, desto höher wurden die Büsche. Während ich meinem König entgegeneilte, lief mir Schweiß den Körper entlang, sammelte sich zwischen den Brüsten.

Als ich um eine Ecke bog und die beiden entdeckte, dicht beieinander, blieb ich stehen. Damian hatte die Arme um Vera gelegt und küsste ihren Hals. Sie hatte den Kopf in den Nacken gelegt, sodass er ihre alabasterfarbene Haut vor Augen hatte. Ich legte die Hand auf den Mund, um meinen entsetzten Schrei zu unterdrücken. War es nicht erst heute Morgen gewesen, dass er mich geküsst hatte, mich fest in den Armen gehalten und mich gefragt hatte, warum wir uns zurückhalten sollten?

Mein Herz schlug wie wild; ich konnte kaum atmen. Ich musste hier weg – sofort.

In diesem Augenblick wurde mir klar, dass ich es nicht tun könnte. Wenn er eine andere Frau heiratete, müsste ich meinen Dienst quittieren und den Palast verlassen. Zu erleben, wie er eine andere Frau in den Armen hielt – eine andere Frau küsste –, war zu viel für mich. Ein scharfer Schmerz durchlief meinen Schädel; das Sonnenlicht war zu grell. Ich taumelte zurück, doch in meiner Unachtsamkeit stieß ich mit dem Stiefel gegen einen Stein.

Damian hob den Kopf, wandte sich um und blickte mir direkt ins Gesicht. Unsere Blicke trafen sich und ich erstarrte. Auch Lady Vera drehte sich zu mir herum. Der Triumph in ihrem Blick war fast unerträglich. Ich hatte mir alle möglichen grauenhaften Situationen vorgestellt, aber es war mir nie in den Sinn gekommen, dass sie ihn nur haben wollte, um ihn zu verführen – oder dass er so leicht zu verführen wäre.

»Alexa«, sagte Damian. Seine Stimme klang so ruhig, dass ich nervös wurde. »Brauchst du etwas?«

Jax. Du musst dich Jax zuliebe zusammenreißen, redete ich mir ein, obwohl ich das Gefühl hatte, mein Herz werde in Stücke gerissen. »Ich entschuldige mich, dass ich Euch unterbreche.« Ich lenkte den Blick weg von ihnen auf einen besonders hohen Strauch mit tiefroten Blumen, nur wenige Zentimeter von Damians Kopf entfernt. »Majestät, könnte ich Euch kurz sprechen?«

»Vera, würdet Ihr mich bitte für einen Moment entschuldigen?«

»Natürlich, aber kommt schnell zurück.« Ihre Stimme klang honigsüß, doch ihre Worte hörten sich an wie ein Befehl.

Ich wandte ihnen den Rücken zu und bog um die Ecke, sodass sie außer Sichtweite war. Ich ging weiter, bis ich außer Hörweite war, und wartete auf Damian. Ich kniff die Augen zusammen und bemühte mich verzweifelt, meine Gefühle zu unterdrücken.

»Was brauchst du?« Seine Stimme hinter mir schreckte mich auf. In aller Eile verwandelte ich mein Gesicht in eine Maske, bevor ich meinem König gegenübertrat. Dem Mann, den ich liebte. Dem Mann, der mir gerade das Herz gebrochen hatte.

Er stand da im Sonnenschein, hochgewachsen, unglaublich attraktiv und anscheinend unbekümmert. Als er mich ansah, entdeckte ich keinen Schimmer von Zerknirschtheit oder Schuldgefühlen in seinen Augen. Sein Gesicht wirkte ausdruckslos, abgesehen von einer leichten Ungeduld.

»Herr, ich habe ein paar Spuren gefunden, und ich bitte um Eure Erlaubnis, sie zu verfolgen.« Ich zwang mich, ihn nicht anzublicken. Ich konnte es nicht ertragen, in seine Augen oder auf seinen Mund zu blicken und mir vorzustellen, wie er sie in den Armen hielt und ihr in die Augen sah … sie *küsste*. Und das nur wenige Stunden nach dem, was bei Tagesanbruch zwischen uns geschehen war. Dieses Mal hatte ich ihn offensichtlich zu sehr verletzt – er hatte schließlich beschlossen, seinen Weg zu gehen, damit ich meinen Entschluss, ihn zurückzuweisen, bereuen würde.

Es funktionierte. Der Schmerz war betäubend.

»Glaubst du, eine Spur gefunden zu haben? Glaubst du, du kannst Jax finden?«

Als er die Hand ausstreckte und meinen Arm berührte, wich ich zurück. »Ja, Majestät.«

»Alex … was ist denn los?«

Unwillkürlich starrte ich ihn mit offenem Mund an, konnte meine Wut nicht verbergen. »Was los ist? Ihr fragt mich allen Ernstes, was los ist?«

Der plötzliche Wandel seines Gesichtsausdrucks war mir ein Rätsel; er wirkte, als verwirre ihn meine Reaktion. Nahm er allen Ernstes an, ich würde mich für ihn freuen, weil er sich so schnell anderweitig ausgerichtet hatte? Hatte meine Zurückweisung so überzeugend gewirkt? Er presste die Finger gegen die Schläfe, als habe er Kopfweh. Am liebsten hätte ich ihm erklärt, dass ihn womöglich das Gewissen plagte, aber ich schloss den Mund. Ich wusste, was für ein guter Schauspieler er war, wenn er wollte. Vermutlich versuchte er gerade, an mein Mitgefühl zu appellieren.

»Herr, habe ich Eure Erlaubnis oder nicht?«

Damian musterte mich prüfend, eine Augenbraue hochgezogen. Wenn er mich mit seinen blauen Augen ansah, spürte ich immer noch ein Kribbeln, auch wenn ich ihn gerade mit einer anderen Frau entdeckt hatte. Mit Lady Vera, dieser Giftschlange. Wut flammte in mir auf, wenn ich mir vorstellte, wie sie ihn in ihren Fängen hielt. Mein Blut kochte, ich konnte mich kaum mehr beherrschen.

»Ja, natürlich«, erwiderte Damian. »Aber nur, wenn du mir versprichst, bei Einbruch der Nacht zurückzukehren und mir einen vollständigen Bericht über das zu erstatten, was du herausgefunden hast.«

»Ganz wie Ihr wünscht, Herr«, erwiderte ich schroff. »Ich entschuldige mich erneut, Euch unterbrochen zu haben.«

»Ja. Ich muss zurück zu ihr.« Damian kniff die Augen zusammen, erneut wirkte sein Gesicht emotionslos. »Ist das nicht in Ordnung, Alexa?«

Ich biss die Zähne zusammen, versuchte, meine aufgewühlten Gefühle unter Kontrolle zu halten. »Doch. Ihr habt Eure Gefühle deutlich gezeigt. Lady Vera erwartet Euch, *Majestät.*« Ich machte auf dem Absatz kehrt und entfernte mich, nicht bereit, ihm zu offenbaren, wie tief er mich verletzt hatte.

Er rief mir etwas nach, aber ich ignorierte ihn. Sobald ich außerhalb seiner Sicht war, fing ich an zu laufen, wollte so schnell wie möglich hier wegkommen. Ich wollte ihn und Lady Vera hinter mir lassen. Blind vor Tränen stolperte ich über Wurzeln und Unkraut. Mein Zeh verfing sich an einem kaputten Stein, beinahe wäre ich gestürzt. Ich konnte mich gerade noch fangen und holte tief Luft. Ein tiefer Schmerz nahm mir den Atem. Ich hatte die Gärten fast hinter mir gelassen und niemand durfte mich so sehen.

Ich straffte die Schultern und wischte die Tränen weg. Ich hatte dies provoziert, denn mehr als einmal hatte ich ihn abgewiesen. Doch vermutlich hatte ich irgendwo in einer tiefen Nische meines Herzens gehofft, dass er meine wahren Gefühle erkennen und einen Weg für uns finden würde, zusammen zu sein.

Mit aufrechter Haltung verließ ich die Gärten und entdeckte, dass Rylan aus der anderen Richtung auf mich zueilte.

»Hast du ihn gefunden?«, fragte er voller Panik.

»Ja.« Mir versagte die Stimme. Ich räusperte mich und wiederholte, dieses Mal lauter: »Ja, ich habe ihn gefunden.«

»Wo ist er? Was ist geschehen?« Rylan blieb jetzt vor mir stehen. »Hast du geweint? Alexa, was ist denn los?«

»Nichts. Ich habe einfach nicht auf meine Schritte geachtet, und ein Ast schlug mir ins Gesicht«, log ich. »Dem König geht es gut. Er hat uns die Erlaubnis erteilt, uns auf die Suche zu begeben, aber heute Abend müssen wir zurück sein und Bericht erstatten.« Ich entfernte mich von ihm, strebte dem nächstgelegenen Tor zu, durch das wir das Palastgelände verlassen und uns in den wilden Dschungel von Antion stürzen würden.

»Alexa, bist du sicher ...«

»Mir geht's gut«, brüllte ich. »Machen wir uns auf den Weg, bevor wir noch mehr Zeit vergeuden. Jax braucht uns, klar?«

Ich wandte mich nicht um, um mich davon zu überzeugen, dass Rylan mir folgte. Ich ließ die Gärten und mein gebrochenes Herz hinter mir.

Dreizehn

AUCH WENN ES nur wenige und weit auseinanderliegende Spuren gab, fanden wir weitere, die davon zeugten, dass die Entführer hier vorbeigekommen waren. Außerdem waren da noch zwei kleinere Abdrücke, die mit hundertprozentiger Sicherheit von Jax stammten. Die Kidnapper schienen die Zivilisation zu meiden, denn sie blieben den kleinen Städten und Straßen fern, die in mühevoller Arbeit dort entstanden waren, wo sich zuvor Unterholz, Kletterpflanzen und Bäume befunden hatten, und hielten sich an den tiefen, üppigen Dschungel. Während wir uns langsam unseren Weg durch die wild wuchernde Vegetation bahnten, versuchte ich, mich auf die Spurensuche von Jax zu konzentrieren. Aber immer wieder sah ich vor mir, wie Damian Lady Vera in den Armen hielt, den Kopf zu ihr heruntergebeugt, die Lippen auf ihrer Haut. Trotz der drückenden Hitze war mein Herz von Eiseskälte erfüllt, die sich in meinem gesamten Körper ausbreitete. Vielleicht hatte ich mich getäuscht, als ich dachte, ich sei nicht würdig, seine Königin zu sein – bestimmt war ich eine bessere Wahl als Lady Vera.

»Alexa, schau«, rief Rylan und riss mich aus meinen Gedanken. Wir waren jetzt bereits über eine Stunde durch den Dschungel marschiert.

Ich blieb stehen und wandte mich nach ihm um. Selbst im Schatten des Blätterdachs über uns war meine Haut mit Schweißperlen überzogen und mein Haaransatz feucht. Rylans Tunika war dunkel vor Schweiß am Kragen, zwischen den Schulterblättern und unter den Lederriemen, die über die Brust gespannt waren und einen Köcher mit Pfeilen auf dem Rücken festhielten. Er gab mir ein Zeichen, ich solle mir einen Baum ein paar Meter von ihm entfernt ansehen. An einem Ast hing ein winziger Stofffetzen. Ich ging darauf zu, bemühte mich, ein Loch im Boden zu umgehen, das vermutlich ein Tier beherbergte, und zog den Stofffetzen herunter.

Er bestand aus demselben Stoff und derselben Farbe wie eine von Damians Tuniken, stammte eindeutig aus dem Palast.

»Glaubst du, er stammt von Jax?«

Ich nickte. »Das muss er wohl, denn der Fetzen ist zu groß, als dass es ein Zufall sein könnte. Vielleicht hat er ein Stück abgerissen und es hochgeworfen, als sie nicht acht gaben, wollte uns damit einen Hinweis geben.« *Kluger Junge,* dachte ich.

»Nun, zumindest wissen wir, dass wir auf der richtigen Spur sind.«

Ich hing den Stofffetzen wieder an den Baum, für den Fall, dass wir uns schwertaten, den Rückweg zum Palast zu finden.

Im Lauf der folgenden Stunde gab es immer weniger Hinweise, und auch nur in weitem Abstand. Die zufälligen Stiefelabdrücke verschwanden vollständig, und es gab keine weiteren Stofffetzen, die uns als Orientierung hätten dienen können. Das Blätterdach über uns war hier nicht so dicht, sodass der

Regen durchgesickert war und alle Spuren weggewaschen hatte. Ich marschierte weiter, folgte dabei mehr meinem Instinkt, da ich wild entschlossen war, nicht ohne Jax zum Palast zurückzukehren. Der arme Junge war vermutlich völlig verängstigt. Und ich wusste, dass Damian krank vor Sorge um seinen Bruder war.

Es sei denn, Vera gelang es, ihn *abzulenken*.

»Alex, vielleicht solltest du etwas langsamer gehen, wir könnten etwas übersehen«, sagte Rylan hinter mir.

Aber ich achtete nicht auf ihn, drängte weiter. Mein Magen rebellierte und meine Augen brannten. Ich war froh, dass Rylan hinter mir ging und meinen Kampf nicht sehen konnte.

Ich verstand einfach nicht, wie Damian das tun konnte. Warum jetzt? Warum *sie*? Seit Jahren rissen sich die Frauen um ihn, aber er hatte nie darauf reagiert. Er hatte behauptet, ich sei der Grund dafür – da er mein Geheimnis von Anfang an gekannt und sich in mich verliebt hatte. Aber es war wohl töricht gewesen, ihm zu glauben. Wenn er mich ehrlich liebte …

»Alex!«, brüllte Rylan hinter mir.

Noch bevor ich wusste, was geschah, hatte er mich am Arm gepackt und nach hinten gezerrt, weil sich eine Riesenschlange von dem Ast, unter dem ich gerade gestanden hatte, herunterließ. Ich schrie und wich noch weiter zurück. Rylan zückte das Schwert, bereit, die Schlange aufzuschlitzen. Die rollte sich zusammen, hob den Kopf und züngelte ununterbrochen. Als ich mich langsam von ihr entfernte, hob sie den Kopf noch höher und machte sich zum Angriff bereit.

»Rylan, geh zurück«, flüsterte ich, und zusammen traten wir

den Rückzug an. Ich griff nach dem Bogen, den ich über die Brust geschlungen hatte, hob ihn zusammen mit einem Pfeil über den Kopf, spannte den Pfeil und ließ ihn durch die Luft sirren. Der Pfeil drang durch das Maul der Schlange und kam am Hinterkopf wieder heraus. Mit einem grauenhaften, zischenden Laut ließ sie den Kopf nach hinten fallen. Rylan stürzte vor und machte ihr mit dem Schwert den Garaus, indem er ihr den Kopf vom Rumpf trennte. Leblos fiel die Schlange zu Boden.

Mein Herz raste. Ich senkte den Bogen und blickte Rylan an.

»Alles in Ordnung mit dir?« Meine Stimme zitterte. Unwillkürlich dachte ich an meine letzte Begegnung mit einer Schlange im Dschungel. Damals hatte ich nicht so viel Glück gehabt. Die Schlange hatte mich überrumpelt und sich um mich gewunden, bevor ich reagieren konnte. Marcel hatte mich gerettet. Bevor sie mich zu Tode würgen konnte, hatte er die Schlange mit dem Messer getötet.

»Mir geht's gut.« Rylan trat auf mich zu und steckte das Schwert zurück in die Scheide. »Und dir?«

Ich schüttelte den Kopf und er streckte die Arme aus und umfasste meine Schultern. Die Tränen, die ich hatte zurückhalten wollen, rollten jetzt in Strömen über meine Wangen. Rylan legte den Arm um mich und hielt mich fest, während ich weinte. Und ich ließ ihn gewähren. Seit Langem hatte ich mich nicht mehr so schwach gefühlt, konnte das Schluchzen nicht unterdrücken.

Ich fühlte mich so allein. Meine gesamte Familie lebte nicht mehr, und gerade jetzt vermisste ich sie so sehr, dass ich einen brennenden Schmerz in meiner Brust fühlte. Während ich diesen Schmerz, meinen Frust und meine Einsamkeit durch einen

Weinkrampf zum Ausdruck brachte, hielt Rylan mich fest. Er strich mir mit der Hand übers Haar, umfasste meinen Kopf und drückte ihn an die Brust. Das Gefühl seiner Arme, die mich umfingen, war tröstlich, mehr aber nicht. Ich wollte, dass Damian mich in den Armen hielt. Ich wollte, dass er mich so ansah wie heute Morgen, bevor ich ihm erneut befohlen hatte aufzuhören.

Aber ich hatte meine Wahl getroffen. Und jetzt hatte er sich von mir abgewandt.

»Alexa.« Rylans Stimme klang gefasst und leise.

Ich hob den Kopf, um zu ihm hochzublicken. Heute waren die goldenen Sprenkel in seinen ernst blickenden Augen auffälliger als sonst. Vielleicht lag es aber auch daran, dass ich so nah vor ihm stand und sie deshalb so deutlich erkennen konnte.

»Danke«, sagte ich.

»Ich habe einfach nur mein Versprechen gehalten.«

Eine weitere Erinnerung an meinen Bruder – Rylans Versprechen gegenüber Marcel, auf mich aufzupassen und mich zu beschützen. Ich lächelte traurig. Der plötzliche Kummer, der sein Gesicht überzog, spiegelte meinen eigenen wider. Wir hatten beide unsere Brüder verloren, waren beide allein auf der Welt.

Es sei denn … ich erfüllte seinen Wunsch und schenkte ihm mein Herz. Wenn ich es zuließe, hätten wir immerhin einander. Ich wusste, wie Rylan für mich empfand. Als er mich anblickte, erkannte ich das Verlangen, das er vor mir zu verbergen suchte. Er wollte mich gern küssen – ich fühlte es. Ich *wusste* es, auch wenn ich ihn nicht ansah.

Aber ich konnte nicht.

Ungeachtete dessen, was ich heute gesehen hatte, gehörte mein Herz Damian. Rylan zu küssen, wäre nicht in Ordnung, denn letzten Endes würde ich ihn verletzen. Nichts würde sich zwischen uns abspielen, es sei denn, es käme der Tag, da ich den König, dem wir dienten, nicht mehr liebte. Rylan war mein einziger aufrichtiger Freund, und ich durfte nicht zulassen, dass diese Freundschaft zerstört würde.

Behutsam entzog ich mich ihm und er ließ es wortlos zu.

»Wir sollten jetzt besser weitergehen«, war alles, was ich hervorbrachte.

Rylan nickte. Obwohl er sich bemühte, sein Gesicht unter Kontrolle zu halten, sah ich die Resignation in seinem Blick, bevor ich mich abwandte.

Sorgsam gingen wir um die tote Schlange herum und ich unterdrückte einen Schauder. Rylan blieb jetzt näher hinter mir und ich ließ es geschehen.

Erst nach einer guten halben Stunde stieß ich auf einen weiteren Stiefelabdruck. Beruhigt darüber, dass meine Instinkte mich nicht trogen und wir auf dem richtigen Weg waren, stürmten wir weiter. Und dann *endlich* hörten wir es – das Stimmengewirr vor uns.

Vierzehn

STILLSCHWEIGEND GAB ICH Rylan zu verstehen, er solle sich links von mir halten. Langsam schlichen wir vorwärts, hielten Augen und Ohren offen, ob es irgendwo einen Hinweis auf einen Späher gab. Aber als wir uns näher an ein offensichtlich hastig errichtetes Lager heranpirschten, war weit und breit keine Wache zu entdecken. Wenn sie annahmen, niemand könnte sie im Dschungel aufspüren, dann waren sie reichlich anmaßend.

Wir kauerten uns hinter einen breiten Strauch im Schatten einer Baumgruppe und spähten von unserem verborgenen Aussichtspunkt aus in das Lager.

Sie hatten eine Art Lichtung gefunden und willkürlich vereinzelte kleine und ein größeres Zelt aufgestellt. In der Mitte befand sich eine behelfsmäßige Feuerstelle. Mehrere Männer saßen auf dem Boden um sie herum, unterhielten sich und lachten. Ihre Kleidung war typisch für Antioner Dorfbewohner, aber ich erkannte keinen von ihnen, ebenso wenig ihre Sprache. Auch wenn ich kein Blevonesisch beherrschte, wusste ich, wie es klang. Diese Männer redeten aber nicht in der Sprache, in der die Auslöseforderung abgefasst war.

Damian hatte recht. Die Entführer waren keine Blevoneser – es war ein abgekartetes Spiel.

Sie mussten also aus Dansii stammen. Aber warum? Was konnte König Armando durch einen weiteren Krieg mit Blevon gewinnen? Offensichtlich wollte er nicht, dass das Bündnis, für das Damian so viel geopfert hatte, weiterbestand. Aber aus welchem Grund?

Rylan griff nach meinem Arm. Ich folgte seinem Finger und erstarrte. Jax saß im Schatten eines Zelts auf dem Boden, mit einem Seil gefesselt. Einer der Männer warf ihm etwas zu und er blickte voller Widerwillen dorthin. Es sah aus wie etwas Essbares, aber er konnte es nicht erreichen, da ihm die Hände auf den Rücken gebunden waren. Wut erfasste mich, als ich beobachtete, wie Jax versuchte, sich nach vorn zu beugen und wie ein Tier vom Boden zu essen. Die Männer, die ihm zusahen, lachten und verspotteten ihn. Als er schließlich in das undefinierbare Ding biss, streckte der Mann, der ihm am nächsten war, die Hand aus und schlug es ihm vom Mund weg, sodass es durch den Morast rollte. Jax setzte sich auf, ließ resigniert die Schultern hängen. Selbst von meinem Aussichtsposten aus konnte ich sehen, dass er die Zähne zusammenbiss, aber sein magerer Körper zitterte, als versuche er, das Schluchzen zurückzuhalten.

Zorn durchflutete mich. Doch als Rylan den Anschein erweckte, als wollte er aufspringen und auf die Lichtung zustürmen, packte ich ihn am Arm und zog ihn wieder herunter. Er sah mich an, die Augen erstaunt aufgerissen, aber ich schüttelte den Kopf und bedeutete ihm, mit mir den Rückzug anzutreten, weg vom Lager. Wir tauchten in den tiefen Dschungel ein, weg von der Lichtung und von Jax.

Wir mussten unsere Gedanken ordnen. Acht Männer waren sichtbar und vermutlich steckten noch mehr in den Zelten. Wir waren beide gute Kämpfer, aber nicht einmal für uns standen die Chancen besonders gut. Meine größere Angst bestand jedoch darin, dass sich Jax mitten unter den Männern befand. Sie konnten ihn ohne Weiteres verletzen oder töten, wenn wir versuchten, sie anzugreifen, konnten ihn als Druckmittel benutzen, um uns Einhalt zu gebieten, und würden uns dann ebenfalls gefangen nehmen.

Als wir ein Stück weit weg vom Lager und außer Hörweite waren, flüsterte ich: »Wir brauchen Unterstützung. Es sind zu viele, um an Jax ranzukommen.«

»Wir können gegen sie kämpfen, denn das Risiko, ihn zurückzulassen, ist zu hoch. Sie könnten weiterziehen und dann würden wir sie nicht mehr rechtzeitig wiederfinden«, protestierte Rylan.

»Das ist kein behelfsmäßiges Lager für eine kurze Rast. Sie gehen nirgendwohin, bevor ihre Forderungen nicht erfüllt werden – oder ihre Drohung in die Tat umgesetzt wird. Wir haben noch zwei Tage. Ja, natürlich könnten wir gegen sie kämpfen, aber was ist, wenn sie Jax verletzen? Was ist, wenn sie ihn unter Druck setzen, uns vom Kampf abzuhalten? Was dann?«

Rylan starrte mich stillschweigend an, war offensichtlich frustriert. »Du hast recht. Wir müssen zum Palast zurückkehren und Damian Bericht erstatten«, sagte er.

»Du gehst.«

Rylan wandte sich mir zu. »Allein? Und was genau hast du vor?«

»Ich werde Jax bewachen.« Die Vorstellung, allein im Dschungel zurückzubleiben, begeisterte mich nicht, aber ich konnte den Jungen nicht der Willkür der Entführer überlassen, ohne Hilfe oder Hoffnung. Wenn ihm etwas zustieß, würde ich mir das nie verzeihen.

Rylan sah aus, als wolle er mir widersprechen, aber er biss die Zähne zusammen und sah mich lange schweigend an.

In der Ferne kreischte ein Vogel, ein unheimlicher Laut, der durch das dichte Laubwerk drang, und mich fröstelte. Doch als ich an Jax dachte, der auf dem harten, feuchten Boden saß, die Arme auf den Rücken gebunden und gezwungen, wie ein Hund zu fressen, wandelte sich meine Angst in Entschlossenheit. »Berichte Damian, dass wir ihn gefunden haben, aber Hilfe benötigen – so viele Männer wie möglich, um sie zu umzingeln und dazu zu bringen, sich kampflos zu ergeben. Kehr morgen früh mit ihnen zurück, und ich werde dafür sorgen, dass Jax bis zu deiner Rückkehr nichts geschieht.«

Rylan schüttelte den Kopf. »Ich kann dich hier nicht allein lassen. Es ist zu gefährlich.«

»Wir haben keine Wahl! Wir sind in der Minderheit, und die Zeit läuft uns davon, bevor sie ihre Drohungen wahr machen. Wir müssen uns aufteilen, das ist die einzige Möglichkeit, ihn zu retten.«

»Und dich«, fuhr Rylan fort.

Einen endlosen Augenblick lang sahen wir uns schweigend an. Angst erfüllte mich, aber auch Entschlossenheit. Es würde funktionieren – es musste einfach. Rylan würde Hilfe holen und wir würden Jax retten. Damian würde alles tun, um seinen Bruder zu retten. Und ich musste noch nicht zum Palast zurückkehren, musste ihn nicht sehen und seine offensichtliche Verliebtheit in Vera ertragen.

»Pass auf dich auf«, sagte Rylan schließlich. Seine Stimme war so leise, dass ich sie kaum hören konnte.

»Ry, das tu ich«, erwiderte ich, reckte das Kinn vor und hoffte, dass ich tapferer aussah, als ich mich fühlte. Ich durfte nicht daran denken, was geschehen war, als ich das letzte Mal allein im Dschungel gewesen war. Plötzlich verspürte ich einen Schmerz in der Schulter, der mich an den Angriff des Jaguars erinnerte, der mich hätte töten können.

Rylan blinzelte, als ich ihn mit seinem Spitznamen ansprach, den ich schon lange nicht mehr benutzt hatte, und nickte dann. Er strich mir mit dem Handrücken über die Wange. Wortlos ließ ich es geschehen.

»Gut«, sagte er schließlich und zog die Hand zurück. »Bei Tagesanbruch kehre ich mit den Männern zurück.«

»Pass du auch auf dich auf.«

Er lächelte mich wehmütig an. »Werde ich.«

Rylan wandte sich um und ging in die Gegenrichtung weiter – zum Palast. Ich blickte ihm lange nach. Dann straffte ich die Schultern und tauchte wieder in den Dschungel ein, marschierte zurück zum Lager – und zu Jax.

Ich bewegte mich so schnell wie möglich, lauerte auf die verborgenen Gefahren des Dschungels. Falls ein Raubtier mich als Mahlzeit erwählte, würde mich niemand retten. Plötzlich hörte ich ein Geräusch hinter mir und wandte mich blitzschnell um, darauf gefasst, dass mir eine tödliche Gefahr drohte. Stattdessen schlug mir ein herunterhängender Ast ins Gesicht. Ein paar Meter entfernt hörte ich auf dem Baum ein Geschnatter, sodass ich hochblickte. An einem Ast hing ein schwarz-weißes Äffchen und betrachtete mich mit großen Augen.

Mein Herz raste noch immer, als ich dem Äffchen den Rücken kehrte und weiterging. Immer wieder vernahm ich Geräusche und blickte über die Schulter. Der kleine Affe folgte mir, schwang sich von Baum zu Baum. Wenn ich Blickkontakt mit ihm aufnahm, erstarrte das Tierchen und wartete, dass ich weiterging. Ich versuchte, es zu ignorieren, und hoffte, es würde bald das Interesse an mir verlieren. Doch auch als ich mich immer mehr dem Lager näherte, klebte der Affe an meinen Fersen, kreischte und rief nach mir. Wenn ich mich umdrehte, blieb er stehen und beobachtete mich stillschweigend.

Als die Sonne tiefer am Himmel stand und der Dschungel in Zwielicht getaucht war, war ich dankbar für meinen merkwürdigen Begleiter. Solange das Äffchen Lust hatte, mir zu folgen, konnte ich wahrscheinlich davon ausgehen, dass kein Raubtier im Gebüsch lauerte.

Als ich mich dem Lager so weit genähert hatte, dass ich die Stimmen der Männer hören konnte, schlich ich mich an. Ich zückte das Schwert – für alle Fälle – und huschte von Baum zu Baum, hielt Augen und Ohren offen, um eine eventuelle Wache zu erspähen. Aber genau wie beim letzten Mal gab es keine Wache außerhalb des Lagers. Ich robbte so nah heran, dass ich Jax erblicken konnte. Er saß auf dem Boden, den Kopf zur Seite geneigt. Der arme Junge war eingeschlafen. Sein dunkles Haar klebte ihm an der Stirn, war feucht vor Schweiß, obwohl die Temperaturen immer mehr abnahmen. Das schwarz-weiße Äffchen schwang sich auf einen Baum in der Nähe des Lagers und starrte geräuschlos auf die Männer herunter, das winzige Gesicht zu einer Seite geneigt.

»Da verschlägt es dir wohl die Sprache«, murmelte ich, als ich nach einem geeigneten Flecken suchte, um die Nacht zu verbringen, eine sichere Stelle, von der aus ich Jax im Auge behalten konnte. Schließlich beschloss ich, dass es auf einem Baum am sichersten wäre, einem mit starken Ästen und dichtem Laub, wo ich mich verstecken konnte und einen guten Überblick über das Lager haben würde. Wie es der Zufall wollte, war der beste Baum ausgerechnet der, den mein Begleiter gewählt hatte. Ich steckte das Schwert in die Scheide zurück und kroch zum Fuß des dicken Stamms. Die Äste waren breit genug, um darauf Platz zu nehmen. Große Blätter und Kletterpflanzen rankten sich um die Zweige. Es würde nicht ganz einfach sein, das Lager durch das dichte Laubwerk zu beobachten, aber ich wäre auch davor geschützt, entdeckt zu werden.

Die Rinde schnitt mir in die Finger, als ich mich an einem Ast hochzog. Als ich mich etwa anderthalb Meter über der Erde befand, entdeckte ich einen hübschen breiten Ast und beschloss hierzubleiben. Ich rückte meine Scheide so zurecht, dass mein Schwert in Reichweite war, und schlang den Bogen über die Brust, neben meinen Köcher für die Pfeile. Ich lehnte mich gegen den Baumstamm und streckte die Beine vor mir aus. Das Äffchen kreischte leise von seinem Platz ein paar Äste über mir und richtete dann seine Aufmerksamkeit wieder aufs Lager.

Ich tat es ihm nach, hielt Ausschau nach Jax. Er schlief immer noch, das Kinn auf der Brust. Ein paar Männer standen in seiner Nähe. Ich beobachtete, wie sie gestikulierten, auf Jax zeigten. Offensichtlich stritten sie sich über etwas. Ich konnte ihre Stimmen hören, verstand aber ihre Sprache nicht. Einer der Männer hob die Hände, beugte sich dann vor und schlug Jax auf die Wange. Als der Junge hochschreckte, die Augen groß vor Angst und Schmerz, unterdrückte ich einen Aufschrei der Empörung.

»Was? Was wollt ihr?«, fragte er, und seine Stimme zitterte vor Angst.

»Nix Schlaf«, erwiderte der Mann in unserer Sprache, allerdings gebrochen. Sein Akzent war so stark, dass er kaum zu verstehen war. »Rafe.« Er deutete hinter sich auf das größte Zelt.

Ich zuckte bei dem Namen zusammen, denn ich hatte ihn schon mal gehört. Aber ich konnte mich nicht erinnern, wo.

Nach einer Weile schlenderte ein Mann aus dem Zelt ins Dämmerlicht. Aus irgendeinem Grund kam er mir bekannt vor, aber ich konnte ihn nicht einordnen. Er war von mittlerer Größe, trug eine Tunika aus sehr feinem Stoff, die entsprechenden Beinkleider und hohe Stiefel.

Als er sich Jax zuwandte, konnte ich sein Gesicht deutlich erkennen. Ich hielt den Atem an. Er sah fast genauso aus wie Vera – die männliche Version von ihr. Dieselbe Haarfarbe, derselbe Mund, sogar dieselben geschmeidigen Bewegungen. Ich war zwar nicht nah genug, um mich davon zu überzeugen, vermutete aber, dass auch die Augenfarbe dieselbe war. Lediglich seine Nase unterschied sich deutlich von Veras, war etwas ausgeprägter als ihre. Er war wohl ihr Bruder, vielleicht sogar ihr Zwillingsbruder. Mein Puls raste, und ein Adrenalinstoß durchlief und gemahnte mich daran, dass ich etwas *tun* sollte.

Aber ich saß in der Falle und konnte nur in hilflosem Zorn und voller Verwirrung diesen Mann namens Rafe beobachten, der gerade auf Jax zuschlenderte.

»Nein, bitte, nicht schon wieder«, wehrte Jax ab, als Rafe in die Hocke ging, sodass sein Gesicht auf gleicher Höhe mit dem von Jax war. Der Junge kniff die Augen zusammen und wandte das Gesicht ab.

Rafe griff unter Jax' Kinn, schob sein Gesicht zurück.

»Schau mich an, Junge«, sagte er in perfektem Antionesisch. Seine Stimme klang so honigsüß wie die von Vera, doch mit demselben unterschwelligen Kommandoton. »Ich werde dir nicht wehtun, will nur mit dir reden.«

»Ich aber nicht mit Euch«, schrie Jax und hielt nach wie vor die Augen geschlossen. Mein Herz hämmerte, als ich mich vorbeugte. Warum hatte Jax Angst, ihn anzusehen?

»Wenn du mich nicht ansiehst, befehle ich vielleicht einem meiner Männer, dir die Lider abzuschneiden. Dann hast du keine andere Wahl, als mir in die Augen zu schauen.«

Jax riss die Augen auf. Er zitterte und Rafe lachte.

»Viel besser so«, bemerkte Veras Bruder. »Also Jax, erzähl mir, wer ist der Zauberer, den der König für sich arbeiten lässt?«

»Ich ... ich will nicht ...«

»Erzähl's mir«, wiederholte Rafe, dieses Mal in barschem Ton.

»Eljin«, sagte Jax resigniert. »Sein Name ist Eljin.«

»Und er stammt aus Blevon?«

»Ja.«

»Ist er ein schwarzer Zauberer?«

»Nein. In Blevon gibt es keine schwarzen Zauberer.«

»Ah ja«, erwiderte Rafe und nickte. »Ihr lächerlicher Glaube. Ich vergesse immer wieder ihren wunderlichen Aberglauben. Aber es erleichtert mir meine Arbeit.«

Jax versuchte, den Kopf abzuwenden, aber Rafes Griff um sein Kinn verstärkte sich, sodass der Junge ihn wohl oder übel anschauen musste.

»Und Alexa? Ist sie eine Zauberin?«

»Nein«, erwiderte Jax.

»Was ist sie … warum kann sie so großartig kämpfen? Wie hat sie es geschafft, den schwarzen Zauberer zu töten?«

Jax versuchte erneut, sich Rafe zu entwinden, doch dieser brüllte: »Sag's mir!«, und erneut gab sich der Junge geschlagen.

»Mama glaubt, dass Alexas Vater ein Zauberer war und sie die Zauberkraft von ihm geerbt hat. Aber meistens ist sie mit hartem Schwerttraining beschäftigt.«

Aus seinen Worten hörte ich die Heldenverehrung heraus, selbst jetzt, was mich tief im Inneren berührte. Ich wusste, er hatte Angst, aber ich wünschte, er würde Rafes Fragen nicht so bereitwillig beantworten. Was sonst hatte Veras Bruder noch aus dem Jungen herausgepresst?

Einer der anderen Männer trat auf sie zu, redete schnell in ihrer Sprache. Rafe richtete sich auf, mit einem verärgerten Ausdruck in seinem attraktiven Gesicht. Einen Augenblick lang erfolgte ein hitziger Wortwechsel, dann wandte sich Rafe wieder Jax zu.

»Wir müssen diese angenehme Unterhaltung etwas später fortsetzen. Gebt ihm etwas Wasser, wir können nicht zulassen, dass er vorzeitig stirbt.« Als sich niemand rührte, hob er die

Hände und sagte etwas in ihrer Sprache. Seine Verärgerung war unübersehbar.

Einer der Männer rannte los, kehrte mit einem kleinen Becher für Jax zurück und hob ihn an dessen Lippen. Nachdem Jax einen langen Schluck getan hatte, entzog ihm der Mann den Becher und schüttete den Rest über den Kopf des Jungen, sodass seine Haare nass wurden. Ich war empört. Wie gern wäre ich durch das Gebüsch gestürmt, hätte mir meinen Weg durch die Gruppe der Männer gebahnt und Jax gerettet, bevor sie ihn weiterhin kränken und demütigen konnten.

Stattdessen saß ich stocksteif auf meinem Ast, die Hände zu Fäusten geballt. Ich hoffte, Rylan hatte es zurück zum Palast geschafft und die dringend benötigte Hilfe erhalten. »Beeil dich, Rylan«, flüsterte ich, als könne er meine flehentliche Bitte auf die Entfernung hin hören. »Bitte, beeil dich.«

Ich hatte das Äffchen vergessen, bis es sich plötzlich vor mir herunterschwang. Entsetzt wich ich zurück und erschreckte es damit, sodass es um ein Haar vom Ast gefallen wäre. Doch es gelang ihm, sich festzuhalten, zerbrach dabei jedoch mit dem Fuß einen kleineren Ast, was ein lautes *Knacken* verursachte.

Die Männer im Lager blieben stehen und plötzlich richteten sich alle Blicke in meine Richtung.

Fünfzehn

ICH ERSTARRTE, MEIN Blut pulsierte. Die Feuchtigkeit und meine tödliche Angst machten meine Hände glitschig, als ich mich am Stamm festklammerte. Mein Herz hämmerte und ich hatte Mühe zu atmen.

Rafe sagte etwas auf Dansiisch, deutete auf meinen Baum. Einige der Männer zückten ihr Schwert und stürmten vorwärts. Es war so dunkel, dass sie mich vermutlich in meinem Versteck auf dem Ast nicht entdeckten – noch nicht. Aber meine Kleidung war zu auffällig für die Nacht. Ich trug immer noch die Uniform der königlichen Leibwache: eine weiße Tunika, ein dunkles Wams, Beinkleider und Stiefel.

Ich saß völlig starr da, wappnete mich für den Kampf. Sie würden mich also finden, und ich hätte keine Wahl, müsste versuchen, mich an ihnen vorbeizukämpfen, um zu Jax zu gelangen, bevor sie ihm etwas antun konnten. Ich war gut, aber die Chancen standen dennoch schlecht für mich.

Dann schockierte mich das Äffchen, das sich noch zwei weitere Äste herunterhangelte und die Männer laut ankreischte.

Sie blieben stehen und begannen zu lachen, die Aufmerksamkeit voll und ganz auf das Äffchen gerichtet. Einer rief etwas über die Schulter. Rafe schüttelte den Kopf und wandte sich mit einem Ausdruck des Abscheus ab. Die Soldaten steckten das Schwert wieder in die Scheide und kehrten zum Lager zurück. Zitternd blieb ich auf meinem Ast sitzen.

Das Äffchen schwang sich wieder zu mir hoch, hielt einen Moment lang inne, um mich anzuschauen, und kletterte dann weiter den Baum hinauf.

»Danke«, flüsterte ich meinem kleinen Freund zu. Vermutlich hatte er mir gerade das Leben gerettet – und das von Jax.

Rafe nahm in der Nähe der Feuerstelle Platz und beobachtete, wie seine Männer geschäftig hin und her liefen und das Abendessen zubereiteten. Gelegentlich erteilte er ihnen einen Befehl, und sie beeilten sich, diesem nachzukommen. Ich wünschte mir, Dansiisch zu verstehen, da ich keine Ahnung hatte, was gesprochen wurde. Auch Jax beobachtete ihr Treiben, und seine Miene verriet Verlangen, da der Geruch von gebratenem Fleisch die schwere Nachtluft erfüllte. Ich blickte zum dunkel werdenden Himmel hoch, an dem Wolken trieben, genau, wie ich es vorausgesagt hatte. Im Westen waren noch Streifen von Purpurrot und bräunlichem Orange zu sehen, verglimmende Lichtstreifen, bevor die Sonne ihren Thron der Herrschaft des Monds überließ.

Eine Bewegung lenkte meine Aufmerksamkeit zurück zum Lager, wo gerade ein Mann, der mir bekannt vorkam, auf Rafe zuging.

Ich kniff die Augen zusammen und spähte durch die Dunkelheit. Als er vor Rafe stehen blieb, erhellte der Feuerschein sein Gesicht. Ich erkannte Felton, Lady Veras Läufer, der ihr vorausgeeilt war, um König Damian ihre Ankunft anzukündigen. Was um Gottes willen tat er hier?

Er sagte etwas auf Dansiisch, aber Rafe antwortete auf Antionesisch. »Sprich nicht in unserer Sprache, ich will nicht, dass diese Idioten hören, was du zu sagen hast.«

»Was geschieht mit dem Jungen?« Felton wechselte schnell die Sprache und deutete auf Jax.

»Es besteht kein Grund, sich Gedanken über ihn zu machen.«

Rafe trat auf Jax zu, der zurückwich und wieder versuchte, den Kopf abzuwenden. Aber genau wie vorher packte Rafe sein Gesicht und drehte es zu sich. »Du sagst niemandem ein Wort über das, was du heute Nacht hier hörst«, sagte er eindringlich. »In Ordnung, du kleines Halbblut?«

»Nein, werde ich nicht«, wiederholte Jax. Seine Stimme klang tonlos und er ließ die Schultern hängen.

Rafe hielt das Gesicht des Jungen noch einen Augenblick lang fest und stieß ihn dann mit einem Grunzen des Abscheus von sich, sodass Jax zu Boden taumelte. »Siehst du? Kein Anlass zur Beunruhigung.«

Felton nickte und betrachtete Jax, der sich abmühte, sich ohne Hilfe der Hände aufzurichten, argwöhnisch. Entsetzen durchflutete mich, aber ich zwang mich, ruhig zu bleiben, und bohrte die Finger in den Ast, bis ich spürte, dass einer meiner Fingernägel gegen die Rinde stieß und abbrach.

Rafe bedeutete Felton, sich ein paar Schritte mit ihm vom Lager zu entfernen. Sie kamen in meine Richtung. Ich hielt die Luft an, verhielt mich völlig ruhig, hoffte, sie würden nicht zu mir hochblicken, und betete darum, dass mein Äffchen-Freund ruhig blieb.

»Was gibt es Neues im Palast?«, wollte Rafe wissen, sprach weiter auf Antionesisch.

»Die Täuschung hat problemlos geklappt. Der Palast ist völlig außer sich. Man versucht herauszufinden, wer hinter dem Giftanschlag steckt, muss sich aber auch mit den Angriffen auf die entlegenen Dörfer befassen. Alle glauben, die Leiche unseres Vorkosters sei verschwunden, genau, wie Ihr es vorausgesagt habt.«

»Natürlich glauben sie es. Ich habe dir ja gesagt, der Trank würde wirken. Eines Tages lernst du vielleicht, mir zu glauben.«

»Natürlich, Herr, natürlich«, beeilte sich Felton zu versichern und verbeugte sich tief, als würde er vor Veras Bruder kriechen. Und plötzlich dämmerte es mir: Wenn er wirklich ihr Bruder war, bedeutete dies, dass Rafe nach dem Erbrecht der nächste Herzog von Montklief werden würde, der im Königreich von Dansii eine ungewöhnliche Machtposition einnahm. Die Vorstellung ließ mich schaudern.

»Du hättest den Gesichtsausdruck des Jungen sehen sollen, als ich die Augen geöffnet und mich erhoben habe.« Rafe lachte, ein grausamer Laut voller Boshaftigkeit. »Offensichtlich hat er noch nie jemanden gesehen, der aus dem Totenreich zurückgekehrt ist.«

Felton stimmte in sein Lachen ein. Bestürzung verwandelte sich in Entsetzen, drehte mir den Magen um, als sich alle Teile zusammenfügten. *Rafe* war der Vorkoster gewesen. Deshalb hatte ich den Namen erkannt, ihn aber nicht zuordnen können. Er hatte mir wohl erklärt, dass er Rafe hieß, aber da ich ihn für tot gehalten hatte, hatte ich mir nicht die Mühe gemacht, ihn im Gedächtnis zu behalten. Ich stellte mir die jämmerliche Gestalt vor, die in der Küche kauerte, und versuchte, dieses Bild mit der Person dort unten in Einklang zu bringen. Er hatte einen Bart getragen und die Schultern hängen lassen. Sogar seine Stimme war leise und unterwürfig gewesen. Rafe war eindeutig ein ebenso guter Schauspieler wie Damian. Und er hatte sich geweigert, zu mir hochzublicken – vermutlich, weil er wusste, dass ich seine Augen wiederkennen würde, auch wenn er sein Gesicht durch den Bart maskiert hatte.

Wie hatte er es zuwege gebracht und warum? Warum hatte er seinen eigenen Tod vorgegaukelt? Ich konnte mir lebhaft vorstellen, wie entsetzt Jax gewesen sein musste, als Rafe »aufgewacht« war, sich den Jungen geschnappt hatte und inmitten des Chaos aus dem Palast und in den Dschungel geflohen war – im Schutz der Nacht. War die Entführung von jeher Teil des Plans gewesen?

Die Erinnerung daran, wie Damian Vera geküsst hatte, verstärkte meine Übelkeit. Würde er sie, wenn er wüsste, dass ihr Bruder Jax entführt hatte, immer noch in den Armen halten und mit solcher Glut in den Augen ansehen?

»Und der König? Was gibt es für Fortschritte?«

»Es fing alles etwas stockend an, aber da Alexa den ganzen Tag weg war, ist es Vera hervorragend gelungen, den König zu umgarnen.«

Felton schien sich zu freuen, dies berichten zu können, aber mein Herz wurde schwer wie Blei.

»*Weg*?«, wiederholte Rafe scharf. »Was meinst du damit? Wo ist sie?«

Felton schreckte zurück. »Ich w-weiß nicht. Wir nahmen an,

sie müsste einen Befehl ausführen oder nach dem Jungen suchen.« Seine Stimme zitterte. Als Rafe auf ihn zukam, wich er zurück.

»Ihr habt *angenommen?*« Rafe streckte die Hand aus, packte Felton bei der Tunika und zog ihn näher zu sich heran. »Unser gesamter Plan hängt von ihr ab.«

»Ja, Herr, ich weiß. Ich … ich werde sie nach meiner Rückkehr finden. Ich ve-verspreche es. Bitte, bestraft mich nicht.« Feltons Bettelei war nicht mit anzusehen, einfach zu erniedrigend. Zudem schien er mehr als doppelt so alt zu sein wie Rafe.

»Sie wird den König nicht lange allein lassen.«

»Bist du dir sicher?« Rafe krallte sich immer noch an Feltons Tunika, sodass der Mann vor Furcht zitterte. Warum hatten alle so große Angst vor ihm? Er war keineswegs von beeindruckender Statur und wirkte auch nicht besonders furchterregend. Aber Felton kroch vor ihm und stotterte, als habe er Todesangst.

»J-ja, mein Herr. Im Palast ist allgemein bekannt, dass sie Gefühle für den König hegt und selten von seiner Seite weicht.«

»Bis heute«, knurrte Rafe ärgerlich. »Und du hast nicht versucht herauszufinden, warum?«

»Ich … ich habe es versucht …«

»Das reicht jetzt«, erwiderte Rafe. Plötzlich klang seine Stimme ruhig und Felton verfiel sofort in Schweigen. »Ich muss rund um die Uhr wissen, wo sich Alexa aufhält, denn ich kann es nicht riskieren, sie zu verlieren. Als Strafe für deinen Fehler …« Rafe schwieg einen Augenblick lang, als überlege er. Dann lachte er, dass es mir durch Mark und Bein ging, und sagte: »Ah ja, ich hab's.«

Felton schüttelte heftig den Kopf. Sein Blick verriet blankes Entsetzen, aber er schwieg.

»Du gehst zur Feuerstelle und steckst deine linke Hand ins Feuer. Lass sie dort, bis der Schmerz unerträglich wird. Erst dann darfst du sie wieder herausziehen.«

Felton gab einen unterdrückten Laut der Bestürzung von sich. Voll entsetzter Faszination beobachtete ich, wie er nickte und sich dem Feuer zuwandte. Würde er es wirklich *tun*? Vermutlich war es eine Art Prüfung, um zu erproben, wie gehorsam er war.

Rafe folgte ihm, die Arme über der Brust verschränkt. Er sah zu, wie der ältere Mann auf das Feuer zutrat, dessen tödliche Flammen in der Dunkelheit glühten. Ich beugte mich auf meinem Ast vor, strengte mich an, in der Dunkelheit etwas zu erkennen.

Felton blieb vor dem Feuer stehen und kniete nieder. Ich sah, wie sich seine Schultern hoben und senkten, als habe er tief Luft geholt. Und dann streckte er die linke Hand aus, direkt in die Flammen.

Ich hielt mir die Hand vor den Mund, um nicht laut aufzuschreien. Zuerst erstarrte Felton, doch dann begann sein Körper zu zittern. Aber immer noch hielt er die Hand ins Feuer. Nach wenigen Augenblicken warf er den Kopf in den Nacken und brüllte vor Schmerzen. Trotzdem zog er seine Hand nicht aus den Flammen.

»Aufhören«, schrie Jax heiser. »Befehlt ihm aufzuhören.«

Aber Rafe lachte nur. Er beobachtete Feltons Qual und lachte.

Als seine Schmerzensschreie so grauenhaft geworden waren, dass ich erwog, ihn durch einen Pfeilschuss in den Kopf von seinem Elend zu erlösen, zog er die Hand aus dem Feuer und brach zusammen. Sein Körper wurde von Krämpfen geschüttelt. Wilde Wut erfasste mich, als der Geruch von verbranntem Fleisch zu meinem Ast herüberwehte. Immer noch betrachtete ich wie gelähmt die grausame Szene. Von meinem Aussichtspunkt war es in der Dunkelheit schwierig zu erkennen, was das Feuer mit Feltons Hand angerichtet hatte. Sie schien schwarzrot zu sein und blutete vermutlich.

Rafe hörte nicht auf zu lachen und rief dann etwas auf Dansiisch. Die anderen Männer, die das Ganze mit schreckgeweiteten Augen verfolgt hatten, strafften die Schultern und erwarteten Befehle. Einer trat vor, half Felton auf die Beine und führte ihn zu einem Zelt. Rafe fuhr fort, seine Befehle auf Dansiisch zu erteilen. Die anderen starrten ihn mit unverhülltem Entsetzen an. Als er nichts mehr sagte und sich behaglich auf den Boden setzte, kam Leben in die Männer.

Einer brachte Rafe einen Teller mit Fleisch und Früchten. Als ob nichts geschehen wäre, fing er genüsslich an zu essen. Ein anderer Mann brachte Jax einen Teller mit einer winzigen Portion Essen.

Jax saß zusammengekauert da, Tränen rollten ihm über die Wangen und seine Schultern bebten. Als der Mann den Teller vor ihn hinstellte, wandte er sich ab und ignorierte das Essen. Ich konnte es ihm nicht verdenken. Nach der grauenhaften Szene, die sich gerade dort unten abgespielt hatte, hätte ich auch keinen Bissen heruntergebracht.

Es war undenkbar, dass Felton seine Hand aus blindem Gehorsam ins Feuer gelegt hatte. Sein Überlebensinstinkt wäre stärker gewesen als sein Gehorsam. Irgendwie war er *gezwungen* worden, Rafes Befehl auszuführen.

Meine Gedanken überschlugen sich, versuchten, das Puzzle zusammenzusetzen. War Rafe eine Art Zauberer? Gab es eine Form von Zauber, bei der man andere Menschen lediglich durch Worte kontrollieren konnte? Doch weder Damian noch Eljin hatten einen Zauberer im Konvoi entdeckt – und Rafe hatte sich im Palast aufgehalten, zumindest anfangs.

Es musste noch etwas anderes geben, etwas, das uns entging. Irgendwie konnte er den Menschen seinen Willen aufzwingen. Das war die einzige Antwort – die einzige Erklärung für das, was ich gerade erlebt hatte.

Dann erinnerte ich mich daran, dass sich Jax geweigert hatte, ihm in die Augen zu sehen, versucht hatte, den Kopf abzuwenden. Vielleicht war es eine Kombination – seine Worte und seine Augen –, die andere zwang, das auszuführen, was er wollte. Vielleicht war er sich deshalb so sicher, dass Jax das, was er gehört hatte, nicht weitersagen würde – weil Rafe es ihm verboten hatte.

Dann kam mir ein neuer Gedanke, einer, der mir das Blut in den Adern gefrieren ließ und mein Herz in Stein verwandelte.

Wenn Rafe jemanden allein durch ein paar Worte und seinen Blick zu solchen Handlungen zwingen konnte, wie ich sie soeben erlebt hatte, zu was war dann seine Schwester fähig?

Die Szene im Garten heute Morgen bekam jetzt eine neue Bedeutung, und plötzlich stieg Panik in mir auf und drohte, mich zu ersticken.

Damian. Das war der Grund, weshalb er ihr scheinbar so schnell verfallen war.

Vera zwang dem König ihren Willen auf.

Sechzehn

NACHDEM ICH BEOBACHTET hatte, wie Felton seine Hand den Flammen preisgegeben hatte, saß ich noch lange zitternd auf dem Ast. Der Schock saß mir immer noch in den Gliedern. Das war wohl die Antwort – der Grund, weshalb sie mit ihm hatte allein sein wollen. Es sollte keine Zeugen geben, wenn sie ihm den Befehl erteilte, sie zu küssen. Konnte eine Frau einem Mann befehlen, sich in sie zu verlieben? Die Gefühle für eine andere Frau zu vergessen?

Ein gallenbitterer Geschmack überzog meine Zunge. Ich musste zu Damian zurück. Musste ihn warnen – und Vera aufhalten. Aber wie? Wie konnte ich ihre Kontrolle über ihn durchbrechen? Ich wusste nicht, ob das überhaupt möglich war. Und ich müsste dann auch Jax allein zurücklassen, einem Wahnsinnigen ausgeliefert.

Alles in mir verkrampfte sich und ich bäumte mich gegen meine Hilflosigkeit auf. Plötzlich erinnerte ich mich an die Soldaten, die im Palast aufgetaucht waren und Damian angegriffen hatten. Ihre Augen waren seltsam leer gewesen. Der Mann, den ich getötet hatte, schien kurz vor seinem Tod völlig verwirrt zu sein.

Inzwischen ergab das Sinn – obwohl mir immer noch nicht klar war, was sie erreichen wollten. Das musste wohl Rafes Werk gewesen sein. Er hatte sie gesandt, sie gezwungen, uns anzugreifen, und sie waren nicht in der Lage gewesen, aufzuhören oder auch nur zu erkennen, was sie taten. Erst im Tod bekamen sie Klarheit. Ganz offensichtlich wollte er Blevon die Schuld zuschieben. Aber die entscheidende Frage lautete: *Warum*?

Wenn ich mich auf den Weg machte, um Damian zu retten, würden sie Jax dann ungeschoren lassen? Oder würde Rafe seine Heimtücke gegen den Jungen ausspielen?

Damian hatte noch immer bis zum Sonnenaufgang des nächsten Tages Zeit, mich auszuliefern und Jax zurückzubekommen. Ich überlegte, dass sie ihn nicht vorher töten könnten. Doch mit einem beklommenen Gefühl in der Magengegend wurde mir klar, dass lebendig nicht unbedingt unbeschadet bedeutete. Rafe hatte über Feltons Schmerzen gelacht. Es hatte ihn amüsiert, ja befriedigt, seinen eigenen Mann leiden zu lassen. Was, wenn er seine Heimtücke gegen Jax wandte?

Ich war hin und her gerissen. Sollte ich in stockfinsterer Nacht durch den Dschungel eilen und versuchen, meinen König zu retten – den Mann, den ich liebte –, oder hierbleiben und über seinen Bruder wachen und ihn beschützen?

Unter mir kehrte allmählich Ruhe im Lager ein. Nach einer Weile tauchte Felton wieder aus dem Zelt auf. Seine Hand war jetzt verbunden, das Gesicht aschfahl, und auf seiner Haut perlte Schweiß. Rafe ging auf ihn zu und redete auf ihn ein. Es war zu leise, als dass ich es verstehen konnte. Felton nickte und verneigte sich, hielt den Blick gesenkt. Dann machte er auf dem

Absatz kehrt, entfernte sich vom Lager, tauchte in die Dunkelheit ein und nahm den Weg zum Palast.

Mein Herz pochte zum Zerspringen, peitschte mir das Blut durch die Adern. Ich hatte das Gefühl, in zwei Teile gerissen zu sein. Doch schließlich richtete ich mich auf meinem Ast auf, denn ich hatte mich entschieden. Als Felton an meinem Versteck vorbeigekommen und in der Tiefe des Dschungels verschwunden war, schwang ich mich stillschweigend und in aller Eile von meinem Hochsitz hinunter.

Ich war schon fast am Boden angelangt, als ich den letzten Ast verfehlte und hinunterglitt. Ich versuchte, nach etwas zu greifen, irgendetwas, um meinen Fall zu bremsen. Aber meine Hände glitten die Rinde entlang, ohne Halt zu finden, und ich landete mit einem dumpfen Aufprall auf dem Boden.

Einen Moment lang saß ich wie erstarrt da, hoffte, dass mich niemand gehört hatte.

Jemand hinter mir brüllte etwas auf Dansiisch. Ich sprang hoch, ohne auf die Schmerzen zu achten, und rannte weg vom Lager und in den nachtschwarzen Dschungel, ohne mich noch ein einziges Mal umzublicken. Mein kleiner Affenfreund beschimpfte die Verfolger mit viel Gekreische von seinem Posten aus. Wortlos verabschiedete ich mich von ihm und verschwand im Dickicht des Dschungels.

In diesem Augenblick entluden sich die Wolken, die sich über mir zusammengebraut hatten. Regen hämmerte auf das dichte Blattwerk. Innerhalb weniger Augenblicke war ich vollkommen durchnässt, während ich in dem verzweifelten Wunsch, Felton einzuholen und Rafes Männern zu entkommen, über Wurzeln und Felsstücke stolperte. Ich konnte Felton vor mir hören, aber auch die Männer hinter mir, die mich verfolgten.

Rufe drangen durch den Dschungel, wurden aber durch den prasselnden Regen gedämpft. Über dem Blätterdach flammten Blitze auf und tauchten den Dschungel in einen grellen Lichtschein. Dann erschütterte Donner die Erde, durchlief meinen Körper, drang in meine Ohren und in meinen Kopf, sodass ich anschließend nichts als dumpfe Stille wahrnahm.

Kurz bevor ich merkte, dass jemand direkt hinter mir war, funktionierte mein Gehör wieder. Ich zog mein Schwert und wirbelte herum, gerade noch rechtzeitig, um einen Hieb abzufangen, der auf meine Schulter gerichtet war. Mein Schwert stieß mit einem anderen zusammen und erzeugte ein klirrendes Geräusch. Bevor ich mich zur Seite drehte und einen Bogen mit meinem Schwert vollführte, und zwar so schnell, dass mich mein Angreifer nicht rechtzeitig aufhalten konnte, erhaschte ich einen flüchtigen Blick von ihm. Ich stieß ihm das Schwert in die Seite, sodass er auf dem nassen Boden zusammenbrach.

Ich umklammerte fest den Griff, denn meine Hände waren durch den Regen glitschig geworden, spähte in die Dunkelheit und entdeckte einen weiteren Mann, der auf mich zustürmte, drei weitere im Schlepptau. Erneut blitzte es, doch dieses Mal etwas entfernter, während ich vorwärtsstürmte, mein gezücktes Schwert ein Symbol meiner Wut und Verzweiflung. Ich war in der Unterzahl, doch das war mir egal. Ich würde mich von ihnen nicht aufhalten lassen. Zu viele Menschen zählten auf mich – zu viele, die ich retten musste –, als dass ich zulassen konnte, dass mich diese namenlosen Soldaten überwältigten und mitten im Dschungel tot zurückließen.

Während ich mich hin und her bewegte, mich drehte und herumwirbelte, mein Schwert auf Metall traf und gezielte Hiebe setzte, wurde mein Körper von Stärke, Bewusstsein und *Kraft* erfüllt. Ich drehte mich herum, holte aus, blockierte und parierte in einem rasenden Bewegungswirbel. Immer wieder hallte das Geräusch der aufeinanderprallenden Schwerter durch den Dschungel, bevor das Schwert den Gegner traf. Immer wieder. Mein Blut rauschte, glühte vor Angst und Wut. Ich würde mich nicht von ihnen aufhalten lassen – ich *durfte* es nicht. Ich musste zu Damian gelangen. Musste ihn retten, bevor es zu spät war.

Beim nächsten Blitzschlag erkannte ich im Lichtschein fünf Männer auf dem Boden. Keiner kam nach. Ich stand mit erhobenem Schwert da und keuchte. Der Regen lief mir über das Haar und das Gesicht. Ich wartete und wartete, denn im Lager befanden sich ja noch weitere Männer. War Rafe mit ihnen zurückgeblieben? Kam sonst noch jemand?

Und dann hörte ich trotz des dröhnenden Regens tief aus dem Dschungel Applaus.

»Alexa, ich muss zugeben, dass dies noch beeindruckender war als erwartet«, hörte ich eine Stimme aus der Nähe, konnte aber in der Dunkelheit nicht erkennen, von wem sie kam. »Ich weiß, dass du es bist.«

»Und ich habe gesehen, zu was du in der Lage bist«, brüllte ich zurück.

Rafes Lachen ließ mich erschaudern. »Dann wirst du, wie ich hoffe, die richtige Entscheidung treffen und dich mir ausliefern, bevor jemand verletzt wird.«

Als ich mich umdrehte, um herauszufinden, aus welcher

Richtung seine Stimme kam, zitterte das Schwert in meinen Händen. Aber er war nicht zu sehen. Der Regen fiel weiterhin in Strömen und nahm mir die Sicht, aber ich wagte es nicht, die Hand zu heben und mein Gesicht abzuwischen.

»Ich werde es tun – werde mich Euch ausliefern, aber nicht gleich.«

»Wäre es dir lieber, wenn ich dann den Jungen töte? Jetzt gleich? Ich kann das sehr … interessant gestalten.«

Seine Drohung saß, denn ich wusste, dass er es ernst meinte. Aber irgendwie musste ich eine Möglichkeit finden, zuerst zu Damian durchzudringen und dann Jax zu retten. Wenn ich jetzt mit Rafe ginge, hätten wir alles ausgespielt. Ich erinnerte mich an Damians Frage, ob es besser sei, einen einzelnen Mann zu opfern, statt ein ganzes Königreich untergehen zu lassen. Damals hatte er an mich gedacht. Ich fragte mich, wie seine Antwort lauten würde, wenn er wüsste, dass das Leben seines Bruders auf dem Spiel stand.

»Ihr habt Damian Zeit bis morgen gegeben, um mich im Austausch gegen Jax auszuliefern.«

»Ich sehe keine Notwendigkeit zu warten, wo du doch so bereitwillig schon früher zu mir gekommen bist.« Seine Stimme kam jetzt näher, und ich griff fester nach meinem Schwertgriff und hob das Schwert hoch, war gerüstet für einen neuerlichen Angriff.

»Ich bin nicht allein hierhergekommen«, erwiderte ich und überlegte blitzschnell. »Ich habe die andere Wache zum Palast zurückgeschickt, um über Euch Bericht zu erstatten. Er wird mit einem Bataillon zurückkehren, um Euch zu vernichten und Jax lebend zu Damian zurückzubringen.«

»Wie nett von dir, mich zu warnen. Ich werde sofort das Lager abbrechen lassen.«

»Es gibt keinen Ort, an dem Ihr Euch verstecken könnt und der gleichzeitig nah genug ist, um den Austausch zu vollziehen. Und dann wird Euer Plan scheitern, denn Ihr kennt den Dschungel nicht so gut wie wir«, fuhr ich fort und kniff gegen Dunkelheit und Regen die Augen zusammen. »Im Augenblick werdet Ihr es nicht schaffen, mich gefangen zu nehmen, und Ihr könnt nicht nah genug an mich herankommen, um Eure mentalen Spielchen mit mir zu treiben. Ihr würdet tot sein, noch bevor Ihr es versuchtet.«

»Ich habe noch acht weitere Männer, die auf mein Signal zum Angriff warten«, erwiderte Rafe amüsiert.

»Und ich werde sie alle töten. Ihr habt gesehen, was ich mit den fünf angestellt habe, die so dumm waren, mich herauszufordern.« Ich deutete auf die Männer, die über den Boden verstreut waren. »Vielleicht verstehe ich die Macht, die Ihr ausübt, nicht völlig, aber ich kann Euch garantieren, dass Ihr auch die Macht, die *ich* ausübe, nicht verstehen könnt. Unterschätzt mich nicht. Es wird Euch nie und nimmer gelingen, mich gewaltsam zu ergreifen.«

Einen endlosen Moment lang herrschte Stille, während er meine Worte überdachte. Ich hatte geblufft und hoffte, dass er es nicht gemerkt hatte.

»Was schlägst du dann vor, meine Liebe? Du scheinst etwas für den Jungen übrig zu haben. Wie gesagt, ich könnte ihn töten, wenn du dich mir nicht auf der Stelle auslieferst.«

»Lasst mich für den Augenblick gehen. Rettet das Leben Eurer Männer, verwirkt es nicht durch den unglückseligen Versuch, mich mit Gewalt zur Auslieferung zu zwingen. Ich verspreche, mich Euch im Morgengrauen des nächsten Tages im Austausch gegen Jax auszuliefern.«

Erneut ließ er sein Lachen hören, sodass es mir kalt den Rücken hinunterlief. »Hältst du mich für töricht? Ich soll dich gehen lassen, damit du dich an die Spitze eines Bataillons setzen kannst, das zu mir und meinen Männern unterwegs ist? Ich denke nicht.«

Angestrengt suchte ich nach einer Lösung – einem Ausweg. Dann kam mir eine schreckliche und gefährliche Idee. »Kann jemand Eurer Fähigkeit, anderen Euren Willen aufzuzwingen, widerstehen?«

»Nein.« Seine Antwort war kurz und bündig.

»Aber wenn Eure Forderung erfüllt wird, ist die Person dann nicht mehr Eurem Willen unterstellt?«

Eine Pause folgte, dann sagte er nachdenklich: »Doch, aber es hängt davon ab, wie ich den Befehl ausdrücke.«

Ich starrte in den Dschungel, wo er irgendwo stand und mich beobachtete. Ich feilschte mit einem Dämon, und bei dem Gedanken an das Angebot, das ich ihm gleich machen würde, ließ Angst meinen Körper erzittern. Aber es war meine einzige Chance, sowohl Jax als auch Damian zu retten. »Dann nutzt Eure Macht und befehlt Jax zu sterben, wenn ich mich Euch nicht im Morgengrauen des morgigen Tages ausgeliefert habe – befehlt seinem Herz stillzustehen, wenn ich meinen Eid breche. Ich liebe ihn wie einen Bruder und werde nicht zulassen, dass er stirbt. Ihr habt die Garantie, dass ich zurückkehre. Und dann kann er sich frei bewegen, ist befreit von Eurer Kontrolle.«

Wieder trat Stille ein. Dann sagte er: »Mir gefällt es, wie dein Geist funktioniert. Aber leider ist das der eine Befehl, dem niemand nachkommen kann. Ich kann nicht befehlen, dass das Herz eines anderen zu schlagen aufhört. Ich könnte ihn eigenhändig umbringen, aber das ist *langweilig*. Zudem habe ich das bereits angedroht.« Er schwieg. »Ich sag dir was. Du willst doch, dass ich dich jetzt gehen lasse? Also mache ich dir *mein* Angebot.«

Der Regen stürzte auf mich herab, floss wie Tränen über mein Gesicht, als ich den Atem anhielt.

»Dafür, dass ich dich gehen lasse, kehre ich ins Lager zurück und befehle Jax, *Selbstmord* zu begehen, wenn du dich uns nicht auslieferst.«

Ich rang nach Luft, Entsetzen packte mich, aber er war noch nicht fertig.

»Und ich werde es noch interessanter machen. Ich werde ihm auch befehlen, sich umzubringen, wenn ich nach deiner Rückkehr gefangen genommen oder in irgendeiner Form angegriffen werde. Und dasselbe gilt, wenn du meiner Schwester etwas zufügst oder sie tötest. Vielleicht also möchtest du deinen kleinen Plan überdenken, zum Palast zurückzueilen, um ihr Einhalt zu gebieten und mit einem Bataillon zurückzukehren. Du kannst jetzt nichts mehr tun, um deinen König zu beschützen, aber wenn du mein Angebot annimmst, kannst du es natürlich versuchen.«

Seine Stimme klang spöttisch. Als er fertig war, begann er zu lachen. »Ich vermute, dass er derjenige ist, der dich mir bringen wird, mit Vera an seiner Seite.«

Das Blut gefror mir in den Adern, verwandelte mich in einen

Eisblock. Es war schlimm genug, wenn er Jax umbrachte – aber den Jungen zum *Selbstmord* zu zwingen? Was hatte ich nur getan?

»Antworte mir oder ich ziehe mein Angebot zurück. Sind wir im Geschäft?«

Ich blickte mit leerem Blick in die Nacht hinaus. Entsetzen, so hoffnungslos wie meine Zukunft, quälte mich. Aber ich hatte mir keine Wahl gelassen.

»Ja, das sind wir«, erwiderte ich so leise, dass meine Stimme nurmehr ein Flüstern war.

»Dann kannst du ungehindert gehen, aber ich rate dir zurückzukehren, oder Jax wird der Erste sein, der über die Klinge springt.«

Als ich mich umwandte und in den Schutz des Dschungels floh, konnte ich wegen des starken Regens kaum etwas sehen. Während ich Büsche und Kletterpflanzen beiseiteschob, die mir ins Gesicht, in Arme und Hände schnitten, übermannte mich Verzweiflung. Es spielte keine Rolle. Nichts spielte mehr eine Rolle. Mein Leben war verwirkt – ich gehörte jetzt Rafe.

Meine einzige Hoffnung bestand darin, dass ich Damian retten konnte, bevor ich mich ausliefern musste, um seinen Bruder zu retten.

Siebzehn

KURZ NACHDEM ICH Rafe und mein unglückseliges Versprechen hinter mir gelassen hatte, holte ich Felton ein. Statt ihm entgegenzutreten, wie ich es ursprünglich geplant hatte, hielt ich gebührenden Abstand zu ihm, damit er nicht merkte, dass ich ihm auf dem Weg zum Palast folgte. Ich benutzte ihn als Führer durch den dunklen, regenfeuchten Dschungel. In meinen Kopf herrschte Chaos. Ich hatte mich durch einen Bluff der unmittelbaren Gefangennahme entzogen – hatte Rafe weisgemacht, dass ich Macht ausüben konnte, die ich nicht besaß. Und jetzt musste ich zu ihm zurückkehren und mich ausliefern, sonst würde Jax einen grässlichen Tod erleiden. Ich hatte Zeit gewonnen und konnte nur hoffen, dass sie ausreichte, um Damian aus Veras Fängen zu befreien.

Als die Palastmauer in Sicht kam, legte sich das Gewitter endlich. Die düsteren Wolkenansammlungen lösten sich allmählich auf und enthüllten das fahle Mondlicht. Ich wartete, um zu beobachten, wie Felton wieder in den Palast gelangte.

Er steuerte eine der kleineren Türen in der Mauer an und klopfte mit seiner gesunden Hand dreimal an, einmal lang, zweimal kurz. Nach einer kurzen Weile ging die Tür knarzend auf. Ich konnte nicht hören, was gesprochen wurde, aber bevor ich mich versah, wurde Felton hereingelassen und die Tür wieder geschlossen. Ich hatte nicht viel sehen können, war mir aber ziemlich sicher, dass der Mann, der ihn hereingelassen hatte, die Uniform eines Soldaten aus Antion trug. Er war also keiner von Veras Männern. Bedeutete das, dass sie bereits die gesamte Wache im Umkreis der Mauer unter Kontrolle hatte? Oder war er nur eine Schlüsselfigur? Würde ich unbeschadet in den Palast zurückkehren können, oder hatte sie ihnen befohlen, mir den Zutritt zu verwehren?

Mein Kopf tat weh, während ich in meinem Versteck kauerte und überlegte, was ich bis jetzt über Rafe und seine Schwester wusste, wie ich den König noch rechtzeitig warnen und Veras Kontrolle über Damian brechen konnte. Meiner bisherigen Erfahrung nach konnte man jemanden, dem sie einen Befehl erteilt hatten, nur von dem Bann befreien, indem man ihn tötete oder ihre Forderungen erfüllte. Aber in Damians Fall gab es, soweit ich wusste, keine Forderung. Und ich konnte ihn nicht töten, um ihn von ihrem Bann zu erlösen. Und jetzt konnte ich auch sie weder verletzen noch töten, ohne Jax' Tod zu besiegeln. Was in aller Welt sollte ich nur tun?

Die Erinnerung daran, wie er sie im Garten in den Armen gehalten und geküsst hatte, kam mir wieder in den Sinn und drang in mein Herz wie ein Dolch. Auch wenn ich jetzt sicher war, dass er dazu gezwungen worden war, tat es immer noch weh, sich Damian mit einer anderen Frau vorzustellen – sich vorzustellen, wie er sie küsste, ihr erklärte, dass er *sie* liebte, nicht mich.

Entschlossen richtete ich mich auf, verdrängte meine Ängste.

Ich hatte keine Zeit zu vergeuden, durfte hier nicht in Selbstmitleid zerfließen. Ich musste mich auf die Suche nach ihm machen und mich bemühen, den Bann zu brechen, den sie über ihn verhängt hatte, sofern es sich um so etwas handelte. Vielleicht konnte Eljin uns helfen. Wenn ich nicht herausfand, wie ich Damian helfen konnte, würde ich Eljin aufsuchen.

Schließlich beschloss ich, dass die einzige Möglichkeit, zu ihm vorzudringen, darin bestand, mein Glück bei den Wachen an der Mauer zu versuchen. Ich hoffte, dass sie nicht den Befehl erhalten hatten, keinen, der Antion gegenüber loyal war, in den Palast zu lassen.

Ich trat ans Tor, klopfte und wartete, dass die Wache öffnete und mich musterte.

»Worauf wartest du?«, fragte ich, als der Mann die Tür nicht sofort aufzog, mit bangem Herzen. »Lass mich herein!«

»Niemand kommt hier hinein oder hinaus, ohne den Losungssatz zu sagen«, erwiderte der Mann barsch. Er schien doppelt so alt wie ich zu sein, war aber nicht besonders groß, höchstens drei oder vier Zentimeter größer als ich.

»Ich bin Mitglied von König Damians Leibwache, und ich befehle dir, das Tor auf der Stelle zu öffnen«, sagte ich und griff nach meinem Schwert.

Der Mann erstarrte, und ich bemerkte, dass er kurz nach hinten griff. Als er mir wieder in die Augen sah, fiel mir diese schreckliche Leere auf, die mir das Blut in den Adern gefrieren ließ. Offensichtlich hatte ich ihm die falsche Antwort gegeben. Bis zu diesem Zeitpunkt war er normal gewesen.

»Im Auftrag von König Damian stelle ich dich unter Arrest und befehle dir, mir sofort deine Waffen auszuhändigen«, sagte der Mann. Dann zückte er das Schwert und hob es, bereit, gegen mich anzutreten.

Als ich mein Schwert herauszog, schlug mein Puls schneller. Ich hatte keine Lust, gegen meine eigenen Männer zu kämpfen. Vera war dafür verantwortlich – sie hatte diesem Mann irgendwie ihren Willen aufgezwungen. Wie viele der Palastwachen und der Armee waren bereits unter ihrer Kontrolle? Angst um Rylan quälte mich, aber ich hatte keine Zeit, mich zu fragen, ob es ihm gut ging oder was ihm und den anderen Wachen zugestoßen sein mochte, falls Vera die Kontrolle über den Palast hatte.

»Du willst das nicht tun«, warnte ich den Mann.

»Wenn du dich der Festnahme widersetzt, habe ich die Befugnis, dich gewaltsam ins Gefängnis zu bringen.«

Ich würde auf keinen Fall dorthin zurückgehen, aber ich wollte diesen Mann auch nicht töten. Er öffnete die Tür noch weiter und hob das Schwert. Mühelos wehrte ich ihn ab, wurde aber sofort durch vier weitere Männer abgelenkt, die mit hoch erhobenem Schwert innerhalb der Palastmauer standen, offensichtlich bereit, gegen mich zu kämpfen, wenn ich versuchen sollte, mir Eintritt zu verschaffen.

Ich spürte, wie er mich von links angriff, und wirbelte herum, um seinen Hieb abzuwehren. Er hatte nicht vor, mich zu töten – noch nicht. Mit einem Seufzer wehrte ich mich, bemühte mich, ihn nicht zu verletzen, gleichzeitig jedoch mich selbst zu schützen. Schließlich sah ich meine Chance, schlug ihm mit meinem Schwertgriff seitlich auf den Kopf und setzte ihn außer Gefecht.

Nachdem er zusammengebrochen war, wandte ich mich um und sah, dass die anderen vier Männer auf mich zueilten.

»Denkt daran, sie am Leben zu erhalten«, rief einer von ihnen, kurz bevor sie mich erreicht hatten.

Eine gegen vier, wobei ich mich anstrengen musste, keinen von ihnen ernsthaft zu verletzen oder zu töten, war sehr viel schwieriger als eine gegen fünf, wenn ich alles tun konnte, um mich zu retten. Ich wirbelte herum und drehte mich, versuchte, ihre Hiebe abzuwehren und nicht zurückzuschlagen, aber es waren zu viele. Wenn ich Verletzungen oder einer Gefangennahme entgehen wollte, musste ich mir eine andere Kampfstrategie einfallen lassen. Ich musste bereit sein, sie zu verletzen, denn sonst würde es ihnen gelingen, mich ins Verlies zu stecken, und Damian und der gesamte Palast würden Veras Kontrolle unterliegen.

Nachdem ich diesen Männern, die nicht bei Sinnen waren, im Stillen Abbitte geleistet hatte, verstärkte ich den Griff um mein Schwert und ging zum Angriff über. Ich achtete darauf, meine Hiebe auf nicht lebensnotwendige Körperteile zu richten, aber plötzlich bestand ich nur noch aus einer blitzenden Klinge und kaum unterdrückter Wut. Die Männer waren erschrocken und nicht auf meine Kampffertigkeit vorbereitet, als hätten sie durch Veras Kontrolle vergessen, wer ich war und was ich vermochte.

Im Nu setzte ich zwei von ihnen außer Gefecht und schlitzte ihren Schwertarm gerade so tief auf, dass sie ihren Kampf gegen mich aufgeben mussten, aber nicht so tief, dass die Wunde nicht heilen würde. Aber als ich mich dem dritten Mann zuwandte und mein Schwert schwang, um ihm einen Hieb gegen den Oberschenkel zu versetzen und ihn vorübergehend kampfunfähig zu machen, verlor ich für einen Moment den vierten

Mann aus dem Auge. Als ich den Hieb des dritten Mannes abwehrte und mein Schwert in seinen Schenkel rammte, spürte ich einen stechenden Schmerz im Rücken. Instinktiv wich ich dem Hieb aus und trieb unwillkürlich das Schwert noch tiefer in das Bein des Mannes, sodass es seine Arterie verletzte. Mit einem Schrei fiel er zu Boden und fasste sich an den Schenkel, aus dem das Blut in Strömen floss.

Ich wirbelte zum vierten Mann herum, hielt das Schwert hoch, dessen Klinge von meinem Blut glänzte.

»Ergib dich jetzt oder nimm die Strafe auf dich«, sagte er und blickte mich mit leeren Augen an.

»Ich kann nicht«, erwiderte ich. »Tut mir leid.«

Ungeachtet der Schmerzen in meinem Rücken, hob ich das Schwert ein letztes Mal. Ich hatte bemerkt, dass die rechte Seite seine Lieblingsseite war, und ließ ihn in dem Glauben, seine schwache Seite sei mein Ziel. Er hob das Schwert, um mich abzuwehren, aber in letzter Sekunde wechselte ich die Richtung und traf ihn unerwartet an der linken Seite. Ich streifte kaum seinen Arm, aber er reagierte auf den Schmerz genauso, wie ich es erwartet hatte: indem er zurückwich. Ich nutzte es, um ihm das Schwert aus der rechten Hand zu schlagen, und traf ihn mit meinem Schwertgriff an der Schläfe, machte auch ihn kampfunfähig.

Der pochende Schmerz in meinem Rücken nahm mir fast den Atem. Ich überlegte, wie tief der Schnitt war. Dann musterte ich die Männer, die auf der Erde lagen: zwei außer Gefecht, zwei verwundet, die Arme nutzlos. Sie mieden meinen Blick, hofften vermutlich, ich würde ihnen nichts weiter antun. Einer war aschfahl vom Blutverlust, lag im Sterben.

Ich griff auf den Rücken, berührte ihn vorsichtig und ertastete eine tiefe Furche in der Mitte. Zum Glück hatte der Schwerthieb nicht meine Nerven und Knochen getroffen. Ich konnte mich immer noch bewegen und atmen, auch wenn die Schmerzen so stark waren, dass ich zitterte. Meine Hand tauchte in mein eigenes Blut.

Der Mann auf dem Boden, der sein Bein umklammerte, blickte zu mir hoch. Jetzt, kurz vor dem Tod, war sein Blick wieder klar. »Halt sie auf«, flüsterte er mit brüchiger Stimme. »Alexa … du … du musst …« Ein Schauder durchlief ihn und seine Stimme versagte. Als er die Augen schloss, lockerte sich sein Griff um das Bein. Er rang noch einmal nach Luft und erlag dann dem Blutverlust. Mit brennenden Augen blickte ich auf seinen reglosen Körper hinunter.

Ich hatte einen meiner eigenen Männer getötet.

Wegen Vera. Sie hatte uns das aufgezwungen, es mir aufgezwungen.

Mit einem Seufzer wandte ich mich ab, widerstand dem Bedürfnis, auf die Knie zu fallen und mich zu übergeben.

Bei jedem Schritt, mit dem ich mich von den Wachen der Mauer entfernte, durchzuckte mich ein durchdringender Schmerz. Ich ging an der Palastmauer vorbei auf das Gelände. Ich musste Damian finden, aber jetzt hatte ich Angst vor dem, was ich noch vorfinden würde – oder davor, wer sonst noch versuchen würde, mich aufzuhalten. Ich achtete nicht auf den pochenden Schmerz in meinem Rücken, umklammerte mein Schwert, tauchte im Schatten unter und bewegte mich lautlos vorwärts. Zwei Männer rannten auf das Tor zu, durch das ich hereingekommen war. Vermutlich waren sie durch den Kampflärm angelockt worden. Aber sie kamen zu spät; ich war bereits drinnen.

Ich musste mich jedoch beeilen, wenn ich nicht auch noch gegen sie kämpfen wollte. Bald würde der Alarm losgehen und jede Wache und jeder Soldat im Dienst nach mir Ausschau halten. Wie viele von ihnen waren unter Veras Kontrolle? War es bereits der gesamte Palast?

Ich mied den Weg zum Haupteingang, begab mich stattdessen zur Zeltstadt der ausquartierten Frauen und Kinder, wo ich Tanoori finden würde. Inzwischen war ich leicht benommen, bekämpfte das Schwindelgefühl aber, während ich auf die Zelte zusteuerte. Ich hoffte, ja betete, dass diese Frauen Veras Aufmerksamkeit entgangen waren. Irgendwo hörte ich ein Wimmern und die leise Stimme einer Frau, die ein Kind beruhigte. Als ich bei dem Zelt angelangt war, vernahm ich von der Mauer hinter mir einen Zuruf. Ich hob die Klappe des nächstgelegenen Zelts und schlüpfte in die Dunkelheit.

»Wer ist da?«, fragte eine Frauenstimme leise. Die Stimme zitterte vor Angst.

»Ich bin's, Alexa«, erwiderte ich und riskierte es, ehrlich zu sein, um ihre Angst zu besänftigen. Sicherlich bot ich mitten in der Nacht einen grotesken Anblick in meiner blutigen Uniform, das blutige Schwert in der Hand. »Die königliche Leibwache.«

»Alexa«, flüsterte eine andere Stimme. »Dem Himmel sei Dank. Geh, hol schnell Tanoori.«

Die erste Frau erhob sich schnell, huschte an mir vorbei und hinaus in die dunkle Nacht. In ihrem Nachtgewand sah sie aus wie ein Gespenst.

In der Ferne hörte ich weitere Rufe. Im Nu würde es auf dem Palastgelände von Männern wimmeln, die mich suchten.

»Ich bin verwundet«, sagte ich leise. »Aber ich muss den König sprechen.«

Die zweite Frau war ebenfalls aufgestanden. Behutsam ergriff sie meinen Arm und führte mich ins Zelt hinein. »Setz dich bitte.«

Als sich meine Augen an die Dunkelheit gewöhnt hatten, konnte ich ihren langen Zopf und die blasse Haut erkennen. Wieder griff sie nach meinem Arm und half mir, mich hinzusetzen.

»Lass mich die Wunde verbinden«, murmelte sie und mied meinen Blick. Aus irgendeinem Grund kam sie mir bekannt vor. Sie hob den Saum ihres Nachtgewands und riss, ohne zu überlegen, einen langen Streifen davon ab. »In der Dunkelheit ist es schwer festzustellen, aber diese Wunde scheint sehr tief zu sein. Du musst die Heilerin aufsuchen.«

»Ist sie immer noch hier?« Meine Frage hatte eine doppelte Bedeutung – war Lisbet immer noch im Palast und immer noch »normal« – oder unter Veras Kontrolle?

»Tanoori kann deine Frage besser beantworten als ich. Hier draußen hören wir nur Gerüchte, aber sie geht immer noch jeden Tag zum Palast.«

Sie forderte mich auf, leicht den Arm zu heben, damit sie meinen Rücken verbinden konnte. Ich musste die Zähne zusammenbeißen, als mein wunder Rücken behandelt wurde, was mir unerträgliche Schmerzen bereitete. Als sie den Stoff fest um meinen Oberkörper wand, holte ich tief Luft. Nachdem sie mich verbunden hatte, verknüpfte sie die notdürftige Bandage, federte auf den Fersen vor und zurück und schaute mich schließlich an.

Als sich unsere Blicke trafen, erinnerte ich mich plötzlich. Ich atmete tief durch, wodurch sich der Verband spannte, sodass mich erneut Schmerz durchlief. Dann atmete ich flacher, rang nach Worten, um das Unrecht, das ich ihr angetan hatte, gutzumachen. Ich öffnete den Mund und schloss ihn gleich wieder.

Ihre Miene wurde weicher, als könne sie meine Gedanken lesen, und sie berührte behutsam mein Knie. »Es ist gut. Ich weiß, du hattest keine Wahl.«

Ich schüttelte den Kopf. Sie war eines der Mädchen, das Marcel und ich auf Ikers Befehl damals ins Bruthaus hatten führen müssen. Sie hatte versucht, hinsichtlich der Monatsblutungen zu lügen, um das grauenhafte Schicksal, das sie erwartete, zu vermeiden. »Das spielt keine Rolle. Ich hätte es nicht tun sollen. Ich hätte alles tun sollen, um dich zu retten. Euch alle.«

»Hast du ja getan«, sagte sie mit ruhiger Stimme, doch voll unendlicher Traurigkeit, die ich vermutlich nie ganz würde nachvollziehen können. »Du hast uns gerettet, Alexa. Ich gebe zu, dass ich dich gehasst habe. Ich hasste *jeden*, der Teil jener Nacht war. Aber als wir die Wahrheit herausgefunden haben – dass du eine verkleidete Frau warst –, erkannte ich, dass du damals nichts anderes hättest tun können, außer deine wahre Identität zu enthüllen und ebenfalls dorthin verbannt zu werden. Aber letzten Endes hast du uns alle befreit.« Der Druck ihrer Hand auf meinem Knie verstärkte sich und ihre Augen schimmerten von unterdrückten Tränen. »Wir alle stehen in deiner Schuld.«

»Deshalb werden wir alles tun, um dir zu helfen«, sagte eine andere Frau von der Zeltöffnung her. Ihre Stimme war nicht viel mehr als ein Flüstern.

Ich blickte hoch und sah, wie ein anderes spindeldürres Mädchen, das bestimmt nicht älter als sechzehn war, ins Zelt trat, Tanoori im Schlepptau. Sie beeilten sich, die Zeltklappe zu schließen, und setzten sich dann zu uns auf die Erde.

»Die Wachen an der Mauer führen eine intensive Suche durch«, berichtete Tanoori und blickte mich direkt an. Ihr durchdringender Blick war fragend. »Was ist geschehen?«

Ich seufzte. »Du hast bestimmt mitbekommen, dass diese Woche eine Delegation aus Dansii im Palast angekommen ist.« Ich flüsterte, sprach aber sehr schnell. Die Zeit war knapp; ich musste irgendwie zum Palast gelangen und zu Damian, bevor Vera über meine Anwesenheit informiert wurde – sofern sie es noch nicht war. »Die Frau in Begleitung der Delegation muss eine Art Zauberin sein, wie wir sie bisher nicht kannten. Sie kann Menschen kontrollieren, indem sie ihnen in die Augen sieht und ihnen Befehle erteilt. Sie hat die Wachen gegen mich aufgehetzt. Diese haben versucht, mich festzunehmen. Als ich mich geweigert habe, freiwillig mitzukommen, griffen mich die Männer an.«

Tanoori wurde blass. »Wir wussten, dass etwas nicht stimmte, hatten aber keine Ahnung, was es war. Sie kann keine Zauberin sein – Eljin hätte es herausgefunden, aber er hat keinerlei Magie in ihrem Blut erspürt.«

»Ich weiß nicht, was sie ist, aber sie besitzt Macht. Das ist alles, was ich weiß. Und ich muss versuchen, sie aufzuhalten – ich habe nur noch einen Tag.«

»Warum?«, wollte Tanoori wissen.

Ich brachte es nicht über mich, ihr zu antworten, doch ich rappelte mich langsam wieder hoch. Die anderen Mädchen taten es mir schnell nach. »Ich muss auf der Stelle in den Palast.«

»Aber wie? Auf dem Palastgelände wimmelt es inzwischen von Wachen. Und wenn Vera die Wachen an der Mauer unter ihrer Kontrolle hat, dann muss man davon ausgehen, dass sie vermutlich fast die gesamte Palastwache ihrem Willen unterworfen hat«, flüsterte Tanoori.

Mein Kopf brummte, während ich nach einer Lösung suchte. Und dann kam mir eine Idee – die alten Gärten, wo sich Vera und Damian gestern geküsst hatten. »Die alten Gärten der Königin befinden sich doch in der Nähe des ältesten Palastflügels, nicht wahr?«

»Ja«, erwiderte Tanoori. Ihr Gesicht leuchtete plötzlich auf. »Und dort versteckt sich auch Lisbet.«

»Sie versteckt sich?«

»Wie schon gesagt, wir wussten alle, dass etwas nicht stimmte – wussten nur nicht, was. Nachdem Jax entführt worden war, suchten sie und Eljin ein Versteck. Ich kann es dir zeigen. Und wenn wir es, ohne entdeckt zu werden, bis zu den Gärten schaffen, sollten wir auch ohne Probleme in den Palast gelangen können.«

Ich nickte. Das könnte funktionieren. Es musste klappen. Und wenn ich es bis zu ihnen schaffte, konnte Lisbet mir den Geheimgang zeigen, den Jax in den letzten Monaten benutzt hatte, als er sich selbst Damians gefälschte Nachricht auslieferte und meine Loyalität prüfte. Durch den Geheimgang würde ich in den Vorraum zu seinen Gemächern gelangen. Als ich zum Zeltausgang eilte, schlug mein Herz zum Zerspringen.

»Moment, so kannst du nicht rausgehen.« Tanoori fasste mich am Arm und hielt mich zurück. »Jeder, der dich sieht, wird sofort wissen, wer du bist.«

»Was schlägst du vor?«, flüsterte ich ungeduldig. Jede vergeudete Minute barg das Risiko in sich, dass Vera meine Rückkehr entdeckte und dann wusste, dass ich den König suchte.

»Da, zieh das über.« Das Mädchen, das sein Nachtgewand zerrissen hatte, um mir den Rücken zu verbinden, zog sich jetzt das Nachtgewand über den Kopf und stand nur noch in einem dünnen Unterhemd da. »Zieh das über. Wenn dich jemand sehen sollte, nimmt er an, du seist eine von uns.«

»Danke …«, sagte ich und griff nach dem Nachthemd, das sie mir anbot. Ich zog eine Grimasse, als ich merkte, dass ich nicht einmal ihren Namen wusste.

»Lenora«, sagte sie und lächelte mich an. »Ich heiße Lenora.«

»Danke, Lenora.«

»Wir müssen uns beeilen, zieh es schnell über«, drängte Tanoori und half mir, das Nachtgewand über meine Uniform zu stülpen. Ich hatte keine Zeit, mich komplett umzuziehen, und mein Rücken hinderte mich daran, es selbst zu versuchen. Mit zusammengebissenen Zähnen ließ ich sie gewähren, als sie das Nachtgewand an mir zurechtzupfte. »Du musst dein Schwert abnehmen, es schaut unter dem Stoff hervor.«

»Ich kann es nicht hierlassen, denn dann wäre ich völlig unbewaffnet«, protestierte ich. »Wir müssen eben hoffen, dass niemand nah genug an mich herankommt, um das Schwert zu bemerken.«

Tanoori sah aus, als wollte sie Einwände erheben, aber dann schüttelte sie nur den Kopf und zog das Nachtgewand über meine Schwertscheide.

»Da, das hilft vielleicht.« Ich drehte die Scheide so, dass mein Schwert vor meinem Körper war und nicht an der Seite. Wenn ich es benötigen sollte, würde ich mich schwerertun, es zu zücken. Aber da es unter einem Nachtgewand verborgen war, würde es sowieso nicht einfach sein, es hervorzuholen, ganz egal, wo es hing.

»Das muss reichen.« Tanoori griff nach meinem Zopf und löste ihn, sodass mein Haar mein Gesicht in lockeren Wellen einrahmte. »Gut, machen wir uns auf den Weg. Und wenn uns jemand begegnet, überlass mir das Reden, ja?«

Mit Herzklopfen stimmte ich zu und folgte ihr aus der relativen Sicherheit des Zelts in die dunkle Nacht.

Achtzehn

TANOORI BEWEGTE SICH schnell und schweigsam zwischen den Zelten hindurch. Ich eilte ihr hinterher, bis die wilden, ungepflegten Gärten vor uns auftauchten. Dabei blickte ich immer wieder über die Schulter, hatte aber noch keinen Verfolger entdeckt.

»Hör auf damit«, zischte Tanoori leise. »Du wirkst schuldbewusst, als würdest du darauf warten, dass dich jemand verfolgt.«

»Ich warte darauf«, erwiderte ich ebenfalls flüsternd.

»Aber nicht, wenn du einfach eine ausquartierte Frau auf einem Botengang zum Palast bist.«

Sie schwieg, musterte mich streng, und ich nickte. Sie hatte recht. Ich war immerhin so einsichtig zu erkennen, dass meine Freundin, die keinerlei Training hatte, im Augenblick klarer dachte als ich. Das lag wohl am Blutverlust, vermutete ich.

Als wir am Ende der Zeltreihe angelangt waren, blieben Tanoori und ich stehen und blickten verstohlen zum Palast.

Ein Zuruf von hinten ließ mich zusammenzucken.

»An alle! Wenn ihr unzüchtig gekleidet seid, bedeckt euch schnell. Das ist eine offiziell angeordnete Suche.«

Tanoori und ich blickten uns einen Augenblick lang voll starren Entsetzens an. Sie machte kehrt und rannte auf die Gärten zu. *So viel zum Thema Heimlichtuerei,* dachte ich und rannte ihr hinterher. Irgendwo fing in einem der Zelte ein Baby an zu schreien. Ich hoffte, das würde alle Geräusche, die wir machten, übertönen.

Wir befanden uns am anderen Ende der Zelte, und es waren so viele, dass die Wachen uns noch nicht entdeckt hatten. Wir rannten so schnell wir konnten, aber als mich der Schmerz im Rücken überwältigte und mir den Atem nahm, begann Tanoori, mich abzuhängen. Ich versuchte, den Schmerz zu ignorieren und weiterzustürmen, spürte aber, wie ich langsamer wurde und immer mehr zurückfiel. Die Gärten waren nicht mehr weit. Wenn ich es schaffte, durch ihre dunklen Tore zu gelangen, bevor die Wachen die beiden Frauen entdeckten, die mitten in der Nacht in weißen Nachtgewändern flohen, würden wir in Sicherheit sein. Das wusste ich.

Tanoori schaffte es vor mir. Ihre geisterhafte Gestalt verschwand in der Tiefe des wuchernden Blätterwerks und verbarg sie. Mein Schwert baumelte gegen meine Beine, drohte, mich zum Stolpern zu bringen, während ich mir die Seele aus dem Leib rannte.

»Du da! Halt!«

Der Ruf kam von hinten und war viel zu nah, sodass mir das Blut in den Adern gefror. Ich blickte mich nicht um. Die Gärten waren jetzt ganz nah. Und ich hatte mein Ziel fast erreicht, war schon fast in Sicherheit.

Aber wenn er mich verfolgte … was dann?

»Ich habe Halt gesagt!«, brüllte der Soldat unüberhörbar.

Ich bin fast da, bin fast da, sagte ich mir vor. Endlich war ich am Rand üppiger wild wuchernder Sträucher angelangt, die die Gärten säumten. Ich rannte vorbei und hoffte, ich würde genauso unsichtbar sein wie Tanoori. Ich lief immer weiter. Sie stand ein paar Meter im Inneren der Gärten und wartete auf mich.

»Er hat dich gemeint.« Sie griff nach meinem Arm und lief neben mir her immer tiefer in die Gärten hinein. Nachts erschienen die Sträucher, die Bäume und überwucherten Blumen wie unheilvolle Massen, die am Boden krochen oder über unseren Köpfen hingen und sich über uns schlossen. Sie berührten uns, grapschten mit belaubten Händen und dornigen Nägeln nach uns. Blindlings rannte ich weiter, hatte kaum eine Vorstellung, wohin ich lief, wollte nur weit weg von dem Mann, der mich davon abhalten würde, zu Damian zu gelangen.

»Alexa, halt!« Tanoori packte meinen Arm und zwang mich, stehen zu bleiben.

Ich starrte sie mit weit aufgerissenen, verängstigten Augen an und keuchte. Mein Gesicht und mein Hals waren schweißüberströmt, teils aufgrund der schwülen Nacht, teils aufgrund des Schmerzes, der mich mit jedem Herzschlag durchlief.

»Du musst jetzt hier entlang – ich führe dich zum Eingang des alten Palastflügels.« Tanoori deutete auf einen Weg, an dem ich gerade vorbeigelaufen war. »Lisbet versteckt sich in einem Gemach im Erdgeschoss.« Über den Blättern war der älteste Palastflügel erkennbar, er wirkte massig und düster. Verlassen – hoffte ich.

»Kommst du denn nicht mit mir?«

»Sie haben nur ein Mädchen in den Garten rennen sehen, nicht wahr?«

»Ja.«

Tanoori biss die Zähne zusammen. Ich schüttelte den Kopf, als mir klar wurde, was sie vorhatte, aber sie rannte weiter, bevor ich protestieren konnte.

»Ich laufe zurück und erkläre, ich hätte Angst gehabt. Dass ich aufgrund meiner Erfahrungen Angst vor Männern habe und deshalb geflüchtet bin.«

»Tanoori, nein. Ich kann dich nicht diesem Risiko aussetzen.«

Der Griff ihrer Hand an meinem Arm verstärkte sich und ich erkannte die eiserne Entschlossenheit in ihrem Blick. »Alexa, mir geschieht nichts. Sie haben keinen Befehl, eine hilflose Überlebende aus dem Bruthaus anzugreifen.«

»Aber du bist keine hilflose Überlebende …«

»Es gibt vieles, was du nicht von mir weißt, Alexa«, unterbrach sie mich. »Nachdem der Zauberer in unser Dorf gekommen war, warst du nicht die einzige Waise.«

Ich blickte ihr in die Augen, in ihre schönen, gequälten Augen, die Schmerz und Verletzung verrieten. Wohl hatte ich es schon früher bemerkt, begriff es aber erst jetzt, in einem erschreckenden Augenblick der Erkenntnis. »Nein«, flüsterte ich. »Du warst bei den Insurgi. Du … du warst …«

»Ich war unfruchtbar. Ich konnte keinen Nachwuchs für seine Armee produzieren. Nach drei Jahren warfen sie mich raus, damit ich den Tod finde. Aber Borracio fand mich als Erster.«

»*Nein*«, hauchte ich. »Tanoori, ich wusste nicht …«

»Ich weiß«, unterbrach sie mich drängend.

In der Ferne hallte das Gebrüll des Mannes durch die Gärten wider. Er rückte uns auf den Leib, mir.

»Alexa, geh. Kümmere dich nicht um mich, ich schaffe es. Du musst sie aufhalten. Rette den König, und hör auf, so stur zu sein.«

»Was meinst du …«

»GEH!« Sie stieß mich zur Seite und ich rannte den Weg hinunter. Mein Magen rebellierte, mein Puls raste.

Tanoori war im Bruthaus eine Gefangene gewesen. All die Jahre, in denen ich trainiert und meine Kampftüchtigkeit perfektioniert hatte, um mir meinen Platz in der Leibwache zu sichern, war sie dort gewesen. Bis man sie wie ein nutzloses Tier vor die Tür gesetzt hatte, um sie sterben zu lassen.

Während ich durch die Gärten lief, ergaben ihre Wut auf den König und den Prinzen, ihre Bitterkeit, ihr ausgemergeltes Aussehen, als ich sie das erste Mal wiedergesehen hatte und ihre Wildheit plötzlich Sinn. Und auch ihr Hass auf mich. Ich hatte ihr Schicksal nicht teilen müssen und war mir dessen nicht einmal bewusst gewesen.

Und jetzt setzte sie erneut ihr Leben aufs Spiel, um mir zu helfen.

Ich stürmte aus dem Garten und befand mich direkt vor dem Palast. Sofort hielt ich Ausschau nach weiteren Wachen, aber ich konnte keine erblicken. Vorsichtig bewegte ich mich im Schatten voran, bis ich bei der Tür angelangt war, die mir Tanoori beschrieben hatte.

Sie ließ sich geräuschlos öffnen, als seien die Scharniere erst vor Kurzem geölt worden. Ich schloss die Tür hinter mir und eilte in den stockfinsteren Palast.

Als ich mich gegen die überraschend kühle Steinwand lehnte und versuchte, Atem zu schöpfen, schlug mein Herz einen Trommelwirbel. Mein gesamter Oberkörper brannte vor Schmerz. Ich war mir ziemlich sicher, dass Blut durch meinen Verband gesickert war und ich Lenoras Nachtgewand vermutlich mit Blut besudelt hatte.

Langsam gewöhnten sich meine Augen an die Dunkelheit und ich tastete mich vorwärts. Ich überlegte, ob Lisbet wohl immer noch denselben Raum bewohnte wie vorher, als Damian mich das erste Mal hierhergebracht hatte. Wenn ja, dann brauchte ich nur herauszufinden, wo genau ich mich im Moment befand, und sie dann aufsuchen.

Durch den Eingang gelangte ich in einen kleinen Flur mit Türen auf beiden Seiten. Ich beachtete sie nicht und ging weiter, zum Hauptflur, der zu den Gemächern führte, wo sich Lisbet zuvor versteckt hatte. Genau wie letztes Mal war die Dunkelheit in diesem Palastflügel undurchdringlich und pulsierte wie ein Lebewesen, dessen heißer Atem mich bedrängte. Ich atmete tief durch, versuchte, nicht zuzulassen, dass die Angst mich übermannte. Als ich das letzte Mal hierhergekommen war, hatte ich gespürt, dass uns jemand folgte – und ich hatte recht gehabt. In jener Nacht hatte sich Iker im Schatten versteckt. War es heute Nacht ein noch beeindruckenderer Gegner? Es war schwer, sich jemanden vorzustellen, der noch furchteinflößender war als Iker, aber Veras und Rafes Fähigkeit, andere Menschen unter Kontrolle zu bringen, ließ sie noch schlimmer erscheinen, da sie sogar meine Freunde mit einem Blick und einem Wort in gehirnlose Feinde verwandeln konnten.

Inzwischen dürstete vermutlich der gesamte Palast nach meinem Blut.

Vielleicht wünschte sogar Damian meinen Tod, wenn sie es ihm einredete.

Plötzlich fröstelte mich und ich beschleunigte meine Schritte. Ich musste jetzt unbedingt Lisbet finden.

Als mir die Umgebung wieder etwas vertrauter vorkam, begann ich, die Türen auszuprobieren. Dahinter verbargen sich staubige, leere Räume, aber schließlich versuchte ich es mit einer, die verschlossen war. Das war wohl ihre.

Ich klopfte leise, trat zurück und wartete. Unwillkürlich zitterte ich – vor Erschöpfung, wegen der Wunde auf meinem Rücken, wegen des Schocks über Tanooris Enthüllung, wegen meiner eigenen Ängste. Niemand reagierte.

Ich versuchte es noch einmal, klopfte dieses Mal etwas lauter, obwohl mich das Geräusch dazu brachte, über die Schulter zu blicken, da ich halb damit rechnete, dass die Palastwachen mit Fackeln anrückten und Pfeile auf mein Herz richteten.

Nach einer Ewigkeit wurde die Tür einen Spalt geöffnet. Dann wurde sie aufgerissen. Eljin stand auf der Schwelle, hielt eine Laterne in der Hand und machte über seiner Maske große Augen. Er packte mich am Arm, zog mich herein und schloss schnell wieder die Tür hinter mir.

»Wo bist du denn gewesen?« Seine Stimme klang ruhig, gleichzeitig jedoch vorwurfsvoll.

Ich schüttelte den Kopf. Die Ungeheuerlichkeit unserer Situation überwältigte mich plötzlich und erstickte meine Worte.

»Sie ist verletzt«, verkündete Lisbet hinter ihrem Neffen. Die kleinere Frau ging um ihn herum und ergriff meine Hand.

»Lass mich sehen, was ich für dich tun kann. Dann kannst du uns berichten, was geschehen ist.«

Ich ließ mich von ihr zum Bett geleiten. Dort half sie mir, mich auf den Bauch zu legen, auf mein Schwert. Es machte mir nichts aus, dass die Scheide sich in meinen Leib und meine Beine bohrte. Ich lag auf dem Bett, Lisbet war hier – sie war wie immer – und sie würde mich heilen.

»Hol meinen Korb«, wies sie Eljin an. Ich hörte, wie beide sich durch den Raum bewegten. Dann spürte ich, wie sie das Nachtgewand hob, und als Nächstes hörte ich, wie eine Schere den Stoff durchtrennte.

»Es war nicht meins«, erklärte ich.

»Es ist ohnehin ruiniert.« Lisbet fuhr fort, das Nachtgewand aufzuschneiden, bis es in Stücken an mir herunterfiel. Dann spürte ich, wie sie sich an dem Verband zu schaffen machte, den Lenora mir am Rücken angelegt hatte. Sie schnitt auch ihn auf, ebenso die blutige Tunika darunter, um meine Wunde freizulegen. Sie pfiff leise durch die Zähne.

»Alexa, was ist geschehen?«, fragte Eljin. »Wo bist du gewesen?«

»Nicht so laut, sonst kann ich mich nicht konzentrieren«, ermahnte ihn Lisbet.

»Ich fand eine Spur, die die Entführer hinterlassen hatten, und habe sie gemeinsam mit Rylan verfolgt. Hat er es euch nicht berichtet?« Ich hob leicht den Kopf, konnte sie aber nicht sehen. »Lisbet, wir haben ihn gefunden. Wir haben Jax gefunden.«

Ihre Hände auf meinem Körper fingen an zu zittern.

»Und … ist er … hat er …«

»Er ist am Leben. Im Augenblick. Aber ich muss morgen vor Tagesanbruch zurück sein, sonst wird er getötet.«

»Was meinst du damit?«

»Ich muss mich selbst ausliefern, mein Leben gegen seines.«

Eine Weile lang herrschte Stille. Dann sagte Eljin: »Du kannst dich nicht selbst ausliefern.«

»Ich kann ihn aber auch nicht sterben lassen.«

Niemand sagte etwas. Dann hörte ich, wie Lisbet versuchte, das Schluchzen zu unterdrücken. »Doch, du kannst es – du musst Vera aufhalten. Du bist die Einzige, die es kann. Du und Eljin.«

»Lisbet, ich werde ihn nicht sterben lassen.« Ich richtete mich auf, auch wenn mir kurz schwindelig wurde. »Ich habe ein Versprechen abgegeben und werde es halten. Aber ich muss zuerst zu Damian. Kannst du mich so weit heilen, dass ich es schaffe? Ich muss ihn vor Sonnenaufgang finden.«

»Es ist jetzt nur noch eine Stunde bis Tagesanbruch«, sagte Eljin.

»In so kurzer Zeit kann ich nicht viel ausrichten.« Lisbet sah mich an, die Augen voller Schmerz und Hoffnung, was mir das Herz zerriss.

»Tu, was du kannst«, erklärte ich und legte mich zurück. »Und ich tue ebenfalls, was ich kann.«

Während sie mich bearbeitete, berichtete ich, was ich im Dschungel entdeckt hatte, in Rafes Lager. Aber ich ließ einige Details aus, um Lisbet zu schonen.

»Also ist es so, wie ich vermutet hatte, die Dansii stehen hinter den Angriffen«, bemerkte Eljin, als ich meinen Bericht zu Ende gebracht hatte.

»Ja, es sieht ganz danach aus.«

»Ich habe dir ja gesagt, dass es in Blevon keine schwarzen Zauberer gibt.«

Eine Weile lang schwiegen wir. »Eljin«, sagte ich schließlich, »du musst wenigstens Damian und General Ferraun erklären, warum du so sicher bist. Wir brauchen jede Art von Beweis, um darzulegen, dass Blevon keine Schuld trägt. So werden uns alle unterstützen, um den Dansii Einhalt zu gebieten.«

»Glaubst du nicht, es sei Beweis genug, dass sie irgendwelche Zauberer und Zauberinnen, die wir noch nie gesehen haben, schickten, um den König unter ihre Kontrolle zu bringen?«, konterte Eljin.

Ich musste zugeben, dass er recht hatte, aber *ich* wollte wissen, warum er sich so sicher war. Ich hatte meine persönlichen Gründe dafür. Ja, wir wussten jetzt, dass die Blevoneser Soldaten, die den König angegriffen hatten, unter Rafes oder Veras Kontrolle standen. Aber das erklärte nicht die Angriffe auf unsere Dörfer während unseres Kriegs mit Blevon. Es erklärte nicht den schwarzen Zauberer, der zusammen mit Blevoneser Soldaten mein Dorf überfallen und meine Eltern getötet hatte.

»Der Grund, weshalb er so sicher sein kann, ist ein streng gehütetes Geheimnis«, sagte Lisbet leise, als könne sie meine Gedanken lesen. »Lediglich Zauberer oder Zauberinnen aus Blevon erfahren je die Wahrheit. Sie leisten dann einen heiligen Eid, dass sie das Wissen, das sie im *Sì Miào Chán Wù* erhalten, in ihrem Herzen bewahren. Es darf nie enthüllt werden, es sei denn, es handelt sich um einen Blevoneser Zauberer.«

»*Sì Miào Chán Wù*«, wiederholte ich. »Was bedeutet das?«

»In Rohfassung übersetzt, bedeutet es ›Tempel des Erwachens zur Wahrheit‹«, erklärte Eljin mit rauer Stimme. »Dorthin gehen alle Blevoneser Zauberer, wenn sie mündig sind.«

»Warum ist es ein Geheimnis? Und wenn nur die Zauberer das Geheimnis kennen, wie kannst du dann sicher sein, dass ein Teil der Blevoneser Armee nicht mit einem schwarzen Zauberer arbeiten würde, wenn sich die Gelegenheit ergäbe?«

»Weil unser Volk genug Wissen hat, diesen Fehler nicht zu begehen«, erklärte Eljin, »auch wenn nicht jeder die ganze Wahrheit kennt. Die Folgen eines solchen Risikos wären zu katastrophal.«

»Bitte, sag es mir«, bettelte ich. »Ich bin doch zur Hälfte Blevoneserin. Habe ich nicht das Recht, es zu wissen? Ich werde es niemandem verraten, das verspreche ich.«

»Pst«, murmelte Lisbet. »Du musst dich entspannen, damit ich arbeiten kann. Das lenkt zu sehr ab.«

Widerwillig hielt ich den Mund, während Lisbet meinen Rücken bearbeitete. Der Schmerz ließ bereits nach, ich konnte wieder besser atmen. Aber meine Bereitschaft zu schweigen hielt nicht lange an. Nach ein paar Minuten hielt ich es nicht mehr aus. Ich war nicht entspannt, tausend Fragen brannten mir auf der Zunge. Wenn ich schon nicht im Palast unterwegs war, um Damian zu suchen, konnte ich zumindest ein paar Antworten bekommen.

»Eljin, da du sie schon die ganze Zeit über in Verdacht hast, was, glaubst du, bezweckt Dansii damit?«

»Ich glaube, Armando möchte mehr als nur Antion«, erwiderte Eljin mit grimmiger Stimme. »Ich glaube, er will Zwietracht zwischen unsere beiden Königreiche säen, sodass er sich seinen Weg nach Blevon bahnen kann, während wir damit beschäftigt sind, uns gegenseitig zu zerfleischen.«

»Wenn er es auf Blevon abgesehen hat, warum greift er dann nicht einfach euch an, sondern macht den Umweg über uns? Wir sind doch angeblich Verbündete. Das ergibt keinen Sinn.«

»Armando und seine Armeen können nicht von Dansii aus in Blevon einmarschieren, denn die Naswais-Berge an der Nordgrenze von Blevon sind unbezwingbar. Der einzige Weg in unser Königreich führt durch Antion.«

»Welche Berge?«

»Du kennst dich nicht mit den geografischen Gegebenheiten von Blevon aus?« Eljin klang ungläubig.

»Entschuldige, dass ich keine Zeit habe, Landkarten zu studieren, da ich voll damit beschäftigt bin, ums Überleben zu kämpfen«, konterte ich.

»Genug jetzt«, mischte sich Lisbet ein. »Ich muss mich konzentrieren.«

Ich versuchte, still zu liegen, war aber im höchsten Maße angespannt, hatte das Verlangen, aktiv zu werden. Ich wollte Damian helfen und Vera in ihre Schranken weisen. Und es gab da noch eine Frage, die ich beantwortet haben wollte, bevor ich mich auf den Weg machte, um ihnen gegenüberzutreten. Vielleicht bekam ich nie wieder die Gelegenheit, die Frage erneut zu stellen.

»Du glaubst also … dass mein Vater ein Zauberer war *und* aus Blevon stammte? Hat er die Wahrheit gekannt … und deine Geheimnisse?«

Lisbet seufzte, aber an ihrer Stelle antwortete Eljin. »Ja,

wenn er ein Blevoneser Zauberer war und je unseren Tempel besucht hat, muss er es gewusst haben.«

Als ich an den Tag zurückdachte, an dem meine Eltern getötet worden waren, sah ich plötzlich das Verhalten meines Vaters in einem anderen Licht. Von dem Versteck aus, das er uns angewiesen hatte, beobachtete ich, wie er sich rüstete, um gegen den Feind zu kämpfen. Er wirkte besorgt, aber zuversichtlich – bis der schwarze Zauberer begann, ihn anzugreifen. Er war so entsetzt gewesen, dass er stolperte. Noch nie zuvor hatte ich erlebt, dass er stolperte. Ich erinnerte mich an seinen Blick – wie er entsetzt die Augen aufgerissen hatte, als der Mann das verfluchte Feuer in der Hand hochhielt. Während er tapfer versuchte, uns zu retten, wechselte sein Gesichtsausdruck zwischen Wut und Entsetzen.

Ich hatte immer vermutet, dass die Wut und das Entsetzen auf seine Angst vor dem Tod zurückzuführen seien, darauf, dass wir alle getötet würden. Aber vielleicht hatte es ihn am meisten schockiert, dass ein schwarzer Zauberer mit der Blevoneser Armee paktierte.

»Jetzt ist nicht die Zeit für eine solche Unterhaltung. Wir müssen uns auf das naheliegende Problem konzentrieren«, unterbrach Eljin meine Gedanken. Dann berichtete er mir, was während meiner Abwesenheit im Palast geschehen war. Ich weiß nicht, ob er es tat, um mich zum Schweigen zu bringen, mich abzulenken oder um mir mehr Informationen zu geben, damit ich mit dem, was vor mir lag, besser zurechtkäme. Vermutlich traf alles zu.

Als Eljin gestern erwacht war, war seine Tür verbarrikadiert gewesen. Er hatte den Vormittag damit verbracht, aus seinen

Kleidern und Laken eine Leiter zu fertigen, damit er sich aus seinem Gemach befreien konnte. In seinen Gemächern gab es keine Geheimgänge.

Als er endlich unten gelandet war, fand er das Gelände wie ausgestorben vor. Eljin gelang es, Lisbet aufzutreiben. Sie erklärte ihm, König Damian und Vera hätten eine Versammlung im großen Saal einberufen. Jede Wache, jeder Bedienstete, jedes Zunftmitglied und sogar das Küchenpersonal mussten anwesend sein. Lisbet traute Vera nicht über den Weg, sodass sie sich versteckt hatte. Eljin hatte sich seiner Zauberei bedient, um unkenntlich zu sein, sich in den Saal gestohlen und gesehen, wie Vera von einer Person zur nächsten ging, während Damian von seinem Thron aus alles beobachtete. Bevor Damian Eljins Anwesenheit erspüren konnte, hatte er sich wieder hinausgestohlen und Lisbet aufgesucht.

»Und was ist mit der Wache? Stehen sie alle unter ihrem Bann?«, fragte ich.

»So wie es aussieht, müssen wir davon ausgehen. Mit Ausnahme von Rylan, sofern er nachts zurückgekehrt ist.«

Ich überlegte, was mit meinem Freund geschehen war – ob man ihm denselben Empfang bereitet hatte wie mir. Saß er jetzt im Gefängnis? War er vor Vera gebracht worden und stand jetzt ebenfalls unter ihrer Kontrolle? Oder versteckte er sich ebenfalls irgendwo?

»Bist du bald fertig?«, fragte ich Lisbet voller Ungeduld. Ich musste unbedingt zu Damian, um festzustellen, ob es möglich war, Veras Kontrolle über ihn zu brechen, bevor alles noch schlimmer wurde.

»Die Heilung kann nicht beschleunigt werden. Sie ist ein

schwieriger Prozess, insbesondere wenn ich erschöpft bin und versuche, mich von deinem Gerede nicht ablenken zu lassen. Es ist mir gelungen, die Blutung zu stoppen, aber es wird noch Stunden dauern, bevor ich die Haut, die Muskeln und die Nerven wieder zusammenfügen kann.«

Ihre Worte bekümmerten mich, aber ich hatte nicht die Zeit, noch länger hier herumzuliegen. »Ich habe keine Stunden. Verbinde mich, damit wir uns auf den Weg machen können. Es eilt.«

Lisbet ließ sich auf keine Diskussion ein; sie nahm lediglich meinen Arm und half mir, mich aufzusetzen. »Deine Tunika und dein Wams sind ruiniert. Eljin, haben wir etwas zum Anziehen für sie?« Die Überreste meiner Uniform bedeckten meine Vorderseite, aber mein Rücken war freigelegt. Als ich mich bewegte, biss ich auf die Zähne.

Während Eljin in einer Kommode in der Ecke herumkramte, half mir Lisbet, mein zerrissenes Wams auszuziehen, auf dem die Insignien des Königs eingedruckt waren – und dann meine Tunika, sodass ich halb nackt auf dem Bett lag.

»Wir haben …«

»Dreh dich nicht um«, fiel ihm Lisbet ins Wort, und Eljin erstarrte, uns immer noch den Rücken zugekehrt. Er hielt eine dunkle Tunika in der Hand, die aussah, als gehöre sie ihm.

Schnell versorgte Lisbet meinen Rücken mit sauberen Bandagen, griff dann nach der Tunika und half mir, in sie hineinzuschlüpfen. Als ich wieder sittsam gekleidet war, drehte er sich endlich um. Da er wie immer seine Maske trug, war es nicht leicht, es genau zu erkennen, aber es schien so, als habe sich seine olivfarbene Haut am Haaransatz leicht gerötet. Es war für mich unvorstellbar, dass der unbezähmbare Eljin errötete. Unwillkürlich musste ich grinsen.

»Wie sieht dein Plan aus?«, fragte er, und mein Grinsen verschwand so schnell, wie es gekommen war. »Wie kann ich helfen?«

»Kennt einer von euch beiden den Geheimgang, der zu Damians Vorraum führt?«

»Ja«, antworteten beide gleichzeitig.

»Ich führe dich«, bot sich Eljin an. »Lisbet, du bleibst hier. Wenn uns irgendwas zustößt, flieh aus dem Palast und geh sofort zu meinem Vater. Erzähl ihm, was passiert ist. Er muss sich zu König Osgand begeben und die Hilfe der *Rén Zhŭsas* erbitten. Wenn es so weit kommen sollte, sind sie eventuell die einzige Hoffnung für Antion.«

Ich unterdrückte ein Frösteln, als Eljin nach einer Fackel griff und sie zu einer Fackel in der Halterung führte, bis sie Feuer gefangen hatte und somit mehr Licht im Raum verbreitete. »Was sind die *Rén Zhŭsas*?«

»Das sind die drei mächtigsten lebenden Zauberer – die herrschenden Zauberer von Blevon. Sie leben im *Sì Miào Chán Wù*, um ihn zu beschützen.«

»Warum habe ich noch nie zuvor davon gehört?«

Eljins Miene verdüsterte sich, genauso die von Lisbet. »Weil König Hektor nicht wünschte, dass sein Volk darüber Bescheid wusste. Und die Androhung der Todesstrafe reichte aus, um jeden, der auch nur das Geringste über eure angeblichen Feinde wusste, zum Schweigen zu bringen.«

Gern hätte ich ihm weitere Fragen gestellt, aber es blieb keine Zeit dafür. Ich konnte nur hoffen, den nächsten Tag und die nächste Nacht zu überleben. Vielleicht hätte ich eines Tages die Möglichkeit, mehr Antworten auf all meine Fragen zu erhalten.

Eljin trat auf die holzgetäfelte Wand gegenüber dem Bett zu und tastete sich an ihr entlang. Ich beobachtete ihn und überlegte, wie wohl der geheimnisvolle Geheimgang funktionierte. Schließlich betätigte er einen Hebel und die versteckte Tür sprang auf und enthüllte einen engen nachtschwarzen Durchgang.

»Wie funktioniert das denn?«, fragte ich und war mir immer noch nicht sicher, wie er den Hebel gefunden hatte, den ich vergeblich in Damians Gemächern gesucht hatte, nachdem Jax mir den Brief überreicht hatte.

»Der Mechanismus funktioniert mittels eines Holzknaufs. Drückt man den rechten, wird die Verriegelung gelöst, und die Tür öffnet sich«, erklärte er und deutete auf eine kleine runde Unebenheit in der Wand, die wie alle anderen natürlichen Holzknäufe aussah.

Das erklärte, weshalb ich es nie geschafft hatte, die Geheimtür zu öffnen. Ich hatte nach etwas gesucht, das herausstand, und nicht versucht, einen Teil der Wand nach innen zu drücken.

»Bleib nah bei mir«, befahl er mir, »und lass uns hoffen, dass Vera noch nicht alle Palastgeheimnisse ergründet hat.«

Mich schauderte bei seinen Worten, auch wenn es heiß war, und ich folgte ihm. Aber Lisbet berührte meinen Arm, hielt mich auf. Ich blickte in ihre dunklen traurigen Augen hinunter und schluckte, weil ich plötzlich einen Kloß im Hals spürte.

»Sei vorsichtig«, war alles, was sie sagte, und ich nickte.

Als ich mich umwandte, um Eljin zu folgen, rief sie mir nach. »Und vielen Dank.«

Ich drehte mich nicht mehr um. Es gab nichts, wofür sie mir danken musste. Noch hatte ich niemanden gerettet.

Im Durchgang war es stickig, die feuchten Wände viel zu nah und die Dunkelheit undurchdringlich, auch wenn Eljins Fackel einen kleinen Lichtkreis um uns verbreitete. Von der Decke hingen Spinnweben und versperrten uns die Sicht. Ich schlug auf sie ein, wollte vermeiden, dass sie an meinem Gesicht festklebten. Die Wände waren verschmutzt und der Durchgang so eng, dass meine Schultern abwechselnd links und rechts anstießen, wobei die Ärmel der Tunika schmutzig wurden.

Wir bahnten uns unseren Weg durch die feuchte Dunkelheit, bogen um Ecken, kletterten Treppen hinauf und gingen endlose dunkle Gänge entlang, kamen an kaum wahrnehmbaren Linien in den ansonsten endlos glatten Wänden vorbei. Vermutlich handelte es sich dabei um Zugänge zu anderen Räumen. Ich überlegte, wer wohl auf der anderen Seite dieser Wände sein mochte, höchstwahrscheinlich schlief und sich unserer Anwesenheit überhaupt nicht bewusst war.

Schließlich blieb Eljin stehen und bedeutete mir mit einer Geste, näher zu kommen. Er zeigte auf einen Knauf an der Wand, der an den erinnerte, den er in Lisbets Gemach gedrückt hatte. Pantomimisch deutete er an, dass ich ihn betätigen solle und er auf mich warten würde.

Ich nickte, holte tief Luft und zog mein Schwert aus der Scheide, da ich nicht wusste, was mich auf der anderen Seite der Tür erwartete. Mein Herzschlag spielte verrückt. Damian war so nah. Endlich waren wir bei ihm angelangt. Aber wie würde er reagieren, wenn er mich sah?

Ich verdrängte meine Ängste, streckte die Hand aus und drückte auf den Knauf. Die Verriegelung löste sich und die Tür sprang leise auf. Nach einem letzten Blick auf Eljin – die Fackel, die er hielt, tauchte sein Gesicht abwechselnd in Licht und Schatten – schlüpfte ich durch die Öffnung und in den Vorraum des Königs.

Neunzehn

DER RAUM WAR dunkel. Lediglich der schwache Sternenschein, der durch das Oberlicht fiel, verriet mir, dass das Gemach leer war. Schnell durchquerte ich den vertrauten Raum. Mein Blut pulsierte durch meine Adern, sodass mein Rücken schmerzte und meine Hände klamm wurden. Noch nie war ich so begierig gewesen, Damian zu sehen. Als ich vor seiner Tür stand, drehte ich den Türknauf, doch die Tür war verschlossen.

Ich stand lange da und wusste nicht, was ich tun sollte. Normalerweise hätte ich geklopft und ihn gebeten, mich hineinzulassen. Aber wagte ich es auch heute Nacht? Er verschloss diese Tür nie – warum sollte er auch, da seine Außentür doch abgeschlossen war und bewacht wurde.

Es gab keine andere Möglichkeit, zu ihm zu kommen. Ich musste es einfach riskieren.

Kaum hatte ich die Hand gehoben, um gegen seine Tür zu hämmern, als ich dahinter eine Stimme hörte – eine weibliche Stimme. Ich konnte nicht verstehen, was sie sagte, aber ich wusste, wem sie gehörte. Vera. In Damians Gemächern. Noch vor Sonnenaufgang.

Mir drehte sich der Magen um, und ich spürte Bitterkeit in

meiner Kehle, die mich beinahe würgen ließ. *Er ist nicht er selbst*, gemahnte ich mich. *Er steht unter ihrer Kontrolle.*

Aber plötzlich erfasste mich Eifersucht, heiß und überwältigend. Eifersucht und Angst.

Ich presste das Ohr an die Tür, strengte mich an, ihre Worte zu entziffern.

»Damian, sie ist hier. Sie will uns abholen, genau wie ich es vorausgesagt habe.«

»Wie sollen wir sie aufhalten?«, erwiderte er. Seine Stimme klang so vertraut, und doch waren seine Worte so falsch, schnürten mir die Kehle zu.

»Ich kümmere mich darum«, meinte Vera.

Ich drehte mich blitzschnell um, mein Puls raste.

Vielleicht hatte sie nicht die ganze Nacht mit ihm verbracht, wenn sie ihm berichtete, dass ich zu ihnen unterwegs war. Aber ob sie es getan hatte oder nicht, ihre Worte bewiesen mir, dass meine Ängste berechtigt waren: Sie hatte ihn gegen mich aufgehetzt.

Was sollte ich jetzt tun? Über mir drangen die grauen Schatten der Morgendämmerung durch das Oberlicht, verdrängten langsam die Sterne, und die Nachtschwärze wich der Morgenröte. Ich hatte noch einen Tag. Noch einen Tag, um Vera aufzuhalten – ohne sie zu verletzen – und zu Rafe zurückzukehren, um Jax zu retten.

Meine Möglichkeiten waren sehr beschränkt. Ich konnte entweder an die Tür klopfen und um Einlass bitten oder warten, bis sie herauskämen.

Und dann erinnerte ich mich an den Gang, den Damian neulich nachts benutzt hatte, um in mein Gemach zu gelangen. Er hatte mir erklärt, dass dieser direkt zu seinen inneren Gemächern führte. Wenn ich ihn finden könnte, hätte ich einen Zugang, ohne viel Aufhebens zu verursachen. Doch ich wusste immer noch nicht, was ich tun sollte. Ich wusste nur, dass ich unbedingt da hinein und versuchen musste, mit ihm zu reden. Außerdem musste ich vermeiden, dass mir Vera in die Augen sah und mich ebenfalls in ihren Bann zog.

Ich rannte zu dem Gang zurück, wo Eljin wartete, der immer noch die Fackel in der Hand hielt.

»Die Tür ist verschlossen«, flüsterte ich. »Und ich konnte sie hören, sie ist bei Damian und hat ihn gegen mich aufgehetzt.«

»Was willst du tun?«

»Es gibt noch einen Gang. Ich werde direkt in sein Gemach vordringen. Du solltest zu Lisbet zurückeilen und ihr bei der Flucht helfen. Geh zu deinem Vater und bitte ihn um Hilfe.«

»Ich komm mit dir.« Er trat vor, ging an mir vorbei und war in dem leeren Raum, noch bevor ich protestieren konnte.

Es gab Schlimmeres, als einen Zauberer an seiner Seite zu haben, wenn es zu einem Kampf kam. Aber damit riskierte er auch, unter Veras Kontrolle zu geraten. Wenn wir beide scheiterten, lastete alles auf Lisbet. Aber ich hatte keine Zeit, mit ihm zu diskutieren. Ich kannte Eljin gut genug, um zu wissen, dass ich ihn nicht würde umstimmen können.

Wir steuerten auf die Tür zum Flur zu, weg von Damians Gemächern, doch bevor wir sie erreichten, hob ich die Hand.

»Da werden Wachen sein«, flüsterte ich.

Er nickte und deutete mit Gesten einen Kampf an. Ich bekämpfte die Angst, die mir plötzlich die Luft abwürgte. Ich war nicht sicher, wie viele Kämpfe ich heute noch austragen konnte – vor allem gegen meine Kameraden von Damians Leibwache.

»Zu viel Lärm«, presste ich zwischen den Zähnen hervor und deutete auf mein Schwert.

Eljin deutete auf sich selbst und ich nickte. Er würde Magie einsetzen, um sie zu bändigen, und das hoffentlich in aller Stille. Das Letzte, was ich mir wünschte, war, dass irgendjemand auf unsere Anwesenheit aufmerksam wurde – vor allem Vera.

Er sah mich noch einmal an, dann entriegelte er die Tür und drehte den Knauf.

Deron und Mateo standen vor der Tür und wirkten erschöpft. Dann entdeckten sie uns, wie wir aus Damians Gemächern auftauchten. Deron riss eine Sekunde lang die Augen auf, kniff sie dann wieder zusammen, und Mateo nahm eine stramme Haltung ein.

Eljin zögerte, bevor er die Hände hob – vielleicht hoffte er genau wie ich, dass er nicht gegen unsere Freunde kämpfen müsste –, doch Deron hatte bereits sein Schwert erhoben und war bereit, ihn niederzustrecken. Es war mir zuwider, gegen meinen Hauptmann anzutreten, aber ich hatte keine Wahl. Ich machte einen Satz vorwärts, um Eljin zu verteidigen, doch bevor ich Derons beabsichtigten Hieb blockieren konnte, holte Eljin plötzlich aus und stieß Deron zurück, schleuderte ihn gegen die Wand, so wie er es einst mit mir getan hatte.

Aber Mateo konnte sich immer noch frei bewegen. Er stürzte sich auf mich. Da ich mich auf Deron konzentriert hatte, gelang es mir erst in letzter Sekunde, ihm auszuweichen. Dabei verdrehte ich den Rücken, spürte, wie meine Wunde wieder aufriss und Lisbets Arbeit zunichtegemacht wurde. Mateos Schwert durchschnitt die Luft genau dort, wo ich gerade noch gestanden hatte. Sie versuchten nicht einfach, mich aufzuhalten – sie kämpften, um mich zu töten.

Deron stürzte wieder vor und Eljin schleuderte ihn dank seiner Magie erneut gegen die Wand. Dieses Mal stieß Derons Kopf so hart dagegen, dass es einen lauten Knall gab. Er fiel bewusstlos zu Boden.

Zur selben Zeit wechselte Mateo die Taktik und hielt auf Eljin zu. Ich wagte es nicht, Eljin eine Warnung zuzurufen, da ich an die offene Tür hinter uns dachte. Ich musste genau das tun, was ich nicht tun wollte – ich musste eine andere Wache, einen Freund verletzen. Stillschweigend zielte ich mit dem Schwert auf seinen Arm, durchschnitt Haut und Knochen. Ich schnitt nicht tief genug, um seinen Knochen zu durchtrennen, aber es reichte. Mit einem Schmerzenslaut ließ Mateo das Schwert fallen.

Eljin wirbelte zu ihm herum und hob erneut die Hand. Mateos Schmerzensschrei verstummte plötzlich. Ich spähte in die Dunkelheit von Damians Gemächern, doch die Tür blieb verschlossen. Hinter mir vernahm ich ein gedämpftes Geräusch. Ich wandte mich um und sah, wie Mateo auf die Knie fiel und dann mit dem Gesicht auf dem Boden landete.

Ist er tot?, hauchte ich entsetzt, doch Eljin schüttelte verneinend den Kopf.

Ich blickte auf Mateo herunter und auf die Blutlache, die sich um seinen Arm gebildet hatte. Ich konnte ihn nicht einfach hier liegen lassen. Wenn er zu lange ohne Bewusstsein war, verlor er vielleicht zu viel Blut und wachte nie mehr auf.

Ich hatte Bandagen in meinem Gemach, lange Stoffstreifen, die noch aus der Zeit stammten, als ich jeden Tag meine Brüste hatte abbinden müssen. Ich machte auf dem Absatz kehrt und eilte in mein Gemach.

Als ich die Tür öffnete, blieb mir die Luft weg. Es war durchwühlt worden. Ich fragte mich, wonach um alles in der Welt Vera suchte – vorausgesetzt natürlich, dass sie es gewesen war. Immerhin war mein Verbandskorb noch da, auch wenn der Inhalt über den Boden verstreut war. Ich griff mir ein paar Verbände und eilte zu Eljin zurück, der immer noch über den beiden unbeweglichen Körpern am Boden thronte. Ich hatte keine Zeit, darüber nachzudenken, was wir getan hatten.

Ich kniete neben Mateo nieder und wickelte den Verband fest um seinen Arm, damit die Blutung aufhörte. Einen zweiten benutzte ich, um ihm die Hände auf den Rücken zu binden, einen dritten als Knebel. Als Eljin mir zusah, griff er sich die anderen Stoffstreifen und tat dasselbe mit Deron.

»Tut mir leid«, flüsterte ich. Dann erhob ich mich und wartete, bis Eljin meinen Hauptmann ebenfalls gefesselt hatte. Als er fertig war, packte Eljin Deron unter den Armen und zerrte ihn in Damians Vorraum, wo ihn niemand finden und Alarm schlagen würde. Schnell verfuhr ich mit Mateo genauso. Als sie beide in dem Raum untergebracht waren, schloss Eljin die Tür hinter ihnen und wandte sich mir zu.

Ich bedeutete ihm mit einer Geste, mir zu folgen, und wir eilten zu meinem Gemach. Als die Tür hinter mir ins Schloss fiel, lehnte ich mich dagegen. Mit jedem Herzschlag verspürte ich rasende Schmerzen im Rücken.

»Du blutest ja wieder«, flüsterte Eljin.

»Das lässt sich im Augenblick nicht ändern.« Ich löste mich von der Tür und zwang mich, aufrecht zu stehen. Wir hatten keine Zeit durchzuatmen, keine Zeit, uns zu wünschen, dass die Lage anders wäre.

»Hast du je von jemandem wie Vera gehört?«, fragte ich, aber Eljin schüttelte den Kopf.

»Sie ist keine echte Zauberin, denn sonst würde ich die Magie in ihrem Blut erspüren, und ich habe nichts davon bei ihr gespürt.«

»Woher kommt dann ihre Kraft? Wie können wir sie aufhalten?«

Erneut schüttelte Eljin den Kopf. »Ich wünschte, ich wüsste es.«

»Wenn wir da hineingehen, wird sie alles tun, um uns unter ihre Kontrolle zu bekommen. Lass nicht zu, dass sie dir in die Augen schaut.«

»Ich werde versuchen, sie zum Schweigen zu bringen, damit du mit Damian reden kannst. Ich hoffe, es gelingt dir, ihre Kontrolle unwirksam zu machen.« Mit grimmiger Miene blickte Eljin zu mir herunter, sah mir direkt in die Augen. »Aber was ist, wenn es dir nicht gelingt, zu ihm durchzudringen? Bist du bereit, sie zu töten? Vielleicht ist es die einzige Möglichkeit, sie aufzuhalten«, fuhr er fort, als ich zu protestieren versuchte.

»Wir dürfen es nicht«, sagte ich mit finsterem Gesicht. »Rafe hat Jax befohlen, Selbstmord zu begehen, wenn ich morgen nicht vor Tagesanbruch wieder zurück bin – *oder* wenn ich ihn oder Vera verletze oder töte«.

Eljin blickte mich weiterhin wortlos an. »Ich liebe ihn auch«, begann er schließlich, und mir wurde bang vor Angst vor dem, was er sagen würde. »Aber es ist ein Leben, Alexa, verglichen mit Hunderten, ja Tausenden von Menschen, die leiden und womöglich sterben werden, wenn Vera und Rafe Damian zu ihrer Marionette machen. Wenn es dir nicht gelingt, ihr ohne Gewalt Einhalt zu gebieten, haben wir vielleicht keine andere Wahl.«

»Nein«, sagte ich wild entschlossen. »Ich kann es schaffen. Es muss eine Möglichkeit geben. Ich werde nicht zulassen, dass er Jax das antut. Ich kann nicht…« Ich verstummte, als ich Jax' kleines verängstigtes Gesicht vor mir sah. Ich schluckte schwer, kämpfte gegen meine Gefühle an. Ich hatte keine Zeit, mit Eljin zu diskutieren.

Ohne ein weiteres Wort wandte ich mich ab und schlenderte zu der Wand, durch die Damian aufgetaucht war. Während ich nach dem Knauf suchte, der zu dem Gang führen würde, überlegte ich erneut, ob alles anders verlaufen wäre, wenn ich Damian nicht abgewiesen hätte… wenn ich mein Herz und nicht meinen Verstand hätte entscheiden lassen. Wäre das hier geschehen, wenn Vera bei ihrem Besuch festgestellt hätte, dass Damian verlobt war? Hatte Tanoori darauf angespielt, als sie sagte, ich solle aufhören, so stur zu sein? Meinte sie damit, ich solle Damian nicht weiterhin abweisen?

Ich verdrängte diese Gedanken, während ich die Wand abtastete und jeden Knauf, den ich fand, betätigte. Schließlich gab einer nach, die verborgene Tür sprang auf, und feuchte, muffige Luft wehte mir entgegen.

»Wenn es nicht anders geht, töte ich sie eigenhändig«, flüsterte Eljin hinter mir.

Ich wandte mich nicht um.

»Du weißt, dass ich das nicht zulassen kann und nicht zulassen werde.« Mit dieser in der Luft hängenden Drohung tauchte ich in die Dunkelheit ein, tastete mich mit einer Hand an der Wand entlang. Mit der anderen umklammerte ich mein Schwert, obwohl ich wusste, dass ich es nicht benutzen durfte – es sei denn, ich müsste Eljin bremsen. Innerlich flehte ich darum, dass er mich nicht zwingen würde, auch ihn zu verletzen.

Der Gang war kurz, da Damians Gemächer neben meinem lagen. Er bog scharf nach links ab, dann nach rechts und endete schnell in einer Sackgasse. Wenn meine Vermutung richtig war, befand ich mich in der Nähe eines seiner Fenster und würde unter den schweren Vorhängen in seinem Gemach herauskommen. Ich befühlte die Wand, bis ich den Auslöser fand. Dann holte ich tief Luft, sammelte Kraft für das, was mich erwartete, und betätigte ihn dann. Die Tür öffnete sich um circa drei Zentimeter, doch es war totenstill.

Ich wagte es nicht zu warten, denn vielleicht war die Tür ja doch nicht verborgen, und sie konnten beobachten, wie sich die Wand bewegte. In der Dunkelheit des Gangs konnte ich nichts erkennen. Als ich die Tür so weit öffnete, dass ich hindurchschlüpfen und mich hinter Damians schweren Samtvorhängen verbergen konnte, durchlief mich ein Adrenalinstoß, dann jähe Angst. Für den Augenblick waren wir unsichtbar.

Eljin war direkt hinter mir. Er stand so nah, dass ich seine Körperwärme spüren konnte. Ich verstärkte den Griff um mein Schwert. Ich durfte es nicht benutzen, aber Vera wusste das ja nicht. Manchmal kann eine Drohung Wunder wirken.

Mit meiner leeren Hand griff ich nach den Vorhängen und zog sie zur Seite. Dann preschte ich vor.

Aber als ich sah, dass Damian die Arme um Vera geschlungen hatte – sie trug lediglich ein seidenes Unterhemd und ihr mahagonirotes Haar fiel ihr über den Rücken –, seine Lippen auf ihren, blieb ich bestürzt stehen, sodass Eljin gegen mich prallte.

Anscheinend gab ich einen Schreckenslaut von mir, denn Damian riss die Augen auf und entdeckte mich.

Er löste sich von Vera und sie gab einen pathetischen wimmernden Laut von sich. »Was ist …«

»Alexa«, war alles, was er sagte, und sie drehte sich ruckartig zu mir um.

Zwanzig

»ALEXA«, WIEDERHOLTE VERA. Ihre Stimme war so honigsüß, wie ich sie in Erinnerung hatte. Aber jetzt wusste ich, dass der Honig ein Gift enthielt, das giftiger war als das aller Raubtiere von Antion. Ich wich ihrem Blick aus. »Wie freundlich von dir, dich hier zu zeigen.«

Eljin stellte sich neben mich und Vera kicherte. Sie *kicherte* tatsächlich und verursachte mir damit Übelkeit.

»Oh, wie reizend. Du hast mir ja sogar den ortsansässigen Zauberer mitgebracht. Ihr seid ganz schön raffiniert… habt euch so gut versteckt, dass ich euch nicht finden konnte.« Sie hob eine Augenbraue und drohte Eljin mit dem Finger.

Ich starrte Damian an, beschwor ihn mit meinem Blick, flehte ihn an, zu mir zurückzukommen. Aber er sah mich unbewegt an. Seine Miene verriet nichts von seinen einstigen Gefühlen, auch nicht seine Körperhaltung. Er hatte immer noch den Arm um Vera gelegt, die neben ihm stand, als seien sie jetzt ein Paar. Plötzlich erinnerte ich mich an meinen Albtraum, in dem die beiden über mir thronten und beobachteten, wie ich immer weiter fiel, während sie die gesamte Welt um uns herum auseinandernahmen.

Eljin hob die Hände, und ich spürte die Macht der Magie, wie es immer der Fall war, wenn ich mich in der Nähe eines Zauberers befand, der seinen Zauber einsetzte, aber Vera stand einfach da und lachte.

»Ihr könnt versuchen, was Ihr wollt, Zauberer, aber Eure Macht richtet nichts gegen mich aus. Ich bin unempfänglich für Eure Tricks.«

Ich wandte mich um und blickte Eljin voller Entsetzen an. »Sagt sie die Wahrheit?«

Ich sah, wie seine Hände zu zittern begannen, doch Vera hörte nicht auf zu lachen, war völlig ungerührt.

Schließlich ließ Eljin mit weit aufgerissenen Augen die Hände fallen. »Was *seid* Ihr?«

Vera lachte erneut glockenhell und doch lief es mir kalt den Rücken hinunter. »Das würdet Ihr wohl gern wissen. Wenn Ihr es herausfinden wollt, müsst Ihr meinem König einen Besuch abstatten. Aber ich glaube nicht, dass Ihr dazu kommen werdet.«

Mit einem frustrierten Schrei zog Eljin das Schwert aus der Scheide. »Vielleicht seid Ihr unempfänglich für Zauberei, aber niemand ist immun gegen Stahl«, brüllte er und nahm Vera ins Visier.

»Eljin, nein!«, schrie ich und stürmte vor, aber es war zu spät, er war ihr zu nah. Als er das Schwert hob, um es auf ihren Kopf heruntersausen zu lassen, blickte sie ihn an und sagte lächelnd: »Schluss jetzt, sofort.«

Eljin erstarrte, hielt das Schwert immer noch über ihrem Kopf.

»Ihr wollt mir nicht wehtun.« Vera lächelte ihn an. »Der Plan bestand darin, Alexa am Leben zu lassen, aber jetzt, nachdem Damian so … *liebenswürdig* geworden ist, glaube ich nicht, dass wir sie noch brauchen.« Ihre honigsüße Stimme klang plötzlich eiskalt. »Tötet sie! Tötet Alexa. *Jetzt.*«

Eine Eisenklammer legte sich um mein Herz, als er sich zu mir umdrehte, sein Blick leer über der Maske. Ich hatte ihn *gewarnt,* ihr nicht in die Augen zu sehen. In seiner Wut hatte er es wohl vergessen.

»Damian, hilf mir! Lass sie das nicht tun«, rief ich, als Eljin nach mir ausholte.

Ich sprang zurück, versuchte, ihm auszuweichen, und hob das Schwert, um ihn abzuwehren, als er erneut mit schnellen, tödlichen Bewegungen ausholte. Meine Klinge prallte gegen den magischen Schild. Wochenlang hatte ich in Blevon geübt, damit umzugehen, musste aber zurückweichen, um nicht in der Mitte entzweigespalten zu werden. Ich war dermaßen entsetzt, dass er gegen mich kämpfte, dass Vera meinen einzigen Verbündeten unter Kontrolle hatte, dass ich es kaum über mich brachte, zurückzuschlagen. Ich konzentrierte mich darauf, ihn abzuwehren, und wich einem weiteren Schwerthieb aus. »Eljin, hör auf! Du willst das nicht tun. *Sie* ist deine Feindin, nicht ich.«

Doch statt zu antworten, hob er den Arm und wandte seine Magie an mir an. Als mein Körper begann, unter Sauerstoffmangel zu leiden, erkannte ich endlich, dass er keinerlei Gnade mit mir haben würde. Er hatte den Befehl erhalten, mich zu töten, und er war entschlossen, genau das zu tun. Ich warf einen Blick auf Damian. Er starrte mich an, wirkte verwirrt.

Er würde mir nicht zu Hilfe eilen, sondern beobachten, wie ich starb.

Mir blieb nichts anderes übrig, als Eljin zu bremsen. Ich kämpfte gegen das Schwindelgefühl an, hob das Schwert und griff ihn an. Ich wollte nicht sterben. Wenn ich Damian nicht retten konnte, musste ich zumindest rechtzeitig bei Jax sein. Ich musste das Feuer in meiner Lunge ignorieren, als ich mit dem Schwert auf seinen erhobenen Arm zielte. Er sprang zurück, um meinem Hieb zu entgehen, aber dabei verlor er die Kontrolle über seine Magie, und der unsichtbare Griff in meinem Nacken löste sich.

Diese Befreiung war köstlich, aber auch quälend; Sauerstoff floss in meinen Körper zurück. Ohne Luft zu holen, griff ich erneut an, so hart und wild, wie ich es bei einem Übungskampf im Schloss seines Vaters in Blevon getan hatte. Ich wusste, wie ich seine Verteidigung durchbrechen konnte, denn ich hatte es viele Male zuvor getan. Er war gut, aber ich war besser im Schwertkampf. In der Vergangenheit hatte ihm seine Zauberei einen Vorsprung verschafft, doch er hatte mir beigebracht, wie ich ihn dennoch schlagen konnte.

Doch nie zuvor hatte ich die Absicht gehabt, ihm wehzutun. Meistens hatten wir sowieso Holzschwerter benutzt, aber dieses Mal war der Kampf unerbittlich. Der Klang unserer Schwerter, die gegeneinanderklirrten, hallte durch Damians Gemächer. Reglos stand er neben Vera und sah uns beim Kampf zu.

Ich teilte Hiebe aus, drehte mich und griff Eljin an. Dann ging ich so schnell wie möglich wieder in Deckung, denn ich wollte ihm keine Gelegenheit geben, seine Zauberei einzusetzen und mich wieder gegen die Wand zu schleudern, sodass ich das Bewusstsein verlor. Ich musste die Wunde auf meinem Rücken, die immer mehr schmerzte, ignorieren. Blut tröpfelte heiß und klebrig meinen Rücken entlang und besudelte meine Tunika. Eljin setzte ständig seinen Schild ein, um meine Stöße abzuwehren, aber ich beherrschte die Kampfkunst, musste mich einfach nur konzentrieren.

Ich kam ganz nah an ihn heran, aber er war mir immer um den Bruchteil einer Sekunde voraus. Es war schon zu lange her, seit ich einen Übungskampf gegen ihn ausgefochten hatte, und ich war eingerostet. Wenn ich ihn nicht bald besiegte, würde er mich besiegen und hätte somit ihren Befehl erfolgreich ausgeführt. Ich wurde müde – aus Schlafmangel und wegen der ewigen Kämpfe, der Schmerzen und des Blutverlusts. Das war's dann. Wenn ich ihn nicht sofort besiegte, würde ich nicht mehr die Kraft aufbringen weiterzumachen, und er *würde* mich töten.

Und ich würde alle im Stich lassen.

Ich bündelte Angst und Wut und sammelte noch einmal all meine Kräfte. Mit einem Schrei der Verzweiflung drehte ich mich und griff an. Ich tat so, als zielte ich nach rechts, und holte dann blitzschnell nach links aus. *Endlich* schaffte er es nicht mehr, seinen Schild schnell genug hochzuhalten. Meine Klinge zielte auf seinen Körper. Im letzten Augenblick prüfte ich die Richtung, sodass ich ihm die Klinge in die Seite rammte und nicht in die Lunge.

Schockiert blickte er mich an. Als sein Schwert zu Boden fiel, verschwand die Leere in seinem Blick. Dann brach er zusammen.

»Tut mir leid«, flüsterte ich über ihm. Mein Körper zitterte und meine Stimme war bewegt vor Tränen. »Es tut mir so leid.«

Er hob eine zitternde Hand und befühlte die Wunde an seiner Seite. Voller Entsetzen blickte er dann auf seine blutigen Finger. »Du … du …« Er hob wieder den Blick. »Ich werde sterben.«

»Nein. Du wirst *nicht* sterben.«

»Sieht aber so aus, als sei dies der Fall«, bemerkte Vera und klang amüsiert. »Nicht unbedingt das Ergebnis, das ich erhofft hatte, aber ich nehme es in Kauf, für den Augenblick.«

Ich wandte den Blick von meinem Freund und widmete mich ihr. Im letzten Augenblick dachte ich noch daran, dass ich ihr nicht in die Augen schauen durfte. Ich wollte sie angreifen, sie auf der Stelle töten. Rasende Wut erfasste mich. Ich konnte ihr nichts antun, denn sonst würde Jax sterben – das wusste ich genau. Aber in diesem Augenblick spielte es keine Rolle mehr. Eljins Worte kamen mir wieder in den Sinn: Auch wenn er Jax noch so sehr liebte, hatten wir vielleicht keine Chance, wenn wir Damian und Antion retten wollten.

Vielleicht hatte Eljin recht gehabt. Und vielleicht musste *er* jetzt sterben, weil ich ihn nicht ernst genug genommen hatte. Sie hatte so vielen Menschen Leid angetan – und wenn ich ihr nicht Einhalt gebot, würde sie damit weitermachen. Sie hatte unsere eigenen Leute gegen mich aufgehetzt; ich hatte einen töten und andere verletzen müssen, um hierher zu gelangen. Sie war schuld daran, dass ich gegen Mateo und Deron hatte kämpfen, ihnen Wunden hatte zufügen müssen – und jetzt auch Eljin. Sie hatte mir Damian genommen, hatte ihm Antion genommen.

Vera *musste* sterben.

Jax, es tut mir so leid, dachte ich, als ich das Schwert hob, es mit beiden Händen umfasste und auf sie zuhielt. Ich nahm ihr Herz ins Visier – die Stelle, an der ich ihr das Schwert hineinrammen würde – und mied ihren tödlichen Blick. Ich schwang das Schwert nach hinten und wirbelte es herum, als ich die letzten Stufen nahm …

Doch plötzlich zielte mein Schwert auf Damian statt auf Vera. Mit einem Wutschrei zwang ich mich innezuhalten, um zu verhindern, dass er meiner Klinge zum Opfer fiel.

»Warum?«, rief ich, wich zurück und sah ihn blind vor Tränen an. Er hatte sich vor mein Schwert gestürzt – bereit zu *sterben* –, um *sie* zu beschützen. »Wie kannst du mich so leicht vergessen? Mich kümmert nicht, wie mächtig sie ist – was zwischen uns war, ist stärker als das, oder?«

Ich sah ihn an und biss auf die Zähne, damit mir die Tränen nicht über die Wangen rollten. Ich wollte nicht schwach erscheinen, nicht zulassen, dass Vera sah, wie tief verletzt ich war. Ein seltsamer Ausdruck überzog sein Gesicht und er musterte mich nachdenklich. Dann wanderte sein Blick zu Eljin, der sich mit zitternden Händen die Seite hielt.

»Damian, das bist nicht du. Eljin ist dein Freund. Und ich … ich bin … ich war …« Mir versagte die Stimme, und ich schluckte schwer und versuchte, mich wieder unter Kontrolle zu bekommen. »Du willst nicht, dass sie mich tötet«, sagte ich schließlich. »Irgendwo in deinem Herzen erinnerst du dich bestimmt daran.«

»Versuchst du denn nicht, uns zu schaden?« Die Unsicherheit in seiner Stimme erfüllte mich plötzlich mit Hoffnung. Vielleicht war doch noch ein Teil von ihm der alte Damian. Der starke, unbeugsame Mann, den ich kannte und liebte, konnte nicht völlig verschwunden sein. Unsere einzige Hoffnung bestand darin, dass ich den wahren Damian erreichen konnte.

»Damian.« Veras Stimme klang scharf. Sie griff nach seinem Arm, drehte ihn zu sich herum und blickte ihm in die Augen. »Du liebst *mich*. Du weißt, dass es so ist, kannst es fühlen, nicht wahr?«

»Schau ihr nicht in die Augen«, brüllte ich, aber es war zu spät.

»Ich liebe dich«, wiederholte er.

»Ja, du liebst mich«, säuselte Vera voller Triumph. »Damian, diese Wache ist eine Rebellin. Sie versucht, dein Königreich zu stürzen. Sie hat gerade versucht, mich zu töten. Diesen Verrat kannst du ihr nicht durchgehen lassen.«

»Nein, das kann ich nicht«, erwiderte er. »Wir werden sie morgen vor Gericht stellen und das Urteil über sie sprechen.«

Die Erschöpfung und Bestürzung waren zu viel. Mein Arm, der das Schwert hielt, zitterte. Und dann hob Damian die Hand. Plötzlich war mein Arm wie gelähmt, und ich konnte mich, festgehalten durch seine Magie, nicht mehr bewegen.

»Bitte«, flehte ich mit kaum hörbarer Stimme und kämpfte gegen unsichtbare Fesseln, »erinnere dich an mich. Erinnere dich an uns. Du willst das gar nicht tun.«

»Es bleibt keine Zeit für eine Verhandlung. Sie wird eine Möglichkeit finden zu entfliehen, dann zurückkommen und das beenden, was sie begonnen hat. Du weißt, wie tödlich sie ist. *Du* musst sie töten. Jetzt.«

Vera blickte mich mit triumphierendem Grinsen an.

»Damian, hör nicht auf sie«, bettelte ich verzweifelt, als Eljin zusammenbrach und in dem Bemühen, nicht in Ohnmacht zu fallen, die Augen verdrehte. »Du liebst mich, nicht sie. Damian, *bitte.*« Ich musste Eljin sofort zu Lisbet bringen, sonst würde er sterben.

Damians schöne blaue Augen versenkten sich in meine, und er verzog das Gesicht, als habe er Kopfweh. Seine Hand zitterte, und ich spürte, dass der Bann gebrochen wurde und ich mich wieder frei bewegen konnte. »Ich … ich liebe …«

»Nein. Du liebst mich. Schau mich an«, befahl Vera. »Du liebst *mich.*«

»Damian, kämpf dagegen an – kämpf gegen ihre Kontrolle. Du weißt es doch, oder? In deinem Herzen weißt du, dass du *mich* liebst.« Ich trat wieder auf sie zu und brüllte jetzt, um Vera zu übertönen. Sie griff nach seinem Gesicht und drehte es zu sich, erklärte ihm erneut, dass er sie liebte und ich sterben müsse.

Damian zog sich von Vera zurück, schüttelte den Kopf. Wehrte er sich gegen sie – versuchte er herauszufinden, was wahr und was fiktiv war? Das war der einzige Grund, den ich mir vorstellen konnte, warum er ihren Befehl, mich zu töten, nicht befolgt hatte.

»Damian, sie ist eine Bedrohung. Töte sie *jetzt*!«

»Aber, ich … ich liebe …«

»Ich hätte wissen müssen, dass er seine widerliche, narbenentstellte Wache liebt«, zischte Vera. Als sie zu mir herumwirbelte, klang ihre Stimme nicht mehr so honigsüß. »Du glaubst, du kannst mich aufhalten? Du glaubst, deine *Liebe* sei stark genug, meine Macht zu überwinden?«

Sie schnaubte mich an. Ihre Schönheit, auf die ich so neidisch gewesen war, schien plötzlich wie weggewischt zu sein und enthüllte ihr wahres Gesicht unter der verführerischen Larve. »Wenn du erst tot bist, wird er dich in weniger als einem Tag vergessen haben, denn *ich* werde seine ganze Welt ausmachen.«

Ich wagte es nicht, sie weiterhin zu beobachten, und behielt stattdessen Damian im Auge, wollte ihn dazu bringen zu kämpfen. Sich zu erinnern.

Plötzlich trat Vera zwischen uns, zog sein Gesicht zu sich herab und küsste ihn leidenschaftlich. Zuerst reagierte er nicht, doch dann erwiderte er ihren Kuss.

»Damian, *bitte*.«

Er antwortete nicht, sondern hörte nicht auf, sie zu küssen, bis sich Vera schließlich von ihm löste, den Kopf immer noch zu ihm hochgereckt. Er blickte zu ihr herunter, direkt in ihre Augen.

»Schau ihr nicht in die Augen!« Ich hob das Schwert, doch bevor ich vorpreschen konnte, brüllte ihm Vera zu.

»Hol deinen Dolch vom Schreibtisch und *töte sie*! Stoß ihn ihr ins Herz und bring das hier zu Ende! Töte sie und du bekommst deinen Bruder zurück!«

Damian machte sofort auf dem Absatz kehrt und begab sich zu seinem Schreibtisch, als wäre er ein Soldat, der den Befehl seines Generals ausführte.

»Sie wird dich nicht aufhalten; sie bringt es nicht übers Herz, dir wehzutun.«

Als er nach einem langen Dolch griff, der auf seinem Schreibtisch lag, und sich mir zuwandte, verstärkte ich den Griff um mein Schwert.

»Damian, du willst das nicht tun. Wenn du mich tötest, wird

Jax ebenfalls sterben. Ich habe etwas ausgehandelt …« Als er mit kalter Miene auf mich zukam, versagte mir die Stimme. Ich zitterte von Kopf bis Fuß, Tränen brannten mir in den Augen. »Ich habe ein Abkommen getroffen, um ihn zu retten.« Ich konnte die Tränen nicht unterdrücken, sie liefen mir über die Wangen, aber es kümmerte mich nicht mehr.

»Du hast mit meinem Bruder ein Abkommen getroffen?« Vera lachte, und der Klang brannte sich in mein Gehirn ein, als Damian näher kam und den Dolch umfasste. Er war bereit, mich zu erdolchen.

Ich starrte in sein Gesicht, in seine Augen. Diese Augen hatten einst vor Liebe zu mir geleuchtet, aber jetzt zeigten sie nur noch tödliche Entschlossenheit. Ich ließ das Schwert fallen. Klirrend landete es auf dem Steinboden. Vera hatte recht; ich konnte ihm nicht wehtun. Falls er ihre Befehle befolgte, würde ich es nicht übers Herz bringen, gegen ihn zu kämpfen, ihn zu verletzen. Ich war bereit, fast alles zu tun, um ihr und ihrem Bruder Einhalt zu gebieten und Antion zu retten. Aber Damian etwas anzutun, dazu war ich nicht bereit.

Er blieb direkt vor mir stehen. Er war so nah, dass ich fast seine Körperwärme fühlen konnte. Mein gesamter Körper zitterte. Ich wollte, dass sein Gesicht das Letzte war, was ich vor meinem Tod sah. Auch wenn sein Herz mir nicht mehr gehörte und sein Blick ohne Liebe für mich war, waren es immer noch seine schönen Augen.

Damian war immer noch der Mann, den *ich* liebte.

Als er langsam den Dolch über den Kopf hob, verhielt ich mich völlig reglos.

»Damian«, flüsterte ich, denn ich wollte, dass er die Wahrheit erfuhr, bevor ich mein Leben aushauchte. Ich hatte ihn zu lange belogen.

Er hielt inne, hielt den Dolch immer noch in der Luft.

»Damian«, wiederholte ich, als sein Arm zu zittern begann und der Dolch langsam sank. »Du liebst diese Frau nicht. Du liebst *mich*.«

»Hör nicht auf sie! Sie versucht, dich zu überlisten. *Töte sie*!«, gellte Vera, dass mir die Ohren wehtaten, aber ich wollte nicht schweigen. Meine einzigen Waffen waren meine Worte – meine Liebe.

»Damian, du liebst mich. Ich weiß es. Sie kann dir das nicht nehmen – uns nehmen –, wenn du sie nicht lässt.«

Verwirrung und Schmerz überzogen sein Gesicht, aber Vera brüllte: »*Töte sie*! Jetzt, Damian. Tu es *jetzt*!«

Seine Miene verhärtete sich und er hob den Dolch noch höher und verstärkte den Griff. Vera würde gewinnen.

»Ich liebe dich!«, übertönte ich Veras Gebrüll. »Ich liebe dich, Damian. Ich habe dich immer geliebt und werde es immer tun.«

Damian atmete tief ein und taumelte einen Schritt zurück, als hätte ich ihm mit meiner Erklärung einen körperlichen Schlag versetzt.

»*Nein*«, kreischte Vera. »Töte sie jetzt!«

Damian kniff die Augen zusammen. Mein gesamter Körper verkrampfte sich in Erwartung des Todes. Er schwang den Dolch nach hinten, doch als die Klinge auf mein Herz zielte, wirbelte er plötzlich herum und schleuderte den Dolch zielsicher direkt in Veras Herz.

Als sie die Augen aufriss, blickte ich sie voller Entsetzen

an. Purpurrotes Blut bedeckte das Heft der Klinge, verbreitete sich schnell und tränkte die Vorderseite ihres seidenen Unterhemds. Sie öffnete den Mund und schloss ihn lautlos wieder, versuchte, den Dolch zu berühren. Während wir sie beobachteten, wich die Farbe aus ihren Wangen, und ihr Arm fiel herunter. Mit einem erstickten Laut fiel sie auf die Knie. Als sie auf den Boden sank, sprudelte Blut aus ihrem Mund. Sie hielt die Augen starr geöffnet, doch ihr Blick war leer.

Sie war tot.

Mein Entsetzen wich Panik und ich zitterte am ganzen Leib. Damian wandte sich mir zu. Als sich unsere Blicke trafen, wäre ich fast zusammengebrochen vor Erleichterung. Es waren seine Augen, wie ich sie kannte. Ihr Tod hatte den Bann von ihm genommen.

Und dann waren seine Arme um mich, hielten mich, betteten mich in die Kraft und den Trost seines Körpers.

»Alexa«, stieß er hervor und vergrub das Gesicht in meinem Haar. »Alexa, was habe ich nur getan? Was hätte ich fast getan?« Er zitterte, während er mich in den Armen hielt. Er zog mich enger an sich und ich schrie vor Schmerz auf. Sofort ließ er mich los und trat einen Schritt zurück. Als er das Blut auf den Ärmeln seiner Tunika bemerkte, blickte er mich eindringlich an. »Du bist verletzt. Was ist passiert? Wir müssen …«

»Damian«, fiel ich ihm ins Wort und ließ den Blick zu Eljin wandern, der reglos auf dem Boden lag. »Eljin braucht dringend Lisbets Hilfe.«

»Eljin«, wiederholte Damian, und Entsetzen zeichnete sich in seinem Gesicht ab, als er sich zu seinem Freund umdrehte.

Er eilte auf ihn zu und ich folgte ihm. Über seiner Maske

war Eljins Gesicht totenbleich. Ich ließ mich neben ihm auf die Knie fallen und zog ihm ungeachtet der Narben, die er zu verbergen suchte, die Maske vom Gesicht. Er brauchte unbedingt Luft zum Atmen, musste nicht die Spuren eines Kriegs verbergen, dem wir unter Einsatz all unserer Kräfte ein Ende bereitet hatten.

»Ist er …?«

»Er lebt«, sagte ich und drückte die Finger gegen seinen Hals. Ich spürte einen leichten Pulsschlag. »Aber nicht mehr lange, wenn er keine Hilfe erhält.«

»Wo ist Lisbet?«

»Sie versteckt sich in demselben Gemach wie vorher.«

Ich blickte zu ihm hoch, und das Herz tat mir weh, als ich den Schmerz in seinen Augen sah. »Geh … beeil dich!«

Nachdem er mir einen letzten Blick zugeworfen hatte, der seine Schuldgefühle verriet, wandte er sich um und eilte zur Tür. Ich widmete mich wieder Eljin.

»Du darfst nicht sterben – hörst du mich? Ich wollte dich nicht verletzen.«

Ich drückte die Hand gegen die Wunde, die ich ihm zugefügt hatte, und versuchte, die Blutung zu stoppen. »Ich darf dich nicht sterben lassen.«

Vera lag nicht weit von ihm entfernt, aber ich verwandte keinen Blick auf sie, denn damit würde ich eingestehen, dass sie tot war. Und Damian wusste noch nicht, dass Eljin nicht der Letzte wäre, der heute starb, wenn wir ihn verloren.

Auch Jax würde sterben.

Einundzwanzig

Als ich hörte, dass die Tür wieder geöffnet wurde, wusste ich, dass Damian noch nicht zurück sein konnte. Nervös blickte ich über die Schulter, denn ich wusste nicht, wen oder was ich zu erwarten hatte.

Mein Hauptmann marschierte herein, rieb sich die Handgelenke. Mateo folgte ihm, etwas blass und den Arm immer noch mit dem Verband versehen, mit dem ich seine Wunde versorgt hatte – aber er war am Leben.

»Alexa«, sagte Deron, und ich verkrampfte mich, denn ich wusste nicht, ob er noch unter Veras Bann stand, auch wenn sie tot war. »Was ist geschehen?«

Als er so nah war, dass ich sehen konnte, wie klar sein Blick war, atmete ich erleichtert auf, auch wenn er verwirrt und beunruhigt wirkte.

Er starrte zuerst auf Veras Leiche, dann auf Eljin neben mir.

»Ich brauche noch mehr Verbandszeug – etwas, womit ich diese Blutung stoppen kann, bis Lisbet hier ist«, sagte ich. »Kannst du etwas besorgen, was ich dafür verwenden könnte?«

Deron nickte und wandte sich der Kommode zu, in der

Damian seine Kleider aufbewahrte. Mateo kniete neben mir nieder.

»Wie kann ich helfen?«, fragte er und blickte betroffen auf Eljin.

»Ich weiß nicht.« Dabei drückte ich weiterhin die Hände so fest wie möglich auf die Wunde, aber immer noch strömte das Blut zwischen meinen Fingern hindurch und rann mir über die Haut. Direkt vor unseren Augen schien Eljin sein Leben auszuhauchen. »Ich wollte ihm nicht wehtun … keinem von euch.«

Mateo legte seine Hand auf meine und verstärkte noch den Druck auf die Wunde. Ich musterte ihn und stellte erstaunt fest, dass sein Blick nicht nur Kummer ausdrückte, sondern auch Mitgefühl. »Ich weiß, dass du es nicht wolltest. Du hast es getan, um uns alle zu retten. Auch wenn es bedeutete, dass du gegen deine Freunde kämpfen musstest, um Vera aufzuhalten.«

Ich schüttelte den Kopf, war unfähig zu reden, hatte Angst, ich würde zu schluchzen anfangen, wenn ich es täte. Ich musste den Blick von ihm wenden und mich wieder Eljin zuwenden, der reglos unter unseren vereinten Händen lag. Warum nur kam es immer so weit? Warum musste ich Freunden wehtun – jene opfern, die ich liebte –, um das Böse zu bekämpfen, das uns umzingelte?

»Da«, bot Deron an und kniete sich auf die andere Seite von Eljin. »Kannst du die verwenden?« Er reichte mir ein paar von Damians Hemden und ich nickte.

»Schieb eines unter unsere Hände und reiß einen langen Streifen von dem anderen ab, damit wir es drumherum binden können.«

Deron tat, wie ich geheißen. In dem kurzen Augenblick, in

dem wir unsere Hände hoben, um das Hemd darunterzuschieben, ergoss sich erneut ein Blutschwall aus Eljins Körper. Ich konnte mir nicht vorstellen, dass er überhaupt noch so viel Blut hatte. Der riesigen Menge nach zu schließen, die uns umgab, über meine Hände rann, meine Hose und Stiefel durchweichte, würde er jeden Augenblick sein Leben aushauchen.

Wir waren gerade damit beschäftigt, den Streifen Stoff so fest wie möglich um ihn zu binden, als ich hinter mir Lisbets Schrei hörte.

»Eljin!«

Sie eilte auf uns zu und ging, ungeachtet des Bluts, neben mir in die Knie. »Mach mir Platz«, sagte sie mit eindringlicher Stimme.

Ich entsprach ihrem Wunsch, erhob mich und trat zurück. Mateo tat es mir nach und stellte sich neben mich. Ich war voller Blut – von Eljins Blut auf der Brust und meinem eigenen auf meinem Rücken. Ich spürte, wie es nach wie vor aus meiner Wunde sickerte.

Ich brachte es nicht über mich, Lisbet zu fragen, ob noch Hoffnung bestand. Deron kniete immer noch in Eljins Nähe, sah zu, wie Lisbet ihre Hände über ihn gleiten ließ. Ihr gesamter Körper zitterte von der Zauberkraft, mit der sie ihn zu heilen versuchte. Sie flüsterte auf Blevonesisch.

»Alexa.« Eine Stimme hinter uns ließ mich zusammenfahren. Diese Stimme hätte ich überall erkannt, doch ich hatte nicht zu hoffen gewagt, dass sie meinen Namen je wieder so aussprechen würde. Ich wandte mich um. Damian stand da, den Blick auf mich geheftet, endlich frei von Veras Bann, aber erfüllt von unendlicher Traurigkeit, die mir ins Herz schnitt.

Zögernd kam er auf mich zu. Einen Schritt. Und noch einen. Ich schluckte schwer. Ich war so müde, so niedergeschlagen. Der Tod färbte auf meine Haut, mein Herz und meine Seele ab. Er kam immer näher, aber so langsam, als habe er Angst, mich zu erschrecken.

Als er nah genug war, um mich zu berühren, streckte er die Hand nach mir aus, aber ich zuckte zusammen, und er erstarrte.

»Ich bin voller Blut«, flüsterte ich, die Stimme belegt von nicht vergossenen Tränen und Schuldgefühlen.

»Hast du wirklich gemeint, was du gesagt hast?«, fragte er eindringlich und sah mir fest in die Augen. Sein Blick riss alle Schranken nieder, die ich um mein Herz errichtet hatte, um es vor ihm zu schützen.

»Ja.«

Da legte er die Arme um mich und zog mich sanft an sich, nahm aber Rücksicht auf die Wunde auf meinem Rücken.

»Aber das Blut«, protestierte ich schwach.

»Das Blut macht mir nichts aus.« Er trat ein wenig zurück, fuhr mir durchs Haar, umfasste mein Gesicht ungeachtet meiner Narben und blickte mir in die Augen. »Alles, was mich interessiert, bist *du*.«

Seine Hände zitterten leicht und ein Muskel in seiner Wange zuckte. »Ich kann den Gedanken an das, was fast geschehen wäre, kaum ertragen … was sie aus mir gemacht hat …« Er verstummte. Seine Stimme verriet Selbstverachtung und schließlich löste er seinen Blick von mir.

»Aber du hast es nicht getan.« Als er immer noch meinem Blick auswich, wiederholte ich: »Damian, du hast es nicht getan. Du hast dich gewehrt und irgendwie hast du ihre Kontrolle außer Kraft gesetzt. Ich weiß nicht, wie, aber du hast es getan.«

Er öffnete den Mund, um zu antworten, aber Deron sagte plötzlich: »Herr, Ihr solltet besser herkommen.«

Damian ließ die Hände sinken und schaute an mir vorbei auf Deron. »Was ist los?«

Ich wandte mich um und entdeckte, wie Deron Eljin mit großen Augen anstarrte. Als ich auf meinen Freund hinuntersah, musste ich einen Schluchzer der Erleichterung unterdrücken. Lisbet war über ihn gebeugt und zitterte am ganzen Körper, aber die notdürftigen Bandagen, die wir um ihn geschlungen hatten, waren verschwunden und enthüllten, dass seine Wunde nicht mehr blutete.

»Wird er am Leben bleiben?«, stellte Damian endlich die Frage, die ich aus Angst nicht auszusprechen gewagt hatte.

Lisbet antwortete nicht sofort, sondern behandelte ihn weiter. Wir beobachteten, wie sich die Haut langsam zusammenschob, sodass sich die Wunde um die Hälfte verkleinerte und das rote Narbengewebe am Rand anfing, Form anzunehmen. Schließlich hielt sie inne, ließ sich vorwärts auf die Hände fallen, sodass sie auf dem blutgetränkten Boden auf allen vieren neben ihm lag. Als sie den Kopf drehte, um Damian anzuschauen, waren ihre Augen blutunterlaufen und voller Tränen.

»Er wird leben«, sagte sie.

Die Erleichterung, die mich erfasste, war so stark, dass meine Beine schwach wurden und ich einen Schritt nach vorn stolperte. Damian griff nach meinem Arm, hielt mich fest. Eindringlich blickte er mich an. »Du bist erschöpft – und verwundet. Wir müssen dich in dein Gemach bringen. Kann sich hier jemand um Alexas Wunde kümmern?«

»Eljin muss in mein Gemach gebracht werden, damit ich ihn weiter behandeln kann. Danach kann ich Alexa helfen.« Lisbet hievte sich auf die Knie hoch.

»Wir können ihn dorthin bringen«, bot Deron an und deutete auf Mateo.

»Aber er ist ebenfalls verwundet«, wandte ich ein.

»Ist nicht so schlimm.« Mateo zuckte die Achseln und ballte die Hand zur Faust, als wollte er beweisen, dass es ihm gut gehe. Doch er verzog schmerzhaft das Gesicht.

»Er ist nicht …«

»Wenn er sagt, es sei nicht so schlimm, ist es nicht so schlimm«, fiel mir Deron ins Wort. Er und Mateo beugten sich hinunter und hoben Eljin hoch, wobei Deron das Hauptgewicht übernahm. Lisbets Knie zitterten, als sie ihnen langsam vorausging. Plötzlich waren Damian und ich allein, mit einer riesigen Blutlache zu unseren Füßen und Veras Leiche daneben.

»Wo sind die restlichen Wachen?«, erkundigte er sich.

»Ich weiß nicht«, erwiderte ich. »Ich hatte keine Gelegenheit, es herauszufinden. Ich bin schnurstracks hierhergekommen, um zu versuchen, Vera zu bremsen – und dich zu retten.« Nach einer kurzen Pause fügte ich hinzu: »Nun, nachdem ich Lisbet und Eljin aufgesucht hatte, damit sie mir helfen, den Geheimgang zu finden. Vera hatte nämlich den gesamten Palast nach mir durchsuchen lassen, um mich zu töten oder ins Verlies zu werfen.«

Damian blickte voller Ekel auf ihre Leiche. »Ich kann einfach nicht glauben, dass ich sie …« Er unterbrach sich und schüttelte den Kopf.

»Du darfst dir nicht die Schuld geben. Ihre Macht ist … nun, niemand kann sie aufhalten, wenn sie erst mal die Menschen unter ihrer Kontrolle haben.« Ich erschauderte, denn ich erinnerte mich an Feltons Schmerzensschreie am Abend zuvor. Und mit einem beklommenen Gefühl erinnerte ich mich auch an Jax, der ängstlich am Boden kauerte.

»Was meinst du mit ›ihrer Macht‹«?, wollte Damian wissen, als ich sagte: »Ich muss dir etwas erzählen.«

Er wandte sich ganz zu mir um, Besorgnis in seinem hinreißend attraktiven Gesicht. Er wusste jetzt, was ich empfand – er kannte die Wahrheit. Hatte diese ihn aus Veras Bann befreit? Oder hatte er es aus eigener Kraft geschafft?

Aber Rafe lebte immer noch. Und das bedeutete, dass ich Damian, ungeachtet der Tatsache, dass er jetzt meine wahren Gefühle kannte, erneut verlassen musste. Wenn nicht, würde Rafe mich holen – uns. Vielleicht hatte Felton bereits erfahren, dass Vera tot war, und war aufgebrochen, um es Rafe zu berichten. Oder einer ihrer sonstigen Männer – einschließlich des Mannes in den schwarz-weißen Gewändern. Wenn dies geschah, würde Jax gezwungen werden, Selbstmord zu begehen, denn ich hatte mein Abkommen mit Rafe gebrochen, dass ich ihn und seine Schwester vor meiner Rückkehr vor Unheil bewahren würde.

»Was ist los?« Damian umfasste behutsam meine Schultern. »Kann es warten, bis du geheilt und erholt bist?«

Ich schüttelte den Kopf.

»Alexa, es kann doch nicht so schlimm sein. Sie ist tot; sie kann uns nicht mehr schaden. Während du schläfst, lasse ich das hier wegräumen, und du brauchst sie nie wieder zu sehen.« Damian wollte mich zu seiner Tür geleiten, aber ich löste mich von ihm. Er versuchte, seine Betroffenheit zu verbergen, aber ich merkte, wie enttäuscht er war. Dabei wünschte ich, dass er mir gegenüber niemals Enttäuschung empfinden sollte. Aber ich war mir sicher, dass etwas noch viel Schlimmeres folgen würde, sobald ich es ihm gesagt hatte.

»Vera war nicht allein«, sagte ich schließlich. »Sie war ja in Begleitung des Vorkosters, der angeblich starb und dann vermisst wurde.«

Damian bedeutete mir mit einem Nicken, dass ich fortfahren solle, und hob die Augenbrauen.

»Er war Veras Zwillingsbruder und besitzt dieselbe Macht wie sie. Er ist nicht tot, sondern der Entführer von Jax.«

Damian trat auf mich zu, griff wieder nach meiner Hand, doch ich wich erneut zurück. »Alexa, hör auf damit! Hör auf damit, mir immer auszuweichen. Nichts, was du mir berichten musst, könnte …«

»Damian, er wird sterben«, stieß ich hervor, und Damian erstarrte. »Ich habe mit Rafe ein Abkommen getroffen, und jetzt, da Vera tot ist, ist mein Abkommen hinfällig, und er wird Jax zwingen … er wird ihn zwingen, Selbstmord zu begehen«, beendete ich den Satz mit ersticktem Flüstern.

Damian wurde aschfahl, Entsetzen zeichnete sich in seinem Gesicht ab. »Nein. Das würde er nicht tun. Jax ist doch noch ein Kind. Er würde nicht …«

»Er ist schlimmer als Vera. Ich habe ihn gesehen«, bekannte ich, als mir die Tränen, die ich im Zaum gehalten hatte, über die Wangen rollten. »Ich habe gesehen, wozu er fähig ist, und es kümmert ihn nicht, dass Jax noch ein Kind ist. Ich habe versprochen, dass ich morgen vor dem Morgengrauen zurückkommen würde und er und Vera unbeschadet bleiben würden. Und er hat Jax befohlen, sich umzubringen, wenn irgendeine dieser Bedingungen nicht eingehalten wird.«

Damian rührte sich nicht, sagte kein Wort.

»Ich habe versucht, ihn zu retten«, sagte ich und unterdrückte das Schluchzen. Ich wagte es nicht, die Tränen abzuwischen, da ich wusste, dass meine Hände immer noch mit Eljins Blut befleckt waren. Es klebte so viel Blut an meinen Händen und es würde noch mehr geben. Würde es denn nie enden?

»Du hast dein Bestes versucht«, sagte er schließlich, ohne mich anzusehen.

Das plötzliche Schweigen war belastet durch mein Versagen, dem drohenden Verlust des einzigen Familienmitglieds, das ihm geblieben war. Und dann kam mir ein neuer, verzweifelter Gedanke. Eine schwache, aber wilde Hoffnung. »Ich werde ihn nicht sterben lassen. Damian, ich gebe nicht auf.« Dieses Mal trat *ich* auf ihn zu. Er beobachtete mich, seine Augen glänzten, waren aber im fahlen Licht des Morgengrauens undurchdringlich. Die Vorstellung der aufgehenden Sonne, die den Beginn eines neuen Tags ankündigte, schien mit den grauenhaften Geschehnissen der letzten Stunden unvereinbar. Und mit dem, was noch vor uns lag.

»Welche Hoffnung gibt es?«, fragte er mit tonloser Stimme. Ich blieb direkt vor ihm stehen und blickte in sein schönes Gesicht hoch. »Als du Vera erdolcht hast, war ihre Kontrolle außer Kraft gesetzt. Das ist unsere Hoffnung. Ich werde so schnell wie möglich zum Lager aufbrechen. Wenn ich Rafe rechtzeitig töten kann, wird Jax sich nicht umbringen. Er wird nicht sterben müssen. Wenn ich Rafe töten kann, wird der Bann gebrochen.«

»Und Jax wird leben«, fuhr Damian fort, und seine Augen leuchteten wieder.

Schließlich ergriff ich seine Hand, ungeachtet des Bluts an meinen Fingern.

»Und Jax wird leben«, wiederholte ich.

Zweiundzwanzig

DIE PLÖTZLICHE HOFFNUNG, die Damians Gesicht aufleuchten ließ, war fast unerträglich. Aber ich war entschlossen, dafür zu sorgen, dass mein neuer Plan funktionierte. Ich hatte bis jetzt nicht gewusst, dass ihre Macht gemeinsam mit ihnen starb. Ich konnte es schaffen, konnte ihn rechtzeitig töten. Sofern wir Felton sowie den Mann in den schwarz-weißen Gewändern und Veras Männer fanden und sie ins Gefängnis steckten, bevor sie erfuhren, dass ihr etwas zugestoßen war, und sie sich auf den Weg machten, um es Rafe zu berichten.

Aber wenn wir Rafe töten wollten, musste ich es eigenhändig tun. Wenn ich mit einer kleinen Armee aufmarschierte, würde er begreifen, was ich vorhatte, und etwas Drastisches unternehmen, um uns aufzuhalten. Ich zweifelte nicht daran, dass er über Leichen gehen würde, um sein Ziel zu erreichen. Er war noch skrupelloser als seine Schwester.

Als könne er meine Gedanken lesen, drückte Damian meine Hand noch fester. »Ich komme mit dir. Du musst das nicht allein tun.«

»Du hast recht. Sie sollte nicht allein sein«, meldete sich eine Stimme hinter uns. Ich wirbelte herum und stand Rylan gegenüber. Er hatte ein blaues Auge, sah aber ansonsten unverletzt aus. »Herr, Ihr könnt sie nicht begleiten. Ihr müsst hierbleiben und Euren Palast und Euer Königreich beschützen, sofern es nicht gut ausgehen sollte. *Ich* werde mit ihr gehen.«

»Rylan«, rief ich, ließ Damians Hand los und warf mich in die offenen Arme meines Freunds. »Du lebst!«

Er schloss mich fest in die Arme. Ich musste einen Schmerzenslaut unterdrücken, aber er bemerkte es und ließ mich sofort los. »Du bist ja verletzt.«

»Es geht mir gut.« Ich tat es leichthin ab. »Das Wichtigste ist, dass du lebst. Ich hatte solche Angst …«

»Natürlich lebe ich noch«, spöttelte er. »Habe einfach ein bisschen Zeit im Verlies vergeudet, zusammen mit den anderen Wachen, die nicht unter Veras Kontrolle standen. Aber vor etwa zwanzig Minuten hat sich unser Gefängniswärter daran erinnert, dass wir nicht der Feind waren, und ließ uns frei.« Rylan blickte an mir vorbei auf unseren König, dessen Gesichtsausdruck sich unmerklich verfinsterte. »Als ich gehört habe, was passiert war, kam ich schnurstracks hierher.«

»Es tut mir sehr leid, dass ihr das durchmachen musstet«, sagte Damian und trat zu uns. Erneut ergriff er meine Hand, als habe er Angst, mich gehen zu lassen. Vielleicht hatte er tatsächlich Angst. Rylan blickte ostentativ auf unsere Hände und riss die Augen auf.

»Majestät, es war nicht Eure Schuld«, sagte er, wobei seine Stimme plötzlich viel mehr Zurückhaltung verriet.

»Rylan, wenn wir allein sind, brauchst du mich nicht so förmlich anzusprechen«, erklärte Damian müde. »Nicht nach allem, was wir zusammen durchgestanden haben.«

Rylan konnte den Blick nicht von unseren Händen wenden und nickte. »Gut, *Damian*, wenn du darauf bestehst.« In seiner Stimme lag jetzt eine ironische Bitterkeit, die mir nicht gefiel, aber dafür war jetzt keine Zeit.

»Könntest du bitte Tanoori suchen?«, bat ich Rylan. »Sie soll bitte sofort in mein Gemach kommen.« Sie verdiente es zu erfahren, was mit Eljin geschehen war – und ich hoffte, sie könnte mir die Wunde am Rücken zunähen und verbinden. Ich hatte keine Zeit, darauf zu warten, dass Lisbet mich heilte. Sie würde vermutlich tagelang für die Heilung von Eljin benötigen und wäre dann von der Anstrengung völlig erschöpft. »Und schick ein paar Männer aus, die Felton und den Mann in Schwarz-Weiß suchen sollen. Sie müssen ins Gefängnis gesteckt und verhört werden.« Ich berichtete schnell, was in der Nacht zuvor mit ihm geschehen war, und bekannte meine Ängste, dass einige von ihnen aus dem Palast fliehen könnten, wenn sie irgendwie von Veras Tod erfuhren und noch vor uns bei Rafe sein würden. »Um sicherzugehen, sollten wir dafür sorgen, dass alle Männer und Bediensteten von Vera ins Gefängnis geworfen werden.«

Rylan wandte endlich den Blick von unseren Händen und sah in meine flehenden Augen.

»Und du erzählst mir alles über deine Festnahme und wie du zu dem blauen Auge gekommen bist, wenn wir gemeinsam zu Rafes Lager aufbrechen, ja?«

»Du kannst doch nicht …«

Ich drückte Damians Hand noch fester und er schluckte seinen Protest hinunter.

Rylan nickte und warf mir einen abschätzenden Blick zu.

Ich wusste, dass er gern über den König und mich würde reden wollen und nicht über seine Kampfwunden. »Ich bringe Tanoori zu dir und sorge dafür, dass Veras Männer gefunden werden, bevor sie sich aus dem Staub machen«, sagte er endlich.

Ich nickte dankbar. Ohne ein weiteres Wort machte er kehrt und ging hinaus.

»Er ist nicht gerade glücklich, das zu sehen, nicht wahr?« Damian hob unsere verschlungenen Hände.

»Nein.«

Mit seiner freien Hand schob er mir eine Locke hinters Ohr und strich dann mit dem Daumen über meine Wange. »Wünscht er denn nicht, dass du glücklich bist?«

Ich zitterte unter seiner Berührung. Sehnsucht packte mich, trotz allem, was passiert war und noch vor uns lag. Ein Teil von mir wünschte sich, mich in Damians Berührung zu verlieren, für immer. Und sollte die Welt um uns herum auch aus den Fugen geraten, wir würden uns sicher und geschützt in den Armen halten

Aber das war nicht möglich und niemand wusste das besser als ich.

»Er glaubt nicht, dass du mich glücklich machen wirst.« Ich wich seinem prüfenden Blick aus.

»Warum sollte er so etwas denken?« Damian fasste mich behutsam unterm Kinn und drehte mein Gesicht so, dass ich ihm in die Augen schauen musste.

»Können wir nicht woanders darüber reden?« Ich war mir des blutgetränkten Bodens und Veras Leiche in meiner Nähe nur allzu bewusst.

Damian wagte ebenfalls einen Blick auf sie und zuckte zusammen. »Natürlich. Wir müssen dich sowieso in dein Gemach bringen, damit du dich hinlegen kannst.«

Vielleicht hatte er recht, obwohl ich nicht eingestehen wollte, dass ich mich erholen musste. Aber jetzt, da ich sicher war, dass Felton und der Mann in Schwarz-Weiß geschnappt und die anderen Männer, die Vera begleitet hatten, in Gewahrsam genommen werden würden, hatten wir ein klein wenig Zeit, bevor ich mich wieder in den Dschungel begeben musste. Doch ein Teil von mir – der Teil, der so lange dafür trainiert hatte, Damians Leibwache zu werden – wollte in die Verliese gehen, um die Männer höchstpersönlich zu befragen. Insbesondere den Mann in Schwarz-Weiß. Ich sah immer noch den Blick vor mir, den er und Vera beim Abendessen gewechselt hatten. Mein Instinkt sagte mir, dass er befragt werden musste, und ich wollte diese Aufgabe niemand anderem überlassen.

Aber für den Augenblick ignorierte ich meinen Instinkt und ließ zu, dass Damian mich zur Tür geleitete. Als wir seine Gemächer hinter uns ließen, stand eine der jungen Frauen, die am Abendessen mit Vera teilgenommen und ihrer jüngeren Schwester erklärt hatte, ich sei vulgär, im Flur und unterhielt sich mit Jerrod. Er sah ausgeruht aus und seine Uniform war sauber. Das ließ mich vermuten, dass er nicht unter Veras Kontrolle gestanden hatte und nicht eingesperrt worden war. Obwohl es noch früh am Tag war, war das Mädchen perfekt frisiert und trug ein umwerfendes blassgelbes Morgengewand. Als wir herauskamen, blickten sie beide hoch. Die junge Frau machte große Augen, als wir gemeinsam aus den königlichen Gemächern auftauchten, von oben bis unten mit Blut befleckt.

Unwillkürlich erinnerte ich mich an ihre Worte im Flur, ihren hochmütigen Blick, den der Fächer nur teilweise verborgen hatte, und ihr Lachen während des Essens. Doch als ihr Blick jetzt an unseren verschlungenen Händen haften blieb, klappte ihr buchstäblich der Mund auf, bis sie ihn wieder schloss.

»Majestät.« Nachdem Jerrod mich schnell von Kopf bis Fuß gemustert hatte, verbeugte er sich vor dem König und furchte die Stirn. Ich war sicher, dass er gern erfahren wollte, warum ich mit Blut besudelt war, sofern er es noch nicht gehört hatte.

»Majestät«, wiederholte die junge Frau, wenn auch verspätet, und machte eilig einen Hofknicks. Vermutlich hatte sie vorgehabt, den König möglichst allein zu erwischen. Unwillkürlich musste ich lächeln, als sie wieder auf unsere Hände starrte und dann den Blick abwendete.

Damian neigte den Kopf. »Jerrod, sorgst du bitte dafür, dass das … hm … Chaos in meinen Gemächern sofort beseitigt wird? Nachdem du Miss Durand zurück in ihr Gemach geleitet hast«, fügte er hinzu und schaute flüchtig zu dem Mädchen in dem blassgelben Kleid hinüber.

»Natürlich, Herr.« Jerrod verbeugte sich erneut, warf mir jedoch einen fragenden Blick zu.

Ich war zu müde und hatte zu viele Schmerzen, daher war ich zu nichts anderem fähig, als die Schultern zu zucken. Er würde ein andermal herausfinden müssen, was geschehen war, oder es über die Gerüchteküche im Palast erfahren. Miss Durand starrte uns unverblümt an und versuchte nicht einmal, ihren Schock und ihre offensichtliche Bestürzung darüber zu verbergen, so eiskalt abgefertigt zu werden.

Damian drehte sich um, drängte mich behutsam zu meinem

Gemach. Erleichtert ließ ich die beiden hinter mir. Im Handumdrehen hatte er meine Tür geöffnet und mich zum Bett geführt. Ich nahm vorsichtig Platz, zuckte aber zusammen, weil mein Rücken plötzlich unerträglich schmerzte.

»Darf ich mir das mal ansehen und versuchen, dir zu helfen?« Damian kniete vor mir nieder. Seine Miene verriet Besorgnis.

Ich schüttelte den Kopf. »Tanoori wird bald hier sein. Sie kann mir helfen.« Ich wollte nicht, dass er meinen Körper in diesem Zustand sah, blutig und zerschunden.

Er strich mir das Haar aus dem Gesicht, umfasste mit beiden Händen mein Gesicht, ungeachtet der Narben. »Ich weiß, es ist vermutlich der schlechteste Zeitpunkt, es dir zu sagen, aber ich mag es, wenn deine Haare offen sind. Du bist wirklich wunderschön.«

Ich erinnerte mich an den Tag, an dem Lisbet in seinem Gemach neben mir gestanden, mein Gesicht im Spiegel betrachtet und mir erklärt hatte, ich sei sowohl stark als auch hübsch. Damals hatte ich ihr geglaubt. Aber nachdem ich wochenlang neugierige Blicke, Geflüster und noch Schlimmeres hatte ertragen müssen, war mein Glaube, dass ich trotz meiner Narben noch hübsch war, erschüttert worden. Als jedoch Damian mir erklärte, ich sei schön, glaubte ich ihm aus irgendeinem Grund. Die Wahrheit war in seinem Blick zu lesen, in seiner Berührung spürbar. In der Art, wie er *mich* ansah und nicht auf die verbrannte Haut starrte.

Stille umgab uns und dehnte sich aus, bis das Lächeln auf seinem Gesicht langsam verschwand. »Alexa«, begann er zögerlich. »Ich verstehe nicht, warum, nach allem, was wir hinter uns haben …« Energisch schüttelte er den Kopf. Der Schmerz, den er unterdrückt hatte, kehrte wieder in seine Augen zurück. »Warum hast du mich zurückgestoßen – warum hast du mich glauben lassen, dass du kein Vertrauen zu mir hast? Mich nicht gut genug für dich findest? Ich dachte ernsthaft, du würdest mich nicht mehr lieben. Dass es für dich nicht mehr war als eine Art Spiel.«

Seine anklagenden Worte erfüllten mich mit tiefem Kummer. Ich hob die Hand, wollte meine zitternden Finger auf seine legen. »Nein«, stammelte ich. »Es war keine Sekunde lang ein Spiel. Wie kannst du so etwas von mir denken?«

Er schwieg, blickte mich lediglich eindringlich an und wartete. Seine unausgesprochenen Worte standen zwischen uns. Es war ja verständlich, dass er das annehmen musste. Welch andere Schlussfolgerung bot sich an, so wie ich ihn behandelt hatte?

»Ich hatte … *habe* Angst, Damian. Ich bin nicht geeignet, deine Königin zu sein. Du musst daran denken, was das Beste für dein Königreich ist – und dazu gehört eine Gemahlin von edler Geburt. Jemand, der dazu beitragen könnte, eines unserer Bündnisse zu festigen. Das Volk von Antion verdient eine Königin, die ihrem König ebenbürtig ist. Nicht deine narbenübersäte Wache. Wenn sie mich auf dem Thron an deiner Seite sehen würden …« Ich schwieg, erinnerte mich an das spöttische Gekicher des Mädchens bei jenem Essen und Miss Durands ungläubigen Blick vor wenigen Augenblicken, als sie uns Hand in Hand sah. »Wenn ich an deiner Seite wäre, würde das deine Macht schmälern. Nicht *du* bist nicht gut genug, sondern ich. Ich verdiene dich nicht. Das Einzige, wovon ich etwas verstehe, ist das Kämpfen – ich weiß nicht, wie man ein Königreich regiert. *Ich* bin diejenige, die nicht gut genug für *dich* ist.« Nachdem ich begonnen hatte, ihm meine wahren Gefühle zu gestehen und meine Ängste darzulegen, sprudelte alles aus mir heraus. Der Damm, den ich innerlich aufgebaut hatte, um mich zu schützen – ihn zu schützen –, brach jetzt, und es gab nun kein Zurück mehr. »Ich habe dir weisgemacht, dass ich nichts mehr für dich empfinde, damit du deine Gefühle für mich vergessen und das tun würdest, was das Beste für dich und Antion wäre.«

Damians Mundwinkel kräuselten sich zu einem wehmütigen Lächeln. »Wie konntest du je so etwas denken? Wie oft muss ich dir noch versichern, wie schön du bist? Du brauchst dich deiner Narben nicht zu schämen, denn sie sind ein Symbol deiner Großmut. Und zudem hast du noch viel mehr Fertigkeiten als das Kämpfen. Du bist die geborene Führerin und du liebst mit ganzem Herzen. Ich bin derjenige, der sich geehrt fühlen würde, dich an meiner Seite zu haben.«

»Ich weiß, dass *du* so empfindest, aber was ist mit deinem Volk? Was willst du tun, wenn es mich verhöhnt? Wenn sie hinter deinem Rücken über dich lachen, weil du deine narbenentstellte Wache zur Frau genommen hast? Ich bin keine Dame edlen Geblüts. Ich bin nicht die Frau, die sie an deiner Seite sehen.«

»Oh, Alexa.« Damian strich mir das Haar aus dem Gesicht. Seine Berührung war liebevoll. »Glaubst du wirklich, mich interessiert, was andere denken – wenn deine Ängste überhaupt berechtigt wären, was ich im Übrigen nicht glaube«, fuhr er fort und ließ meinen Protest nicht zu. »Du kannst nicht die

Meinung unseres gesamten Königreichs an den unreifen Reaktionen von ein paar Mädchen bei Hof oder einigen unsicheren Männern innerhalb der Wache festmachen, die es nicht ertragen, von einer Frau besiegt zu werden.« Seine Augen funkelten plötzlich neckisch. »Aber das bringt mich zu einem anderen Punkt – ich habe dir noch nie einen offiziellen Heiratsantrag gemacht. Das ist also eine ziemlich kühne Mutmaßung.«

Ich riss die Augen auf, spürte, wie Röte meine Wangen überzog, und ließ die Hände in den Schoß fallen. »Ich … wollte nicht … es war nicht meine Absicht …«

»Alexa.« Er legte einen Finger auf meine Lippen, brachte meine stammelnden Versuche, mich aus der Falle zu befreien, in die ich getappt war, zum Verstummen. »Merkst du denn immer noch nicht, wenn ich dich auf den Arm nehme?«

Ich öffnete den Mund und schloss ihn wieder. Aber als ich schließlich wieder in seine Augen blickte, konnte ich nicht übersehen, wie sie leuchteten. Ein warmes Gefühl durchlief mich von Kopf bis Fuß.

»So hatte ich mir meinen Antrag eigentlich nicht vorgestellt. Aber wenn ich etwas aus all dem, was geschehen ist, gelernt habe, dann Folgendes: Wir wissen nie, wie viel Zeit wir noch haben. Und ich bin nicht bereit, auch nur eine weitere Minute zu vergeuden.«

Damian kniete sich vor mich hin. Mein Herz klopfte vor zarter Hoffnung, als er meine Hände in seine nahm, den Saum seiner Tunika hochhielt und behutsam das Blut abwischte, bis sie fast fleckenlos waren. Dann führte er sie an den Mund und drückte einen Kuss darauf, zuerst auf die eine, dann auf die andere. Das Blut, das durch meinen Körper pulsierte, verstärkte die Schmerzen auf dem Rücken noch mehr, aber ich ignorierte sie.

»Alexa Hollen, du hast mir schon lange als meine zuverlässigste und wertvollste Wache gedient. Immer wieder hast du mein Leben und mein Königreich gerettet. Aber noch wichtiger ist, dass du mir ein Geschenk gemacht hast, das noch wertvoller ist als das Leben. Du hast mir deine Liebe geschenkt.« Er verstummte, sein Blick war so durchdringend wie immer. »Meine schöne, unbezähmbare Alexa, willst du mich heiraten? Darf ich versuchen, deiner wert zu sein, indem ich dich ehre und dich für immer mit all der Liebe, die ich für dich empfinde, überschütte?«

Als ich ihn ansah, überwältigten mich die Gefühle, die ich für ihn hegte. Mein Herz war so erfüllt, dass mein Körper fast zu eng dafür war. Plötzlich erinnerte ich mich an Tanooris Worte und fand, dass sie recht hatte – ich würde nicht mehr stur sein. Jetzt würde ich die Chance, glücklich zu sein, ergreifen.

Tränen füllten meine Augen, als ich nickte. »Ja«, erwiderte ich, konnte mir aber ein spontanes Lächeln nicht verkneifen. »Ja, Damian, ich werde dich heiraten.«

Seine Miene hellte sich vor Freude auf, und seine Augen strahlten so viel Glück aus, wie ich es noch nie zuvor gesehen hatte. Im warmen Glanz der Morgendämmerung, die sich durch mein Fenster stahl, funkelten sie wie Saphire. Er küsste mich und zog sich dann wieder zurück, noch bevor ich reagieren konnte.

»Tut mir leid, dass ich deinen Ring nicht dabeihabe«, sagte er. »Aber ich weiß genau, wo er ist, seit Jahren. Er gehörte meiner Mutter. Ihr Vater schenkte ihn ihr, bevor sie nach Antion zog, um zu heiraten. Ich denke, sie wäre sehr glücklich darüber, dass ich ihn dir gebe.« Zärtlich strich er mir durchs Haar.

»Ich kann es gar nicht abwarten, ihn zu sehen«, sagte ich mit belegter Stimme, während sein Daumen über die zarte Haut hinter meinem Ohr strich. Mein Blick hing an seinem Mund. Langsam zog er mein Gesicht zu sich heran, und als er seine Lippen auf meine legte, war ich schwach vor Sehnsucht. Ich ließ mich fallen. Genau das war alles, was ich mir wünschte und von dem ich immer gedacht hatte, ich würde es nicht verdienen. Als seine Lippen sich mit meinen vereinten, flammten meine Sehnsucht und meine Liebe, die ich so lange unterdrückt hatte, auf, und ich drängte mich enger an ihn. Ich achtete nicht auf meinen Rücken, meine verschmutzten Kleider und alles andere, denn ich war allein auf Damian konzentriert. Ich ergriff seine Schultern und zog ihn noch näher an mich, bis sich sein Körper gegen meinen drängte. Behutsam legte er seinen freien Arm um mich und versuchte, meine Rückenwunde nicht zu berühren. Aber ich ignorierte den Schmerz, der jetzt schon zu mir gehörte. Ich küsste ihn leidenschaftlich, wollte *mehr*. Ich wollte ihn schmecken, ihn riechen, ihn fühlen. Er war mein Ein und Alles.

Und jetzt gehörte ich ihm. Wirklich und offiziell.

Für immer.

Ein Klopfen an der Tür ließ uns zusammenschrecken. Damian löste sich gerade noch rechtzeitig von mir, denn unmittelbar nach dem Klopfen marschierte Rylan mit Tanoori im Schlepptau herein.

Als Rylan uns so eng beieinander stehen sah, kniff er die Augen zusammen. Ich bin sicher, dass er merkte, dass wir uns gerade geküsst hatten, denn mein Mund glühte von Damians Stoppeln, und meine glatte Gesichtshälfte war vermutlich gerötet.

»Alexa, ich habe Tanoori mitgebracht, damit sie dir helfen kann. Aber vielleicht hast du bereits alle *Hilfe*, die du im Moment brauchst.« Ich merkte, dass er versuchte, seinen Ärger zu kontrollieren, doch seine Stimme klang bitter, erinnerte mich an die schreckliche Zeit, als wir in General Tinsos Schloss in Blevon gewesen waren und er wegen meiner Beziehung zu Damian kein Wort mehr mit mir gewechselt hatte. Ich hatte angenommen, wir hätten das hinter uns, dass er beschlossen hätte, sich mit mir zu freuen. Aber anscheinend galt das nur zu dem Zeitpunkt, als er annahm, ich würde Damian keine Chance geben.

Tanoori betrachtete mich ebenfalls mit hochgezogenen Augenbrauen, sagte jedoch nichts. Als ich sie sah, wurde ich an die grauenhafte Realität erinnert, mit der wir alle konfrontiert waren – an die verheerende Neuigkeit, die ich ihr mitteilen musste. Aber zumindest war sie nicht so schlecht, wie sie hätte sein können.

»Willst du also ihre Hilfe oder nicht?«, fragte Rylan ungeduldig.

Und dann ergriff Damian endlich das Wort. »Rylan, ich möchte, dass du dich sofort bei Alexa entschuldigst. So redet man nicht mit meiner Verlobten.«

Dreiundzwanzig

»EURER WAS?« RYLAN war so geschockt, dass er nicht einmal versuchte, das Entsetzen und die Eifersucht in seiner Stimme zu verbergen.

Als ich an ihm vorbei einen Blick auf Tanoori warf, bemerkte ich, dass sie ein Grinsen unterdrückte. Sie nickte mir zu und sagte: »Ich wünsche Euch beiden alles Glück der Welt.«

Unwillkürlich grinste ich trotz Rylans finsterer Miene. Ich war mir jetzt sicher, dass sie genau das mit ihrer Bemerkung gemeint hatte. Sie sah aus, als freue sie sich wirklich für mich – für *uns*. Ich war dankbar, sie hier zu haben, als Gegenpol zu Rylan, dessen Entsetzen mein Glück, kaum dass ich es gewonnen hatte, wieder zu zerstören drohte.

»Majestät, der Mann in dem schwarz-weißen Gewand wurde in seinem Gemach aufgespürt. Er erweckte fast den Eindruck, als erwarte er uns.« Rylan stand jetzt steif da und starrte mit unbewegter Miene auf die Wand über unseren Köpfen. »Wir haben Felton und Veras übrige Bedienstete und Männer in die Verliese gebracht, um sie zu befragen.«

Damian erhob sich langsam. Sein attraktives Gesicht war von Widerwillen gezeichnet. Wir hatten keine Zeit, unsere

Verlobung zu feiern, die Wirklichkeit und die Pflicht forderten erneut ihren Tribut. »Danke, Rylan, dass du dich darum kümmerst. Weiß man, wie es Eljin geht?«

»Stimmt etwas mit Eljin nicht?« Das Lächeln in Tanooris Gesicht war wie weggewischt, ihre Augen verrieten Sorge.

Auch ich hörte auf zu grinsen, als ich mich trotz der Erschöpfung, die mich niederdrückte, und der ständigen Schmerzen, aufzustehen zwang.

»Tanoori, es war meine Schuld«, begann ich, aber Damian fiel mir ins Wort.

»Nein, es war *Veras* Schuld. Sie reizte Eljin so sehr, dass er versuchte, sie zu töten, in der Hitze des Gefechts jedoch vergessen hat, ihren Blick zu meiden. Sie brachte ihn ebenfalls unter ihre Kontrolle – und hat ihm dann befohlen, Alexa zu töten. Sie hatte keine andere Wahl, als gegen ihn zu kämpfen.«

Tanoori holte tief Luft. Angst überzog ihr Gesicht. »Er ist nicht … er …«

»Ich habe ihn nicht getötet«, sagte ich schnell und sprach ein stilles Dankgebet, weil Lisbet rechtzeitig gekommen war, um ihn zu retten. »Ich habe lediglich versucht, mich zu verteidigen, aber er hat nicht aufgehört. Er tat alles, um Veras Befehl auszuführen. Ich … ich hatte keine Wahl. Es tut mir so leid.«

»Er wollte dich töten?«, flüsterte sie entsetzt.

»Ich habe dir ja gesagt, wozu sie fähig sind.«

»Aber jetzt ist sie tot. Und Eljin …?«

»Ich habe noch nichts von ihm gehört«, erklärte Rylan. »Aber er wurde in Lisbets Gemach gebracht und sie arbeitet an ihm. Ich bin überzeugt, dass er wieder auf die Beine kommt.«

Er griff nach ihrer Hand und drückte sie. Tanoori lächelte

ihn dankbar an. Ich spürte einen kleinen Stich, als er sie so fürsorglich ansah, hatte Angst, dieses Mal meinen Freund für immer zu verlieren. Als er den Blick zu mir wandern ließ, war dieser wieder eiskalt, was meine Befürchtungen bestärkte.

»Glaubst du, du kannst Alexa helfen?«, fragte er Tanoori mit Ungeduld in der Stimme. »Wir müssen nämlich so bald wie möglich aufbrechen.«

Tanoori nickte. »Ich habe mein Nähzeug dabei. Ich wurde nicht offiziell darin geschult, aber ich habe dabei zugesehen und bin eine recht ordentliche Näherin. Ich denke, ich kann mich darum kümmern, bis Lisbet Zeit hat, dir zu helfen.«

Ich zwang mir ein Lächeln ins Gesicht, zog aber insgeheim eine Grimasse bei der Vorstellung, welche Schmerzen es mir bereiten würde, wenn sie meine Wunde auf dem Rücken nähte. Von klein an war ich es gewöhnt, durch Zauberei geheilt zu werden. Es war viel weniger schmerzhaft und ging zudem um vieles schneller als die traditionelle Methode.

Es klopfte an der Tür. Als sich alle zu mir umdrehten, rief ich etwas verspätet: »Herein!«, nachdem ich mich daran erinnerte, dass wir in meinem Gemach herumstanden.

General Ferraun riss die Tür auf und trat ein. Deron folgte ihm auf dem Fuß.

»Majestät«, sagte er und verneigte sich. »Ich bin so froh, dass Ihr wohlauf seid.«

»Auch ich bin froh, Euch unverletzt zu sehen.«

»Aufgrund der Unterbrechung unseres normalen Ablaufs, erfolgte gestern ein weiterer Angriff an der Grenze, der uns entging.« General Ferraun sah leicht betreten aus.

»An welcher Grenze? Was ist geschehen?«

»Wenn Ihr mit mir kommen könnt, Herr, zeige ich Euch den Bericht.« General Ferraun verneigte sich erneut.

»Ja, natürlich. Und Ihr, Hauptmann? Welche Kunde überbringt Ihr?«

Deron verneigte sich ebenfalls vor dem König. »Majestät, Lisbet hat mich gesandt. Ich soll Euch ausrichten, dass es Eljin viel besser geht, auch wenn er das Bewusstsein noch nicht wiedererlangt hat. Sie rechnet damit, dass er in zwei bis drei Tagen wieder voll hergestellt ist.«

»Deron, das sind ausgezeichnete Neuigkeiten, danke.« Damian warf so wie ich Tanoori einen Blick zu. Sie lächelte, Erleichterung zeigte sich in ihrem Gesicht.

»Ich wollte Euch auch berichten, dass die Leiche entfernt wurde und Eure Gemächer gerade in Ordnung gebracht werden.«

»Sehr schön. Danke.«

Deron ließ den Blick zwischen mir und Damian hin und her wandern. Ich kannte meinen Hauptmann – da war noch etwas, etwas, das er nicht sagen wollte.

»Was ist los?«, fragte ich. »Was ist geschehen?«

Als Deron nicht sofort antwortete, griff Damian nach meiner Hand, so als suche er Hilfe und Trost. Mir wurde warm ums Herz, trotz meiner Angst, was Deron uns gleich berichten würde. »Hauptmann, habt Ihr noch mehr zu berichten?«, drängte Damian.

Deron nickte zögerlich. »Ja, Herr.« Obwohl er Damian ansprach, schaute er mich an, als er antwortete. »Es war schwierig, den Mann aus Dansii, der auf uns wartete, zu befragen. Er ist … *anders*. Etwas ist an ihm …« Deron verstummte, schien sich unbehaglich zu fühlen. »Er weigert sich zu sprechen, egal, was wir unternehmen. Aber er wiederholt unaufhörlich einen Satz.«

»Und?«, drängte Damian, als Deron erneut schwieg. »Wie lautet er?«

»›Bringt mir Alexa oder alle werden sterben.‹«

Es entstand eine schreckliche bedeutungsvolle Pause. Rylan riss entsetzt die Augen auf und Tanoori holte tief Luft. Dann überraschte uns Damian alle, indem er lachte. »Ist das alles? Es ist eine nutzlose Drohung von einem verzweifelten Mann. Ich weiß, dass nach den Ereignissen der letzten Tage vermutlich bei allen die Nerven blankliegen, aber ich versichere euch, niemand wird mehr sterben. Vor allem nicht jetzt, nachdem Vera tot ist und die restlichen Dansii im Verlies sitzen. Was will er tun? Uns von seiner Zelle im Verlies aus töten? Ich war ihm nah genug, um beurteilen zu können, dass er kein Zauberer ist.« Damian lachte erneut und die Angst in Derons Blick löste sich.

Aber ich spürte, wie sich Damians Griff um meine Hand verstärkte. Er war sich nicht so sicher, dass es eine leere Drohung war, wie er ihnen weismachen wollte, und ich war es auch nicht. Als Deron beschämt das Gesicht verzog und dann nervös kicherte, lief es mir kalt den Rücken hinunter.

»Ihr habt recht, Majestät. Er kann uns nichts antun oder er hätte es bereits getan. Tut mir leid, dass ich so … abergläubisch war«, sagte er schließlich, nachdem er nach dem richtigen Wort gesucht hatte.

»Das ist schon in Ordnung und völlig verständlich, Hauptmann.« Damian lächelte ihm aufmunternd zu, aber ich spürte seine Anspannung. Er war wahrlich ein erstaunlicher Schauspieler, denn seine Stimme verriet mit keinem Ton seine unterschwellige Sorge. Doch dann verhärtete sich seine Miene.

»Aber Ihr könnt diesem Mann ausrichten, dass er in der Hölle schmoren wird, bevor er je in Alexas Nähe kommt. Verstanden?«

»Ja, Herr.« Deron presste die Faust gegen die Brust und verneigte sich vor dem König.

Tanoori hatte sich etwas entspannt. Sie wirkte jetzt viel ruhiger, nachdem Damian ihre Befürchtungen zerstreut hatte. Sie sah mich an und deutete auf das Bett.

»Alexa, leg dich aufs Bett und ich werde meine Arbeit tun.«

Als ich versuchte, meine Hand aus Damians zu lösen und Tanooris Vorschlag zu folgen, zog er mich spontan leicht an sich. Er achtete nicht auf die Anwesenden, sondern sagte leise: »Gemeinsam können wir es mit jedem aufnehmen, glaubst du nicht auch?« Er blickte mir in die Augen. »Bitte … lass mich nie wieder allein.«

Ich war mir nicht ganz sicher, was er meinte – meinte er es körperlich? Oder emotional? Er wusste, dass ich sobald wie möglich in Rafes Lager zurückkehren musste, um Jax zu retten. Und wir mussten über den Mann im Verlies reden – und seine Drohung. Doch da uns alle beobachteten, wagte ich es nicht, ihn zu fragen. Ich nickte lediglich und zuckte die Schultern. Eine unklare Antwort.

Er beugte sich vor, drückte mir einen flüchtigen Kuss auf den Mundwinkel und richtete sich dann wieder auf. Meine Wangen glühten, und ich konnte mich nicht überwinden, den General oder Deron anzuschauen. Ohne ihre Gesichter zu sehen, spürte ich den Schock, den sie ausstrahlten.

»General, wir überlassen Alexa Tanoori, damit diese ihre Arbeit tun kann, und Ihr zeigt mir den Bericht, ja?«, sagte Damian und ging an mir vorbei auf den Ausgang zu.

»Natürlich, Majestät.«

Ich hörte schlurfende Schritte, Menschen verließen das Gemach. Erst als sich die Tür hinter ihnen geschlossen hatte, wagte ich es, mich umzudrehen. Tanoori stand allein da, den Korb mit Nähzeug in der Hand, und grinste.

»Also, du und der König …?«

»Ich …«

»Wurde auch Zeit«, fuhr sie fort und blinzelte mir zu.

Ich stand da mit hängenden Armen, wusste nicht, was ich sagen sollte. Es war noch so neu. Ich hatte nicht damit gerechnet, dass so viele Leute so schnell herausfinden würden, was geschehen war.

»Also los, leg dich aufs Bett, damit ich deine Wunde nähen kann.«

Sie hatte Erbarmen mit mir, drängte mich nicht, über das Thema zu sprechen. »Es tut mir leid, wenn es wehtut. Möchtest du zuerst etwas trinken? Ich habe gehört, es könne helfen, den Schmerz zu lindern.«

Ich folgte ihrer Aufforderung, wich aber ihrem Blick aus, als ich auf das Bett zusteuerte. »Ich kann es mir nicht leisten, mich zu betrinken. Ich muss einfach die Zähne zusammenbeißen und es ertragen.«

Nachdem ich mich auf den Bauch gelegt hatte, wandte ich den Kopf ab und schloss die Augen. Ich hatte gehofft, ich sei so müde, dass ich eindösen würde. Doch sobald ich die Augen schloss, sah ich den roten Blutfleck – die Lebenskraft so vieler, die über meine Hände rann und meine Kleider durchnässte. Ich öffnete erneut die Augen und starrte auf die schlichte Wand, als Tanoori sich anschickte, behutsam die Tunika hochzuheben. Sie versuchte, sie an den Stellen, wo das Blut getrocknet war, zu lösen. Ich wimmerte, verhielt mich aber ruhig, als der Stoff mit einem Ruck von der verwundeten Haut gerissen wurde.

»Es tut mir leid«, murmelte sie.

»Ist in Ordnung«, brummte ich.

Behutsam löste sie die ruinierte Tunika von meinem Rücken und dann den Verband darunter. Ich bemühte mich, nicht zusammenzuzucken oder mich zu bewegen. Als die feuchte Morgenluft die entblößte Haut berührte, hielt sie inne. »Ich muss mich vergewissern, dass die Wunde sauber ist, bevor ich sie vernähe. Es wird vermutlich brennen.«

Ich nickte in mein Kissen und starrte immer noch auf die Wand. Obwohl ich mich anspannte, war ich nicht auf das Brennen gefasst, als der Alkohol auf meine offene Wunde tröpfelte. Mein Rücken wölbte sich unwillkürlich und Tanoori musste mich aufs Bett zurückdrücken.

»Halt still, ich bin gleich fertig.«

Ich konnte ihr nicht antworten, war zu sehr damit beschäftigt, meine Hände zu Fäusten zu ballen und jeden Muskel meines Körpers anzuspannen, um mich nicht zu bewegen. Innerhalb weniger Augenblicke war das brennende Gefühl verschwunden. Es blieb ein unbestimmtes Stechen sowie der hämmernde Schmerz.

»Gut, packen wir's an.« Tanoori atmete tief ein und aus. Es hörte sich an, als sammle sie Mut.

»Das wird wehtun. Es tut mir ja so leid.«

»Beeil dich«, war alles, was ich sagte, als ich mich in die Laken krallte und so fest wie möglich die Zähne zusammenbiss.

Ich konnte nicht sehen, ob sie nickte oder irgendwie reagierte. Aber einen Moment später spürte ich, wie ihre kühlen Finger die Haut auf meinem Rücken sorgfältig zusammendrückten. Und dann drang die Nadel in meine Haut. Lediglich meine Willenskraft hinderte mich daran, laut aufzuschreien. Ich wusste, dass sie flink war, ich spürte, wie ihre geschickten Finger meine Wunde vernähten, aber es war doch nicht schnell genug. Jeder neue Nadelstich brachte mich mehr an den Rand meiner Leidensfähigkeit.

»Erzähl mir … von dir … und Eljin …«, stieß ich hervor, um mich abzulenken.

Sie hielt in ihrer Arbeit inne.

»Hör nicht auf.« In der kurzen Verschnaufpause von der Folter rang ich keuchend nach Luft. »Wenn du aufhörst, halte ich nicht durch.«

»Du hast recht, tut mir leid.« Und wieder stach die Nadel in meine Haut. Zog und zerrte. »Ich habe noch mit niemandem darüber gesprochen …«

Ich schwieg, biss einfach die Zähne zusammen und bedeutete ihr durch mein Kopfnicken, sie solle fortfahren.

»Als er mich rettete, konnte ich es nicht glauben. Ich hatte mich damit abgefunden zu sterben – und dann taucht im letzten Augenblick dieser Held mit der Maske auf. Er war einfach unglaublich. Noch nie habe ich erlebt, dass jemand tun konnte, was er tat.« Sie sprach leise, während ihre Finger die Nadel betätigten, einen Stich nach dem anderen. »Ich hatte zwar, wenn auch nicht allzu lange, bei den Insurgi gelebt, aber nie erlebt, dass einer der Zauberer etwas Beeindruckendes getan hätte.«

Ich konzentrierte mich auf ihre Worte, verdrängte die unsagbaren Schmerzen und ließ mich von ihrer Geschichte einlullen.

»Du hast ihn ja auf dem Marsch nach Blevon erlebt. Nicht gerade einnehmend. Als ich herausfand, wer er war, war ich so aufgebracht, dass ich mich weigerte, mit ihm zu sprechen. Aber als wir bei der Burg seines Vaters angelangt waren, schien er sich irgendwie verändert zu haben. Ich ertappte ihn dabei, wie er mich beobachtete. Auch wenn ich mir wegen seiner Maske nicht sicher war, hatte ich manchmal den Eindruck, dass er lächelte.« Ihre Hände auf meinem Rücken hielten inne. »So, das sollte reichen. Lass mich dies verzurren. Dann wasche ich deinen Rücken und verbinde ihn.« Als sie sich vorbeugte, um ihren Korb an sich zu nehmen, knarrte das Bett ein wenig.

Jetzt, da es endlich vorbei war, seufzte ich erleichtert auf. Mein gesamter Oberkörper tat weh, und die geringste Bewegung war mit großen Schmerzen verbunden, jedoch weniger heftigen als vor dem Verschließen der Wunde. »Erzähl weiter«, drängte ich, als sie meinen Rücken mit einem feuchten Tuch abrieb. Es war wohl erneut Alkohol, denn wenn sie zu den Stichen kam, brannte es ein wenig, was aber im Vergleich zu vorher erträglich war.

»Es änderte sich nichts wirklich, bis wir zurück im Palast waren und du Iker besiegt hast. Nachdem er beschlossen hatte, zu bleiben und Damian mir die aus dem Bruthaus ausquartierten Frauen und Babys anvertraut hatte, tauchte er immer wieder bei mir auf. Meistens unter irgendeinem banalen Vorwand, und ich fing an, mich zu fragen, ob er vielleicht …« Sie schwieg und legte mir noch einmal die Hand auf den Rücken. »Aber ich redete mir ein, dass ich mich irrte. Ich war sicher, dass kein Mann mich wollte, bestimmt nicht, wenn er herausgefunden hätte, was mit mir los ist.«

»Tanoori, nein. Du darfst nicht so von dir denken.«

Sie rieb meinen Rücken noch einmal ab, dann lachte sie leise, voller Selbstverachtung. »Wie soll ich nicht? Nach allem, was ich hinter mir habe, kann ich mir kaum vorstellen, dass mich irgendein Mann … so … haben will. Zumal, wenn er herausfindet, dass ich unfruchtbar bin.« Ihre Stimme klang so sachlich, dass es mir in der Seele wehtat. Doch bevor ich etwas sagen konnte, fuhr sie fort. »Und ehrlich gesagt, war ich mir nicht sicher, ob ich überhaupt je einen Mann wollte. Lange Zeit verursachte mir allein der Gedanke, von einem Mann berührt zu werden, Übelkeit.«

Als Nächstes trocknete sie meinen Rücken mit einem weichen Tuch. Ich fühlte mit ihr. Sie hatte so viel durchgemacht und litt noch immer. Ich wünschte mir, ich hätte gewusst, dass sie da war – so nah, die ganze Zeit über. Doch noch während ich dies dachte, fragte ich mich, ob es nicht noch alles verschlechtert hätte, denn was hätte ich tun können, um ihr zu helfen? Nichts, ich hätte lediglich uns beide der Gefahr ausgesetzt.

»Aber Eljin war freundlich. Er versuchte nie, etwas Unangemessenes zu tun, war lediglich zum Reden gekommen. Wir sind aufgrund der Wunden, die wir mit uns herumtragen, Außenseiter – auch wenn meine für das Auge nicht sichtbar sind. Und so ist es geschehen. An einem besonders schwierigen Tag fand er mich weinend vor. Ich hatte Stunden damit verbracht, das Baby meiner Freundin zu suchen, ohne Erfolg. Er fragte mich, ob ich etwas dagegen hätte, wenn er den Arm um mich legen würde… und der Gedanke verursachte mir keine Übelkeit. Seine Berührung verletzte mich nicht, sondern tröstete mich, was mir mit einem Mann zum ersten Mal passierte.

»Danach«, fuhr sie fort und half mir, mich aufzusetzen, damit sie einen neuen Verband anlegen konnte, »lud er mich zu Picknicks ein. Er ist erstaunlich freundlich und verständnisvoll. Wir beide haben Wunden aus dem Kampf davongetragen, verstehen einander.«

Ich beobachtete, wie sie den dicken weißen Verband um mich schlang und festzurrte. Als sie fertig war, blies sie sich eine Haarsträhne aus dem Gesicht und blickte mich endlich an. Spontan ergriff ich ihre Hand und drückte sie. »Er wird es schaffen«, sagte ich. »Und ich wünsche euch von Herzen alles Glück dieser Welt. Niemand verdient es mehr als ihr.«

Tanoori drückte mir ebenfalls die Hand und blinzelte. »Du musst Damian helfen. Du musst ihm helfen herauszufinden, was wirklich im Gange ist, und es aufhalten, damit wir endlich alle in Frieden leben können.«

»Genau das habe ich vor«, versprach ich. Aber in meinem Hinterkopf schwelte die Drohung des Mannes in den Verliesen und der gallenbittere Geschmack in meinem Mund war der Ausdruck meiner Angst vor dem bevorstehenden Kampf mit Rafe.

Aber Tanoori blickte mich derart vertrauensvoll an und lächelte, dass ich es nicht übers Herz brachte, etwas zu sagen, das ihre Hoffnung auf Glück zunichtemachen würde. Ich verdrängte meine Befürchtungen und lächelte ebenfalls.

Sie ließ meine Hand los und erhob sich. »Du musst dich erholen, zumindest ein paar Stunden lang.« Sie sammelte ihre Utensilien ein, legte Nadel und Faden und die blutigen Stoffreste in den Korb, ebenso die dunkle Flasche mit Flüssigkeit.

»Ich kann es mir nicht leisten, noch mehr Zeit zu vergeuden.«

»Du kannst es dir auch nicht leisten, vor Erschöpfung zusammenzubrechen. Ich habe viel Arbeit auf die Stiche verwandt. Ich will nicht, dass sie aufplatzen, wenn du losrennst und getötet wirst, weil du zu müde zum Kämpfen bist.« Tanoori zeigte mit gespielter Strenge auf mich.

»In Ordnung«, gab ich nach. »Aber versprichst du mir, mich in zwei Stunden zu wecken?«

»Nur zwei Stunden?« Sie betrachtete mich stirnrunzelnd, aber als ich ihren Blick erwiderte, nickte sie schließlich. »Wenn du darauf bestehst.«

Nachdem Tanoori nach dem Korb gegriffen hatte, wandte sie sich um und strebte zur Tür.

Bevor sie sie öffnete, rief ich ihr hinterher: »Tanoori ... ich ... danke.«

»Gern geschehen«, erwiderte sie. »Jetzt erhol dich.« Und dann ging sie hinaus.

Zum ersten Mal seit Stunden war ich allein.

Nachdem ich in saubere Kleidung geschlüpft war, kehrte ich langsam zum Bett zurück. Ich glaubte nicht, dass ich nach all den schrecklichen und wunderbaren Ereignissen des vergangenen Tages Schlaf finden würde, aber als ich dieses Mal die Augen schloss, gab es kein Blut, das mich albtraumhaft verfolgte. Noch bevor ich ganz auf mein Kissen gesunken war, hatte mich der Schlaf übermannt.

Nur wenige Minuten später, wie mir schien, klopfte es an die Tür. Wie gerädert zwang ich mich, die Augen zu öffnen, und sah mich schlaftrunken im Gemach um. Das Licht, das durchs Fenster drang, war jetzt heller, die Sonne stand hoch am Himmel. Also hatte ich wohl länger als ein paar Minuten geschlafen.

Es klopfte erneut.

»Wer ist da?«

»Ich bin's, Rylan«, hörte ich die Stimme meines Freunds durch die Holztür.

»Dann komm doch rein. Worauf wartest du noch?«

Die Tür wurde aufgerissen, und er schlenderte herein, wich aber meinem Blick aus. Er wirkte wie eine Gewitterwolke, die sich jeden Augenblick entladen würde.

»Was ist los?« Ich richtete mich im Bett auf, spürte meine neuen Stiche, die schmerzten, aber zum Glück hielten.

»Wir müssen uns jetzt auf den Weg machen.«

»In Ordnung. Ich hatte sowieso vor, sofort aufzubrechen, wenn ich mich etwas erholt hätte. Mir wurde befohlen, Schlaf nachzuholen.«

Ich erhob mich vom Bett und blieb kurz stehen, als das Blut durch meinen Körper pulsierte und kurzfristig meine Sicht trübte.

»Es bleibt keine Zeit für Scherze«, sagte er kurz angebunden, ging auf mich zu und reichte mir das Schwert, das ich in Damians Gemach hatte fallen lassen.

»Es tut mir leid«, erwiderte ich, griff nach dem Schwert und schnallte es um. »Ich habe nicht versucht, lustig zu sein, sondern lediglich die Wahrheit gesagt.«

»Hör zu, es ist etwas passiert.« Rylan ergriff meinen Arm, als ich an ihm vorbeiging, um mein extra Paar Stiefel zu holen. Dann wandte ich mich um und schaute ihn an.

»Was?« Mir drehte sich der Magen um, als ich mir alle möglichen schrecklichen Szenarien vorstellte »Geht es um Damian?«

»Nein. Dein *Verlobter* ist wohlauf«, knurrte er. »Zumindest im Augenblick. Aber der Angriff, von dem ihm der General berichtet hat? Es war kein gewöhnlicher Überfall.«

Ich sah zu ihm hoch, Erleichterung und Angst wechselten sich mit meinem Herzschlag ab.

»Dieses Mal hat der Zauberer das gesamte Dorf bis auf die Grundfesten niedergebrannt und alle Bewohner, bis auf einen Mann, getötet. Dieser wurde nur verschont, um eine Botschaft überbringen zu können. Eine Kriegserklärung. Und das ist erst der Anfang von dem, was auf unser Volk zukommt.«

Vierundzwanzig

DIE TROSTLOSIGKEIT IN Rylans Augen entsprach der plötzlichen entsetzlichen Leere in meinem Inneren, dem Gefühl, dass sich der Boden unter mir auftat.

»Aber … warum?«, flüsterte ich. »Sie haben *alle* getötet?« Ich erinnerte mich an einen anderen Überfall, an ein anderes Dorf vor vielen Jahren, als ich allein neben meinem Zwillingsbruder stand und auf die verkohlten Leichen unserer Eltern hinabblickte. Wie konnte jemand – selbst ein schwarzer Zauberer, so hinterhältig er auch sein mochte – ein ganzes Dorf niedermetzeln? Frauen, Kinder, *Babys* … Mein Magen rebellierte, und ich war plötzlich froh, dass ich lange nichts mehr zu mir genommen hatte. So kam mir lediglich die Galle hoch und brannte in meiner Kehle.

»König Damian will dich vor unserem Aufbruch sehen. Aber wir müssen uns beeilen und mit Jax zurückkehren. General Ferraun möchte unbedingt zum Gegenschlag gegen Blevon ausholen, aber Damian hegt immer noch die Hoffnung, dass dieser Kampf nicht von ihnen ausgeht.«

»Es ist *nicht* Blevon«, sagte ich. »Wir kennen jetzt die Wahrheit – es war entweder Rafe oder Vera, die die Blevoneser Soldaten, die in die Überfälle verwickelt waren, unter ihrer Kontrolle hatten. Wir können doch nicht unsere Verbündeten angreifen. Der eigentliche Kampf findet gegen Dansii statt.«

»Nein, das stimmt nicht.« Rylan blickte mich voller Mitleid an. »Der Mann, den sie entsandten, um die Botschaft zu übermitteln, führte ein versiegeltes Sendschreiben mit sich. Es enthielt die Kriegserklärung, unterzeichnet von General Tinso.«

Seine Worte hallten in meinem Kopf wider, sickerten in meinen Körper ein und Entsetzen legte sich wie eine Eisenklammer um mein Herz. Ich öffnete den Mund und schloss ihn wieder, brachte kein Wort hervor. Es war unmöglich. Wir kannten jetzt die Wahrheit – die Bedrohung ging von *Dansii* aus, nicht von Blevon. Sie waren unsere Verbündeten. Eljin hatte Lisbet aufgetragen, seinen Vater aufzusuchen, wenn alles andere fehlschlug. General Tinso hatte so viel unternommen, um uns zu helfen …

»Doch Damian lässt sich nichts sagen. Er behauptet nach wie vor, Eljin werde ihm recht geben, dass es ein Unding sei, dass Eljins Vater die Kriegserklärung unterzeichnet hat. Aber zurzeit ist Eljin ohne Bewusstsein, und der General will nicht warten, bis er aufgewacht ist, um in Aktion zu treten. Er meint, wenn das so weitergehe, stünden zu viele Menschenleben auf dem Spiel. Allein diese Woche waren es zwei Überfälle.« Rylan schwieg, doch dann fuhr er fort: »Alexa, du musst mit ihm reden. Du musst ihn überzeugen, seine Hoffnung aufzugeben und der Wirklichkeit ins Auge zu blicken.«

In meinem Kopf wirbelte es, während ich meine Stiefel suchte und hineinschlüpfte. Ich konnte es nicht glauben. General Tinso sollte uns den Krieg erklärt haben? Knapp zwei Monate, nachdem er Damian geholfen hatte, den Thron zu besteigen? Und zudem lebten sein Sohn und seine Schwester hier. Mir war mulmig zumute, als ich schnell mein Haar zu einem Zopf flocht und mit einem kleinen Lederband zusammenfasste. Dann schlüpfte ich in ein sauberes Wams mit den königlichen Insignien.

Rylan beobachtete mich stillschweigend. Als ich mich ihm schließlich zuwandte, sah er mich erwartungsvoll an. »Alexa, wirst du mit ihm reden?«

Ich holte tief Luft und schüttelte dann den Kopf. »Ich stimme Damian zu. Dies ergibt keinen Sinn. Warum sollte uns Blevon erneut den Krieg erklären – und auf so heftige, schreckliche Weise?«

»Es spielt keine Rolle, ob es *Sinn* ergibt«, knurrte Rylan und lief rot an. »Wichtig ist, dass unser Volk vor weiterer Zerstörung bewahrt wird. Wenn wir uns nicht wehren, wird es bald kein Antion mehr *geben*, das wir retten können.«

Seine Worte erweckten tiefe Besorgnis in mir.

»Wo ist Damian?«

»Er wartet in der Bibliothek auf dich.« Rylan öffnete meine Tür und bedeutete mir mit einer Handbewegung, ihm vorauszugehen.

Ich eilte den Flur entlang, wollte unbedingt Damian sehen, und versuchte, mir vorzustellen, was hier wirklich vor sich ging. Nichts ergab einen Sinn. Warum sollte uns Blevon den Krieg erklären, nachdem es sich so sehr bemüht hatte, den Frieden herzustellen? Damian war einer der ihren – ein König, der zur Hälfte Blevoneser war und über ein benachbartes Königreich herrschte. Ein besserer Verbündeter war nicht denkbar. Und nach allem, was Eljin und Lisbet mir über Blevon und ihre heiligen Glaubensvorstellungen berichtet hatte, glaubte ich Eljins Behauptung, dass Blevon niemals schwarze Zauberer einsetzen würde. Aber warum handelte dann General Tinso so?

Es mussten die Dansii sein. Sie hatten ihm wohl etwas angetan, hatten ihn wohl dazu gezwungen, dies zu tun. Dansii war das Königreich, das schwarze Zauberer hatte. Dansii war auch das Königreich, das über den Tod von König Hektor aufgebracht war. Das Königreich, das die Delegation mit der Absicht entsandt hatte, den König zu einem hirnlosen Sklaven zu machen und mich aus irgendeinem Grund in ihre Gewalt zu bringen. Alles deutete auf Dansii hin. Irgendwie steckte König Armando hinter alldem.

Lag es daran, dass er Antion wollte? Oder hatte Eljin recht, und er benutzte uns nur, um nach Blevon und zu dem Geheimnis vorzudringen, das dort bewahrt wurde?

Erneut erinnerte ich mich an die Drohung des Mannes in Schwarz-Weiß. Sein Versprechen erfüllte sich – die Menschen starben.

Ich wusste bereits, dass Rafe eine von König Armandos Geheimwaffen war. Aber gab es noch mehr Männer wie ihn? Oder andere, die über unvorstellbare Kräfte verfügten? Die Vorstellung war faszinierend. Vor allem, da normale Zauberer sie nicht erspüren konnten.

In meinem Kopf herrschte Chaos, als ich durch den Palast rannte, auf der Suche nach Damian.

»Alexa, langsam«, rief Rylan mir hinterher, aber ich hörte nicht auf ihn.

Und dann blieb ich ruckartig stehen.

»Alexa!«, rief Rylan, der mich fast eingeholt hatte, erneut, aber ich ignorierte ihn.

Plötzlich wusste ich, was ich zu tun hatte, auch wenn es Damian wütend machen würde. Ich machte auf dem Absatz kehrt und rannte in die Gegenrichtung, zur nächsten Tür, die mich hinaus auf den Hof führen würde.

Ich würde den Mann in dem schwarz-weißen Gewand in den Verliesen aufsuchen.

Die Verliese waren so düster und heiß wie immer. Heute erwartete mich nicht Jaerom am Ende der Treppe mit einem Lächeln und hieß mich willkommen. Er hatte mich immer »kleiner Meister« genannt. Heute stieß ich auf einen neuen Gefängniswärter, einen riesigen brutalen Kerl mit nachtschwarzen Augen und breitem Mund. Die Tatsache, dass Jaerom tot war, traf mich immer wieder aufs Neue, die Erinnerung, wie Iker ihn auf den Stufen des Palasts getötet hatte, ließ mich nicht los.

»Was tut denn ein Mädchen hier unten?«, brummte der neue Mann und lenkte die Aufmerksamkeit auf sich. »Geh hinauf ins Licht, wohin du gehörst.«

Ich war nicht bereit, mich einschüchtern zu lassen, auch wenn der Mann riesig war und seine Arme so breit wie meine beiden Schenkel zusammen. Ich straffte die Schultern und bedachte ihn mit meinem hochnäsigsten Blick.

»Ich bin nicht nur ein *Mädchen*. Ich bin Alexa Hollen, Leibwache von König Damian, und ich erteile dir den Befehl, mich zu dem Gefangenen aus Dansii, der ein schwarz-weißes Gewand trägt, vorzulassen.«

Der Mann machte große Augen. Dann zuckte er die Schultern und seine Miene wirkte wieder gleichgültig. »Ist mir egal, wenn du verletzt oder getötet wirst. Aber ich räume die Sauerei später nicht auf.«

»Alexa, was tust du da?« Rylan eilte mir hinterher und ließ den Blick zwischen mir und dem Gefängniswärter hin und her wandern.

»Sie will den Jammerlappen dort aufsuchen.« Er deutete mit dem Daumen über die Schulter auf die Zellen.

»Damian hat uns allen den Schwur abgenommen, dich von ihm fernzuhalten. Du darfst das nicht tun – du bringst uns alle in Schwierigkeiten und machst ihn wütend.« Rylan schwieg. Dann fuhr er fort: »Doch wenn ich es mir recht überlege, vielleicht solltest du tatsächlich mit ihm reden und sehen, was du ihm entlocken kannst. Du warst bei Verhören immer die Beste.«

Ich ignorierte ihn und gab dem Gefängniswärter ein Zeichen, mich zur Zelle des Mannes zu führen. Er holte eine Fackel aus der Halterung, zündete sie an und ging den dunklen Flur entlang bis ins Innere des Verlieses. Der Geruch von ungewaschenen Körpern, Fäkalien und Schweiß drang mir in die Nase, wurde immer schlimmer, je tiefer wir eindrangen. Erinnerungen an die Zeit, als ich hier festgehalten wurde, flammten auf, aber ich verscheuchte sie. Ich hatte keine Zeit, mich ablenken zu lassen.

»Hier ist es.« Der Mann reichte mir einen Schlüssel und deutete auf die Tür vor ihm. »Viel Glück.« Und damit wandte er sich um und ging.

»Alex, willst du wirklich …«

»Warte hier draußen«, fiel ich Rylan ins Wort. »Ich bin gleich wieder da.«

Rylan hielt eine weitere brennende Fackel in der Hand und im flackernden Licht wirkte seine Miene sehr ernst. Vor Besorgnis bildete sein Mund eine einzige Linie.

»Da, nimm das, dann siehst du wenigstens, was du tust.«

»Und lasse dich in der Dunkelheit zurück?«

»Besser, ich bin im Dunkeln als du«, sagte er. »Ich traue diesem Mann nicht über den Weg. Irgendetwas stimmt nicht mit ihm.«

Jetzt, da ich hier war, fragte ich mich, ob die Idee gut war. Aber jetzt war es zu spät. Ich hatte aber keine Lust, kehrtzumachen und aufzugeben. Vielleicht konnte er Antworten geben und genau die benötigte ich im Augenblick am dringendsten.

Ich nahm all meinen Mut zusammen, griff nach Rylans Fackel, gab ihm den Schlüssel und zog mein Schwert aus der Scheide. »Mach schon«, forderte ich ihn auf und nickte in Richtung Tür.

Einen Moment lang schloss er die Augen, dann trat er mit einem Kopfschütteln vor und schloss die Tür auf.

Als ich die Zelle betrat, fiel mir als Erstes die Eiseskälte auf. Eigentlich hätte es hier drinnen noch heißer als im Flur sein müssen, stattdessen fröstelte ich.

Und dann entdeckte ich den Mann. Er war mit Ketten an einen Stuhl gefesselt, saß kerzengerade und stolz wie immer da. Ein Mundwinkel war blutig und angeschwollen und sein Gesicht wies Prellungen und weitere Zeichen von Schlägen auf. Entweder hatte er sich vor seiner Gefangennahme gewehrt oder er war bei dem Verhör unsanft angefasst worden.

Aber seine Augen wirkten in dem Licht der Fackel völlig klar und er sah mich direkt an. Seine Pupillen waren anormal groß, sodass seine Augen, abgesehen von dem silbernen Kreis, in dem seine Iris sichtbar war, fast schwarz wirkten.

»Alexa, ich wusste, dass Ihr kommen würdet«, sprach er in perfektem Antionesisch, fast ohne Akzent. »Ihr seid nicht der Mensch, der eine Drohung auf die leichte Schulter nimmt.«

»Ich bin nicht wegen Eurer Drohung hier«, log ich. »Was könnt *Ihr* anrichten, um uns zu schaden? Ihr seid in einem Verlies eingesperrt.« Ich wandte mich um, steckte die Fackel in eine Halterung an der Wand und sah ihn dann erneut an.

»Ich bin hier, um Antworten zu erhalten.«

»Alexa, unterschätzt nie Euren Feind. Das war von jeher der erste Fehler der Besiegten.« Seine Stimme war leise, ließ mich jedoch erschauern. Und woher rührte diese verdammte Kälte? Meine Finger am Schwertgriff fühlten sich eisig an.

»Seid Ihr mein Feind? Ich hatte gehofft, Ihr würdet unter den gegebenen Umständen Eure Meinung ändern.« Ich trat auf ihn zu, hob mein Schwert, sodass es sich in Höhe seiner Kehle befand, aber nicht nah genug, um diese zu berühren – noch nicht.

Aber statt einzulenken, lachte er einfach, ein scharfer gutturaler Laut, der mich in Alarmbereitschaft versetzte.

»*Ich* bin nicht der Feind. Jene, die den Weg zum Sieg versperren, sind der Feind.«

»Was redet Ihr da? Ich will Antworten, keine Rätsel. Sprecht Ihr über Blevon? Ist das Armandos Ziel? Benutzt er unser Königreich, um das zu bekommen, was er wirklich will?«

Der Mann hob lediglich eine Augenbraue und betrachtete mich gelassen.

»Wenn Ihr mir nicht sagen wollt, was ich wissen muss, sehe

ich keinen Grund, Euch am Leben zu lassen.« Ich verstärkte den Griff um meinen Schwertknauf und trat noch einen Schritt vor, sodass meine Klinge nur noch wenige Zentimeter von seiner Haut entfernt war. »Sagt mir, warum Dansii Blevon den Schwarzen Peter zuschieben möchte. Warum will Euer Königreich, dass wir erneut in den Krieg ziehen?«

Der Mann schwieg, lediglich ein leichtes Lächeln kräuselte sich an den Mundwinkeln seiner schmalen Lippen.

»Gut, dann verratet mir, wer Ihr seid. In welcher Beziehung standet Ihr zu Vera?«

Bei der Erwähnung ihres Namens entdeckte ich endlich einen Riss in seiner glatten Fassade. Ein Schauder lief durch seine Gestalt und Hass flammte in seinen Augen auf. Die Kälte in der Zelle verwandelte sich in glühende Hitze. Aber genauso schnell, wie sich der Wandel vollzogen hatte, war er wieder verschwunden. Der Mann setzte wieder eine gleichgültige Miene auf und erneut hüllte uns eine Wolke eisiger Luft ein.

Es lag also an ihm; irgendwie ging die Kälte von *ihm* aus. Über welche Art von Macht verfügte er und wie groß war die Gefahr für mich? Er war an einen Stuhl gekettet, ohne Waffe, harmlos; ich war diejenige, die ein Schwert besaß. Und doch baute sich Angst in mir auf, drängte mich, umzukehren und wegzulaufen.

»Ihr werdet für das, was Ihr getan habt, bezahlen«, sagte er schließlich. »Ihr und Euer König. Die Zerstörer unserer wertvollsten Kunstwerke verdienen es, zu leiden und zu verbrennen. Und das Gleiche gilt für Euch. Ihr werdet Euren König leiden sehen und wegen seines Verbrechens sterben. Für Euer beider Verbrechen.«

»Vera war kein Kunstwerk. Sie war ein Dämon. Und *wagt* es nicht, Damian zu drohen.« Ich trat auf ihn zu, packte ihn an den Haaren und riss seinen Kopf nach hinten, sodass seine Kehle freigelegt war. »Ich könnte Euch auf der Stelle töten und niemanden würde es interessieren. Euer Leben bedeutet uns nichts, es sei denn, Ihr würdet Euch als nützlich erweisen.«

»Eure Liebe ist Schwäche. Und sie wird Euer Untergang sein.« Er spuckte mich an, obwohl meine Klinge die Haut an seiner Kehle ein wenig aufgeritzt hatte, Blut heruntertröpfelte und sein weißes Gewand besudelte.

»Wer seid Ihr?«, brüllte ich. »Was wollt Ihr von uns?«

Erneut flammte Hass in seinen Augen auf. Plötzlich weiteten sich seine Pupillen und bedeckten seine Iris vollständig. Ich unterdrückte einen Schrei, kämpfte gegen das Verlangen an, einen Sprung nach hinten zu machen. Ich zitterte von Kopf bis Fuß.

Ein Windstoß fegte durch die Zelle. Meine Fackel fing plötzlich an zu flackern und erlosch schließlich, sodass wir in Dunkelheit gehüllt waren.

»Was habt I…«

»Du meinst wohl, du kennst das Spiel, in das du verwickelt bist, kleines Mädchen.« Seine Stimme war ein Zischen in der Dunkelheit, kam von überallher, hallte in der Zelle wider, in meinem Kopf und in meinem Körper. »Aber du hast *keine Ahnung*. Es ist so viel größer, als du dir vorstellen kannst. Du und dein jämmerlicher Liebhaber, der sich König nennt. *Mein* König, der *wahre* König, wird euer Königreich zermalmen, wenn es erforderlich sein sollte.«

»Hört auf!«, brüllte ich. »Rylan! Ich brauche dich! Rylan!«

Ich drehte mich zur Tür, zumindest meinte ich das, war mir in der völligen Dunkelheit nicht sicher.

»Ich habe mich nur deshalb gefangen nehmen lassen, um Euch diese Botschaft zu überbringen.« Die Stimme des Mannes erklang direkt hinter mir, ein heißes Flüstern, das mich schreien, herumwirbeln und mein Schwert wie wild durch die Luft schwingen ließ. Doch ich traf nur Luft. Ich rang nach Atem. Er konnte nicht hinter mir sein, denn er war ein paar Meter von mir entfernt an einen Stuhl gekettet.

»Ihr wollt wissen, wer ich bin?«, hörte ich seine samtweiche Stimme erneut, dieses Mal vor mir. Ich holte blind aus und mein Schwert stieß mit einem lauten Knall gegen die Wand. Ich drückte mich gegen die feuchte Steinwand, versuchte, mich zu orientieren, indem ich in die undurchdringliche Finsternis starrte. Entsetzen packte mich, raubte mir den Atem.

»Ich bin *Manu de Reich os Deos*.« Seine Stimme schwoll zu einem Brüllen an. »Ich sollte Euch und alle, die Ihr liebt, auf der Stelle wegen der Drohungen, die Ihr gegen mich ausgesprochen habt, töten. Dafür, dass Ihr mir Vera genommen habt. Und ich werde es tun – Ihr werdet dafür bezahlen. Aber nicht jetzt. Die Zeit für Euren Tod ist noch nicht reif.«

Seine Stimme wurde immer lauter, bis mir die Ohren wehtaten und mein Kopf sich anfühlte, als würde er auseinanderbrechen.

»König Armando ist der einzig wahre König, und bevor er zulässt, dass ihm ein groteskes kleines Mädchen in die Quere kommt, wird er Flammen und Zerstörung über Euch und all jene bringen, die Ihr liebt. Er wird das von Euch nehmen, was er braucht – Ihr werdet Euren Zweck erfüllen.«

»Genug!«, schrie ich, hob mein Schwert höher und stürzte vor. Er war da, irgendwo. Bevor er seine Stimme weiterhin als Machtinstrument einsetzen konnte, um mich einzuschüchtern, würde ich ihm die Klinge in den Leib rammen.

»Und dann, wenn er fertig ist, wirst du sterben, kleine Wache. Du wirst sterben, wenn die Zeit gekommen ist.« Ich spürte, wie seine Lippen mein Ohr streiften, drehte mich blitzschnell und hieb in die Dunkelheit, traf aber nichts.

»Und ich freue mich darauf.«

Ich spürte einen weiteren Luftzug und die Kälte verwandelte sich erneut in glühende Hitze. In einem Lichtstrahl, der mich blendete, sah ich den Mann, der direkt vor mir stand und mir eindringlich in die Augen blickte. Neben ihm stand Damian. Ich holte tief Luft und versuchte, zu ihm zu eilen, doch plötzlich erstarrte ich. Wann war er hierhergekommen – und warum? Damian streckte die Hand nach mir aus, hauchte meinen Namen, aber kein Laut entrang sich seinen Lippen. Aus seinem Mundwinkel tröpfelte Blut, rann über sein Kinn. Und dann stürzte er zu Boden und schloss die Augen. Ich rief seinen Namen, konnte mich aber immer noch nicht bewegen. Und dann mit einem Dröhnen, das das Verlies wie Donnergrollen erschütterte …

»Alexa!«

Ich kniff die Augen zusammen und die Horrorszene war vorbei. Ich stand immer noch neben dem Mann, der sich *Manu de Reich os Deos* nannte. Nach wie vor hielt ich ihn an den Haaren, hatte seinen Kopf nach hinten gerissen und das Schwert gegen seine Kehle gedrückt. Er war immer noch an den Stuhl gekettet und sah mich an.

Wir waren allein in der Zelle, Damian war nirgendwo zu sehen.

»Alexa – ich dachte, ich hätte dich rufen gehört«, sagte Rylan von der Türschwelle aus.

Ich konnte kaum atmen, so stark schlug mein Herz. Ein Trick. Eine Art mentaler Trick. Als hätte er mich plötzlich verbrüht, ließ ich Manus Haare los, trat zurück und ließ mein Schwert sinken. »Ich habe genug gehört«, antwortete ich Rylan. »Der Mann ist geisteskrank. Ich habe ihn so gut wie möglich befragt.«

Ich verließ die Zelle, begleitet von Manus Stimme: »Vergesst nicht, was Ihr gesehen habt. Das ist nur ein Vorgeschmack von dem, was kommen wird …«

Als ich den Flur entlanghastete, verfolgte mich sein raues Gelächter. Ich wollte nur noch weg von seiner Stimme und den Geschehnissen in der Zelle. Ich raste an dem Gefängniswärter vorbei, immer schneller, stolperte die Stufen hoch, bis ich das Tageslicht erreichte und tief durchatmete.

»Alexa«, hörte ich Rylans Stimme direkt hinter mir, genauso sanft wie die Brise, die jetzt über meine Wangen strich – nicht vergleichbar mit dem unnatürlichen kalten Windstoß in der Zelle. Es gab ihn nicht wirklich, er hatte ihn mir nur vorgegaukelt. »Was hat er getan – bist du in Ordnung?«

»Ja«, erwiderte ich und nahm Rylans Hand von meiner Schulter. »Aber sorg dafür, dass alle erfahren, dass sie diesem Mann nicht direkt in die Augen schauen dürfen.«

Als ich endlich vor der Tür zu Damians Bibliothek stand, war sie geschlossen. Deron stand daneben, die Hand am Schwertgriff, und beobachtete mich.

»Guten Tag, Alexa«, begrüßte mich Deron. »Ich hoffe, du fühlst dich besser.«

»Um einiges, danke«, log ich und nickte ihm zu. Ich wollte nicht mit ihm über meinen Besuch im Verlies reden. Wollte mit *niemandem* darüber reden. »Solltest du nicht schlafen, du warst doch die ganze Nacht wach?«

»Dafür ist später Zeit. Im Augenblick braucht mich der König.«

Ich schürzte die Lippen, widersprach ihm aber nicht. Welches Recht hatte ich, ihm zu sagen, er müsse schlafen, wenn er es nicht wollte?

Ohne ein weiteres Wort klopfte ich an die Tür der Bibliothek. Jetzt, da ich die Verlobte des Königs war und nicht mehr nur seine Wache, war ich mir wegen der Etikette unsicher. Rylan stand direkt hinter mir, seine Miene verschlossen.

»Willst du mir berichten, was sich in der Zelle abgespielt hat?«

»Nichts hat sich abgespielt«, erwiderte ich und blickte zu Rylan hoch. In diesem Augenblick wurde die Tür geöffnet.

»Da bist du ja, Alexa.« General Ferrauns Stimme zu hören, war nicht gerade das, was ich erwartet hatte. Ich hoffte, die Überraschung war mir nicht allzu sehr anzusehen, als ich mich ihm zuwandte. Sein Blick wanderte zu meinen Narben, dann zurück zu meinen Augen. »Der König erwartet dich.« Die Enttäuschung in seiner Stimme war nicht zu überhören.

Ich straffte die Schultern, reckte das Kinn vor und ging an ihm vorbei. Nach meiner Eheschließung mit Damian würde mich der General ebenfalls als »Majestät« ansprechen müssen. Ein faszinierender und gleichzeitig erschreckender Gedanke.

Aber als ich Damian erblickte, der hinter seinem Schreibtisch stand und mir entgegensah, waren alle anderen Gedanken nebensächlich. Ich musste mich beherrschen, mich nicht in seine Arme zu stürzen. Nach der erschreckenden Vision, die mir Manu irgendwie aufgedrängt hatte, zitterten mir vor Erleichterung die Knie, als ich ihn gesund und unversehrt vor mir sah. Das Sonnenlicht zauberte einen bernsteinfarbenen Schimmer auf sein dunkles Haar. Er hatte sich gewaschen und trug jetzt eine dunkle Hose, hohe Stiefel, eine saubere Tunika und ein Wams. Er trug seine Amtskette und die zierliche Goldkrone, die er für den Alltag bevorzugte. Als er mich ansah, raubte mir die Intensität seines Blicks den Atem.

»Alexa.« Mein Name klang wie ein Seufzer der Erleichterung von seinen Lippen.

Ich blieb ein paar Meter von ihm entfernt stehen, wusste nicht, wie ich mich verhalten sollte.

»Vielleicht kann sie ihn zur Vernunft bringen«, hörte ich hinter mir den General an Rylan gewandt sagen. Doch Rylans Erwiderung ging in Damians Frage unter: »Hat dir Rylan die Neuigkeiten mitgeteilt?«

Ich wusste sofort, worauf er anspielte. Die Zerstörung des Dorfs und die Kriegserklärung. »Ja.«

Einen langen Augenblick herrschte Stille. Die Atmosphäre war angespannt.

»Warum hat es so lange gedauert, sie hierher zu bringen?«, wollte Damian schließlich wissen und sah an mir vorbei auf Rylan.

Ich drehte mich schnell zu Rylan um, hoffte, er würde die Warnung in meinen Augen erkennen. Er sah mich an und kniff die Lippen zusammen. »Bedaure, Herr. Etwas kam dazwischen, hat mich aufgehalten. Ich habe versucht, mich dennoch zu beeilen.«

»Wir stehen am Rande eines Krieges, und du warst der Meinung, etwas anderes habe Vorrang?«

»Ich bedaure, Majestät.«

Ich wagte es nicht, Rylan ein Danke zuzuhauchen, da uns General Ferraun beobachtete, aber ich hoffte, Rylan konnte es von meinen Augen ablesen.

»Ich bin ja jetzt hier«, sagte ich und wandte mich wieder Damian zu.

»Ja, das stimmt«, murmelte Damian. Dann sah er an mir vorbei zu den beiden Männern. »Ihr beide seid für den Augenblick entlassen.« Sein Ton duldete keinen Widerspruch, aber der General schnaubte hinter mir.

»Herr, wir benötigen wirklich …«

»Was ich *benötige*«, unterbrach ihn Damian, »ist ein Gespräch mit Alexa. Unter vier Augen.«

Es herrschte kurzes Schweigen, dann erwiderte General Ferraun: »Ganz wie Ihr wollt, Herr.« Sein Ton verriet unverkennbar seinen Ärger.

»Ja, Herr«, wiederholte Rylan. Ich wandte mich nicht um, um ihren Rückzug zu beobachten. Meine Wangen glühten, und ich zuckte zusammen, als die Tür ins Schloss fiel.

Damian stand steif hinter seinem Schreibtisch und starrte auf eine ausgebreitete Pergamentrolle.

»Ist sie das?«, fragte ich.

»Ja.«

»Ich glaube es nicht. Das würde er nicht tun; ich bin mir da ganz sicher.«

Damian blickte hoch; ein winziger Hoffnungsschimmer überzog seine Miene. »Du bist also nicht hier, um mir zu sagen, dass es Zeit ist zu kämpfen?«

»Nein. Zumindest nicht gegen Blevon. Irgendwie steckt dein Onkel hinter dem Ganzen. Es kann nicht anders sein. Alles scheint immer wieder auf Dansii zu deuten.«

»Ich glaube, du hast recht. Aber … warum? Ich fühle mich wie eine Schachfigur in einem Spiel, das mir nie jemand beigebracht hat.« Damian schloss die Augen und kniff sich in den Nasenrücken. »Ich will nichts anderes, als mein Volk zu beschützen. Ihm für immer Frieden zu schenken.«

Als ich dastand und ihn im Morgenlicht betrachtete, quoll mein Herz über von Liebe. Er war ein so guter Mann. Ein so großer König. »Damian, wir werden es herausbekommen. Gemeinsam schaffen wir alles, nicht wahr?«

Nach einem langen Schweigen blickte er zu mir hoch.

»Alexa …« Dieses Mal klang mein Name wie eine Bitte, ein Gebet. Unsere Blicke trafen sich über dem Schreibtisch. Seine Augen verrieten Verzweiflung. Seine Schultern waren angespannt von dem Gewicht, das auf ihm lastete – der Last einer Nation, die sich am Rand des Kriegs oder der Zerstörung befand. Als er sich schließlich rührte, zuckte ein Muskel auf seiner Wange. Er kam um den Schreibtisch herum auf mich zu. Ich eilte ihm entgegen. Plötzlich lag ich in seinen Armen, schmiegte mich an ihn. Als seine Arme mich umfingen, unterdrückte ich einen Schmerzenslaut, aber er musste es gespürt haben, denn er ließ mich sofort wieder los.

»Habe ich dir wehgetan?«

»Nein, alles in Ordnung«, sagte ich und trat wieder auf ihn

zu. Plötzlich fühlte ich meinen Puls an seltsamen Stellen meines Körpers – wie zum Beispiel am Hals und im Bauch. Ich wollte Damian von allen Schmerzen und Ängsten befreien. Manus Warnung, meine Liebe zu ihm würde meinen Untergang besiegeln, nagte an mir, aber ich wollte nicht darauf hören. Er hatte unrecht. Unsere Liebe machte uns nur noch *stärker* – nicht schwach.

Sein Blick verdüsterte sich, als könne er meine Gedanken lesen. Er hob die Hände und ließ sie meine Arme entlanggleiten. »Hast du dich erholen können?« Seine Stimme klang leise.

»Ja.« Konnte er meinen Herzschlag hören, der so laut war, dass ich fast taub davon wurde? Seine Berührung, so harmlos sie auch war, brachte jede Pore meines Körpers zum Glühen. Ich legte den Kopf in den Nacken, wurde erneut daran erinnert, wie hochgewachsen er war, sodass ich zu ihm aufblicken konnte.

»Wusstest du, dass dies der Lieblingsraum meiner Mutter im gesamten Palast war? Sie ist täglich hierhergekommen.« Damian blickte sich um, betrachtete die hoch aufragenden Regale mit Büchern. Ich erkannte jetzt, weshalb auch er so oft hierherkam. »Nach ihrem Tod verbot mein Vater uns den Zutritt. Er nahm ihr nicht nur das Leben, sondern auch uns die Erinnerung an sie. Ihr Garten … ihre Bibliothek. Er genoss die Grausamkeit. Er bediente sich der Angst, um seine Macht zu stärken.«

Endlich blickte er wieder zu mir herunter. Die unendliche Traurigkeit in seinem Blick traf mich tief in der Seele. »Ich will nicht, dass du gehst«, sagte er heiser und streichelte meinen Oberarm. »Unwillkürlich denke ich …« Er verstummte und schüttelte den Kopf. Dann riss er sich zusammen und sagte schnell: »Ich habe Angst, dass du nie mehr zurückkommst, wenn du jetzt gehst. Dass du mir genommen wirst wie alle Menschen, die ich je geliebt habe.«

Ich schluckte schwer. »Du weißt, dass ich gehen *muss.*«

Damians Griff um meinen Arm verstärkte sich leicht, fast unbewusst. »Leidet er denn?«

Ich wägte meine Worte ab. »Als ich aufbrach, war er noch unverletzt«, erwiderte ich vorsichtig. »Bis morgen im Morgengrauen werden sie ihm nichts antun, sofern ich wieder auftauche.«

Er nickte, akzeptierte meine Worte als Tatsache.

»Aber das ist der Grund, weshalb ich gehen muss. Damian, ich kann ihn retten. Ich weiß, dass ich es kann.«

Er sah mich an und lächelte grimmig. Seine Miene wirkte düster. »Ich weiß, dass du es kannst. Wenn ich dich nur begleiten könnte.«

Behutsam strich ich ihm eine Locke aus der Stirn. »Du musst hierbleiben und dein Königreich beschützen. Wenn etwas schieflaufen sollte, kann der König nicht …«

»*Nichts* wird schieflaufen.« Seine Finger drückten meinen Arm so fest, dass es fast ein wenig wehtat. »Du musst zu mir zurückkommen, verstehst du? Du musst. Und wenn du Jax zurückgebracht hast, darfst du mich nie wieder allein lassen.«

Das klang so flehentlich, dass mir eng ums Herz wurde.

»Versprich es.«

»Dass ich zurückkomme?«

»Alexa, *versprich* es mir. Nicht nur, dass du zurückkommen wirst, sondern dass du nie mehr von meiner Seite weichen wirst. Ich kann den Gedanken, dich zu verlieren, nicht ertragen. Ich kann nicht noch jemanden verlieren, den ich liebe.«

Die Angst in seiner Stimme war wie ein Hieb für mich. Wieder stellte ich mir den kleinen Jungen vor, der beobachtet hatte, wie seine Mutter vor seinen Augen getötet worden war. Den jungen Mann, dessen Bruder ihn wegschickte, damit er sich versteckte, um nicht ebenfalls getötet zu werden. Er hatte seinen eigenen Vater töten müssen. Lange Zeit waren Schmerz und Verlust seine ständigen Begleiter gewesen. Ich konnte den Gedanken, die Liste noch zu erweitern, nicht ertragen.

»Ich verspreche es.« Ich umfasste mit beiden Händen sein Gesicht. »Damian, ich verspreche, ich komme zu dir zurück.«

Er war so nah, dass ich die Wärme seines Atems auf meinen Lippen fühlen konnte. All der Kummer, den er ertragen hatte, zeichnete sich in seinem Gesicht ab. Als er mir in die Augen sah, fühlte ich mich völlig nackt. Sicherlich konnte er durch meine haselnussbraunen Augen, durch mein Fleisch und meine Knochen direkt in meine Seele sehen. In die heiligen verborgenen Nischen meines Herzens, das schon seit Langem ihm gehörte.

Und dann küsste er mich mit einer Leidenschaft, die mir den Atem raubte. All die Verzweiflung, mit der wir beide gelebt hatten, die Trauer um den Verlust, die Freude, einander endlich unsere Liebe gestanden zu haben, die Angst vor dem, was noch vor uns lag, umhüllte uns, als er seine Arme um mich legte und mich an sich zog. Ich stellte mich auf die Zehenspitzen und schmiegte mich an ihn. Ich hielt ihn, so fest ich konnte, an mich gedrückt, wünschte mir, wir hätten mehr als diesen kurzen Augenblick für uns, um unsere Verlobung zu feiern, bevor ich wieder aufbrechen musste, um den Feinden die Stirn zu bieten, die sich ständig auf allen Seiten zu vereinen schienen, entschlossen, uns auseinanderzubringen.

Als er seine Lippen von meinen löste, gab ich mir selbst ein Versprechen. Ich würde alles in meiner Macht Stehende tun, um ihn glücklich zu machen, ihm weitere Verletzungen zu ersparen.

Er gehörte zu mir und ich zu ihm. Der König und die künftige Königin von Antion.

Aber noch wichtiger: Wir waren Damian und Alexa. Waisen. Überlebende. Und jetzt würden wir endlich zusammen sein.

Eine Zeit lang schwiegen wir, während ich überlegte, wie ich den Mut aufbringen sollte, mich von ihm zu entfernen. Aber er sprach zuerst. »Ich habe nachgedacht. Was könnte Armando gewinnen, wenn er uns zum Krieg mit Blevon treibt?«

Eljins Theorie kam mir in den Sinn, und ich berichtete in wenigen Worten, was der Zauberer mir gesagt hatte. »Aber wenn Armandos einziges Ziel darin besteht, nach Blevon zu gelangen, warum hat er dann Vera geschickt, um dich unter ihre Kontrolle zu bringen? Warum wollen sie mich? Warum tun sie das alles?« Ich wagte es nicht, ihm von Manus Drohung zu berichten – dass König Armando etwas von mir benötigte und mich töten würde, wenn er es hatte.

Damian sah an mir vorbei aus dem Fenster. »Ich kann mir nur einen Grund vorstellen«, sagte er. »Wenn er tatsächlich vorhat, in Antion einzufallen und die Kontrolle zu übernehmen, um dann weiter nach Blevon zu marschieren … dann ist all dies nur logisch. Vielleicht hofft er, die allgemeine Aufmerksamkeit von Dansii abzuziehen und uns zu schwächen, indem er einen weiteren Krieg zwischen unseren Königreichen beginnt.« Damian schwieg und schloss einen Augenblick lang die Augen. »Er *muss* vorhaben, hier einzumarschieren.« Bei diesen Worten ließ er die Schultern hängen. »Er hat mich noch nie gesehen, es interessiert ihn wenig, dass ich sein Neffe bin. Und jetzt, da sein Bruder tot ist …«

»Will er ein Reich aufbauen«, beendete ich den Satz mit einem mulmigen Gefühl in der Magengegend. »Das ergibt Sinn.«

Als Damian mir erneut in die Augen blickte, nahm er wieder eine aufrechte Haltung ein. Seine Miene wechselte von bestürzt zu entschlossen. Plötzlich beugte er sich vor und drückte mir einen Kuss auf die Lippen. Dann ergriff er meine Hände.

»Wenn du Rafe töten kannst, dann wird auch seine Kontrollgewalt außer Kraft gesetzt, richtig?«

»Ja. Genauso wie bei Vera.« Ich nickte.

»Wenn wir also recht haben und er die Blevoneser Soldaten unter seiner Kontrolle hat, dann erkennen sie nach seinem Tod, was sie tun, und halten inne.«

»Zumindest wird das eins unserer Probleme lösen. Und wir bekommen Jax zurück.«

Damian lächelte mich grimmig an. »Ich will nicht, dass du gehst, aber es gibt niemanden, dem ich das Leben meines Bruders lieber anvertrauen würde als dir.« Er nahm mich erneut in die Arme und schob mir behutsam eine Haarsträhne hinters Ohr. »Ich glaube, ich habe deinen Zopf durcheinandergebracht.« Einen kurzen Augenblick lang umspielte ein leichtes Lächeln seine Mundwinkel.

»Ich werde zurückkommen. Morgen früh werden wir wieder zusammen sein.« Ich reckte mich, um ihn zu küssen. Einmal, zweimal. »Und, wie du gesagt hast«, flüsterte ich an seinem Mund, »gemeinsam können wir alle schlagen, nicht wahr? Was auch immer Armando vorhat, wir werden ihm Einhalt gebieten. Gemeinsam.«

Er besiegelte mein Versprechen mit einem weiteren Kuss.

Allzu schnell musste ich mich von ihm lösen. »Ich sollte jetzt gehen«, flüsterte ich.

Damian nickte, lehnte seine Stirn gegen meine. Dann richtete er sich auf und ließ mich los. »Ja. Du hast recht.« Er hielt noch immer meine Hand, als er sich umwandte und mich zur Tür geleitete. Kurz bevor wir sie erreicht hatten, blieb er stehen und gab mir einen letzten Kuss. Ich versuchte, all meine Zuversicht und Liebe in diesen Kuss zu legen, hatte Angst, er könnte meine Verzweiflung und Angst spüren. Ich hatte ihm versprochen, zurückzukommen und Jax mitzubringen, und war fest entschlossen, mein Versprechen zu halten.

Aber ein Teil von mir hatte entsetzlich Angst vor dem, was mich im Dschungel erwartete.

»Ich liebe dich«, sagte Damian leise, als wir uns zum letzten Mal voneinander lösten.

Ich hoffte, dass er die Aufrichtigkeit meiner Gefühle erkannte. »Und ich liebe dich.«

Ich war mir nicht sicher, wie viel Zeit verstrichen war, aber mir wurde klar, dass es ziemlich viel gewesen war, denn als Damian die Tür öffnete, war Rylans verärgerter Blick unübersehbar.

»Bist du jetzt fertig?«

»Rylan«, warnte ihn Damian.

»Entschuldige mich, meine *künftige Königin*«, sagte er und

versank in eine theatralische Verneigung, »wenn ich dich irgendwie beleidigt habe.«

»Rylan, es ist alles in Ordnung. Ja, ich bin fertig.« Ich drückte Damians Hand und blickte ihm ein letztes Mal in die Augen.

Komm zurück zu mir, hauchte er.

»Ich verspreche es«, sagte ich leise. Mein Herz war so erfüllt von der Liebe, die ich für ihn empfand, dass es regelrecht schmerzte. Als ich mich von ihm abwandte, erfasste mich eine seltsame Vorahnung, sodass mich plötzlich fröstelte. Ich verdrängte sie und lächelte ihn an. Mein Verlobter, der König von Antion.

Deron stand auch noch immer neben der Tür, aber General Ferraun hatte sich zurückgezogen. Damian wandte sich an seinen Hauptmann und erläuterte ihm unsere Theorien über Dansii und König Armandos Absichten.

Ich trat neben Rylan, aber er würdigte mich kaum eines Blickes.

Also holte ich tief Luft und sagte: »Dann lass uns aufbrechen.«

Er nickte wortlos und ging den Flur hinunter. Ich folgte ihm, wandte mich noch einmal nach Damian um. Er war immer noch in das Gespräch mit Deron vertieft, aber seine Augen waren auf mich gerichtet.

Ich verspreche es, dachte ich. *Ich werde zurückkommen.*

Doch als ich um die Ecke bog und ihn aus dem Blick verlor, erfasste mich aus irgendeinem Grund erneut das Frösteln.

Fünfundzwanzig

NACHDEM WIR IN der Küche einen kleinen Imbiss zu uns genommen und ein paar Lebensmittel in einen Rucksack gepackt hatten, machten Rylan und ich uns auf den Weg. Wir schauten zuerst bei Eljin vorbei. Ich hoffte, er wäre wach und könnte mir noch einige Antworten über Blevon, Zauberer und seinen Vater geben. Aber er war immer noch nicht bei Bewusstsein, befand sich in der Heilungsphase. Mein einziger Trost war, dass er um vieles besser aussah, sodass ich überzeugt war, dass er sich erholen würde. Sofern ich den nächsten Tag und die nächste Nacht überlebte, würde ich zurückkehren und die Antworten, die ich benötigte, erhalten.

Tanoori saß neben seinem Bett und legte ihm ein kühles Tuch auf die Stirn. Als wir hereinkamen, stand sie auf und wünschte uns Glück. Lisbet war unterwegs, um Vorräte zu besorgen, sodass wir keine Gelegenheit hatten, sie vor unserem Aufbruch zu sehen. Tanoori versprach, ihr unsere Nachricht, dass wir morgen mit Jax zurückkehren würden, zu übermitteln.

Als wir die Palastmauer hinter uns ließen, brannte uns die Sonne heiß auf den Rücken. Wir tauchten in die üppige Vegetation des Dschungels ein und empfanden den Schatten als Erleichterung, aber die Feuchtigkeit war jetzt noch intensiver als beim letzten Mal, überzog meine Haut und ließ meine Tunika an meinen Stichen festkleben. Ich hatte einen Bogen und ein Bündel Pfeile auf dem Rücken festgezurrt und mein Schwert umgeschnallt. Ich hatte sogar einen kleinen Dolch um das linke Bein befestigt. Rylan war ähnlich bewaffnet. Ich wünschte mir eine größere Eskorte, aber ich wusste, dass Rafe dann sofort Verdacht schöpfen und weiß der Himmel was unternehmen würde.

Es lag an Rylan und mir, uns ins Lager zu schleichen und Rafe zu töten, bevor er drastische Maßnahmen ergreifen konnte. Und wir konnten nur hoffen, dass seine Männer ihn genauso hassten, wie ich es vermutete, wenn sie nicht mehr unter seiner Kontrolle standen. Andernfalls müssten wir uns aus dem Lager herauskämpfen.

Lange Zeit marschierten wir schweigend, nahmen denselben Weg wie beim letzten Mal und folgten den deutlichen Spuren, die der verletzte Felton auf seinem Marsch zum Palast hinterlassen hatte. Während ich ihm gefolgt war, hatte ich bewusst ein paar Äste abgebrochen, damit wir uns orientieren könnten.

Nach einer Stunde spannungsgeladenen Schweigens sagte ich: »Könnten wir einen Moment anhalten? Und einen Happen zu uns nehmen?«

Rylan wandte sich mir zu und zuckte die Achseln. »In Ordnung.«

Obwohl ich im Palast vor unserem Aufbruch etwas gegessen hatte, tat mir immer noch der Magen weh, da er so lange keine Nahrung erhalten hatte. Ich fand einen umgefallenen Holzklotz und untersuchte die Bäume im Umfeld nach versteckten Schlangen oder Raubtieren. Dann nahm ich Platz, öffnete den Rucksack und nahm eines der Brötchen und den Käse heraus, die der Koch für uns eingepackt hatte. Ich biss in die flockige Kruste, genoss den Geschmack des Hefebrots, auch wenn mein Mund trocken war. Zum Glück hatten wir dieses Mal auch eine Wasserflasche dabei, die mit kühlem Wasser aus einer der Palastquellen gefüllt war.

»Du wirst mich also künftig mit Schweigen bestrafen?«, fragte ich schließlich, als Rylan ein paar Meter von mir entfernt dastand, die Arme über der Brust verschränkt. Unbeweglich starrte er in den endlosen, schattigen Dschungel.

Er warf mir einen Blick zu, schaute aber schnell wieder weg. »Nein.«

Ich nahm noch einen Bissen und wartete, doch er schwieg.

»Rylan, bitte, sei nicht wütend auf mich. Du bist mein engster Freund und hast mir versichert, das würde sich nie ändern.«

»Ich bin nicht froh, dass ich Damian deinetwegen anlügen musste.« Endlich drehte er sich zu mir um, die Miene immer noch verschlossen. Aber nach einer Weile wurde er etwas weicher. »Aber ich bin nicht wütend auf dich. Ich habe dir schon mal gesagt, dass ich nie *wütend* auf dich sein könnte.«

»Warum verhältst du dich dann so?« Ich stand auf, mein halb gegessenes Brötchen in der Hand, und ignorierte das Unbehagen, das mir die Stiche bereiteten.

Er zuckte die Schultern und blickte finster drein. »Ich bin eifersüchtig. Du willst die Wahrheit wissen. Das ist sie. Ich bin eifersüchtig auf Damian.«

Seine Worte trafen mich tief. Meine Mutter hatte mir immer

erklärt, dass es stets am besten sei, ehrlich zu sein, auch wenn die Wahrheit manchmal wehtat. Sie hatte recht, aber es machte die Dinge nicht leichter.

»Ich hatte angefangen zu hoffen, dass vielleicht … mit der Zeit … du und ich …« Er verstummte und schüttelte den Kopf. »Aber das war lächerlich. Ich spürte doch, welche Gefühle du immer noch für Damian hattest, bekam es immer wieder bestätigt, wenn du ihn angesehen hast. Habe es auch in deiner Stimme gehört.«

»Ry, es tut mir so leid …«, begann ich, doch er hob die Hand.

»Ich freue mich für dich. Ehrlich, das tue ich.« Endlich sah er mir in die Augen. Der unverhüllte Schmerz in seinem Gesicht ging mir durch und durch, denn er strafte seine Worte Lügen. »Aber ich kann vielleicht nicht weiterhin Mitglied von Damians Wache sein. Das ertrage ich nicht.«

Ich hatte das Gefühl, mir bleibe die Luft weg. »Natürlich werden wir deine Entscheidung verstehen. Aber ich hoffe von Herzen, dass du sie noch einmal überdenkst.«

Rylan verdrehte die Augen und ich hielt inne.

»Was ist los?«

»Du sprichst bereits in der Wir-Form, im Namen von Damian und dir.«

»Oh.« Ich bemühte mich, die Röte, die meinen Hals hochkroch, zu bekämpfen. Er hatte recht. »Nun«, fuhr ich verwirrt fort, »es gibt keinen anderen, von dem ich mir mehr wünschen würde, dass er uns vor künftigen Angriffen oder Schaden schützt. Zumal ich mir nicht sicher bin, ob es der Königin erlaubt sein wird, mit einem Schwert umgeschnallt durch den Palast zu schlendern.«

»Höchstwahrscheinlich nicht. Doch ich kann mir dich nicht ohne Schwert vorstellen.« Rylan schüttelte den Kopf und ein ironisches Lächeln umspielte seine Lippen.

»Ich auch nicht«, stimmte ich ihm zu. Die Vorstellung war tatsächlich beunruhigend. Nachdem jetzt das anfängliche Glück, Damian endlich meine wahren Gefühle gestanden zu haben, und unsere plötzliche Verlobung den Reiz des Neuen verloren hatten, kam es mir wieder völlig absurd vor, dass *ich* Königin werden sollte. »Ich werde wohl ständig ein Kleid tragen müssen, oder?«, fragte ich. Selbst ich konnte die Bestürzung in meiner Stimme erkennen.

Rylan lachte, ein Laut, der mich unwillkürlich zum Lächeln brachte.

»Ja, ich glaube, das ist die Uniform, die man von einer Königin erwartet. Kleider, Seide und Juwelen. Das wird bestimmt eine Qual sein.«

»O Gott, ja«, zischte ich. »Für mich wird es das bestimmt. Weißt du, ich habe keine Ahnung, wie sich eine Dame benimmt, geschweige denn eine *Königin*. Es wird eine Katastrophe werden.« Ich blickte zur Sonne hoch, die bereits zur Mittagsstunde den Zenit überschritten hatte und jetzt wieder zum westlichen Horizont wanderte. »Wir sollten besser weitergehen.«

Rylan reichte mir die Wasserflasche, die er trug. Nachdem ich einen großen Schluck genommen hatte, gab ich sie zurück, und wir marschierten weiter.

»Nur damit das klar ist«, sagte er, als wir die riesigen Blätter und Kletterpflanzen beiseiteschoben, »ich glaube nicht, dass du eine Katastrophe wirst. Ehrlich gesagt kann ich mir keine vollkommenere Königin für Damian oder Antion vorstellen.«

Ich blieb stehen und blickte ihn über die Schulter an. »Meinst du das ehrlich, oder sagst du es nur, weil ich deine Enthauptung befehlen könnte, wenn du mir nicht schmeichelst?«

»Nun, das hört sich wie eine schreckliche Strafe für die lässliche Sünde an, mich zu weigern, dir zu schmeicheln«, spöttelte Rylan. »Aber in diesem Fall meine ich es wirklich so. Alexa, du wirst eine großartige Königin werden. Ob du ein Kleid trägst oder nicht.«

»Danke.« Ich griff nach seiner Hand und drückte sie kräftig. »Du kannst dir gar nicht vorstellen, wie viel mir das bedeutet.«

Er starrte auf unsere Hände. Fast hätte ich seine Hand losgelassen, da ich schuldbewusst erkannte, dass es grausam von mir war, ihn zu berühren, jetzt, wo er wusste, dass ich ihm nie gehören würde. Doch bevor ich ihm meine Hand entziehen konnte, drückte er sie fest.

»Lass uns deinen künftigen Schwager retten, damit du zu deinem Verlobten zurückkehren kannst.« Behutsam löste er seine Hand aus meiner und setzte sich wieder in Bewegung.

Mit einem kläglichen Seufzer folgte ich ihm in das Innere des Dschungels in Richtung Lager. Ich konnte nur hoffen und beten, dass Jax immer noch unversehrt war.

Wir waren schon fast bei der Stelle angelangt, wo sich Rafes Lager befand. Der Dschungel wurde jetzt nur noch durch das trübe Licht der Abenddämmerung erhellt. Wolken zogen am Himmel über uns dahin, verhießen im Lauf der nächsten Stunden Regen. Ein Gewitter zog auf. Wir machten halt, bevor die

Zelte in Sicht kamen, mussten unseren Angriffsplan endgültig festlegen.

Wir hatten vereinbart, dass wir bis zur Dunkelheit warten sollten, bevor wir versuchten, uns ins Lager zu schleichen, aber wir konnten uns nicht entscheiden, ob wir dies tun sollten, sobald es dunkel wurde, oder wenn alle im Schlaf lagen. Die sicherere Möglichkeit schien darin zu bestehen, zu warten, bis alle schliefen, aber ich machte mir Sorgen um Jax. Je länger wir warteten, desto größer war die Wahrscheinlichkeit, dass ihm schließlich doch irgendwie wehgetan wurde.

»Ich möchte mich davon überzeugen, dass es ihm gut geht«, flüsterte ich Rylan zu, als wir uns hinter einen riesigen Strauch und einige niedrig hängende Äste mit großen grünen Blättern, die bis zum feuchten Boden des Dschungels reichten, kauerten. In der Ferne hörte ich das Geschnatter von Affen und dachte plötzlich an meinen kleinen Freund, der mir in der vergangenen Nacht vermutlich das Leben gerettet hatte. Ich hoffte, er wäre glücklich und würde sich gerade an einer frischen Banane gütlich tun. »Dann können wir entscheiden, wie lange wir warten.«

»Aber du könntest entdeckt werden. Möglicherweise hält jemand nach dir Ausschau, da du ja bis zum Morgengrauen zurück sein solltest«, argumentierte Rylan.

»Dann behalte meinen Rücken im Auge«, sagte ich und stürmte aus unserem Versteck heraus, bevor er weiterhin versuchen konnte, mich davon abzubringen. Ich musste unbedingt erfahren, ob Jax immer noch unversehrt war oder nicht. Obwohl ich Damian erklärt hatte, dass Jax nichts geschehen würde, musste ich unbedingt herausfinden, ob das noch stimmte.

»Alexa!« Rylan zischte meinen Namen, aber ich ignorierte ihn und preschte vor, huschte von Baum zu Baum und bahnte mir meinen Weg zum Lager.

Wenn sie einen Späher hatten, der nach mir Ausschau hielt, war er entweder der schlechteste der Welt oder der beste, da ich weit und breit keinen einzigen Mann erblickte, bis ich mich schließlich nah genug ans Lager heranschlich, um erneut die Zelte zu sehen und ein paar Männer, die geschäftig herumeilten, sich um das Feuer kümmerten und Vorbereitungen für den Einbruch der Dunkelheit trafen.

Rafe war nirgendwo zu sehen. Als ich einen Blick zu der Stelle warf, an der Jax gesessen hatte, als ich aufgebrochen war, konnte ich dort niemanden entdecken. Mein Herz verkrampfte sich vor Angst, als ich hektisch das Lager nach einem Zeichen von ihm absuchte. Nur erwachsene Männer waren zu sehen. Sie hatten ihn doch nicht etwa schon umgebracht, oder?

Rylan war direkt hinter mir. Ohne mich umzudrehen, flüsterte ich: »Ich werde da raufklettern, um einen besseren Überblick zu gewinnen.« Ich deutete auf denselben Baum, den ich schon vorher benutzt hatte. Ich musste unbedingt sehen, ob Jax heil und gesund war.

Ohne Rylans Antwort abzuwarten, hievte ich mich auf den ersten Ast, achtete darauf, mich langsam zu bewegen und gut festzuhalten, bevor ich zum nächsten Ast wechselte. Ich konnte es mir nicht leisten, herunterzufallen und erneut ihre Aufmerksamkeit zu erregen. Ich bemerkte einen Ast, der etwas höher war als der, den ich zuvor benutzt hatte, und sich über einen Teil des Lagers erstreckte, direkt über das am nächsten gelegene Zelt. Er würde mir einen besseren Ausblick bieten. Ich kletterte hoch, legte mich auf den Bauch und arbeitete mich sorgfältig vor, bis ich den größten Teil des Lagers unter mir sehen konnte. Im trüben Licht der hereinbrechenden Nacht musste ich die Augen zusammenkneifen, um einzelne Gesichter zu erkennen. Das Feuer brannte schwach, als wünschten sie nicht zu viel Licht. Aber es gab keine Anzeichen von dem Jungen.

Panik schnürte mir die Luft ab, als ich hinunterblickte und endlich eine kleine Gestalt entdeckte, die zusammengerollt auf dem Boden lag, im Schatten des Zelts, das neben dem stand, über dem ich lauerte. Er war so *nah*. Wenn er nur wüsste, dass ich über ihm an einem Ast hing und verzweifelt versuchte auszuklügeln, wie ich Rafe finden könnte, um ihn zu töten, bevor Jax' Leben endete – durch Selbstmord.

Jax' Arme waren immer noch auf den Rücken gebunden, und er zitterte, als würde es ihn frösteln – oder als habe er Angst. Es war eine drückende Nacht, die schwüle Feuchtigkeit eines nahenden Gewitters lastete auf uns allen. Ihm konnte unmöglich kalt sein, es sei denn, es schüttelte ihn vor Fieber. Wenn er sich ein Dschungelfieber geholt hatte und er …

Ich hatte den Gedanken noch nicht zu Ende gedacht, als ich das Knirschen von Stiefeln hörte. Ich erkannte Rafe, der auf Jax zusteuerte. Ich konnte seinen Gesichtsausdruck nicht ausmachen, doch ich verkrampfte mich von Kopf bis Fuß. Sorge und Wut quälten mich.

»Steh auf.« Rafe versetzte Jax einen Tritt in die Rippen – nicht stark genug, um ihn zu verletzen, dennoch brodelte es in mir. Ich krallte mich an meinem Ast fest, bohrte die Nägel in die harte Rinde, während ich das Ganze von oben aus beobachtete. »Es ist Zeit für ein bisschen Vergnügen.«

»Was? Was ist los?«, wimmerte Jax völlig desorientiert. Er blickte sich mit trüben Augen um. Als sein Blick auf Rafe verweilte, erstarrte er. »Was wollt Ihr?« Sein Zittern ließ mich befürchten, dass er krank war, was mir Übelkeit verursachte.

»Mach dir keine Sorgen. Ich will lediglich etwas Spaß haben. Dieses Mal tu ich dir nicht weh, nun, nicht *allzu* sehr.« Rafe lachte, ein Laut, der mir einen kalten Schauder über den Rücken jagte. Was hatte er mit Jax vor? Ich verlagerte mein Gewicht auf dem Ast, mein Puls raste.

»N- nein … bitte, nicht … nicht … mehr …«, stotterte Jax und bemühte sich verzweifelt, sich aufzusetzen. Als er sich mit den Schultern auf dem Boden abstützte und versuchte, sich ohne Benutzung der Hände hochzuhieven, sah er aus wie ein hilfloser Käfer. Der Klang seiner Stimme – die Angst, die Erschöpfung und Schwäche – schnitt mir wie ein Dolch ins Herz.

»Schau mich an, und wir können es schnell hinter uns bringen, damit du vor dem großen Finale noch ein Nickerchen machen kannst.« Rafe griff unter sein Kinn und zog ihn hoch. In dem schwachen Lichtschein konnte ich es nicht genau sehen, aber Jax schien die Augen geschlossen zu halten. »Junge, öffne die Augen oder ich schneide sie dir höchstpersönlich auf.«

Jax zitterte noch heftiger, es schüttelte ihn wie ein Blatt im Wind. »Nein, ich werde nie wieder in Eure Augen sehen.«

Rafe holte mit dem Stiefel aus.

Ich hatte genug gesehen; wir mussten jetzt handeln.

Ich kletterte den Baum hinunter, achtete nicht auf den Schmerz, den mir die Rinde verursachte, die in meine Haut schnitt, oder den Ast, der mir ins Gesicht schlug, als ich die letzten Meter hinuntersprang und an der Stelle landete, wo Rylan immer noch kauerte, die Augen weit aufgerissen.

»Was hast du ...«

Bevor er seinen Satz beenden konnte, zückte ich mein Schwert und stand auf. »Wir retten Jax – auf der Stelle.«

Und ohne einen Blick zurückzuwerfen, stürzte ich zum Lager.

Sechsundzwanzig

Ich rannte auf Rafe zu, so schnell ich konnte. Als ich entdeckte, dass er ein Messer in der Hand hielt und nach Jax' Gesicht ausholte, stieß ich unwillkürlich einen Schrei aus. Er erstarrte und blickte mich an, die Augen weit aufgerissen vor Schreck. Ich hob das Schwert, bereit, seinen Kopf vom Rumpf zu trennen, und zwar so schnell, dass Jax nicht gezwungen wäre, sich selbst das Leben zu nehmen.

Doch bevor ich mich auf ihn stürzen konnte, hielten mich zwei Männer mit erhobenem Schwert auf. Mein Blut kochte – Verzweiflung und Wut übermannten mich –, als ich mich blitzschnell drehte, in die Hocke ging und mit dem Schwert auf das Bein des ersten Mannes einschlug, sodass dieser zu Boden taumelte. Dann warf ich mich zu Boden, rollte zur Seite und wich damit dem Hieb des zweiten Mannes aus. Seine Klinge landete neben mir. Bevor er sie herausziehen konnte, hievte ich mich auf die Schulterblätter, sprang hoch und landete auf den Füßen. Er hatte nicht die Zeit, wieder nach seinem Schwert zu greifen, und ich spießte ihn mit einer gezielten Bewegung auf. Es blieb keine Zeit für einen Kampf. Keine Zeit, sich Gedanken zu machen, ob man lieber verwundete oder tötete. Er brach neben seinem Gefährten zusammen, doch ich gönnte mir keine Pause, sondern eilte erneut auf Rafe zu.

Er stand da und beobachtete alles teilnahmslos, hielt das Schwert lose in der rechten Hand. Sein Dolch lag auf dem Boden neben ihm. Mir blieben nur Sekunden, Rafe zu töten, andernfalls würde Jax wegen dieses unglückseligen Rettungsversuchs zum Selbstmord getrieben werden. Hinter mir hörte ich das Klirren von Schwertern und konnte nur hoffen, dass Rylan mir Rückendeckung gab.

»Alexa!«, hörte ich wie durch einen Nebel Jax' Stimme, aber ich konnte mich ihm nicht zuwenden. Noch nicht. Zuerst musste ich Rafe töten. *Jetzt.*

Rafe starrte mich mit seinen nervtötend grünen Augen an und rührte sich nicht, bis ich fast nah genug war, um mein Schwert in sein Herz zu bohren. Dann endlich hob er sein Schwert und der Klang unserer aufeinanderprallenden Klingen hallte im Lager wider. Er verteidigte sich mit überraschender Beweglichkeit und Fertigkeit, aber ich war die bessere Kämpferin.

Er war kein Zauberer – zumindest keiner, der kämpfen konnte. Es gab keine magischen Barrieren, keine unsichtbaren Hände, um mich zu erwürgen, oder Feuer, um mich zu verbrennen.

Lediglich unsere Schwerter und unsere Stärke.

»Du solltest es dir besser noch einmal überlegen«, sagte Rafe. Seine Stimme klang überraschend ruhig und er wehrte einen weiteren Schlag von mir ab. Er versuchte nicht, mich anzugreifen, sondern wehrte lediglich meine Angriffe ab. »Wenn du nicht willst, dass er stirbt.«

Ich wagte es kaum, einen Blick auf Jax zu werfen. Seine Augen waren ausdrucklos, und er kämpfte darum, sich zu befreien. Aber seine Hände waren auf den Rücken gebunden – er konnte nichts ausrichten.

Wütend schlug ich erneut auf Rafe ein, hätte um ein Haar seinen Arm aufgeschlitzt, aber in letzter Sekunde wich er mir aus, drehte sich so, dass er direkt vor Jax stand. Unwillkürlich wanderte mein Blick zu dem Jungen, und ich entdeckte, dass seine Hände jetzt losgebunden waren. Er beugte sich vor und griff nach dem Dolch.

Wer hatte ihn losgebunden?

Panik erfasste mich.

Jetzt. Ich musste Rafe jetzt töten.

Mit einem Wutschrei hob ich das Schwert und stürzte mich auf Jax' Folterer.

»Rylan, verteidige mich *jetzt*!«, brüllte Rafe und zog sich hinter Jax zurück. Seine Worte ließen mich kurz innehalten, aber ich schüttelte den Kopf und griff an. Er war nicht schnell genug und das war meine Chance. Ich nahm meine ganze Kraft zusammen und zielte mit dem Schwert nach seinem Kopf. Doch dann warf sich mir jemand in den Weg und blockierte meinen Schwerthieb mit seinem Schwert.

Der Aufprall irritierte mich. Ich blickte auf meinen neuen Angreifer und schwankte.

Rylan umfasste sein Schwert, blickte mich mit seinen vertrauten braunen Augen an, die jedoch keinerlei Erkennen zeigten.

»*Rylan?*« Ich stolperte einen Schritt zurück.

Mein Freund begann, mich anzugreifen, und ich verteidigte

mich automatisch. Der Schock lähmte mich. Wann hatte Rafe die Gelegenheit gehabt, ihn unter seine Kontrolle zu bringen?

Immer wieder prallten unsere Schwerter aufeinander. Ich hatte unzählige Male mit ihm geübt, aber dieses Mal war es anders. Jetzt hatte er ein richtiges Schwert in der Hand, kein Holzschwert. Dieses Mal versuchte er, mir wehzutun.

Ich wich einem seiner Hiebe aus und warf einen flüchtigen Blick auf Jax. Er hielt den Dolch mit zitternden Fingern vor sich. Sein Gesicht war verzerrt, als kämpfe er mit sich. Seine Augen waren noch ausdrucksloser. Nachdem ich jetzt Rafe nicht mehr angriff, schien Jax im Zwiespalt zu sein, war zum Teil er selbst und stand zum Teil unter Rafes Bann.

»Rylan, hör auf! Wir sind hier, um Jax zu retten, erinnerst du dich?«

Einen Augenblick lang flackerte Erkenntnis in seinem Blick auf, dann Verwirrung, und er hielt einen Moment lang inne. Doch die Leere gewann die Oberhand und er griff mich erneut an. Nur mit Mühe konnte ich der tödlichen Klinge ausweichen.

»Rylan, töte sie nicht!«, brüllte Rafe. Rylan hielt kurz inne, den Kopf leicht geneigt. Dann nickte er und hieb erneut auf mich ein.

Nein, nein, nein. Das war nicht richtig. Ich wehrte seine Hiebe ab, aber ich konnte nicht gegen ihn kämpfen, konnte ihm nicht wehtun. Unsere Schwerter klirrten, und ich versuchte verzweifelt, mir etwas einfallen zu lassen, um jeden zu retten, den ich liebte.

Es war unmöglich. Die einzige Möglichkeit, Jax zu retten, bestand darin, Rylan zu verletzen.

Wie war Rafe das gelungen? Wie hatte er mir *Rylan* wegnehmen können?

»Bitte, Rylan, hör auf!«, flehte ich.

Er griff unermüdlich an und die entsetzliche Leere in seinem Blick ließ mich erschaudern. Er war einer der wenigen Männer der Wache, der mich fast geschlagen hätte, es letztlich aber doch nicht geschafft hatte. Ich konnte ihm Einhalt gebieten und ich wusste es.

»Alexa, hilf mir!«, hörte ich Jax' Schrei hinter mir. Er schien den Tränen nahe, was mir in der Seele wehtat. Wenn er genug Bewusstsein hatte, um Hilfe zu rufen, war wohl Rafes Befehl nicht mehr wirksam, denn ich kämpfte ja nicht mehr gegen Rafe.

Ich verstärkte den Griff um mein Schwert und versuchte krampfhaft, die Tränen zu unterdrücken, die mir den Blick zu trüben drohten. »Tut mir leid«, flüsterte ich und griff endlich an.

Unsere Schwerter vollzogen einen wilden Tanz. Links, rechts, links, tief, hoch, und das Klirren der Schwerter hallte im Lager wider. Als ich gerade zum entscheidenden Schlag ausholte, der meinen Freund ernsthaft verletzen, den Kampf aber beenden würde, damit ich Rafe besiegen und Jax retten konnte, schrie Rafe: »Rylan, hör jetzt auf! Geh da rüber und warte auf meine Männer.«

Rylan senkte sofort das Schwert und trat zurück. Um ein Haar hätte ich seinen Schwertarm verwundet.

Rafe deutete auf eine Stelle hinter mir und Rylan steckte gehorsam das Schwert in die Scheide zurück. Der leere Ausdruck seiner Augen erschreckte mich. Dann zog er sich zurück.

»Und du, Alexa, rührst dich nicht von der Stelle, sonst treffen dich die Pfeile.«

Ich wandte mich um und erblickte drei Männer, die hinter Rafe standen. Sie zielten mit Pfeilen auf mein Herz.

In meinem Kopf wirbelte es. Ich war immer noch fassungslos über Rylans Verrat – oder das, was sich hier abspielte.

»Glaube nicht, dass ich zulasse, dass sie dich töten. Ich brauche dich lebendig, aber es ist mir nicht unbedingt wichtig, *wie* lebendig du bist.«

Ostentativ verstaute ich mein Schwert in der Scheide und hob die Hände. Aber sobald er lächelte – ein heimtückisches Grinsen, das in mir den Wunsch weckte, einen Dolch in *seine* Augen zu rammen, wie er es Jax angedroht hatte –, warf ich mich auf den Boden, machte einen Salto und griff gleichzeitig nach meinem Bogen, den ich auf den Rücken geschnallt hatte. Als ich wieder auf die Füße kam, hörte ich, wie Pfeile an mir vorbeisirrten, mich aber in der Eile verfehlten. Ich griff mit einer Geschwindigkeit, die Marcel einst als atemberaubend bezeichnet hatte, nach einem Pfeil, spannte ihn ein und ließ ihn durch die Lüfte fliegen, ohne mich um meine Ziele zu kümmern. Der erste Mann fiel um, bevor er die Hand nach einem weiteren Pfeil ausstrecken konnte. Im Nu griff ich nach dem nächsten Pfeil und noch einem, und plötzlich lagen alle drei Bogenschützen auf dem Boden, bevor einer von ihnen einen weiteren Pfeil abschießen konnte. Rafe war jetzt ungeschützt, aber er lächelte immer noch. Mir wurde mulmig zumute.

»Vielleicht hast du Lust, dich umzudrehen?«

Als ich mich langsam umwandte, ohne dabei Rafe aus den Augen zu lassen, beschlich mich Beklemmung. Ich entdeckte

Rylan ein paar Meter von mir entfernt. Ein Messer wurde an seine Kehle gedrückt. Vier Männer standen um ihn herum und richteten die Schwerter auf ihn. *Warum?* Warum bedrohten sie ihn, da er doch auf ihrer Seite stand?

Und dann merkte ich, dass Jax nirgendwo zu sehen war. Ich geriet in Panik, befürchtete das Schlimmste und drehte mich weiter um. Dabei verlor ich Rafe aus dem Blick, kümmerte mich aber nicht darum, denn wenn ich nach all dem Jax verlor …

Und dann sah ich ihn. Er stand ein paar Meter weiter im Schatten eines Zelts und zitterte wie Espenlaub. Er hielt Rafes Dolch fest umklammert und starrte mich an. Verzweiflung verzerrte seinen Mund, doch seine Augen, Damians Augen, waren leer.

»Nein«, schrie ich. »Jax, ich habe ihn nicht getötet. Er ist nicht einmal verletzt, wirf das Messer weg.« Ich sprang auf ihn zu, wollte ihn zwingen aufzuhören, als ich von hinten gepackt und niedergeschlagen wurde. Rafes heißer Atem in meinem Nacken verursachte mir Übelkeit.

»Sieh zu«, flüsterte er mir ins Ohr. Er drückte das Knie in meinen Rücken, in meine Stiche, und zerrte mich an den Haaren hoch. Ich hätte ihn abschütteln können, doch ich wagte es nicht, aus Angst vor den Folgen für Jax. »Sieh zu, wie er wegen deiner schwachsinnigen kleinen Einlage stirbt.«

Jax' Arm zitterte, als er den Dolch hob.

»Ich habe Euch nicht getötet«, rief ich verzweifelt. »Befehlt ihm aufzuhören! Ich werde Euch nicht töten – ich ergebe mich. Ich ergebe mich«, wiederholte ich. Meine Stimme wurde brüchig, da ich das Schluchzen kaum unterdrücken konnte. Ich hatte versagt. Ich hatte sie alle im Stich gelassen. Jax hielt immer noch den Dolch hoch. Rylan war gefangen, unter Rafes Kontrolle. Ich hatte mein Versprechen gegenüber Damian gebrochen. Ich würde nicht zu ihm zurückkehren, nicht nach all dem. Er würde allein sein, erneut, und ich hatte ihn nicht einmal vor dem Wahnsinnigen in seinem Verlies gewarnt.

»Jax, du kannst aufhören«, sagte Rafe amüsiert, kletterte von mir, hielt aber mein Haar fest und zerrte mich hoch, sodass ich vor ihm stand. Plötzlich spürte ich kaltes Metall an der Kehle. Als ich zur Seite blickte, sah ich den Griff, den er umklammert hielt. Er hielt mir mein Schwert an den Hals. »Wie sie gesagt hat, ich bin noch am Leben. Und meine Schwester?«

»Der König ist verlobt«, flüsterte ich. Das entsprach ja der Wahrheit, und ich konnte nur hoffen, dass Rafe keine Möglichkeit hatte herauszufinden, ob sie am Leben war oder nicht. Wir hatten dafür gesorgt, dass niemand entkommen konnte, um ihn zu warnen. Aber jetzt, da Rylan unter seiner Kontrolle war …

Rafe lachte triumphierend. »Siehst du? Niemand kann uns aufhalten.«

Ich blickte meinen Freund an, unterdrückte mein banges Gefühl. Wie hatte ich übersehen können, dass er unter Rafes Kontrolle stand – wie hatte er es verborgen? Was hatte Rafe zu ihm gesagt, was es ihm ermöglicht hatte, sich bis jetzt so normal zu verhalten?

»Lass sie gehen«, sagte ich, bedroht von meiner eigenen Klinge.

»Ich glaube nicht, dass ich Lust dazu habe. Dein Freund da drüben, Rylan, wird in meiner wachsenden Armee einen wunderbaren Soldaten abgeben, meinst du nicht auch? Und er ist so gehorsam.« Rafe lachte wieder, sein heißer Atem streifte mich. »Das soll aber nicht bedeuten, dass ich nicht Gefallen an seinem Tod gefunden hätte. Wenn du also willst, dass er am Leben bleibt, kannst du alles, was dir im Augenblick durch den Kopf geht, vergessen.«

Alles in mir bäumte sich auf, es blieb nur der Wunsch, Rafe zu töten. Aber Jax hielt immer noch den Dolch in der Hand und Rylan wurde von fünf Männern mit Schwertern bedroht. Ich konnte sie nicht beide gleichzeitig retten. Selbst wenn ich Rafe so schnell tötete, dass die Kontrolle über Jax gebrochen wurde, würde Rylan sterben. Als ich den Blick zu den beiden gleiten ließ, erst zum einen, dann zum anderen, traten mir Tränen in die Augen.

»Lasst wenigstens Jax gehen.«

»Ich glaube nicht, dass ich das will.« Rafe presste die Schwertklinge noch stärker gegen meine Kehle, doch nicht so stark, dass die Haut aufgeritzt wurde. Aber wenn ich schluckte, würde sie mich verwunden.

»Ihr habt ein Abkommen mit mir getroffen«, sagte ich mit leiser Stimme und versuchte, mich nicht zu bewegen. »Ich habe mich Euch ausgeliefert. Erklärt Jax, dass Euer vorheriger Befehl hinfällig ist, und lasst ihn gehen.«

»Du bist wirklich nicht in der Position, um Forderungen zu stellen«, erwiderte Rafe, und seine Lippen streiften mein Ohr, sodass sich mir der Magen umdrehte. »Und du bist nicht unter der Voraussetzung hergekommen, die wir vereinbart hatten – du hast *versucht*, mich zu töten, es ist dir nur nicht gelungen.«

»Ich könnte Euch immer noch töten, wenn ich wollte. Wenn

Ihr Jax weiterhin gefangen haltet und ihn quält, würde ich lieber Euch töten und ihn schnell sterben lassen, um ihm die Qualen zu ersparen.«

Mein Herz klopfte, ich bewegte mich auf einem sehr schmalen Grat. »Glaubt mir, ich werde es tun. Ich könnte Euch auf der Stelle töten, auch wenn Ihr mir das Schwert gegen den Hals drückt.«

Rafe schwieg lange. »Dann biete ich dir Folgendes an: Du blickst mir in die Augen und ich erteile dir einen Befehl. Nur eine Kleinigkeit. Ich befreie Jax von meiner Kontrolle und lasse ihn in den Palast zurückkehren.«

Ich warf einen Blick auf Jax, sah die Röte auf seinen olivfarbenen Wangenknochen und den Fieberglanz in seinen Augen. Das Herz tat mir weh. Dann musterte ich Rylan. Der leere Ausdruck in seinen Augen war verschwunden, er sah wieder aus wie immer. Er schüttelte den Kopf, war entsetzt.

»Alexa, tu's nicht«, sagte er. »Mach dir keine Sorgen um mich. Töte ihn und rette dich. Vergiss meine …«

Der Mann, der das Schwert gegen Rylans Kehle hielt, drückte es so hart, dass es in seine Haut schnitt. Er verstummte. Ein dünner Blutstrahl lief über Rylans Hals bis zum Schlüsselbein. Er biss die Zähne zusammen.

Ich fühlte mich hilflos. Das hier war meine einzige Möglichkeit, alle, die mir am Herzen lagen, am Leben zu halten.

»Es tut mir so leid.« Ich blinzelte, um gegen die Tränen anzukämpfen. »Sag Damian, dass es mir so leidtut.«

»Nein! Alexa …«

»Gut«, sagte ich und schnitt Rylans Protest ab, bevor sie ihm noch mehr antun konnten.

»Bist du einverstanden?«, schrie mir Rafe ins Ohr.

Ich nickte kurz, war unfähig zu reden.

»Dreh dich um«, befahl er, »und blick mir in die Augen.« Er legte das Schwert zur Seite und trat zurück.

Ich wandte mich langsam um und schluckte hart, um die Galle, die mir in Kehle stieg, hinunterzuschlucken. Rafes Augen hatten dasselbe seltsame Grün wie Veras. Ich hielt den Atem an, als ich gegen meinen Instinkt ankämpfte, den Blick abzuwenden, nach meinem Schwert zu greifen und es ihm ins Herz zu stoßen. Ich ballte meine Hände zu Fäusten, um mich davon abzuhalten und nicht nur Rafe zu töten, sondern auch den Tod von Jax und Rylan zu verursachen.

Als Rafe mir direkt in die Augen sah, kräuselten sich seine Mundwinkel zu einem grauenhaften Grinsen. »Alexa, du wirst nie mehr versuchen, mich anzugreifen, sondern mich ab jetzt vor *jeder* Drohung und allen Drohungen beschützen. Du wirst meine persönliche Wache sein und mich vor Schaden bewahren.«

Sein Befehl sickerte in mich ein, durch seine Stimme und seine Augen. Einen schrecklichen Augenblick lang brannte alles – mein Körper, meine Ohren und mein Verstand. Und plötzlich hatte sich meine Wut aufgelöst und ich öffnete die Fäuste. Warum hatte ich vorgehabt, ihn zu durchbohren? Ich trat einen Schritt zurück, entsetzt über mich selbst. Ich wollte ihm nicht wehtun, denn ich musste ihn ja beschützen.

Aber warum wollte ich ihn beschützen, da ich ihn doch so sehr hasste?

Rafe begann zu lachen und sagte: »Jax, komm her.«

Als ich sah, wie Jax vortrat, hatte ich erneut einen Kloß

im Hals. Das war der Grund, weshalb ich Rafe nicht wehtun wollte – ich wollte Jax beschützen. Der Junge sah mich mit großen Augen an – Damians schönen Augen, die ich so sehr liebte – und etwas in mir zerbrach. Ich erkannte, dass ich Damian nie wieder sehen würde. Ich erinnerte mich, wie er mich heute Morgen geküsst hatte, mir erklärt hatte, dass er mich liebe, und mir das Versprechen abgenommen hatte, zu ihm zurückzukehren. Und ich musste die Augen schließen, da mich der durchdringende Schmerz überwältigte.

»Du stehst jetzt nicht mehr unter meiner Kontrolle. Geh nach Hause. Mach nicht halt, bevor du nicht beim Palast angelangt bist, und berichte deinem Bruder, dass ich das habe, was ich wollte.«

Ich riss die Augen auf, sah, wie Jax nickte, sich sofort umwandte und den Dschungel ansteuerte.

»Rylan, hilf ihm!«, rief ich, als Jax sich nach mir umdrehte und mich mit leeren Augen ansah. Entsetzen zeichnete sich in seinem Gesicht ab, als er sich entfernte. »Er muss jetzt ohne Pause bis zum Palast gehen.«

»Nein, ich glaube nicht, dass ich will, dass dein Freund ihm hilft.« Rafe machte eine Handbewegung, und die Männer, die Rylan bewachten, rückten näher zu ihm hin, hinderten ihn daran, sich zu bewegen.

»Das ist gegen das Abkommen«, rief ich. »Er wird da draußen umkommen. Er ist krank und hat keine Ahnung, welchen Weg er nehmen soll – vor allem in der Dunkelheit.«

»Das ist nicht mein Problem«, erwiderte Rafe achselzuckend.

Wut brodelte in mir, heiß und ungehemmt. Ich riss ihm das Schwert aus der Hand und schwang es in die Luft, aber plötzlich verrauchte meine Wut. Mein Kopf war seltsam leer und ich blickte verwirrt zu Rafe. Was tat ich denn da?

Als ich langsam mein Schwert herunternahm, lächelte er mich ruhig an.

Sobald mein Arm bewegungslos an meiner Seite hing, dachte ich wieder an Jax, und die Wut wallte erneut in mir hoch. Und dann begriff ich, was geschehen war. Ich wollte Rafe angreifen – und konnte es nicht. Sein Befehl hinderte mich daran. Ich konnte nie mehr versuchen, ihn zu töten. In dem Augenblick, in dem ich es tat, geriet mein Verstand außer Kontrolle, bis ich es nicht länger versuchte. Funktionierte es so? War das der Grund dafür, dass einige Leute nur eine Zeit lang einen leeren Blick hatten? Es lag wohl an der Besonderheit des Befehls. Das war wohl der Grund. Und der, den er mir gegeben hatte, war sehr speziell.

Ich konnte ihm nie wieder etwas antun, sondern war jetzt gezwungen, ihn zu beschützen.

»War da sonst noch was?«, fragte Rafe wie im Selbstgespräch, bevor ich etwas erwidern konnte. »Wenn ich es mir überlege, würde ich gern Gewissheit haben, dass dein König meine Botschaft erhält. Du«, er deutete auf einen Mann, der ein paar Meter entfernt dastand, »geh dem Jungen hinterher und sorg dafür, dass er sicher im Palast ankommt. Grüß Vera von mir und sag ihr, der Plan entwickle sich nach Wunsch.«

Der Mann nickte, verneigte sich vor Rafe, wandte sich dann um und eilte Jax in den Dschungel hinterher.

»Bist du jetzt zufrieden?«, grinste mich Rafe an. »Du siehst, dass ich mein Versprechen halte. Er wird nicht sterben. Was für eine Erleichterung.«

Ich schluckte schwer und versuchte, meinen Zorn zu beherrschen. Es war sinnlos. Ich hatte ein Geschäft mit dem Teufel abgeschlossen, und jetzt konnte ich ihm nichts tun, auch wenn er es noch so sehr verdiente. *Zumindest wird Jax zu Damian heimkehren. Zumindest wird er seinen Bruder wiederhaben.*

»Alle, die keinen Dienst haben, sollten jetzt schlafen und sich darauf vorbereiten, im Morgengrauen aufzubrechen.« Rafe erhob die Stimme zum Gebrüll, das mir in den Ohren dröhnte. Als sich niemand rührte, seufzte er, wiederholte seine Worte auf Dansiisch und wandte sich dann wieder mir zu. »Da gibt es jemanden, der dich treffen möchte. Da du so freundlich warst, recht früh hier aufzukreuzen, liegen wir besser in der Zeit, als ich zu hoffen wagte.«

»Wohin gehen wir?«

Die Männer, die Rylan bewachten, schubsten ihn vor, sodass er neben Rafe stand.

»Nach Dansii natürlich. König Armando hat lebhaftes Interesse an dem Mädchen, das einen seiner wertvollsten Zauberer getötet hat.«

»Was genau ist Euer Plan – was versucht Ihr zu tun?« Ich konnte Rylan nicht in die Augen schauen, konnte es nicht ertragen, entweder die schreckliche Leere oder die hilflose Wut darin zu sehen, die sich sicherlich auch auf meinem Gesicht abzeichnete. »Ist all dies der Versuch, Damians Thron zu erobern? Ihr werdet es nicht schaffen. Ich werde nicht zulassen, dass Ihr ihm etwas antut.«

»O nein, Alexa. *Ich* werde deinem geliebten König nicht wehtun, *du* wirst es tun.«

Ich blickte ihn entsetzt an, und dann erinnerte ich mich daran, dass ich den Blick abwenden musste, bevor er mir noch weitere schreckliche Befehle erteilen konnte. »Nie würde ich ihm wehtun«, flüsterte ich.

»Doch, du wirst.« Er trat auf mich zu, damit er sich vorbeugen und mir ins Ohr flüstern konnte. »Wenn du König Damian das nächste Mal siehst, wirst du ihn töten.«

»Niemals!«, brüllte ich. Entsetzen durchflutete mich. »Du kannst mich nicht dazu zwingen, das lasse ich nicht zu.«

»Mein liebes Mädchen, ich kann jeden dazu bringen, das zu tun, was ich will. Es ist wunderbar.« Rafe grinste, hob die Arme vor mir und zeigte mir seine leeren Hände. »Macht dich das wild? Spürst du, wie dein Blut brodelt? Los, tu etwas dagegen.«

Ich riss mein Schwert hoch, wollte ihn damit durchbohren. Aber in dem Moment, in dem ich meinen Arm vorwärts schwang, verrauchte meine Wut. Mein Kopf wurde leer und ich ließ das Schwert sinken. Als er außer Gefahr war, kehrte meine Wut zurück, aber es war zu spät. Meine Wut nutzte nichts. Ich schrie vor Enttäuschung, schleuderte das Schwert auf den Boden und zitterte am ganzen Körper.

Rafes Lachen hallte durch das Lager, als er sich von mir abwandte. »Versuch, dich ein wenig zu erholen. Bei Tagesanbruch brechen wir auf. Und meine Männer werden mir bestätigen, dass ich nicht zulassen werde, dass mich jemand aufhält.« Er schwieg und warf mir einen flüchtigen Blick zu. »Oh, und denk nicht mal daran zu fliehen. Dein Freund wird die ganze Zeit bewacht werden. Wenn du versuchst, dich aus dem Staub zu machen, werde ich ihn töten lassen, bevor du ein paar Meter gegangen bist.«

Mir wurde sterbenselend, aber Rafe war noch nicht fertig.

»Und, Rylan, wenn sie aus irgendeinem Grund zu fliehen

versucht und du dabei nicht getötet wirst, wirst *du* sie aufhalten. Du darfst dieses Lager nicht verlassen und sie genauso wenig, verstanden?«

Rylan nickte und akzeptierte seinen Befehl.

»Ausgezeichnet.« Mit einem letzten Grinsen in meine Richtung zog sich Rafe zurück.

»Ihr werdet es nicht schaffen«, rief ich ihm hinterher, denn ich wollte ihm nicht das letzte Wort lassen.

Er blieb stehen und blickte zurück. »Das habe ich bereits.«

»Antion ist stärker, als Ihr denkt – *Damian* ist stärker, als Ihr glaubt«, beharrte ich. Hilflose Wut brodelte in mir. Er wusste nicht, dass Damian Veras Kontrolle abgeschüttelt und gewonnen hatte – aber ich wusste es. »Wir werden Euch bekämpfen und gewinnen.«

»Bist du sicher, dass wir dieselben Menschen meinen? Damian, dein König, befindet sich jetzt im Bann meiner Schwester. Und die Bewohner von Antion – ungebildete Dorfbewohner, die bei der bloßen *Vorstellung* von Zauberei in Panik geraten? Wollen *sie* uns aufhalten? Das mächtigste Königreich der Welt?« Rafe brach in Lachen aus, ein grausamer Laut.

»Unser Volk hat keine Angst mehr vor Zauberei«, sagte ich, obwohl ich wusste, dass es eine Lüge war. »Und Dansii ist nicht so mächtig, wie Ihr denkt.«

»Dein Volk wird die Zauberer fürchten, bis es untergeht, wie nutzloses Ungeziefer zertreten wird. Dafür hat Hektor gesorgt. Angst und Unwissenheit sind die stärksten Waffen, über die ein Herrscher verfügen kann. Dein Königreich gründet auf beidem. Und die Bewohner tun gut daran, die Macht zu fürchten – Angst vor Dansii zu haben. Niemand kann uns aufhalten.«

»Blevon wird es, denn es fürchtet Euch nicht.«

Meine Worte vertieften Rafes teuflisches Grinsen nur noch mehr. »Ah, aber das *werden* sie. Sie glauben, sie hätten ihre Geheimnisse sicher vor aller Welt aufbewahrt, würden ihr Wissen und ihre Macht horten. Aber sie irren sich gründlich. Wenn mein König mit euch fertig ist, werden eure beiden Königreiche winselnd zu unseren Füßen liegen und uns anflehen, uns *dienen* zu dürfen. *Wir* sind die Zukunft«, brüllte er so laut, dass ich zusammenzuckte. »Wir besitzen die Macht. Und jetzt, da wir dich haben, wird uns nichts mehr im Wege stehen.«

Er machte auf dem Absatz kehrt und stürmte davon.

Ich starrte ihm hinterher, grub die Fingernägel in meine Handflächen und rang nach Atem. Seine Worte hinterließen eine grauenhafte Panik in mir. Dansii kannte Blevons Geheimnisse? Ich musste zu Eljin zurück und es ihm berichten. Ich musste ihn dazu bringen, sein Wissen mit uns zu teilen, damit wir eine Möglichkeit fänden, König Armando aufzuhalten, bevor es zu spät war. Rafe war der Meinung, es sei ein Schlüssel zu ihrem Erfolg, wenn sie mich nach Dansii mitnahmen. Das stärkte nur noch meine Entschlossenheit, nach einer Fluchtmöglichkeit zu suchen.

»Alexa, was befiehlt er dir zu tun?« Rylans vertraute Stimme überraschte mich. Ich wandte mich um. Er stand neben mir, das Blut an seiner Kehle war getrocknet und hatte purpurrote Spuren hinterlassen. Er war umgeben von einigen von Rafes Männern, eine ständige Erinnerung an seine Drohungen. Rylans Augen blickten wieder normal – im Augenblick. Aber für wie lange? Wir waren jetzt beide unter Rafes Kontrolle. Der Gedanke daran verursachte mir Übelkeit, ebenso wie Rafes Drohungen. »Alexa, erzähl mir, was er dir gesagt hat.«

Ich konnte es nicht laut aussprechen, denn dann wurde es wirklich und möglich.

Irgendwie musste ich einen Weg finden, um Rafes Kontrolle über Rylan und mich zu brechen. Damian war fähig gewesen, sich Veras Kontrolle zu entziehen, obwohl er mir meine Frage, wie ihm dies gelungen war, nie beantwortet hatte. War es unsere Liebe? Oder etwas anderes? Lag es daran, dass er ein Zauberer war?

Was auch immer der Grund sein mochte, ich musste es auch schaffen – ich musste genauso stark sein wie er. Das durfte nicht das Ende sein. Nicht jetzt. Nicht so.

Irgendwie musste ich herausfinden, wie ich mit Rylan entkommen und zu Damian zurückkehren konnte. Ich musste ihm berichten, was Rafe mir gesagt hatte, musste ihn warnen.

Ich blickte Rafe, der sich zurückzog, hinterher und antwortete endlich Rylan. »Es ist egal, was er gesagt hat. Ich werde nie mehr einen seiner Befehle befolgen.«

Egal, was geschah, ich würde *niemals* zulassen, dass er mir befahl, Damian zu töten. Lieber würde ich als Erste sterben. Vielleicht dachte Rafe, er habe im Augenblick das Spiel gewonnen, aber ich ließ mich nicht so leicht besiegen. Und das würde er bald merken. Und ich würde nicht zulassen, dass er und sein König den schrecklichen Plan, den sie ausgeheckt hatten, durchführen könnten.

Ich hatte Damian ein Versprechen gegeben und würde es halten.

Irgendwie würde ich zu ihm zurückkehren.

Siebenundzwanzig

Der BODEN UNTER mir war hart und feucht, als ich steif dasaß und auf das Feuer vor mir starrte. Die Flammen waren faszinierend, züngelten nach dem Holz, verschlangen es in einem wirbelnden Tanz orangefarbener und roter Figuren, die sich ineinander verwoben und mit einem Zischen wieder auseinanderstoben. Rafes Männer hatten mir das Schwert, den Dolch, meinen Bogen und meine Pfeile weggenommen, sodass ich ohne Waffen war. Zudem hatten sie mir die Arme auf den Rücken gebunden. Einer von ihnen hatte mir ein dünnes Laken zugeworfen und mit einem schweren dansiischen Akzent barsch »Schlaf« gesagt.

Aber obwohl ich sehr erschöpft war, hatte ich nicht vor, heute Nacht zu schlafen. Rylan war nur ein paar Meter von mir entfernt. Auch er saß aufrecht da. Seine allgegenwärtigen Wachen versuchten, wach zu bleiben, und hatten die Schwerter über den Schoß gebreitet. Vor Stunden hatten sich alle, außer den diensthabenden Wachen, zur Ruhe begeben.

»Was hast du vor?«, fragte mich Rylan schließlich leise.

Ich sah ihn an, betrachtete die Schatten und das Licht, die über sein vertrautes Gesicht flackerten. Er sah mich mit klarem

Blick an, aber ich erinnerte mich nur allzu gut an die Leere in seinen Augen – und Rafes Befehl, mich aufzuhalten, wenn ich versuchte zu entkommen.

»Ich weiß nicht.«

Ich machte mir keine Sorgen, dass die Wachen uns belauschen könnten, denn offensichtlich sprachen sie nur Dansiisch. Aber ich wagte es nicht, meine Gedanken als Plan zu formulieren, geschweige denn, sie laut auszusprechen. Es konnte so viel schieflaufen. Rylan könnte von seinen Wachen getötet werden. Ich könnte verletzt werden. Oder noch schlimmer – *ich* könnte gezwungen werden, meinen Freund zu verletzen, da Rafe ihm ja befohlen hatte, mich aufzuhalten.

Aber ich musste es versuchen.

Noch einmal warf ich einen Blick auf die Flammen. Damit das Feuer nicht ausging, musste es das Holz verbrennen, es in Asche und Rauch verwandeln. Aber wenn es kein Holz mehr gab, würde auch das Feuer erlöschen. Iker, Hektor, ja sogar Rafe, sie alle waren wie dieses Feuer. Sie brannten alles nieder, was ihnen in den Weg kam, zerstörten jeden und alles. Ich konnte mir nur ausmalen, wie König Armando war, der Mann, der hinter alldem stand.

Und was geschah, wenn kein Brennstoff mehr vorhanden war?

Rafes Worte von heute Morgen, seine feste Überzeugung, dass Dansii mehr Macht besaß, als wir uns vorstellen konnten, erfüllte mich erneut mit Angst.

Schließlich legte ich mich auf den Boden und tat so, als schliefe ich. Selbst wenn ich keine Flucht geplant hätte, wäre ich nicht in der Lage gewesen, mich zu entspannen, denn das

Feuer war so nah, hüllte meinen Körper in seine Hitze in der drückend feuchten Nacht. Da mir die Hände auf den Rücken gebunden waren, konnte ich es mir nicht bequem machen, aber das war auch nicht mein Ziel. Ich drehte mich so, dass mein Rücken dem Feuer zugekehrt war, und blickte in die Dunkelheit.

Einer der Männer murmelte etwas auf Dansiisch, die anderen lachten. Ich ignorierte sie. Bald würde ihnen das Lachen vergehen.

Mein gesamter Rücken glühte von der Hitze des Feuers, von der schweren feuchten Luft des Dschungels, die selbst in der tiefsten Nacht auf mir lastete. In der Ferne kreischte ein Vogel. Meine Hände begannen, feucht zu werden. Bald würden sie schweißnass und schlüpfrig sein. Der Mann, der meine Arme auf den Rücken gebunden hatte, hatte keine gute Arbeit geleistet – er war durch meinen fingierten Versuch, mich zu wehren, abgelenkt worden. Ich hatte nicht wirklich versucht zu entkommen, wollte nur verhindern, dass er die Seile zu fest band. Das und die Tatsache, dass ich die Sehnen in meinen Handgelenken gebogen hatte, als er mich festband, verschaffte mir etwas Spielraum.

Mit etwas Mühe würde es mir schließlich gelingen, meine Hände freizubekommen, wenn meine Haut glitschig genug war.

»Alexa, bist du noch wach?«, flüsterte Rylan plötzlich in der Dunkelheit. »Ich … ich wusste nicht … ich … ich erinnere mich nicht einmal, mit ihm gesprochen zu haben. Ich weiß nicht, warum er mir etwas befehlen kann, ohne mir in die Augen zu blicken.«

Ich erwiderte nichts, gab immer noch vor zu schlafen. Ein Teil von mir wollte ihm erklären, dass es okay sei. Aber selbst wenn mein Plan nicht davon abgehangen hätte, dass die Wachen glaubten, ich sei nicht mehr wach, war ich mir nicht sicher, ob ich die Worte gesagt haben könnte. Ich war immer noch geschockt von seinem Verrat, auch wenn es nicht seine Schuld war.

Wann hatte Rafe mit ihm allein gesprochen? Er musste ihm auch befohlen haben, die Unterhaltung zu vergessen. Ich wollte nicht glauben, dass Rylan es bewusst vor mir geheim gehalten hatte.

»Alexa?« Seine Stimme klang jetzt ruhiger, traurig. »Es tut mir leid«, flüsterte er, als ich immer noch schwieg. »Es tut mir ja so leid.«

Ich kniff die Augen noch fester zu, spannte die Kiefermuskeln an, um mich davon abzuhalten, etwas zu sagen.

Wie war es dazu gekommen? Rylan und ich, beide standen wir unter Rafes Kontrolle, saßen in der Falle. Jax, der krank und schwach durch den Dschungel marschierte und versuchte, den Weg zum Palast zurückzufinden, wo Damian sicherlich noch wach war, in seinen Gemächern auf und ab ging, ängstlich und unfähig zu schlafen, bis ich mein Versprechen erfüllte, zu ihm zurückzukehren.

Der Gedanke an meinen König, meinen Verlobten, der auf mich wartete, während er das Schlimmste befürchtete und versuchte, sich nicht von der Panik, ihm könnte ein weiterer geliebter Mensch genommen werden, überwältigen zu lassen – dieses Bild drängte meine eigene Angst zurück.

Ich liebte Rylan und wollte ihn nicht verlassen, aber Damian gehörte mein Herz. Ich würde jetzt fliehen, um zu meinem König zurückzukehren, und dann würde ich zu Rylan zurückkehren. So bald wie möglich.

Meine Gedanken überschlugen sich angesichts der Aussicht auf einen Kampf, den ich trotz der Erschöpfung, die mich lähmte, austragen musste. Die Hitze des Feuers erdrückte mich, Schweiß überzog meinen Rücken und meine Haut. Jetzt oder nie. Vielleicht fielen die Wachen nie in Schlaf, oder neue würden kommen und sie ablösen. Es gab keinen Grund, noch länger zu warten. Ich würde es entweder überleben oder bei dem Versuch sterben.

Wenn du nur meine Gedanken hören könntest. Wenn es nur eine Möglichkeit gäbe, dir zu sagen, wie sehr ich dich liebe, sofern dies schlecht ausgehen sollte. Während ich langsam meine Hände vor und zurück bewegte und dadurch die Fesseln lockerte, stellte ich mir vor, wie Damian vor ein paar Stunden ausgesehen hatte, als er mich in den Armen hielt: Die Sonne spiegelte sich in der goldenen Krone auf seinem dunklen Haar, seine dunkelblauen Augen waren voller Liebe für mich.

Die Zeit schien dahinzukriechen, während ich versuchte, mich mit so wenig Bewegung wie möglich zu befreien. Es wäre für eine Wache ein Leichtes zu bemerken, dass ich die Hände bewegte, wenn sie zu mir herblicken würde. Ich tat so, als stöhne ich im Schlaf, bewegte den Kopf hin und her und warf mich dann noch einmal herum, so als hätte ich einen schlechten Traum. Dieses Mal hielt ich die Hände unten und konnte sie, unbemerkt von den Männern, schneller aus den Fesseln lösen. Aber ich musste mich beeilen, bevor der Schweiß trocknete oder in meine Kleider und den feuchten Boden sickerte.

Das Seil brannte, rieb mein Haut auf, als ich so fest wie möglich daran zerrte. Ein Instinkt, dem zu trauen ich vor Langem gelernt hatte, warnte mich, dass mir die Zeit davonlief. Ich hörte, wie jemand etwas leise auf Dansiisch sagte. Niemand antwortete, aber mein Herz schlug schneller. Ich warf den Kopf hin und her, als würde ich von einem Albtraum geplagt, um sie von einer Bewegung meiner Arme abzulenken. Ich zerrte noch heftiger. Schmerz flammte an den Stellen meiner Hände auf, wo die Haut aufsprang. Aber die zusätzliche Glitschigkeit des Bluts war der letzte Schub, den ich benötigte. *Endlich,* endlich war meine rechte Hand frei. Schnell zerrte ich das Seil von meiner linken Hand.

Angespannt öffnete ich die Augen ein wenig. Eine der Wachen war eingenickt. Sie saß Rylan am nächsten. Die übrigen waren schläfrig, aber immer noch wach.

Bitte, lass es gut gehen.

Ich holte tief Luft und kniff erneut die Augen zusammen. *Damian, ich liebe dich. Was auch passiert, ich hoffe, du vergisst das nie.*

Dann sprang ich hoch und stürzte mich auf das Schwert, das im Schoß der Wache lag.

Achtundzwanzig

NOCH BEVOR ER wusste, was geschah, griff ich blitzschnell nach dem Griff seines Schwerts und hieb damit durch die Luft. Er fiel tot zurück und die Klinge war von seinem eigenen Blut überzogen. Mir drehte sich der Magen um, doch es blieb mir keine andere Wahl, als sie zu töten, denn sonst würden sie Rylan umbringen.

Die beiden anderen Männer waren aufgesprungen. Einer von ihnen zielte auf Rylan, der unbewaffnet war, das Schwert auf sein Herz gerichtet. Ich stürzte vor und hob mein Schwert, um ihm Einhalt zu gebieten – Metall traf auf Metall. Ich erschauderte bei dem Klang, der durch die Stille der Nacht drang. Während ich um Rylans Leben kämpfte, saß er still da. Von dem Blut an meinen Händen wurde mein Griff um die Scheide glitschig.

Die zweite Wache stürmte vor, zielte mit dem Schwert auf meinen Kopf. Ich duckte mich, wirbelte gleichzeitig herum. Meine Bewegung war so schnell, dass die erste Wache mich nicht aufhalten konnte. Ich trieb das Schwert in seine Seite, durch Fleisch, Muskeln und mehr. Als ich mein Schwert wieder herauszog, fiel er zu Boden. Ich konnte es gerade noch rechtzeitig hochreißen, um einen Hieb, der auf meinen Hals gerichtet war, abzublocken. Die Klinge der zweiten Wache prallte gegen meine. Offensichtlich hatten diese Männer Rafes Anweisung, mich am Leben zu halten, nicht ernst genommen.

Er drehte sich, zielte jetzt auf meine Seite, doch ich wich ihm aus, wirbelte mein Schwert herum und traf seinen Arm, bevor er einen Sprung nach hinten vollführte. Ich stürmte vorwärts, nutzte meinen Vorteil und tat so, als ziele ich nach rechts, wirbelte dann, als er den Köder geschluckt hatte, nach links und rammte mein Schwert in ihn hinein. Ein weiterer tödlicher Hieb.

Er fiel neben seinen Kameraden zu Boden.

Das Ganze war in weniger als einer Minute vorbei. Ich keuchte und schloss kurz die Augen. Hinter mir hörte ich ein Geräusch und wirbelte herum. Rylan stand jetzt da, mit dem Schwert in der Hand, die Augen leer.

»Wir können dieses Lager nicht verlassen. Du hast sie alle getötet. Ich kann dich nicht gehen lassen.« Seine Stimme klang völlig neutral. Mein Freund war verschwunden, an seine Stelle war Rafes Marionette getreten.

Eine Marionette, die das Schwert sehr gut beherrschte.

»Ich will nicht gegen dich kämpfen«, sagte ich, verstärkte jedoch den Griff um mein Schwert. »Ich weiß, dass irgendwo in dir mein Freund steckt. Du willst das nicht tun. Bitte …«

Statt zu antworten, kniff er die Augen zusammen, nahm Kampfhaltung ein und hob das Schwert.

Irgendwo im Inneren des Lagers hörte ich eine Stimme und mein Pulsschlag raste. Das Kampfgeschrei hatte einige geweckt, vielleicht sogar Rafe. Mir blieb keine Zeit. Aber als einzige Möglichkeit bot sich nun der Kampf auf Leben und Tod, und ich konnte Rylan nicht töten.

Er tänzelte im Kreis zu meiner Linken und holte dann aus. Automatisch hob ich das Schwert, um seinen Angriff abzuwehren. Der Aufprall unserer Klingen hallte durch die Nacht – viel zu laut.

Ich musste ihn außer Gefecht setzen – oder kampfunfähig machen, ohne dass er für Rafe nutzlos wäre. Ich suchte nach einer Lücke, während er unermüdlich ausholte und herumwirbelte. Ich drehte mich und wehrte ihn ab, entfernte mich dabei immer mehr vom Lager, zog Rylan mit in die Dunkelheit und weg von Rafes Männern. Noch mehr Stimmen wurden laut. Sie waren im Anmarsch und dann würde es keine Chance mehr geben zu entkommen.

Ich musste gegen meine Gefühle für Rylan ankämpfen und mich zwingen, ihn härter anzugreifen als je zuvor. Ich hatte immer nur mit Holzschwertern gegen ihn gekämpft, da mir zu viel an ihm lag. Aber jetzt hatte ich keine Wahl.

Ich war keine Zauberin, dennoch schien magisches Blut durch meine Adern zu fließen – vielleicht ein Erbe meines Vaters. Ich war seine *zhànshì nánwū*. Und gerade jetzt musste ich meinen Freund besiegen, um uns alle zu retten – auch ihn.

Rechts, links, rechts, schneller und schneller, bis nur noch die Dunkelheit um uns herum war, das Klirren von Metall auf Metall, die Hitze des Dschungels und mein aufgepeitschtes Blut. Und dann stolperte er – lediglich eine winzige Unaufmerksamkeit, aber genau die Lücke, die ich benötigte. Es geschah keine Sekunde zu früh, denn von der anderen Seite des Feuers eilten drei weitere Männer auf uns zu, während ich uns immer tiefer in den Dschungel und vom Lager wegdrängte.

Mit einem wilden Schrei, der all meine Wut, Enttäuschung

und Qual zum Ausdruck brachte, rammte ich mein Schwert in den Oberschenkel meines Freunds, direkt über dem Knie, dort, wo die Arterie lag. Wenn die Wunde gut versorgt würde, müsste er nicht sterben, würde aber sein Leben lang hinken.

Rylans leere Augen weiteten sich vor Entsetzen, und sein Schwert schwankte, als seine Beine nachgaben und er nach hinten stolperte, sich nur mühsam aufrecht halten konnte.

»Tut mir leid«, stieß ich hervor. Dann wandte ich mich um und rannte davon.

»Haltet sie auf!«, hörte ich einen Ruf. Er kam von Rafe, doch er war zu weit entfernt. Der Dschungel nahm mich in seine dicken, dunklen Arme, ließ mich in die tintenschwarze Nacht eintauchen. Tränen, so heiß wie die Schuldgefühle und der Schmerz in meiner Brust, liefen mir über die Wangen.

Hinter mir hörte ich meine Verfolger, aber ich würde mich nicht einholen lassen. Ich rannte blind drauflos. Äste, Blätter und Kletterpflanzen griffen nach mir, zerrten an meinem Haar, meinem Gesicht, strichen mir mit grausamen Fingern die Tränen vom Gesicht.

Sie würden ihn verschonen. Sie *mussten* ihn verschonen, sonst hätte ich keinen Grund zurückzukommen. Rafe würde das erkennen – er würde wissen, dass er Rylan benutzen musste, um an mich heranzukommen.

Nach Stunden des Laufens, zumindest kam es mir so vor, verstummten die Geräusche der Verfolgung. Ich hörte nur noch meinen keuchenden Atem und die Geräusche des Dschungels, aber keinen Laut mehr von meinen Verfolgern. Ich vernahm den Schrei der Vögel, die aus dem Schlaf aufgescheucht wurden, von Affen, die ihre Empörung zum Mond hochkreischten, von Insekten, die herumsummten, als der schwarze Himmel sich grau färbte. Und ich hörte nicht auf zu laufen. Meine Beine glühten, meine Augen brannten, während das Blut an meinen Händen trocknete. Noch mehr Blut klebte auf meiner Seele, aber ich war entkommen. *Ich war entkommen.*

Gerade als sich die Ränder des östlichen Himmels mit der nahenden Morgendämmerung blau färbten, tauchte die Mauer, die den Palast umgab, aus dem endlosen Blätterdach vor mir auf.

Jemand stand oben auf der Mauer, den Blick auf den Dschungel gerichtet. Auf den ersten Blick dachte ich, es sei eine der üblichen Wachen – aber als ich aus dem Dschungel auf die Lichtung vor dem massiven Tor stürmte, erregte etwas meine Aufmerksamkeit. Er drehte den Kopf in meine Richtung, und ich sah, wie er erstarrte. Sein dunkles Haar wehte im Wind, der durch die Bäume fegte, über mein Gesicht und meine blutbefleckten Hände strich. Er öffnete den Mund, und ich sah, wie er meinen Namen hauchte, als sich unsere Blicke trafen. Doch der kräftige Wind erstickte seinen Ruf. Er wandte sich um, rannte zu der Treppe, die ihn zu der Stelle führen würde, wo ich stand.

Mit einem erstickten Schrei stolperte ich vorwärts zu der Tür, die mich zu ihm zurückbringen würde, genau, wie ich es versprochen hatte.

Kaum hatte ich die Hand gehoben, als sich die massive Tür ächzend öffnete, und dann stand Damian vor mir. Er zog mich an sich und hob mich hoch. Ich wurde von Schluchzern geschüttelt, schmiegte mich an ihn, vergrub meine blutigen, zerschundenen Finger in den Falten seiner Tunika

»Du bist zurückgekommen«, flüsterte er und strich über mein zerzaustes Haar. »Du bist zu mir zurückgekommen.«

Das Bild, wie Rylan die Augen aufriss, mein Schwert in seinen Schenkel drang und sein Blut meine Klinge besudelte, brannte in mir, und ich erschauderte. »Ich hatte es versprochen«, würgte ich hervor.

Damian trat ein wenig zurück, umfasste mein Gesicht. Im Licht des neuen Tages funkelten seine Augen. »Aber zu welchem Preis?«, murmelte er und sah mich an.

Ich schüttelte den Kopf, unfähig zu sprechen. Aber bald würde ich ihm alles berichten. Würde ihm von dem Mann in den Verliesen erzählen, davon, was ich Rylan angetan hatte – und was im Dschungel geschehen war, was Rafe über Dansiis Macht und Blevons Geheimnisse und ihren Plan, uns alle zu vernichten, geäußert hatte. Aber nicht jetzt.

»Jax?«, fragte ich bangen Herzens.

»Er ist bei Lisbet, sie hat bereits begonnen, ihn zu heilen. Der Mann, der ihn gebracht hat, sitzt in den Verliesen.«

Erleichterung ließ meine Beine zittern und ich lehnte mich wieder gegen Damian. Er legte den Arm um mich und hielt mich fest. »Er wird also gesund werden?«

»Ja, das wird er.« Damian drückte mir einen Kuss auf die Schläfe und musterte mein Gesicht. »Du hast es geschafft. Du hast ihn gerettet *und* bist zurückgekommen.« Er lächelte mich an. Seine Augen waren erfüllt von Glück und Hoffnung.

Aber als ich in sein schönes Gesicht blickte, tat mir das Herz weh. Er wusste nicht, dass ich gebrochen zu ihm zurückgekehrt war, unter Rafes Kontrolle stand und dass ich …

»Wo ist Rylan?«, fragte er unvermittelt und blickte an mir vorbei in den Dschungel.

Ich sah seinen fragenden Blick und schluckte schwer.

»Alexa – wo ist er? Was ist passiert?« Sorge und Entsetzen klangen aus seiner Stimme.

»Ich … ich …« Wie viel sollte ich ihm berichten? Was würde er tun, wenn er die Wahrheit wüsste – die ganze Wahrheit?

»Ist er …«

»Nein.« Ich unterbrach ihn, wollte nicht, dass er es laut aussprach. Rylan musste am Leben sein. Er *musste* es sein. »Er lebt. Aber er ist verletzt. Ich … ich musste gegen ihn kämpfen, um zu entkommen. Er ist … Rafe …«

»Oh, Alexa.« Damian schloss mich noch fester in die Arme. »Es tut mir ja so leid.«

»Ich … ich hatte keine Wahl.«

»Selbstverständlich werden wir ihn da rausholen und lassen nicht zu, dass Rafe ihm noch mehr wehtut. Jetzt, da ich dich und Jax zurückhabe, können wir ohne Rücksicht die Armee losschicken. Und ich überlasse dir das Vergnügen, nach Belieben über ihn zu verfügen, meine zukünftige Kriegerbraut.« Sanft berührte er meine Wange. Seine Finger färbten sich rot, und ich überlegte, wie übel ich wohl aussah. Schmutzig, verletzt, blutig, halb von Sinnen vor Schuldgefühlen.

Und Damian wusste es nicht – ich würde nie erfüllen können, was er angeboten hatte. Ich konnte Rafe nichts antun, dafür hatte er gesorgt.

Sollte ich es Damian jetzt sagen?

»Komm, wir gehen in den Palast. Ich werde dafür sorgen, dass du ein heißes Bad bekommst und saubere Kleider.« Damian drehte mich zum Palast um, führte mich vom Dschungel weg. »Ich werde unsere besten Männer losschicken, um Rylan zu finden. Wir holen ihn zurück – das verspreche ich.«

»Nein, das geht nicht. Schick keine weiteren Männer los. Sie werden sterben. Alle werden sterben. Rafe übt die Kontrolle über Rylan aus! Wenn noch mehr Männer losziehen, um ihn zu holen, weiß ich nicht … ich weiß nicht, was er …« Hysterie erfasste mich, schnürte mir die Kehle zu. Ich stand so unter Schock, dass ich unfähig war, alles in Worte zu fassen.

»Gut, gut.« Damian machte große Augen und seine Stimme wirkte beruhigend. »Ich werde im Moment keine Männer mehr aussenden. Es ist ja gut. Pst …« Er strich mir übers Haar. Seine Berührung nahm mir ein wenig die Angst, die mich plötzlich erfasst hatte. »Du gehst jetzt erst mal schlafen, erholst dich und kurierst dich aus. Dann schmieden wir einen Plan, wie wir Rylan retten. In Ordnung?«

»Gut.« Ich versuchte, gleichmäßig zu atmen, mich zu beruhigen. Im Augenblick konnten wir nichts ausrichten. Ich konnte nur darum beten, dass Rafe Rylan so lange am Leben lassen würde, bis ich wieder klar denken konnte und eine Lösung für dieses Chaos fand. Ich musste Damian die Wahrheit sagen. Er musste alles wissen. Aber nicht jetzt. Nicht jetzt, da ich vor Panik kaum Luft bekam. Ich konnte es ihm nachher sagen, nachdem ich mich ausgeruht hatte – wenn ich mich wieder unter Kontrolle hatte –, überlegte ich, als er mich zum Palast führte. Später, wenn ich das Blut und den Schmutz abgewaschen hatte.

Kurz bevor wir durch das Tor schritten, blieb Damian stehen und blickte mich an. Liebevoll strich er mir eine Strähne hinters Ohr, fuhr mir sanft mit dem Daumen über die Wange, erfüllte mich mit Verlangen, trotz all der Sorgen und der Pein, die in meinem Herzen tobten.

»Hast du nach mir Ausschau gehalten?«, fragte ich und zwang mich, mich auf Damian zu konzentrieren. In seine Augen zu blicken und zu versuchen, mir klarzumachen, dass ich hier bei ihm war.

Damian nickte, doch seine Miene wirkte immer noch besorgt. »Als du nicht mit Jax zurückgekehrt bist und er sagte, Rafe habe ihm aufgetragen, mir zu melden, dass er bekommen habe, was er wolle … hatte ich Angst, dass … dass du …« Er verstummte und schüttelte den Kopf. Ich sah einen Abglanz der Angst, die er empfunden haben musste, in seinem Blick. »Ich habe stundenlang dort gestanden, wollte die Hoffnung nicht aufgeben.«

Als ich zu ihm hochblickte, schlug mein Herz zum Zerspringen.

»Alexa, ich liebe dich. Und ich will nicht, dass du je wieder von meiner Seite weichst.«

Bevor ich etwas erwidern konnte, lagen seine Lippen auf meinen. Sein Kuss verriet all seine Angst und Liebe. Seine Arme umklammerten mich. Ich hielt mich wie eine Ertrinkende an ihm fest, und er war meine einzige Hoffnung, wieder den Himmel zu spüren. Er war meine Luft, mein Herz, mein Alles.

Widerstrebend löste ich mich von ihm, wünschte mir, ich müsste nicht aufhören, ihn zu küssen. Aber ich wusste, dass wir aufhören mussten. Zumal wir den Blicken aller, die zufällig an uns vorbeikamen, ausgesetzt waren. »Tut mir leid, ich …«

»Nein, du hast recht. Das hier ist nicht der richtige Ort für Romantik. Doch es war stärker als ich.« Damian lächelte mich an und in seinen Augen blitzte es spitzbübisch. »Ich befürchte, unser Volk wird sich an derartige Zurschaustellungen gewöhnen müssen, wenn du meine Gemahlin bist.«

Ein leichtes Prickeln durchlief mich. *Seine Gemahlin.*

»Auch wenn ich mit Schmutz und Blut bedeckt bin?«

»Selbst wenn du dich gerade im Schmutz *gewälzt* hättest.«

»Du machst wohl Witze.«

Damian kicherte. »Willst du's herausfinden? Ich glaube, da drüben ist eine geeignete Stelle mit Morast.« Als wir beide uns umwandten und langsam zum Palast schlenderten, deutete er auf die Stelle. Die Wachen an der Palastmauer hatten sich diskret abgewandt, um unsere Privatsphäre zu respektieren. Nachdem wir an ihnen vorbeigekommen waren, beeilten sie sich, das Tor zu schließen und auf ihre Posten zurückzukehren.

»Nein, ich glaube, ich vertraue einfach deinem Wort.« Ich schüttelte den Kopf.

»Ah, endlich sehe ich die Andeutung eines Lächelns.« Als er zu mir herunterschaute, konnte er die Sorge in seinem Blick nicht verbergen.

Ich versuchte, das Lächeln zu bewahren, aber die Last all dessen, was ich ihm berichten musste, vertrieb es, bis ich wieder den Tränen nahe war. Damian blieb stehen und wandte sich mir zu.

»Es tut mir leid«, flüsterte ich.

»Du brauchst dich nicht zu entschuldigen. Du bist erschöpft – schließlich hast du ein regelrechtes Martyrium hinter dir. Und ich bin davon überzeugt, dass du dir Sorgen um Rylan machst.« Er musterte mich. »Wenn du ein Bad genommen und dich etwas ausgeruht hast, fühlst du dich viel besser.«

»Du hast bestimmt recht.« Ich zwang mir ein kleines Lächeln ab, was ihn zu beruhigen schien. Er hatte keine Ahnung, dass ich mich für viel mehr entschuldigte als dafür, dass mir das Lächeln im Augenblick schwerfiel.

Aber ich konnte es noch immer nicht über mich bringen, ihm die Wahrheit zu sagen.

Eine Stunde später saß ich auf meinem Bett und starrte auf die Feuerstelle ohne Feuer, wo die kalte Asche in der Steineinfriedung aufgetürmt war. Meine Haare waren immer noch leicht feucht, und die Schnitte auf meinem Gesicht und auf meinen Armen brannten von der Seife, mit der ich mich gewaschen hatte. Die Narben in meinem Gesicht und auf meinem Hals schmerzten, und die Stiche auf meinem Rücken brannten, aber immerhin hatten sie die ganze Tortur überstanden.

Doch keine Seife der Welt konnte den Fluch, mit dem mich Rafe belegt hatte, wegwaschen – oder die Schuldgefühle, die ich gegenüber Rylan hatte.

Ein Klopfen an der Tür ließ mich zusammenzucken und ich beeilte mich aufzustehen. »Wer ist da?«

»Damian. Darf ich reinkommen?«

»Natürlich«, rief ich, zupfte an meiner Tunika und zog sie noch weiter über die Beinkleider, die ich trug. Ich war noch barfuß und im Wams. Doch daran konnte ich jetzt nichts mehr ändern. Asher und Leon hielten auf dem Flur Wache.

Als sich die Tür hinter ihm geschlossen hatte und wir allein waren, kam er auf mich zu und nahm mich in die Arme.

»Du hattest recht«, murmelte ich an seiner Schulter, wo ich mein Gesicht vergraben hatte.

»Wie immer«, erwiderte er, »aber inwiefern?«

Ohne ihn anzusehen, wusste ich, dass er vermutlich grinste und dabei die Augenbraue hob, was mein Blut zum Pulsieren brachte.

»Ich fühle mich jetzt besser, nachdem ich ein Bad genommen habe.«

»Das freut mich.« Er trat etwas zurück und begutachtete mich.

Und zum Glück stimmte es. Die Hysterie, die mich fast zerrissen hätte, hatte ich jetzt wieder fest unter Kontrolle. Das Sonnenlicht strömte durch das Fenster und tauchte das Gemach in goldenen Glanz. Heute Morgen trug Damian keinerlei Zeichen seiner Königswürde. Er war einfach mein Damian – schmerzlich attraktiv und irgendwie in mich verliebt. Ein Mann, der so viel Herzeleid erlitten hatte, dass ein anderer daran zerbrochen wäre, und es doch irgendwie überlebt hatte. Als habe er meine Gedanken erraten, verdunkelten sich seine strahlenden Augen, und ein Schatten überzog sein Gesicht. »Ich kann noch gar nicht glauben, dass du hier bist. Als ich dich gestern gehen ließ, hatte ich das deprimierende Gefühl, dass ich dich nie wiedersehen würde. Und als Jax ohne dich zurückkam …« Er stockte und sein Kinn verkrampfte sich.

Ich strich ihm das Haar aus der Stirn und streichelte sein Gesicht. »Ich bin wirklich hier«, sagte ich leise. »Ich hatte dir versprochen zurückzukommen.« Und plötzlich überkam mich, trotz allem, was schiefgelaufen war, unendliche Dankbarkeit, dass ich es geschafft hatte, wenn auch zu einem hohen Preis.

Damian schloss die Augen, wandte den Kopf und drückte mir einen Kuss auf die Handfläche, der mich elektrisierte. »Ich liebe dich«, flüsterte er an meinem Gesicht.

Behutsam drehte ich sein Gesicht zu mir. Er öffnete die Augen und suchte meinen Blick. Wie immer hatte ich das Gefühl, dass er mehr sehen konnte als nur mein Gesicht und meine Narben. Von jeher hatte ich das Gefühl gehabt, dass er direkt in mein Herz sehen konnte. In meine Seele. Und als er mich, eingehüllt in das warme Sonnenlicht, ansah, kam es mir erneut so vor.

»Ich liebe dich auch«, sagte ich, überwältigt von meinen Gefühlen.

Er zog mich an sich und presste seinen Mund auf meinen. Sein Kuss war ein Seufzen, ein Loslassen von Angst und Sorge und auch eine Prüfung, um herauszufinden, ob wir nicht träumten. Ich schmiegte mich an ihn, verlor mich in seiner Berührung. Wollte versuchen, alles zu vergessen, außer ihm – außer *dem hier*: seinem Körper an meinem, seinen Lippen auf meinen Wangen, meinem Kinn und meinem Mund. Seine Hände auf meinem Rücken drängten mich immer näher. Aber im Hinterkopf hatte ich die dunkle Erinnerung an Rylan, der verwundet war und in der Falle saß. Und mein eigenes schreckliches Geheimnis.

Ich musste es ihm sagen. Jetzt, bevor ich den Mut verlor.

Ich nahm meine ganze Willenskraft zusammen und entzog mich seiner Umarmung.

Damian stöhnte, als ich ihn sanft von mir schob, um etwas Abstand zu schaffen. »Jetzt *weiß* ich, dass du kein Traum bist«, murmelte er leise.

»Warum?«

»In meinen Träumen gibt es nämlich keinen Anlass für uns, damit aufzuhören.«

Röte überzog meine glühenden Wangen, aber er durfte mich nicht mit seiner Neckerei ablenken. »Es tut mir leid, es ist nur ...«

»Ist in Ordnung. Ich mache nur Spaß. Ich hatte nämlich einen anderen Grund, um zu dir zu kommen.« Er hob eine Augenbraue. »Obwohl *das* bestimmt Grund genug war.«

Da Angst mich mit Eisenkrallen umfing, verging mir das Lächeln. Würde er mich immer noch küssen wollen, nachdem ich es ihm erzählt hatte? Würden seine Augen immer noch vor Glück aufleuchten, wie jetzt?

»Jax ist wach und möchte dich sehen. Ich habe ihm versprochen, dich sofort zu ihm zu bringen.«

»Geht's ihm gut?« Erleichterung wetteiferte mit der Verzweiflung in meinem Herzen.

»Es geht ihm schon viel besser. Lisbet hat wahre Wunder an ihm vollbracht.«

»Ich bin ja so froh.« Endlich gelang es mir zu lächeln, aber Damian kniff die Augen zusammen.

»Was ist los? Ist alles in Ordnung?« Er trat auf mich zu, aber ich nickte und lächelte gezwungen. Jahrelang hatte ich geschauspielert und konnte es wieder tun. Ich brachte es nicht übers Herz, es ihm jetzt zu berichten. Später, nachdem wir Jax aufgesucht hatten. Nachdem er zumindest ein paar Stunden lang hatte glauben können, dass ich unversehrt zu ihm zurückgekehrt war.

Ein großer Kampf lag vor uns. Ich wusste nicht, was er mit mir tun würde, sobald ich ihm mein Geheimnis verraten hätte. Oder was er für mich empfinden würde.

Und wir mussten nach wie vor einen Plan schmieden, um Rylan zu retten.

Aber im Augenblick wollte ich es nur genießen, bei ihm zu sein.

Ich griff nach seiner Hand, und die Sorge, die sich in seinem Gesicht abgezeichnet hatte, verschwand wieder. »Lass uns zu Jax gehen.«

Er drückte meine Hand und wandte sich um, um mich zur Tür zu geleiten.

Ich würde genug Zeit haben, ihm die Wahrheit zu sagen. Im Augenblick war die einzige wichtige Wahrheit jedoch, dass ich es geschafft hatte. Ich hatte mein Versprechen gehalten und ihm seinen Bruder zurückgebracht.

Bald würden wir uns mit Rafe auseinandersetzen und überlegen müssen, wie wir Rylan retten konnten. Eljin würde in den nächsten Tagen aufwachen und müsste mir alle Fragen beantworten. Das Schicksal unserer beiden Königreiche hing davon ab. Mir graute davor, ihm von der Botschaft zu berichten, die wir von seinem Vater erhalten hatten – dass er aus irgendeinem Grund gezwungen war, unseren Friedensvertrag zu brechen. Wir mussten General Tinso finden, um herauszufinden, was wirklich los war, und das, bevor das Bündnis von Blevon und Antion für immer zerstört war.

Und bald müssten wir in den Krieg gegen König Armando, Damians Onkel, ziehen.

Aber im Augenblick zählten nur meine Hand in der von Damian und die Hoffnung in seinen Augen. Die Hoffnung, dass wir *gemeinsam* einfach alles meistern würden.

Danksagung

AUCH DIESES MAL bin ich den vielen wunderbaren Menschen, die zur Entstehung dieses Buchs beigetragen haben, zutiefst dankbar.

Ein »Danke« reicht jedoch nicht für meinen Agenten Josh Adams, für seine Weisheit und Führung durch all die Höhen und Tiefen, die intensive Arbeit in meinem Namen und seine unaufhörliche Unterstützung. Du gehst immer weit über deine Pflichten hinaus (welcher Agent fliegt schon mitten im Winter zur Buchpräsentation seines Autors nach Utah?) – und dafür werde ich dir mein Leben lang dankbar sein. Ich habe den besten Agenten der Welt.

Es fehlen mir die passenden Worte, um Lisa Sandell, meiner hervorragenden Lektorin, meinen Dank auszusprechen. Ich fühle mich ausgesprochen privilegiert, diese Reise mit dir zu unternehmen. Dein sorgfältiges Feedback und deine Anleitung helfen mir, beim Schreiben meiner Bücher das Beste aus mir herauszuholen. Deine Freundlichkeit und deine Unterstützung (auch wenn ich manchmal zu bedürftig bin) bedeuten mir sehr viel. Danke. Danke, danke. (Vielleicht wird es bedeutsamer, wenn ich es wiederhole).

Auch dem übrigen Team bei Scholastic danke ich für alles, was es dazu beiträgt, meine Bücher lebendig werden zu lassen und in die Hände der Leser zu bringen – ihr seid alle Rockstars. Vor allem meine erstaunliche Pressesprecherin Sheila Marie Everett, der ich gar nicht genug danken kann. Du bist wirklich die Beste, und ich bin so dankbar, dass ich mit dir arbeiten darf! Katie Grim und Elizabeth Starr Baer danke ich für ihre wachen Augen und die sorgfältigen redaktionellen Bearbeitungen, die den entscheidenden Unterschied machen. Ich danke auch allen fantastischen Menschen, die Scholastic zu einem wunderbaren Verlag machen. Ich bin so glücklich, Teil der Scholastic-Familie zu sein! Danke auch Bess, Emily und allen übrigen Mitarbeitern in der Werbung, im Marketing und im Vertrieb, die *Schwert & Rose* bekannt gemacht haben. Vielen Dank dem Design-Team, das immer wieder solch wunderbare Cover entwirft. Ihr seid alle großartig!

Dank sage ich allen Bibliothekaren, Buchhändlern und Buchbloggern, die ihre Liebe für *Schwert & Rose* mit anderen geteilt und dazu beigetragen haben, dass diese Reihe Leser findet. Ihr seid die wahren, unbesungenen Helden. Eure Arbeit gibt uns Autoren die Chance, das zu tun, was wir lieben. DANKE. Ich wünschte mir, ich könnte persönlich jedem danken, der *Schwert & Rose* unterstützt und Mundpropaganda dafür gemacht hat, aber das ist leider nicht möglich. Mein besonderer Dank gilt jedoch Katie Bartow von Mundie Moms für all ihre Hilfe, Ereignisse zu planen und meine Bücher zu promoten. Und Jaime und Rachel bei Rockstar Book Tours, auch euch herzlichen Dank für ALLES. Mein Dank gilt auch Windy und Andrea für ihre Hilfe.

Herzlich danke ich Kathryn Purdie und Anne Blankman für *Schwert und Glut*. Danke für eure Bereitschaft, dies so kurzfristig zu lesen, und für eure einfühlsame Hilfe. Und vor allem danke ich euch für eure Freundschaft. Ich bin so froh, euch beide zu haben.

Und danke den YA Valentines – ihr habt mir alle dabei geholfen, diese irre Fahrt zu überleben. Ihr habt alle Hochs und Tiefs mit mir durchgestanden, mich beruhigt und an mich geglaubt. Ich liebe es, Teil dieser unglaublich talentierten Gruppe von fantastischen Autoren zu sein. Danke, dass ihr mich eine von euch sein lasst.

Madi Brown, ohne dich wäre dieses Buch nicht zustande gekommen. Danke, dass du eingesprungen bist und meine Kinder so liebevoll betreut hast, während ich zur Bibliothek entschwand, um zu versuchen, meinen Abgabetermin einzuhalten. (Vor allem während deines Sommerurlaubs!)

Bei meinen vorherigen Danksagungen habe ich unabsichtlich einige wichtige Personen nicht erwähnt und möchte diesen Fehler kein zweites Mal machen. Caleb Warnock, Janiel Miller, Stephanie, Meghan und allen übrigen Teilnehmern des American-Fork-Arts-Council-Kurses: Ihr habt mir auf meinem Weg bis zum Erscheinen des Buchs durch eine schwierige Phase geholfen. Danke für eure Unterstützung.

Ich hätte schwören können, dass ich in *Schwert & Rose* Mister Thomas gedankt hatte, aber offensichtlich war das nicht der Fall, also will ich das jetzt schnell nachholen. Als er seinen Fünftklässlern die Aufgabe stellte, eine »Geschichte« für die Klasse zu schreiben, erwartete er bestimmt nicht, dass ich mit fünfzig handgeschriebenen Seiten auftauchen und dann zu dem Schluss kommen würde, die Geschichte sei nicht gut genug – und eine andere schrieb, die noch länger war! Ich musste alles der Klasse vorlesen, und Sie haben mir erklärt, ich hätte wirklich Talent und sollte damit weitermachen. Sie waren der erste Mensch, der mir den Glauben vermittelte, dass ich irgendwann wirklich als Schriftstellerin arbeiten könnte. Danke für diese Ermutigung und für das Geschenk der Hoffnung!

Danken möchte ich auch Marie Lu, James Dashner, Jen Nielsen, Meg Spooner, Veronica Rossi, Ally Condie, Erin Bowman, Jessica Spotswood, Natalie Whippe und so vielen anderen, die *Schwert & Rose* unterstützt haben oder mir durch die trüben Gewässer eines Erstlingsromans halfen. Welches Glück habe ich, solch wunderbare Freunde und Autoren zu haben.

Ich darf die Musiker nicht auslassen, deren begnadetes Talent mich inspirierte. Ich glaube nicht, lieber Hans Zimmer, dass ich ohne deine Musik je ein Buch beenden würde. Für *Schwert & Rose* war »Oblivion« von M83 ausschlaggebend für einige Szenen. Atli Örvarsson, Imagine Dragons, One Republic, Emeli Sandé, Sleeping at Last und Josh Groban. Euch allen danke ich. Die Musik ist Bestandteil meines Schreibvorgangs, und ich kann euch nicht genug danken, dass ihr so wunderbare Songs für mich geschrieben habt.

Auch meinen Eltern Henri und SuZan möchte ich für ihre Begeisterung, ihre Hilfe und Liebe Dank sagen. Dad, danke, dass du weiterhin meine Bücher kaufst und mit jedem darüber sprichst. Mom, danke, dass du immer bereit bist, für mich zu lesen, und für dein aufmerksames Feedback. Du hilfst mir auf so vielfache Weise, besser zu werden. Meinen Schwestern Elisse, Kertin, Kaitlyn und Lauren danke ich für ihre Unterstützung und Liebe. Ihr bedeutet mir mehr, als ihr ahnen könnt. Ich bin jedes Mal sehr glücklich, wenn eine von euch etwas über mein Buch postet oder zu einer Buchpräsentation kommt. Und natürlich macht es mich am allerglücklichsten, wenn ihr mir erklärt, dass ihr mein neuestes Buch liebt. Elisse, dir danke ich ganz besonders, weil du immer meine erste Leserin bist, jede Menge Entwürfe liest und mir dabei hilfst, die bestmögliche Autorin zu sein. Ohne dich könnte ich das nicht schaffen.

Robert und Marilyn, meinen Schwiegereltern, danke ich für ihre Begeisterung, ihre Hilfe und ihre Unterstützung bei der Betreuung meiner Kinder, damit ich etwas mehr Zeit fürs Schreiben habe. Ich bin dankbar, euch zu haben.

Und wie immer habe ich mir das Beste bis zum Ende aufbewahrt. Brad, Gavin und Kynlee … ich liebe euch mehr, als Worte ausdrücken können (was bei einer Autorin etwas heißen mag). Danke, dass ihr es ertragt, wenn ich arbeiten muss, und dass ihr so begeistert seid von Mommys Büchern. Ihr drei seid die Freude meines Lebens! Trav – mein größter Fan, Unterstützer und bester Freund, ohne dich würde ich all das nicht bewältigen. Danke für alles. Um dir für alles zu danken, wäre ein eigenes Buch erforderlich. Zweifellos bin ich die glücklichste Frau der Welt. Ich liebe dich.

Und nicht zu vergessen: die Leser. Ich danke euch, dass ihr meine Protagonisten mögt und diese Reise gemeinsam mit mir und Alexa unternehmt. Danke, dass ihr dazu beitragt, dass meine Träume auf den Seiten dieser Bücher Wirklichkeit werden.

Sara Raasch

Schnee wie Asche

Ca. 500 Seiten, ISBN 978-3-570-30969-8

Sechzehn Jahre sind vergangen, seit das Königreich Winter in Schutt und Asche gelegt und seine Einwohner versklavt wurden. Sechzehn Jahre, seit die verwaiste Meira gemeinsam mit sieben Winterianern im Exil lebt, mit nur einem Ziel vor Augen: Die Magie und die Macht von Winter zurückzuerobern. Täglich trainiert sie dafür mit ihrem besten Freund Mather, dem zukünftigen König von Winter, den sie verzweifelt liebt. Als Meira Gerüchte über ein verloren geglaubtes Medaillon hört, das die Magie von Winter wiederherstellen könnte, verlässt sie den Schutz der Exilanten, um auf eigene Faust nach dem Medaillon zu suchen. Dabei gerät sie in einen Strudel unkontrollierbarer Mächte...

30175

www.cbt-buecher.de

Sara Raasch

Eis wie Feuer

ca. 500 Seiten, ISBN 978-3-570-31120-2

Drei Monate sind seit der großen Schlacht zwischen dem Königreich Winter und Frühling vergangen, bei der König Angra in die Flucht geschlagen wurde. Thronerbin von Winter, Meira, will vor allem eines: Frieden und Sicherheit für ihr Volk. Doch als die verloren geglaubte Quelle der Magie in den Minen der Winterianer gefunden wird, stellt dies das gesamte Machtgefüge in Frage: Prinz Theron brennt darauf, die Magie als Waffe gegen die Feinde von Winter einzusetzen. Meira jedoch fürchtet die Kräfte, die sie damit entfesseln könnte …

30274

www.cbt-buecher.de

Anna Banks

Blue Secrets –
Der Kuss des Meeres

448 Seiten, ISBN 978-3-570-30879-0

Als Emma den süßen Galen zum ersten Mal sieht, fallen ihr sofort seine violetten Augen auf – denn ihre haben dieselbe Farbe. Und tatsächlich bergen sie ein Geheimnis: Galen ist nämlich ein Syrena, Prinz der Meere, und er spürt eine heftige Anziehung zu diesem Menschenmädchen, das mit den Fischen reden kann! Das kann nur eines bedeuten: Auch in ihren Adern fließt das Blut der Syrena. Doch falls sein Verdacht sich bestätigt, ist Emma eine Erbin Poseidons – und damit für einen anderen bestimmt …

30128

www.cbt-buecher.de